SARAH STANKEWITZ

NO MATTER *what*

ROMAN

Band 1 der *Love Burns*-Reihe

WILHELM HEYNE VERLAG
MÜNCHEN

Liebe Leser*innen,
in diesem Buch werden Themen angesprochen, die für einige Menschen emotional sehr belastend sein können. Auf Seite 381 findet ihr für ein sicheres Leseerlebnis eine genaue Auflistung. Passt gut auf euch auf!
Sarah Stankewitz und der Heyne Verlag

MIX
Papier | Fördert gute Waldnutzung
FSC® C014496

Penguin Random House Verlagsgruppe FSC® N001967

Originalausgabe 11/2024

Redaktion: Michelle Stöger
Umschlaggestaltung: www.buerosued.de
Satz: Uhl + Massopust, Aalen
Druck und Bindung: GGP Media GmbH, Pößneck
Printed in Germany
ISBN: 978-3-453-42896-6

www.heyne.de

Für alle,
die sich am liebsten in den Schatten
der Nacht verstecken.
Ihr seid für das Licht gemacht.

PROLOG

Stella

12 Jahre alt

»Stella!« Benommen schlage ich die Augen auf und weiß im ersten Moment nicht, wo ich bin. Wieso jemand panisch meinen Namen schreit. Verschlafen sehe ich mich um und erkenne die Umrisse des kleinen Kinderzimmers, das ich mir mit meiner Schwester Gracie teile. Nur das schwache Restlicht der Straßenlaterne fällt durch das Fenster in den Raum hinein und leuchtet auf Mister Teddy, den ich, wie jede Nacht, fest an mich gepresst halte. Wieder schreit jemand meinen Namen, und dieses Mal weiß ich, zu wem die Stimme gehört.

»Paps?«, nuschle ich und muss im nächsten Augenblick husten, weil es sich anfühlt, als würde ich Rauch einatmen. Aber hier ist kein Rauch, oder? Vermutlich träume ich nur. In meinen Träumen sind schon immer die verrücktesten Dinge passiert. So wird es sein. So muss es sein.

Sekunden später wird die Tür zu unserem Zimmer mit solcher Wucht aufgerissen, dass sie gegen die Kommode mit meinen Lieblingsspielsachen kracht. Ängstlich kauere ich mich in meinem Bett zusammen, drücke Mister Teddy fester an mich und sehe Paps an, der mit einem Tuch vor dem Mund in den Raum stürzt.

»Stella-Bär. Wir müssen hier raus! Wo ist deine Schwester?« Er ist so schnell an meinem Bett, dass ich ihn gar nicht fragen kann, warum wir mitten in der Nacht das Haus verlassen sollen. Draußen ist es kalt und ungemütlich, und mein Bett ist warm und weich. Ich will jetzt nicht da raus.

»Paps, träume ich?«, frage ich leise und muss schon wieder husten.

Er greift unter meinen Rücken und hebt mich vom Bett. Ganz automatisch schlinge ich meine Arme um seinen Hals und kuschle mich fest an ihn.

»Alles wird gut, mein Schatz. Wir müssen deine Schwester finden und aus dem Haus raus, dann wird alles gut.« Seine Worte machen mir furchtbare Angst, und als er mit mir auf dem Arm in den Flur stürmt, wird aus Angst blanke Panik. Jetzt sehe ich ihn, den Rauch. Er ist überall. Am Boden, an der Decke, um uns herum. Von der Treppe dringt orangefarbenes Licht in das oberste Stockwerk, und noch bevor ich es sehen kann, weiß ich bereits, was uns unten erwarten wird.

»Paps, wieso brennt es im Erdgeschoss?«

»Ich habe keine Ahnung, woher das Feuer kommt, aber ich bringe dich in Sicherheit.« Er hält mich fest an sich gepresst, so wie ich bis eben noch Mister Teddy. Eben, als alles noch gut war.

»O Gott, Paps. Wir müssen Mister Teddy holen!«

Mein Vater zögert, sieht zwischen unserem Zimmer und dem Treppenhaus hin und her. »Bitte, Paps. Er darf nicht verbrennen!« Ich kann ihn nicht hier zurücklassen.

Während Paps mit mir auf dem Arm zurück ins Kinderzimmer rennt und sich Mister Teddy schnappt, beginne ich zu weinen. Ich weine und schreie, bis meine Kehle brennt, und rufe nach meiner kleinen Schwester.

»Gracie!«, schluchze ich. »Wo ist sie, Paps?«

»Ich weiß es nicht.« Paps weint selten, aber gerade laufen ihm dicke Tränen über die stoppeligen Wangen. »Aber ich werde nach ihr suchen, das verspreche ich dir. Sobald ich dich in Sicherheit gebracht habe.« Die Flammen sind mittlerweile überall. Ich kann ihre Hitze durch meinen gestreiften Lieblingspyjama spüren.

»Hör mir jetzt ganz genau zu, okay?« Seine Hand streicht über meine Wange. »Mach die Augen zu und öffne sie erst, wenn ich es dir sage. Ich bringe uns hier raus!« Umgehend schließe ich die Augen, drücke mein Gesicht an Paps' Hals und Mister Teddy an die Knöpfe meines hellblauen Pyjamas. Paps trägt mich die Treppe herunter, und mit jeder Stufe, die wir Richtung Erdgeschoss gehen, wird die Hitze unerträglicher. Wieder schreie ich. Aus Angst um Paps und Gracie und Mister Teddy.

Ich schreie lauter, schreie vor Schmerz, weil die Haut an meinem Hals furchtbar brennt.

Paps trägt mich wie ein Superheld durch die Flammen. Er hat versprochen, Gracie und mich zu retten, und er hält seine Versprechen immer. Ich vertraue ihm.

Noch während mir schwarz vor Augen wird, bete ich, dass all das nur ein Albtraum ist. Dass ich gleich aufwache und die Flammen verschwunden sind, genau wie der Rauch. Aber ich wache erst Stunden später im Krankenhaus wieder auf. Und ich höre einen Satz, der mir das Herz aus der Brust reißt.

Paps hat es nicht geschafft, Stella.

KAPITEL 1

Stella

Meine größte Erkenntnis aus den letzten sechs Jahren ist folgende: Tieren ist es egal, ob du in eine XS oder eine XL passt. Ob du Männer oder Frauen liebst. Ob du überhaupt liebst. Lieben *willst*. Nicht lieben *kannst*, weil du viel zu oft verletzt wurdest. Sie verurteilen niemanden, und das ist nur einer der vielen Gründe, wieso ich meine Zeit inzwischen lieber mit ihnen als mit Menschen verbringe.

Hunde sind die besseren Menschen, hat Paps immer gesagt, und die Fellnasen hier beweisen mir jeden Tag aufs Neue, dass er mit dieser Aussage recht hatte. Wie gern würde ich ihm genau das sagen.

Ach, Paps. Du mit all deinen schrägen Lebensweisheiten. Mit all deinen Tipps, die ich erst jetzt im Erwachsenenalter richtig zu schätzen weiß.

Seit ich hier bei den *Furry Angels* in Bar Harbor arbeite, hat mich kein Hund je schief angesehen. Meine Schützlinge haben mir nie das Gefühl gegeben, nicht richtig zu sein. Nicht gut oder schön genug.

In meinem Leben ist mir mehr als eine ganze Fußballmannschaft an Leuten begegnet, die mich kleingehalten haben, aber hier gibt es eine ganze Armee an Vierbeinern, die mich Tag für Tag wieder aufbaut. Zu denen ich mich flüchten kann, wenn ich mitten in der Nacht schweißgebadet aufwache und vor lauter Gedankenchaos nicht mehr einschlafen kann. Mehr als einmal bin ich weit nach Mitternacht aus dem Haus geschlichen, um mir einen der Hunde zu schnappen und mit ihm bei Wind und Wetter spazieren zu gehen. Mit jedem Schritt, jedem Streicheln, jedem Blick aus den treuen Augen des Tieres wurde ich innerlich ruhiger. Man könnte also sagen, dass die Hunde und ich uns gegenseitig aufpäppeln, sobald sie bei uns sind.

Als mir meine Therapeutin Dr. Bernard vor drei Jahren zum ersten Mal vorgeschlagen hat, mehr Zeit mit Tieren zu verbringen, um mich langsam wieder an das Gefühl von Berührungen zu gewöhnen, wäre ich am liebsten schreiend aus ihrer Praxis gestürmt.

Gedankenversunken schiebe ich das knarzende Tor zu den Zwingern auf und werde sofort von einem ohrenbetäubenden Bellkonzert empfangen, das inzwischen meine Lieblingsmusik geworden ist. Es ist verrückt, wie schnell man sich an die lautesten Geräuschkulissen gewöhnen kann. Umgehend durchflutet pure Freude mein Herz, und ein Lächeln breitet sich auf meinem Gesicht aus, das sogar der Herbstsonne am Himmel Konkurrenz macht.

Ich streichle Bounty, Snickers und Milkyway – mein Boss Frank hat eine ungesunde Obsession für Schokoriegel – durch die Gitterstäbe und mache mich auf den Weg zum Ende des schmalen Ganges. Er beherbergt auf beiden Seiten mehrere geräumige Zwinger für die Hunde, die Frank aufnimmt.

Als ich vor Heros Zwinger am Ende des Ganges stehen bleibe, trottet er schon auf mich zu, schiebt seine graue

Schnauze durch das Gitter und schleckt freudig über meine Hand.

»Hey, mein Schöner. Darf ich reinkommen?« Ich fahre mit dem Daumen über seine feuchte, schwarz-pink gescheckte Nase. Anschließend öffne ich seinen Zwinger, setze mich neben seinem Körbchen auf den Boden und warte darauf, dass er sich zwischen meine Beine kuschelt. Das hier ist in den letzten Monaten unser persönliches Ritual geworden: Ich statte ihm frühmorgens einen Besuch ab und gebe ihm die Liebe, die er sein ganzes Leben lang nicht bekommen hat, während er meinen Liebesspeicher mit seinen treuen honigbraunen Augen auffüllt. Wenn Hero mich mit schräggelegtem Kopf ansieht, vermittelt er mir das Gefühl, genau richtig zu sein, so wie ich bin. In der Gegenwart anderer Menschen würde ich mich oft am liebsten verstecken, doch mit ihm in meinem Schoß fühle ich mich für die Welt da draußen gewappnet. Allein dafür bin ich ihm unheimlich dankbar.

Er kam vor drei Monaten zu uns, nachdem mein Boss ihn an der stark befahrenen Eagle Lake Road gefunden hat. Er war abgemagert, voller Parasiten und in einem so miserablen und verängstigten Zustand, dass es mehrere Tage gedauert hat, sein Vertrauen zu gewinnen. Was bei den Dingen, die er erlebt haben muss, auch kein Wunder ist.

Hero war nicht nur ausgehungert, sondern auch am ganzen Körper verwundet, als wäre er durch die Hölle gegangen. Die folgenden Wochen waren ein reiner Überlebenskampf, den der kleine Kerl Gott sei Dank gewonnen hat. Als ich mir einen Namen für ihn überlegen sollte, musste ich nicht lange nachdenken. Ich wusste sofort, dass er ein waschechter Held auf vier Pfoten ist.

Mit dem Finger zeichne ich die kleine Kerbe in Heros linkem Ohr nach, woraufhin es unkontrolliert zuckt. Anschließend fällt mein Blick auf die Brandnarbe über seinem rechten Auge, und sofort entsteht ein Kloß in meinem Hals. Ich weiß nicht, was ihm zugestoßen ist, aber ich fürchte, dass in seinem Fall selbst das Best-Case-Szenario schrecklich ist.

Hero ist ein vierzig Zentimeter großer Mischlingsrüde, der schätzungsweise zehn Jahre alt ist und mich mit seiner bloßen Anwesenheit erdet. Wenn ich mit ihm zusammen bin, fühle ich mich beängstigend normal, weil wir uns so ähnlich sind. *Beide verwundet, beide voller Angst, beide extrem vorsichtig.* Es ist, als hätten wir dasselbe Schicksal geteilt, nur in unterschiedlichen Körpern.

Ich ertaste geistesabwesend die vernarbte Haut an meinem Hals, die sich über meine linke Schulter bis zu den Ellenbogen zieht. Die Tage, an denen ich in den letzten Jahren einen Zopf getragen habe, kann ich an einer Hand abzählen. Meistens habe ich mich nur getraut, meine dichten braunen Haare hochzustecken, wenn ich mir stattdessen einen dicken Schal als Schutzschild umbinden konnte. Damit niemand sieht, was ich jedes Mal als Erstes sehe, wenn ich in den Spiegel schaue. Inzwischen ist dieser Schal zu einem festen Bestandteil meines Körpers geworden, und ich lege ihn nur ab, wenn ich abends erschöpft ins Bett falle.

Mein Boss hat mich glücklicherweise nie danach gefragt, und er ist der Einzige, zu dem ich in den letzten Monaten eine zwischenmenschliche Beziehung hatte. Beim Gedanken daran, dass ich in den nächsten Wochen nicht hier, sondern in meiner Heimat sein werde, vermisse ich den wortkargen Riesen von einem Mann beinahe, der bereits so viele Tiere aufgenommen und anschließend in die Hände liebevoller Menschen gegeben hat. Es soll sie ja geben, die Menschen, die das Herz am rechten Fleck haben. Einigen bin ich in meinem Leben schon begegnet, aber die meisten davon haben mich mit ihrer Fürsorge und ihrem Mitgefühl erdrückt. Sie haben mich mit ihrem Mitleid, ohne es zu wissen, aus der Stadt gejagt. Spätestens heute Abend werde ich ihnen wieder begegnen müssen. Bei der Vorstellung rieselt ein Kribbeln über meine komplette Wirbelsäule. Keines der guten Sorte.

Meine Gedanken schweifen wieder zu Frank ab, den ich der Einfachheit halber einfach »Boss« nenne, weil ich auch nach zwei Jahren nicht weiß, ob ich ihn mit seinem Vornamen oder mit Mr. Woodford ansprechen soll. Wir haben uns über eine etwas seltsame Jobanzeige in der Zeitung kennengelernt.

> Leite einen Shelter für kranke und verwahrloste Hunde am Rand von Bar Harbor.
> Suche engagierten Mitarbeiter. Sollte kein Problem damit haben, sich die Hände schmutzig zu machen. Und keine Allergie gegen Erbsen. Keine Bezahlung.
> Dafür kostenlos ein Dach über dem Kopf und warmes Essen auf dem Tisch.
> PS: Jeglicher Small Talk ist unerwünscht.

Beim letzten Punkt hatte er mich am Haken, denn für mich gibt es kaum etwas Schlimmeres als Small Talk. Seitdem lebe ich bei den *Furry Angels*, oder besser gesagt, unter einem Dach mit Frank Woodford, dem Einsiedlerkrebs von Bar Harbor, der in der ganzen Stadt als *Grumpy Frank* bekannt ist.

Zwar habe ich in den letzten zwei Jahren kein Geld verdient, musste mir dafür aber auch nie Gedanken um einen Schlafplatz oder einen leeren Kühlschrank machen. Frank fährt jeden Donnerstag einkaufen, kocht dreimal die Woche denselben leicht versalzenen Erbseneintopf und lässt mich in Ruhe, so wie ich ihn in Ruhe lasse. Wir haben wie ein altes

Ehepaar unsere Routinen entwickelt. Dabei könnte Grumpy Frank mein Großvater sein.

Hero reißt mich aus meinen Gedanken, indem er mir seine Pfote auf den Oberschenkel legt, damit ich ihn weiterstreichle. Aus seinen treuen Augen sieht er zu mir auf, und ich bilde mir ein, eine gewisse Sehnsucht in ihnen zu erkennen. Dieselbe Sehnsucht, die seit einer Woche auch in meinem Magen rumort und mich nachts um den Schlaf bringt.

»Ich weiß«, seufze ich. »Ich vermisse euch auch schon.« Hinter vorgehaltener Hand verrate ich ihm, dass ich ihn *ganz besonders* vermissen werde, wenn ich heute Nachmittag in den schlecht belüfteten Bus steigen und die etwa zweistündige Heimreise nach Blossom Lake antreten werde. Umgehend rumpelt mein Magen noch stärker, weil ich genau weiß, was mich erwarten wird. In Orten wie Blossom Lake ändert sich nie etwas. Aber ich, ich habe mich verändert. Und ich habe keine Ahnung, ob wir noch zusammenpassen, meine Heimat und ich. Früher war dieses idyllische Fleckchen Erde in Maine das Paradies für mich, mittlerweile ist da diese gigantische Regenwolke, die über allem hängt.

»Du versprichst mir, dass du dich in den nächsten Wochen benimmst, okay, Kumpel?«

Hero schnauft als Antwort. Im selben Augenblick höre ich Franks schlurfende Schritte hinter mir, genau wie das Klappern seines übervollen Schlüsselbundes. Er treibt ihn jedes Mal an den Rand des Wahnsinns, weil er ewig braucht, um den passenden Schlüssel zu finden. Eins steht fest: Im Anschleichen ist mein Boss eine Niete, er schafft es einfach nie, die Beine richtig zu heben.

Ich werfe einen Blick zu ihm. Frank trägt sein typisches rotes Flanellhemd über einer schwarzen Hose, dazu schwarze

Latschen und die braune Lederarmbanduhr, die schon, seit ich ihn kenne, falsch geht. Sie muss einen emotionalen Wert für ihn haben, sonst hätte er sie sicher längst weggeschmissen. Die wenigen Flusen auf seinem Kopf stehen wüst in alle Richtungen ab, als hätte er heute Morgen in eine Steckdose gefasst.

»Wolltest du nicht schon weg sein?«

Dir auch einen guten Morgen, Boss.

»Erst heute Nachmittag.«

»Ach so. Na dann.« Darf ich vorstellen: Mr. Wortkarg höchstpersönlich. Andere würden ihn vielleicht als unhöflich und ungehobelt bezeichnen, ich bin einfach nur dankbar, dass Frank sich nicht gezwungen sieht, lange Gespräche mit mir zu führen oder mich zu fragen, wieso ich an Freitagabenden nie ausgehe, um mich mit Leuten in meinem Alter zu treffen. Wir koexistieren, und das funktioniert seit zwei Jahren ausgezeichnet.

»Willst du vorher noch was essen?«, will er heiser wissen. *Das passiert eben mit deiner Stimme, wenn du am Tag zwei Packungen Marlboro rauchst.* Frank hat vorgestern wieder einen riesigen Pott Erbseneintopf gekocht, und er versteht nicht, dass ich ihn keine drei Tage am Stück essen kann, ohne dass er mir aus den Ohren kommt. Ich drücke Hero einen Kuss auf die Schnauze und stehe auf. Mit den Händen klopfe ich mir den Dreck von meiner blauen Latzhose.

»Ich esse heute Abend mit meinen Geschwistern.« Einen größeren Einblick in mein Leben habe ich Frank bis jetzt noch nicht gewährt. Beim Gedanken daran, dass ich Gracie und Isaiah heute Abend wiedersehen werde, verspüre ich zum ersten Mal Vorfreude auf meine Fahrt nach Blossom Lake. In den letzten Jahren haben wir uns meistens nur per Facetime gesehen, weil ich viel zu selten zu Hause war. *Zuhause.*

Anstatt aufgeregtes Herzklopfen bereitet mir das Wort lediglich Kopfschmerzen.

»Na dann«, sagt Frank, als wäre er eine kaputte Schallplatte. *Na dann* sind seine absoluten Lieblingswörter. Mehr als einmal habe ich überlegt, ob ich daraus nicht mal ein Trinkspiel machen sollte. *Na dann,* geh ich mal einkaufen. Shot. *Na dann,* iss eben keinen zweiten Teller Erbseneintopf. Shot. *Na dann,* schlaf schön. Shot. »Wie lange wirst du wegbleiben?«

Wenn ich das wüsste … Vor einer Woche haben mich meine Geschwister völlig aufgelöst angerufen und mir gesagt, dass Libby verstorben ist. Unsere ehemalige Nachbarin Libby, die nach Moms Verschwinden ganz selbstverständlich in die Rolle einer Art Ersatzmutter geschlüpft ist und sich nach Paps' Tod rührend um uns gekümmert hat. Tränen schwimmen in meinen Augen, die ich am liebsten wieder dorthin zurückschicken würde, wo sie hergekommen sind.

Das Letzte, was ich gebrauchen kann, ist, vor meinem Boss in Tränen auszubrechen. Bis jetzt habe ich noch nicht realisiert, dass die Frau, die jahrelang neben uns gewohnt hat und die beste Nachbarin der Welt war, nicht mehr da ist. Vermutlich werde ich es erst verstehen, wenn ich in einer Woche vor Libbys Grab stehe, direkt neben dem von Paps. Die Vorstellung, dass die beiden auch im Himmel Nachbarn sind, lässt mich schlucken.

»Erde an Stella«, murmelt Frank. »Wie lange wirst du wegbleiben?«

»Vielleicht drei, vier Wochen.«

»Na dann. Schöne Weihnachten.«

»Weihnachten ist erst in zwei Monaten, Boss«, erwidere ich augenrollend. »Bis dahin bin ich längst wieder zurück.« Denn auch wenn ich gern mit meinen Geschwistern Weihnachten feiern würde, möchte ich ungern in Blossom Lake sein, wenn die ganze Stadt in Lichter und bunten Glitzer getaucht wird. Die Weihnachtszeit war früher meine liebste Zeit im ganzen Jahr, weil mein Dad während der Vorbereitungen für das spektakuläre Blossom Winter Festival immer richtig aufgeblüht ist. Heute erdrückt mich der bloße Gedanke an die gigantischen Lebkuchenhäuser, die wir damals jedes Jahr gemeinsam für das beliebte Stadtfest gebaut haben.

»Wart mal ab. Manchmal kommt doch alles ganz anders, als man denkt.« *Wem sagst du das, Frank?* Als Kind konnte ich mir nicht vorstellen, dass mein Paps je sterben würde. Ich dachte, dass er da sein würde, wenn ich eines Tages einen Mann heirate, den ich liebe, ein Haus baue und selbst Kinder bekomme. Jetzt bin ich von diesem Leben weiter entfernt als Frank von einem Vielschwätzer.

Ich schlüpfe aus Heros Zwinger, schließe die Tür hinter mir und gehe mit gesundem Abstand zu Frank nach draußen. Die Herbstsonne gibt heute alles und küsst nicht nur meinen Scheitel, sondern auch die Baumkronen der umliegenden Ahornwälder.

Franks Shelter liegt etwas abseits von Bar Harbors Stadtkern, weil er den Platz für die Hunde braucht und so wenig menschlichen Kontakt wie möglich haben will.

Schweigend gehen wir über den Kiesweg zu dem großen weißen Landhaus, das dringend einen frischen Anstrich nötig hätte. Gedanklich setze ich es auf die Liste an Dingen, die ich nach meiner Rückkehr angehen möchte. Es gibt auf dem Gelände noch einiges zu tun, aber die Hunde benötigen den ganzen Tag lang unsere Aufmerksamkeit, sodass viele Arbeiten seit mehreren Monaten liegengeblieben sind. Im Haus empfängt mich der vertraute Geruch von Franks Eintopf, der sich mittlerweile in alle Möbel gefressen hat.

Bevor ich die Eichenholztreppe ins Obergeschoss nehme, um in meinem Zimmer meine Reisetasche zu packen, räuspert Frank sich. Ich halte auf der ersten Stufe inne und sehe meinen Boss an. Er kratzt sich leicht unsicher am Hinterkopf und starrt Löcher in den alten Dielenboden, während die Falte zwischen seinen buschigen grauen Augenbrauen immer tiefer wird.

»Komm gut zu Hause an, Stella. Ich brauche dich in einem Stück wieder. Jemand muss ja die Hundekacke aus den Zwingern schaufeln.«

Wärme durchströmt meine Brust, weil das Franks Art ist, »Danke« zu sagen. Es sind Kleinigkeiten wie diese, die mir zeigen, dass er es nicht allzu schlimm findet, mich hier zu haben. Der Kaffee mit zwei Stück Würfelzucker beispielsweise, der jeden Morgen auf der schmalen Kommode im Flur vor meinem Zimmer bereitsteht. Die frischen Handtücher, die er mir alle zwei Tage vor die Tür legt. Frank ist kein Mann großer Worte, aber er hat einen durch und durch guten Kern. Ich schenke ihm ein Lächeln. Mist, ich werde ihn echt vermissen, und irgendwie glaube ich, dass es ihm ähnlich ergehen wird.

»Ich gebe mein Bestes, ganz zu bleiben, Boss.« Was ich ihm nicht sage, ist: Ich kehre in die Stadt zurück, in der ich vor neun Jahren in tausend Teile zerbrochen bin. Und ich habe höllische Angst davor, dass die Rückkehr in das kleine Nest meine kaum verheilten Narben wieder aufreißen wird.

KAPITEL 2

Stella

Nachdem ich meine Sachen für die nächsten Wochen gepackt habe, stehe ich eine gefühlte Ewigkeit vor dem Spiegel meines Kleiderschranks und probiere ein Outfit nach dem anderen an.

Normalerweise mache ich mir nicht viele Gedanken über meine Klamotten, da sich die Hunde ohnehin nicht für mein Aussehen interessieren und mich täglich mit Sabber, Dreck und anderen undefinierbaren Flüssigkeiten schmutzig machen. Aber man ist schließlich nicht jeden Tag mit seinen Geschwistern, die man seit einem Jahr nicht mehr gesehen hat, zum Essen verabredet. Also suche ich nach einem Outfit, das mir genug Selbstbewusstsein verleiht, um mich bei ihnen zu entschuldigen, dass ich so selten zu Hause war. Doch wirklich fündig werde ich nicht.

Am Ende entscheide ich mich für eine meiner schicksten Blusen in Kakaobraun und eine schwarze Jeans. Dazu weiße Turnschuhe und natürlich meinen Loopschal. Zu guter Letzt werfe ich mir meinen olivfarbenen Parka über, der mir zwei Nummern zu groß ist und mich wie ein schwarzes Loch verschluckt. Genau das, was ich brauche, wenn ich vor den neugierigen Blicken zu Hause geschützt sein will. Am liebsten würde ich unter dem Radar bleiben, bis zu Libbys Beerdigung am Freitag Zeit mit Gracie und Isaiah vor dem Fernseher mit mehreren Runden Mario Party verbringen und dann unauffällig wieder abreisen. Doch meine Geschwister haben es nach einem Jahr ohne mich verdient, dass ich mich zusammenreiße und das Beste aus meinem Besuch mache.

Ich schultere meine mit Klamotten und Sorgen vollgepackte Tasche, verlasse das Haus und sehe schon von Weitem den knallgelben Bus, der sich in weniger als zehn Minuten mit mir als Passagierin auf den Weg in den stark bewaldeten Norden machen wird. Er steht rechts in der Wendeschleife unter zwei gigantischen Ahornbäumen, deren Kronen in den letzten Tagen deutlich bunter geworden sind. Die Natur verändert sich rasend schnell, vor allem in den Herbstmonaten.

Der grauhaarige Busfahrer sitzt hinter dem Lenkrad, hat den Kopf zurückgelegt und macht ein Nickerchen, wie jedes Mal, bevor er die Tour nach Blossom Lake beginnt. Da sich die Bushaltestelle direkt neben dem Eingang zu den *Furry Angels* befindet, konnte ich ihn schon des Öfteren bei seinen Powernaps beobachten. Mir soll es recht sein. Ein ausgeschlafener Busfahrer ist mir definitiv lieber als ein chronisch übermüdeter.

Mein Herz beginnt zu rasen, als ich die Bushaltestelle ansteuere, die eigentlich nur aus einer morschen Holzbank und einem mickrigen Schild besteht, auf dem man die wenigen Abfahrtzeiten nachlesen kann. In Bar Harbor gibt es nicht viele Busverbindungen, und nur einmal in der Woche ist Blossom Lake das Ziel. Frank hat mir nach meinem Telefonat mit meinen Geschwistern zwar angeboten, mich zu fahren, aber ich wollte ihm keine Umstände machen.

Ich lasse mich auf die niedrige Sitzbank fallen, stelle meine schwarze Reisetasche neben mir am Boden ab und überkreuze die Beine. Nervös knete ich meine feuchten Hände, lasse meinen Blick über die blätterbenetzte Straße gleiten und zucke innerlich zusammen, als ein lautes Bellen erklingt. Eines, das in den letzten drei Monaten zu meinem allerliebsten Song wurde. Mein Blick schnellt zum grünen Tor, das die Straße von Franks hektargroßem Land trennt, und meine Mundwinkel verselbstständigen sich Richtung Nachmittagshimmel.

»Hero, verdammt!« Frank hechtet unserem sonst eher trägen Schützling hinterher, der jetzt mit einem Affenzahn auf mich zugerannt kommt, wie ich es so noch nie an ihm gesehen habe. Seine grauen Ohren wackeln wie Fähnchen im Wind, während mir bei seinem Anblick ganz warm ums Herz wird. Diese Wärme hat nichts mit den dicken Stoffschichten zu tun, die ich trage, sondern einzig und allein mit dem zuckersüßen Mischling, der ein klares Ziel zu haben scheint: mich.

»Hey, mein Kleiner. Was wird das denn?«, begrüße ich Hero lachend, als er abbremst und hechelnd vor mir zum Stehen kommt. Seine Zunge hängt seitlich aus seiner Schnauze heraus, und in diesem Moment wirkt er direkt fünf Jahre jünger. Ich knie mich vor ihn, lasse mir einmal quer über das Gesicht schlecken und drücke ihm einen Kuss zwischen die Honigtopfaugen.

»Dieser verrückte Kerl!« Frank hat seine Verfolgungsjagd aufgegeben und trottet jetzt mit schlurfenden Schritten auf uns zu. Auf seiner Stirn glitzern Schweißperlen, und seine Raucherlunge pfeift bei jedem Atemzug, als hätte er gerade einen Marathon hinter sich. »Hat einfach das Tor aufgemacht und ist dir nachgerannt, als hättest du Leberwurst unter den Schuhsohlen!«

»Hero hat allein das Tor aufgemacht?«, frage ich erstaunt und plumpse auf meinen durch den Parka gepolsterten Hintern, weil mich der Hundeopi anspringt, als sei ich schon seit Wochen weg gewesen und nicht eben erst durch das Tor verschwunden.

»Wenn ich's doch sage«, murrt Frank und stemmt die Hände in die Hüften.

»Wusste gar nicht, dass du so schnell rennen kannst, Kleiner.« Wieder ist da dieses warme Kribbeln in meiner Brust. Vor drei Monaten wussten wir nicht, ob er eine weitere Woche schaffen würde, und jetzt ist er fit wie ein kleiner, etwas lädierter Turnschuh. Wir sind beide lädierte Turnschuhe, aber langsam, ganz langsam, lernen wir wieder, ohne Schmerzen zu rennen.

»Bis jetzt hatte er ja auch noch keinen Grund abzuhauen, oder?« Frank schürzt die rissigen Lippen und starrt auf einen Fleck zwischen uns am Boden, der scheinbar besonders spektakulär ist. Umgehend wird mein Herz schwer und meine Augen feucht, weil es mir in der Seele wehtut, Hero zurückzulassen. Auch wenn ich weiß, dass er bei meinem Boss in den besten Händen ist.

»Wolltest mich wohl aufhalten, hm?«, frage ich meinen Schützling, kraule seine weichen Ohren und würde am liebsten mit meiner Tasche wieder zurück ins Haus gehen, um meine Sachen auszupacken. Ich will nicht fort, aber ich weiß auch, dass mich meine Geschwister brauchen. Wir sollten in unserer Trauer zusammen sein. Libby hätte es so gewollt, genau wie Paps.

»Ich bin bald wieder zurück, okay?«

»Komm jetzt, mein Junge.« Mein Boss klopft sich auf den Oberschenkel. »Stella ist bald wieder zurück.« Im selben Moment fährt der gelbe Bus an, stoppt direkt vor meiner Nase und öffnet die vordere Tür. Der Knoten in meinem Magen wird fester und größer, sodass er sich nicht mehr ignorieren lässt. Ich muss jetzt einsteigen, auch wenn mich der Gedanke, mir dieses monströse Gefährt mit irgendwelchen fremden Menschen teilen zu müssen, in Panik versetzt.

Ein Schritt nach dem anderen, Stella. Du musst nicht immer sofort das große Ganze sehen. Schneid es in Häppchen und nimm den Kampf gegen die Panik in Etappen auf, dann ist es gar nicht mehr so beängstigend.

Der Tipp meiner Therapeutin beruhigt meine flatternden Nerven ein wenig, sodass ich seufzend aufstehe, die Tasche über meine Schulter werfe und Hero einen letzten Kuss auf die Schnauze drücke. »Warte hier auf mich, kleiner Held.« Könnten Augen sprechen, würden mich seine anflehen, nicht in diesen Bus zu steigen. Die Angst, dass Hero in den Wochen meiner Abwesenheit adoptiert werden könnte, schnürt mir die Kehle zu. Natürlich wünsche ich ihm ein liebevolles Zuhause, in dem er seinen Hunderuhestand genießen kann, aber die Vorstellung, dass ich ihn heute vielleicht zum letzten Mal sehe, lässt meine Organe Twister spielen.

Ein weiteres Mal sehe ich meinen Boss an, der sich nur verlegen am Nacken kratzt und an Heros Seite tritt. »Na dann. Meld dich mal. Und wenn du das Rezept für den Eintopf haben willst … ich kann es dir per Mail schicken.« *Gott, nein! Die Aussicht auf ein paar erbsenfreie Wochen ist viel zu verlockend.*

»Mach ich, Boss.«

Die Tränen kitzeln an meinem Wimpernkranz, während ich mir innerlich Mut zuspreche und anschließend in den zum Glück noch leeren Bus steige. Der Fahrer kassiert meine Karte nach Blossom Lake ab und winkt mich durch. Wie immer steuere ich die letzte Reihe an, werfe meine Tasche auf den mittleren Sitz und rutsche anschließend auf den Fensterplatz in der Ecke. Mein Blick heftet sich umgehend an Heros, der winselnd neben Frank sitzt und darauf zu warten scheint, dass ich wieder aussteige.

Die Tür schließt sich mit einem kleinen Seufzer, dann setzt sich das riesige Gefährt wackelnd und ächzend in Bewegung. Frank hebt unbeholfen seine Hand zu einem letzten Gruß, bevor er an Heros Seite immer kleiner und kleiner wird, genau wie das grüne Tor der *Furry Angels,* meinem sicheren Hafen.

Glücklicherweise steigen während der gesamten Fahrt nur fünf Leute in den Bus, und alle setzen sich in den vorderen Bereich, als wüssten sie, dass ich keine sonderlich große Lust auf einen Sitznachbarn habe. Während ich mit dem Finger unsichtbare Bilder auf die dreckige Fensterscheibe male, fällt mein Blick auf das dünne Perlenarmband an meinem rechten Handgelenk. Es ist potthässlich, weil es aussieht, als hätte es jemand unter Einfluss von zu viel LSD geknüpft. Die Tatsache, dass es Gracie war, die es für mich gebastelt hat, macht es dennoch zu dem schönsten Schmuck, den ich besitze. Meine Geschwister haben ebenfalls Armbänder, und selbst Isaiah hat seins nie abgelegt, nicht mal als Teenager.

Im Grunde genommen waren wir drei dadurch in den letzten Jahren immer miteinander verbunden, auch wenn wir nicht in derselben Stadt gelebt haben. *Warum zum Teufel habe ich dann trotzdem so ein furchtbar schlechtes Gewissen?* Gracie und Isaiah wissen, wie schwer es mir fällt, aus meinen gewohnten Mustern auszubrechen, und sie würden mir deshalb niemals Vorhaltungen machen. Die einzige Person, die mir Schuldgefühle einredet, bin ich selbst. Und verdammt, darin bin ich einsame Spitze.

Die Landschaft verändert sich von Meile zu Meile immer

mehr. Die Wälder werden dichter, die Ahornbäume durch dunkelgrüne Tannen ersetzt, und die Straßenverhältnisse schlechter. Der Bus rumpelt über die kurvigen Wege, schlängelt sich wie ein gelber Tennisball durch die grünen Wälder. Es wird nicht mehr lange dauern, bis sich eine weiße Puderzuckerdecke über die Landschaft legt, Maine in ein absolutes Winterparadies verwandelt und zahlreiche Touristen mit seiner Schönheit anlockt.

Blossom Lake ist ein Traum für jeden Winterfan wie mich. Ein liebenswertes Nest, das von vier größeren und kleineren Seen umarmt wird. Seen, die sich spätestens in einem Monat in spiegelglatte Eisflächen verwandeln werden. Ich bin froh darüber, dass mein Bruder mir einen Schlafplatz in seiner Wohnung angeboten hat, denn *Susies Bed and Breakfast* im Ort ist sicher schon seit Wochen ausgebucht.

Nervös zupfe ich an meinem Perlenband, und als hätte ich meinen Geschwistern damit ein Zeichen gesendet, piept mein Handy. Dank des Klingeltons weiß ich, dass jemand in unsere Familiengruppe geschrieben hat. Eine Familiengruppe, die ich seit einer Woche aus Angst vor einem Nervenzusammenbruch wie einen Erzfeind gemieden habe.

Libby war in dieser Gruppe. Noch immer steht ihr Name in der Teilnehmerliste, aber sie wird nie wieder eine Nachricht mit viel zu vielen Emojis schreiben. Nie wieder Tippfehler machen, über die Gracie, Isaiah und ich uns noch Wochen später krummlachen. Die Nachricht meiner kleinen Schwester vertreibt die dunklen Wolken in mir und macht ihr, dem personifizierten Sonnenschein, Platz.

> Gracie: *Schwesterkeks!!! Wann kommt dein Bus endlich an? Habt ihr euch verfahren? Oder warte … hat dich der Busfahrer entführt???*

Gracie: *Wir sitzen uns schon seit einer halben Stunde den Hintern im Little Stories platt. Wenn Morah noch einmal fragt, ob wir mehr Cookies haben wollen, platzen wir.*

Ich grinse wie ein Honigkuchenpferd, während ich meiner Schwester antworte.

Stella: *Bin gleich in BL. Der Busfahrer fährt heute im Schneckentempo.*

Isaiah: *Wird wirklich Zeit, dass du kommst. Morah erkundigt sich schon im Minutentakt nach dir.*

Morah ist, genau wie Libby es war, das Herz von Blossom Lake. Sie leitet das gemütliche Café am Marktplatz, backt die weltbesten Zimtschnecken und serviert die leckersten Kakao- und Kaffeekreationen der Nordküste. Ach was, der gesamten Vereinigten Staaten! Und nebenbei ist sie neben meiner kleinen Schwester die liebevollste Quasselstrippe, die man sich nur vorstellen kann. Kurz male ich mir aus, wie ich sie meinem wortkargen Boss vorstelle. Beide sind ungefähr im selben Alter, beide sind verwitwet und beide lieben Gebäck. Frank würde vermutlich noch weniger zu Wort kommen als ohnehin schon, der Arme wäre sicher vollkommen überfordert.

Gracie: *Isaiah hat recht. Also schwing deinen Arsch her, sobald du da bist. Ich habe heftigen Schwestern-Entzug.*

Grinsend schicke ich ein GIF in die Gruppe, in der sich drei füllige Labradore umarmen, stecke mein Handy zurück in meine Tasche und schlucke schwer, als ich das Ortseingangsschild meiner Heimat in der Ferne entdecke. Jetzt ist es offiziell: Ich bin zu Hause.

KAPITEL 3

Stella

Die rosafarbene Fassade des *Little Stories* leuchtet wie eine bunte Reklametafel und beißt sich mit dem gelben Bus, der gerade seine Türen schließt und quietschend davonfährt.

Ich lasse meinen Blick über den Markplatz von Blossom Lake – dem Herzstück des Ortes – schweifen, und ein vertrautes Gefühl macht sich in meinem Bauch breit. Zwischen den Laternen sind unsere berühmt-berüchtigten Halloween-Girlanden gespannt, deren kleine Plastik-Kürbisse die Kinder aus der Stadt Jahr für Jahr in akribischer Handarbeit mit ihren Eltern verzieren. Ich bin mir sicher, dass einige der Kürbisse noch von Isaiah, Gracie und mir stammen. Vielleicht ist sogar noch einer von Paps dabei. Überall in der Stadt hat er seine Spuren hinterlassen, genau wie in unseren Herzen.

Ich schlinge meine Jacke enger um mich, vergrabe mich in dem gefütterten Stoff und steuere das wohl schönste Café in ganz Maine an. Morah Stevens hat den Laden vor fünfzehn Jahren von ihrer Mutter übernommen und einer Rundumerneuerung unterzogen. Das *Little Stories* ist seitdem mehr Wohnzimmer als Lokal und macht seinem Namen alle Ehre. In diesen vier bezaubernden Wänden werden tagtäglich Geschichten erzählt. Manchmal sind es nur kleine Geschichten, an die man sich Jahre später mit einem nostalgischen Lächeln erinnert. Und dann gibt es noch die groß angelegten Stories, die sich ins kollektive Gedächtnis der Stadt brennen und für ein paar Lacher bei den Bewohnern sorgen. Oder für Tränen.

Wie sehr ich diesen Ort vermisst habe, wird mir erst klar, als ich die Tür aufstoße und von einer Wolke der Geborgenheit empfangen werde. Im *Little Stories* riecht es das ganze Jahr über nach Zimt und Weihnachten, auch in den warmen Sommermonaten.

Seit meinem letzten Besuch vor über einem Jahr scheint sich hier drin rein gar nichts verändert zu haben. Noch immer hängen dieselben hellen Holzleitern von den Decken herab, die Morah zu Lampen umfunktioniert und mit grünem Fake-Efeu umwickelt hat. Der Boden besteht aus schönem Echtholzparkett, in dem unsere Familie mehr als eine Kerbe hinterlassen hat. Einmal meinte Isaiah, dass er seine Schlittschuhe wie einen Hund an der Leine hinter sich herziehen müsse, und dabei haben sich die Kufen leicht ins Holz geschnitten.

Mit der Spitze meines Schuhs fahre ich die kleine Rille nach und folge ihr, bis ich von einem hellen Quieken unterbrochen werde, das mir allzu vertraut ist. Sekunden später knallt Gracie mit voller Wucht gegen mich, sodass ich ein paar Schritte nach hinten taumle. Zum Glück hält mich der Holzbalken in meinem Rücken davon ab, zum zweiten Mal an diesem Tag auf dem Hintern zu landen. Schließlich lautet meine Devise: nicht auffallen.

»Da bist du ja endlich!« Meine Schwester vergräbt ihr Gesicht in meinem Schal und drückt mich so fest an sich, dass mir jeglicher Sauerstoff aus der Lunge entweicht. Mein gesamter Körper versteift sich, weil ich es einfach nicht gewohnt bin, derart fest umarmt zu werden. *Überhaupt umarmt zu werden.*

Bei meinen Geschwistern fällt mir Körperkontakt zwar deutlich leichter als bei Fremden, aber ein riesiger Fan bin ich davon trotzdem nicht. Keine Ahnung, ob sich das jemals wieder ändern wird, aber im Augenblick bin ich einfach nur froh, mit meiner Familie in einem Raum und nicht Hunderte Meilen von ihr getrennt zu sein. Es ist etwas anderes, einen Menschen nicht nur sehen, sondern auch riechen und spüren zu können.

»O Gott. Ich. Habe. Dich. So. Vermisst!« Gracie umklammert mich noch fester und wiegt mich von links nach rechts, als würden wir gerade zu einem alten Folk Song tanzen. Sie lässt erst etwas lockerer, als Isaiah zu uns kommt und seine Hand auf ihre Schulter legt, um den Wirbelwind zu bremsen. »Erdrück sie nicht gleich, Gracie. Lass sie atmen.«

»Fuck.« Meine zierliche Schwester sieht aus ihren grüngrauen Kulleraugen zu mir auf. Im nächsten Moment flackert Schuld über ihr schönes Gesicht, das bei meinem letzten Besuch noch etwas jünger und weicher ausgesehen hat. Kindlicher. Gracie ist viel zu schnell erwachsen geworden und hat dieses Jahr ihr Kunst-Studium an der UMaine – der University of Maine – angefangen. Dieser Gedanke versetzt mir einen Stich, weil ich in den letzten Jahren so viel aus ihrem Leben verpasst habe. »War das zu stürmisch? Es tut mir leid, Schwesterkeks. Ich habe mich nur seit Monaten darauf gefreut, dich wiederzusehen. Die Freude ist wohl mit mir durchgegangen … Ich wollte nicht … Also ich wollte dich nicht … Du weißt schon.«

»Hör auf, dich zu entschuldigen, Gracie«, unterbreche ich ihre Selbstgeißelung lachend und inhaliere ihren unverkennbaren Duft nach Vanille und Kokos. Gott, wie sehr ich diese Mischung liebe. Der Geruch meiner kleinen Schwester ist definitiv mein Lieblingsduft. »Ich freu mich auch, dich zu sehen.«

»Hallo? Was ist mit mir? Zähle ich gar nicht, oder was?« Unser großer Bruder hat die Hände in den Taschen seiner dunkelblauen Chino vergraben und sieht mit einem warmen Lächeln dabei zu, wie Gracie und ich zu einer Person verschmelzen. Ich bette mein Kinn auf ihrem erdbeerblonden Lockenschopf und sehe meinen Bruder augenzwinkernd an.

Im Vergleich zu Gracie hat er sich kaum verändert. Seine dunkelbraunen Haare trägt er immer noch so wüst, dass mein innerer Monk gern einmal mit einem Kamm Ordnung ins Chaos bringen würde. Lediglich seine karamellbraunen Augen sehen müder und trauriger aus als beim letzten Mal. Weil er dabei war, als Libby mit plötzlichen Brustschmerzen ins Krankenhaus eingeliefert wurde und anschließend um ihr Leben kämpfen musste. Natürlich sind die letzten Wochen nicht spurlos an unserem Bruder vorbeigegangen, aber er versucht, sich nichts anmerken zu lassen.

Alles wie immer, hm?

»Deine Haare sind ja noch länger geworden!«, stellt Gracie fest. Erst jetzt bemerke ich, dass sie mich an den Schultern gefasst und von sich geschoben hat, um mich eingehend zu mustern. Anschließend zupft sie an meinen braunen Wellen, die mir mittlerweile bis zum Bauchnabel reichen, und gräbt ihre Schneidezähne in die Unterlippe. Meine Schwester wirkt mit ihrer überschwänglichen Art nicht wie eine Neunzehnjährige, und genau das liebe ich an ihr. Sie lässt sich nicht sagen, wie man sich als »Erwachsene« verhalten sollte, und zieht einfach ihr Ding durch. Ihr macht es im Gegensatz zu mir nichts aus, aufzufallen. Sei es durch ihre quirlige Art oder ihre bunten Klamotten.

»Damit kann ich dir so geile Frisuren machen, Schwesterkeks. Ich habe schon einen ganzen Ordner mit Inspirationen von TikTok auf meinem Handy gespeichert. Manche werden eine Herausforderung, aber mit deinen Haaren kann man so viel anstellen! Du solltest sie nicht immer nur als Vorhang tragen.« Gracie hat es schon früher geliebt, mir die Haare zu flechten, und inzwischen ist sie so gut darin geworden, dass all ihre Freundinnen zu ihr kommen, wenn sie eine schöne Frisur für einen besonderen Anlass haben möchten.

»Ich werde wohl immer dein Versuchskaninchen bleiben, was?«, antworte ich mit einem gequälten Lächeln.

Sie hüpft auf die mit braunem Stoff bezogene Sitzbank am Fenster und lässt mir somit etwas Raum zum Atmen und Ankommen. Das war seit jeher unser Stammplatz. Damals saßen wir hier jeden Sonntag zu viert mit Paps. Irgendwann kam Libby dazu, und wir haben noch einen Stuhl dazugeschoben. Unser Vierertisch wurde zu einem Fünfertisch, so wie unsere Viererfamilie wieder zu einer Fünferfamilie wurde. Ich blicke von einem Ende des Tisches zum anderen. Zwei leere Plätze. Jetzt gibt es nur noch uns drei.

»Schön, dass du endlich da bist.« Isaiah zieht die Hände aus den Taschen, tritt auf mich zu und drückt mir zur Begrüßung einen Kuss auf den Scheitel. Anschließend setzt er sich neben Gracie, während ich auf der gegenüberliegenden Seite Platz nehme.

»Wie geht es euch?«, frage ich meine Geschwister und schäle mich aus meiner Jacke, weil es hier drin bullenheiß ist. Im *Little Stories* wird noch ganz traditionell mit Kamin geheizt, und Morah legt gerne mal ein paar Holzscheite zu viel ins Feuer. Ich ignoriere das Knistern der Flammen, so gut es geht, auch wenn es mich hin und wieder aus dem Konzept bringt und ungute Erinnerungen in mir hervorruft.

»Ganz okay, schätze ich.« Isaiah kratzt sich am Hinterkopf

und senkt den Blick auf die herbstliche Tischdecke vor uns. Er hatte zwar nie Probleme damit, seine Gefühle zu zeigen, aber er wollte für Gracie und mich schon immer der große, beschützende Bruder sein. Er war unsere Schulter zum Anlehnen, als Paps von uns gegangen ist, und diese Rolle hat er bis heute nie abgelegt. Auch nicht, als ich meine Sachen gepackt habe und abgehauen bin, weil mich hier alles erdrückt hat. Ich habe meinen Geschwistern nie gesagt, wie leid es mir tut, dass ich einfach fort bin, aber sie haben mir dennoch nie das Gefühl gegeben, etwas falsch gemacht zu haben. Sie waren schließlich dabei, als meine fragil errichtete Schutzmauer brach. Damals, auf dem Abschlussball, vor der gesamten Klasse. Die Härchen in meinem Nacken stellen sich auf, als wittere mein Körper eine Gefahr.

»Es ist schwer ohne Libby.« Gracie kräuselt ihre Stupsnase, wobei die Spitze von links nach rechts tanzt. Man sieht ihr an, wie viel sie in den letzten Tagen geweint hat. »Ich kann immer noch nicht glauben, dass sie nicht mehr da ist. Nie mehr. Dass sie nicht einfach nur im Urlaub ist oder so.« Ihre Kulleraugen füllen sich mit Tränen, und sofort verspüre ich den Wunsch, sie noch einmal in den Arm zu nehmen und für den Rest des Tages nicht mehr loszulassen. Wie gerne würde ich ihr den Halt geben, den sie braucht.

»Ich kann es auch nicht glauben«, flüstere ich. »Und ich fühle mich miserabel, weil ich sie so lange nicht angerufen habe.«

»Libby war nicht böse auf dich, Stella.« Isaiah schenkt mir ein aufmunterndes Lächeln. Da ist sie wieder: Die Schulter, an die ich mich so gern kuscheln würde, wenn ich im Inneren nicht so verkorkst wäre.

»War sie wirklich nicht. Außerdem wusste sie, dass du mit

der Arbeit im Shelter total ausgelastet bist. Apropos Shelter: Was macht dein neuer Schützling? Wie war sein Name noch gleich? Hero?« Gracie trommelt aufgekratzt mit den Fingern auf die Tischplatte, bevor sie beginnt, den Rand ihres Colaglases nachzufahren, an dem eine quietschgelbe Zitrone steckt.

»Er ist mir hinterhergerannt und wollte am liebsten mit in den Bus springen. Es geht ihm mittlerweile schon viel besser, und ich glaube, er erlebt gerade mit mir seinen zweiten Frühling.«

»Wie süß! Ich würde ihn so gerne mal kennenlernen! Beim nächsten Mal musst du ihn mit herbringen.« Eine Weile unterhalten wir uns noch über die *Furry Angels*, über Isaiahs Arbeit bei der städtischen Feuerwehr und Gracies Studium an der UMaine. Und je länger ich mit meinen Geschwistern an unserem Stammtisch sitze, desto mehr komme ich an. Hier, in meinem Lieblingscafé, mit meinen Lieblingsmenschen, in meiner einstigen Lieblingsstadt – die mir alles genommen hat. Hin und wieder huschen Leute über den Marktplatz vor dem *Little Stories*, und jedes Mal, wenn jemand einen Blick in meine Richtung wirft, würde ich am liebsten auf der Bank nach unten rutschen und mich vor der Welt verstecken.

»Und es ist wirklich okay für dich, wenn ich bei dir wohne, solange ich hier bin?« Ich schüttle den fiesen Gedanken ab, ihm zur Last zu fallen, und sehe meinen großen Bruder an. Er hat sich lässig zurückgesetzt, beide Arme auf den Lehnen der Bank ausgebreitet und nickt mit einem Lächeln auf den Lippen, das Eisberge schmelzen lässt. Mein Bruder hat mit diesem Lächeln schon mehr als einem Mädchen in Blossom Lake den Kopf verdreht.

»Denkst du echt, ich lasse dich in Susies überfülltem Bed

and Breakfast wohnen? Kurz vor der Weihnachtssaison? Außerdem habe ich ohnehin gerade ein Zimmer frei. Das ist echt kein Ding, Stella. Solange du kein Problem damit hast, dass die Leitungen alt sind und es ein paar Minuten dauert, bis heißes Wasser kommt. Mi casa es su casa.« Er macht eine einladende Handbewegung.

»Das macht mir nichts. In Franks Landhaus gab es manchmal tagelang kein heißes Wasser. Ich bin also abgehärtet.«

»O mein Gott. Stella Sophia Jones!« Morah erscheint in ihrer süßen weiß-pink gepunkteten Schürze an unserem Tisch und sieht mich aus großen Augen an. Sie ist Anfang sechzig, könnte aber locker als Mitte vierzig durchgehen. Mehr als einmal hat Libby sie nach ihrem Schönheitsgeheimnis gefragt, und ihre Antwort war immer dieselbe: *Vertrauen, Liebes. Vertrauen ist die Antwort auf alles und das beste Anti-Aging-Mittel. Sich zu sorgen gibt dir keine Kontrolle über das Leben, sondern macht nur fiese Falten.*

Morah ist die pure Spiritualität auf zwei Beinen und tanzt damit durch ihr Leben. Wenn ihr Steine in den Weg gelegt werden, ist sie nicht böse *darüber*, sondern dankbar *dafür*. Weil sie der Meinung ist, dass jede Prüfung vom Universum ein Geschenk in sich birgt. Ich wünschte, ich hätte dasselbe Urvertrauen, das sie sogar nach dem Tod ihres Mannes vor zehn Jahren nicht verloren hat.

»Hi, Morah!« Ich winke ihr zu, woraufhin sie die gefalteten Hände über ihr Herz legt. »Wie hübsch du aussiehst, Stella. Deine Haare sind ein Traum!«

»Hab ich ihr auch schon gesagt. Auch wenn es mir echt schwerfällt, nicht sofort meine Schere aus dem Wohnheim zu holen«, wirft Gracie schnalzend ein und hält sich die rechte Hand ans Ohr. »Hört ihr das? Das sind Stellas ausgehungerte

Spitzen, die um Erlösung und einen frischen Schnitt betteln.« Ich verdrehe die Augen über die ausgewachsene Abneigung meiner Schwester gegen Spliss. Aber natürlich hat sie nicht unrecht – mein letzter Friseurbesuch ist eine Ewigkeit her.

»Nun sag schon, Liebes. Was kann ich dir bringen? Eine heiße Schokolade, wie früher?« Umgehend läuft mir das Wasser im Mund zusammen, als hätte Morah einen Knopf in mir gedrückt, von dessen Existenz ich bislang nichts wusste.

»Gerne, aber nur, wenn du die bunten Marshmallows hast!«

»Was für eine Frage, Liebes. Es gibt kein *Little Stories* ohne bunte Marshmallows. Außerdem habe ich noch etwas vom Mittagstisch für dich übrig.«

»Das klingt perfekt, ich bin wirklich am Verhungern.« Nach weniger als fünf Minuten kommt Morah erneut an unseren Tisch, stellt erst die bauchige Tasse mit dem passenden Spruch »every story needs to be told« vor meiner Nase ab und anschließend eine mintgrüne Suppenschüssel, aus der Dampf aufsteigt. Noch bevor ich den Inhalt genauer begutachten kann, dringt mir ein altbekannter Geruch in die Nase. Daraufhin muss ich so laut lachen, dass mir der Bauch wehtut und meine Geschwister stutzig werden.

»Was ist los, Schwesterkeks?« Gracie sieht mich gespannt an, während Isaiah dreinschaut, als wäre ich von allen guten Geistern verlassen.

»Ach nichts.« Ich schnappe mir den Löffel, rühre kopfschüttelnd in der Schüssel und beginne zu essen. Ausgerechnet heute gibt es im *Little Stories* Erbseneintopf!

KAPITEL 4

Stella

Isaiahs Wohnung befindet sich zwei Querstraßen vom *Little Stories* entfernt, sodass ich nur fünf Minuten für den Weg dorthin brauche. Mein Bruder hat mir seinen Ersatzschlüssel gegeben, weil er noch zur Nachtschicht bei der Feuerwehr muss und mich daher nicht begleiten kann.

Gracie ist mit ihrem rostroten Ford zurück ins Wohnheim an der UMaine gefahren, um für ihre morgige Prüfung in Medienkunst zu lernen. Und sosehr ich mich auch über das Wiedersehen mit den beiden gefreut habe, so dringend sehne ich mich jetzt nach einem ruhigen Abend ganz für mich allein. Vielleicht werde ich mir ein heißes Schaumbad einlassen, bevor ich mich mit ein paar Folgen *Peaky Blinders* ins Bett verziehe und zu Thomas Shelbys dunkler Stimme einschlafe.

Da ich vor einem Jahr schon einmal in Isaiahs Wohnung war, erkenne ich das dreistöckige Mehrfamilienhaus aus rotem Backstein vor mir direkt wieder. Die Wohnung meines Bruders befindet sich in der obersten Etage auf der rechten Seite.

Sobald ich die Wohnung betreten habe, stelle ich meine Tasche ab, hänge den Schlüssel an das kleine Brett neben dem bodentiefen Spiegel und ziehe meinen Parka aus. Anschließend wickle ich meinen Schal ab und kann zum ersten Mal seit meiner Ankunft hier frei atmen.

Mein Hals kribbelt an den Stellen, die viel zu lange keine Luft abbekommen haben, während ich meine Klamotten an die Garderobe hänge und aus meinen Turnschuhen schlüpfe. Mit meinem Handy bewaffnet, taste ich im Wohnzimmer nach dem Lichtschalter und schlurfe zu dem grau melierten Sofa hinüber, das in der Mitte des Raumes steht und Isaiah scheinbar seit Neuestem als Kleiderständer dient. Mein Bruder war früher immer wahnsinnig ordentlich, fast pedantisch. *Einige Dinge ändern sich scheinbar doch.*

Naserümpfend schiebe ich eine schwarze Jogginghose und ein Paar dreckige Tennissocken zur Seite, lasse mich auf das Polster plumpsen und lehne mich mit angezogenen Knien zurück. Einen Moment lang schließe ich die Augen und genieße die Stille. Auch wenn sich meine Kontakte heute auf eine Handvoll beschränkt haben, sind meine sozialen Akkus komplett leer.

Die wohlverdiente Ruhe währt jedoch nicht lange, denn auf einmal poltert es lautstark in der Wohnung. Innerhalb von Sekunden bin ich auf die Füße gesprungen. *Was zur Hölle war das?* Wieder poltert es, und als mein Blick zur Küchentür schießt, schlucke ich schwer. Sie ist angelehnt, und der helle Lichtschein, der mir bis jetzt scheinbar entgangen ist, verheißt nichts Gutes.

Jemand ist in der Küche!

Und es ist definitiv nicht mein Bruder!

Mein Herz beginnt wild zu poltern und würde am liebsten aus meiner Brust springen, um das Weite zu suchen. Mit zitternden Händen umklammere ich mein Handy, wähle Isaiahs Nummer und beiße mir kräftig auf die Unterlippe, während ich darauf warte, dass er endlich abnimmt.

»Nun komm schon, geh ran«, flüstere ich ungeduldig und behalte dabei die Tür im Blick. Was, wenn hier jemand eingebrochen ist, während wir ahnungslos im Café saßen? Aber ein Einbruch in Blossom Lake? Unwahrscheinlich. Die Kriminalitätsrate ist in unserer Stadt nahezu nicht existent. Das einzige Verbrechen, das ich je mitbekommen habe, war der große Brötchenklau in *Carol's Bakery* vor fünf Jahren. Und selbst der war nicht sonderlich spektakulär. Schon nach einer Stunde hat sich herausgestellt, dass die leicht demente Mrs. Bloom lediglich ihr Portemonnaie vergessen hat und mit den Brötchen nach Hause geflitzt ist, um Geld zu holen.

»Hey, bist du gut angekommen?« Isaiah klingt vollkommen entspannt, während in mir alle Alarmglocken schrillen.

»Daisjemandindeinerwohnung«, überschlagen sich meine Worte. Instinktiv sehe ich mich bereits nach etwas um, das ich gegen den Eindringling als Waffe verwenden kann. Ich könnte ihn mit einem von Isaiahs Büchern attackieren, doch sonderlich effektiv stelle ich mir das nicht vor. Also schnappe ich mir die schwarz-weiß gemusterte Vase vom Couchtisch und drücke sie an meine Brust wie eine geladene Kalaschnikow. Wenn es hart auf hart kommt, werde ich das Teil schmeißen!

»Whoa, nicht so schnell, Stella. Was hast du gesagt?«

»Da ist jemand in deiner Wohnung.« Meine Stimme ist kaum mehr als ein ängstliches Krächzen, weil ich kurz vor einem Nervenzusammenbruch stehe.

»Redest du von Austin?«

»Austin wer?« Ich stehe vollkommen auf dem Schlauch. Wieder poltert es in der Küche, gefolgt von einem rauen Fluchen.

»Mein Mitbewohner, Stella. Mach dir keine Gedanken, das ist kein Einbrecher, falls du das vermutet hattest. Du kannst dich entspannen und deine Waffe zur Seite legen, du John Wick für Arme.« Isaiah kennt mich viel zu gut.

»Moment mal – hast du gerade *Mitbewohner* gesagt?« Ich werde lauter, obwohl ich mich am liebsten totstellen oder in Luft auflösen würde. Gerade habe ich mich noch auf einen ruhigen Abend mit Cillian Murphy auf meinem Laptop gefreut, und jetzt erwähnt Isaiah ganz nebenbei, dass er einen verdammten Mitbewohner hat? Wann wollte er mir davon erzählen?

»Ja, Mitbewohner. Du weißt schon, jemand, mit dem man sich eine Wohnung und die Miete teilt?« Isaiah lacht, aber ich finde hier dran gar nichts witzig. Ich hätte vor Schreck beinahe einen Infarkt bekommen oder mir in die Hose gemacht!

»Wieso hast du mir nicht gesagt, dass du einen Mitbewohner hast?«, frage ich mit enger Kehle. Ich bin nicht darauf vorbereitet, heute noch einem fremden Menschen in der realen Welt zu begegnen. Geschweige denn in den nächsten Wochen auf engstem Raum mit einem zusammenzuwohnen. Mir ein Bad mit ihm zu teilen! Einen Kühlschrank! Und Himmel, hat diese Wohnung überhaupt genug Zimmer, oder werde ich auf dem Sofa schlafen müssen? Nicht, dass ich mir dafür zu schade bin, aber dieser mysteriöse Mitbewohner soll mir nicht beim Schlafen zuschauen können. Niemand soll das.

»Ich hab dir von ihm erzählt, Stella. In unserem letzten Telefonat. Weißt du nicht mehr?«

»Ähm.«

»Er wohnt seit ein paar Monaten bei mir. Das kannst du unmöglich vergessen haben.«

Ich gehe panisch vor dem Sofa auf und ab, halte mir eine Hand vor meine inzwischen schweißnasse Stirn. »Scheinbar kann ich das sehr wohl. Ich hätte mich fast zu Tode erschrocken.«

»Keine Sorge, Austin beißt nicht. Sag ihm einfach, dass du

deine Ruhe haben willst, und dann bemerkst du nicht mal, dass er da ist. Vermutlich verschwindet er eh gleich und geht auf eine Party. Er ist abends meist unterwegs.« Ja klar. Als wäre es für mich *so leicht*, einem Wildfremden zu sagen, dass ich meine Ruhe haben will. In einer Wohnung, in der ich nicht einmal Miete zahle. Wieder poltert es. Herrgott, was macht der Kerl da bloß in der Küche? Klingt definitiv nicht nach kochen, eher nach dem Auseinandernehmen der Einrichtung. Am anderen Ende der Leitung höre ich, wie Isaiahs Feuerwehrkameraden nach ihm rufen.

»Jones, schwing deinen Arsch her!«

»Meine Schicht fängt gleich an. Wenn etwas ist, schreib mir einfach, okay? Ich bin erst morgen früh zu Hause, aber wenn du willst, kann ich Gracie fragen, ob wir vor ihrer Prüfung zusammen frühstücken wollen.«

Ich nicke, obwohl er mich nicht sehen kann.

»Und Stella?«

»Ja?« Gott, meine Nerven flattern.

»Ich freue mich wirklich, dass du da bist.«

Bevor ich etwas erwidern kann, ist die Leitung tot. Mit rasendem Herzen lasse ich mein Handy aufs Sofa fallen und betrachte die angelehnte Küchentür mit Argusaugen.

Am liebsten würde ich Isaiahs Mitbewohner so lange wie möglich aus dem Weg gehen, aber ich muss ihm sowieso in den nächsten Tagen begegnen. Also kneife ich die Arschbacken zusammen und gehe mit unsicheren Schritten auf die Küche zu. Meine Handflächen werden immer feuchter, genau wie meine Stirn. Die Vase umklammere ich weiterhin wie meinen größten Schatz, weil ich meine nervösen Hände irgendwie beschäftigen muss.

»Fuck, mach weiter so«, ertönt eine raue Männerstimme

aus der Küche. Verdammt, redet der Kerl mit seiner Pfanne, oder was? Ich spreche mir innerlich Mut zu, schiebe die Tür einen Spalt auf und bereue es sofort.

Herr im Himmel!

Das Erste, was ich von Isaiahs Mitbewohner zu Gesicht bekomme, ist sein nackter und tätowierter Oberkörper. Als Nächstes fällt mein Blick auf seine Hände, die sich fest in das Haar einer Frau krallen, die vor ihm auf den Fliesen kniet und ihm munter einen bläst. Alles in mir schreit danach, die Tür sofort zuzuziehen und aus der Wohnung zu stürmen, doch ich bin wie gelähmt. Meine Eiskönigin-Socken verwachsen mit dem Boden unter meinen Füßen, und ich kann mich nicht vom Fleck bewegen.

Schmatzende Geräusche dringen bis zu mir ins Wohnzimmer, und als ich meinen Blick über den nackten Oberkörper von Isaiahs Mitbewohner gleiten lasse, halte ich den Atem an. Er entweicht mit voller Wucht aus meinen Lungenflügeln, sobald ich an seinem Gesicht hängen bleibe.

Er starrt mich ebenfalls an.

Während die Frau zu seinen Füßen alles gibt. Immer schneller gleitet ihr Kopf vor und zurück. Vor, zurück. Vor, zurück. Wieso unterbricht er seine Freundin nicht und zieht sich endlich die verdammte Hose hoch?

Ich glühe inzwischen sicher wie eine überreife Tomate kurz vor der Explosion, kann den Blick aber einfach nicht von ihm abwenden. Austin hat wuschelige dunkelbraune Haare, ein markantes, männliches Gesicht und einen leichten Bartschatten, der ihm einen Ausdruck von Verwegenheit verleiht. Fehlt nur noch eine Lederjacke plus Kippe zwischen den Lippen, und die Bad-Boy-Optik wäre perfekt. Die halb nackte Frau zu seinen Füßen komplettiert das Bild.

Großes Kino, Stella. Ich wollte einen ruhigen Abend für mich allein haben, und stattdessen bekomme ich einen Live-Porno geboten. Von einem Kerl, der scheinbar keine Hemmungen und den Zweck einer Küche nicht verstanden hat. Wäre ich mutiger, würde ich ihm an den Kopf knallen, dass sie nicht für Blowjobs gedacht ist. Aber ich bin nicht mehr mutig. Früher war ich es, bis mein Mut etwas zu oft mit Füßen getreten wurde.

Ich presse meine Zähne fest aufeinander, während der Kerl sein kleines Spiel auf die Spitze treibt. Er zieht die kurvige Frau mit den traumhaften schwarzen Haaren auf die Beine, packt sie am Hintern und hebt sie mit Leichtigkeit auf die hölzerne Arbeitsfläche direkt neben der Spüle, in der sich das Geschirr stapelt. Schon die dreckigen Klamotten im Wohnzimmer hätten ein Hinweis darauf sein sollen, dass Isaiah nicht allein hier wohnt.

Austins Freundin, oder wer auch immer sie ist, trägt einen kurzen roten Faltenrock und dazu lediglich einen schwarzen Spitzen-BH, der sich stark von ihrer porzellanweißen Haut abhebt. Ein Träger ist ihr über die Schulter gerutscht, sodass ihre voluminöse Brust fast herausfällt. Ihr Oberteil liegt wie ein benutzter Lappen vor dem Kühlschrank, direkt neben einer Bratpfanne.

Sie scheint mich im Gegensatz zu Austin noch nicht bemerkt zu haben, denn sie zieht ihn unbeirrt zu sich heran und biegt ihren Rücken ästhetisch durch. Austin legt seine Hände auf ihre straffen Schenkel, schiebt ihre Beine auseinander und drängt sich bestimmend zwischen sie. Währenddessen versuche ich mit aller Kraft, den Blick von seinem besten Stück abzuwenden, das eben noch bis zum Anschlag in ihrem Mund steckte.

Geh einfach und vergiss, was du gerade gesehen hast, Stella!

»Worauf wartest du noch, Baby?« Die Frau schnurrt wie ein Kätzchen, während sich meine Nackenhaare aufstellen.

Diese Situation ist vollkommen absurd. Am allermeisten regt mich nicht einmal die Taktlosigkeit dieses Kerls auf, sondern meine Unfähigkeit, das Weite zu suchen.

Wieder sieht Austin mich von der Seite an, auch dann noch, als die Schönheit ihren Kopf hollywoodmäßig in den Nacken wirft. Er nimmt die wortlose Einladung an und beugt sich über sie. Ohne den Blick von mir zu lösen, küsst er sich ihren Hals entlang und gräbt anschließend seine Zähne in ihre zarte Schulter. Ihr entweicht ein Stöhnen, während mir nur ein trotziger Laut entwischt. Am liebsten würde ich meinen Bruder anrufen und ihm sagen, dass er völlig falschgelegen hat. *Dein Mitbewohner beißt sehr wohl, Isaiah!*

KAPITEL 5

Austin

Isaiahs Schwester steht wie ein Reh im Scheinwerferlicht im Türrahmen und starrt uns aus großen Augen an. Starrt *mich* an. In ihrer Hand die hässliche Vase meiner Mutter, die ich nur aufgestellt habe, damit ich mir ihre Predigt ersparen kann, sollte sie mich jemals besuchen kommen. Was in absehbarer Zeit vermutlich ohnehin nicht passieren wird. Ich wohne schließlich nicht erst seit gestern hier, und sie hat nicht einmal gefragt, ob sie vorbeikommen kann.

Mein Mitbewohner hat mir erst vor zwei Stunden mitgeteilt, dass heute seine kleine Schwester Stella anreist und für ein paar Wochen bei uns pennen wird. Und auch wenn ich mir wirklich etwas Besseres vorstellen kann, als mir diese winzige Wohnung mit noch einer weiteren Person zu teilen, blieb mir nichts anderes übrig, als zuzustimmen. Isaiah ist der Hauptmieter und ich nur der Untermieter, außerdem hat er nicht um meine Erlaubnis gebeten, sondern mich lediglich darüber in Kenntnis gesetzt. Da wir ohnehin seit einigen Wochen ein Zimmer frei haben, konnte ich ihm kein handfestes Gegenargument liefern.

Das Wissen über Stellas Ankunft hat mich nicht davon

abgehalten, Carrie nach der Vorlesung mit nach Hause zu nehmen. Jetzt rutscht sie dichter an den Rand der Arbeitsplatte heran, drückt mir ihr Becken willig entgegen und stöhnt, als ich ihr sanft in die Schulter beiße. Im selben Moment entweicht unserer bisher schweigenden Zuschauerin ein Schnauben. Ich tackere meinen Blick an ihren, während ich Carries Hüften fester packe und sie an mich drücke. Umgehend wird sie in meinen Händen weich wie Wachs.

Keine Ahnung, wo dieses kleine Spiel hier enden wird, aber Isaiahs Schwester kapiert besser gleich, dass ich in meiner Wohnung tue und lasse, worauf *ich* Lust habe. Und gerade habe ich Lust, meine Kommilitonin auf der Küchenzeile zu vögeln.

Warum verschwindet sie nicht einfach auf ihr Zimmer, verdammt? Gefällt ihr die Show so gut?

Als ich eine Berührung an meinem Schwanz spüre, entflieht mir ein heiseres Knurren. Carrie streichelt langsam über meine Länge, bevor sie ihre Faust darum schließt und mich noch härter macht. Mit perfektem Druck massiert sie mich, während ich meinen Blick nicht von der Kleinen im Wohnzimmer lösen kann. Sie hat Ähnlichkeit mit den anderen Jones-Geschwistern und sieht doch ganz anders aus.

»Hast du ein Kondom hier?«, haucht Carrie. Shit. Natürlich habe ich kein Kondom in der verfluchten Küche! Wenn wir jetzt in mein Zimmer gehen, laufen wir geradewegs Isaiahs Schwester in die Arme. Carrie scheint unsere Zuschauerin immer noch nicht bemerkt zu haben, sie reibt sich an mir wie ein schnurrendes, hungriges Kätzchen.

»Austin? Du bist ja gar nicht bei der Sache!« Plötzlich schiebt sie mich von sich, und ihre grauen Augen funkeln wütend. Wie gern würde ich ihr sagen, dass ich sehr wohl bei der Sache bin und wir weitermachen können, aber mein Körper spricht eine andere Sprache. Meine Erektion klingt langsam ab, und ich bin beinahe froh über die Anwesenheit des braunhaarigen Eindringlings, als es plötzlich laut im Wohnzimmer, das an die Küche grenzt, scheppert. Carries Aufmerksamkeit wird somit auf etwas anderes als meinen kleiner werdenden Schwanz gelenkt.

»O Gott!« Sie hüpft von der Anrichte und starrt ängstlich Richtung Wohnzimmer. »Was war das, Austin?« Ihr Brustkorb hebt und senkt sich so heftig, dass die Spitze ihres BHs in die weiche Haut ihrer prallen Titten schneidet.

»Nur Isaiahs kleine Schwester.«

»Wie bitte?« Könnten Augen Laserblitze schießen, wären Carries besonders tödlich. »Wie lange ist die schon da? Etwa die ganze Zeit?«

»Keine Ahnung. Frag sie doch selbst.« Achselzuckend fische ich mein schwarzes Shirt von der Anrichte und streife es mir über, nachdem ich meine Jeans hochgezogen und meinen Schwanz verstaut habe. Carrie schnappt sich derweil ihren weinroten Pulli vom Boden und zieht sich ebenfalls wieder an. Der Blowjob war genau das, was ich nach diesem ätzend langweiligen Tag an der Uni gebraucht habe, aber mein Happy End werde ich heute wohl nicht mehr bekommen.

Carrie marschiert direkt ins Wohnzimmer, und ich hefte mich an ihre Fersen. Als ich sehe, dass Stella die Vase meiner Mutter fallen gelassen hat, zucken meine Mundwinkel. Sie ist gerade dabei, fluchend die einzelnen Scherben mit den Händen aufzusammeln.

»Hast du keinen Anstand?«, faucht Carrie und zupft ihre Strumpfhose zurecht. Ein spöttisches Lächeln stiehlt sich auf meine Lippen, weil ihre Worte so absurd sind. Schließlich sind wir zwei diejenigen, die keinen Anstand haben und in der Küche vögeln wollten.

»Ich … es tut mir leid! Ich wusste nicht …« Stella stammelt vor sich hin, sammelt Scherbe für Scherbe auf und hat scheinbar keine Ahnung, was sie jetzt damit machen soll. Irgendwie süß, die Kleine. Auf den Familienfotos, die überall in der Wohnung verteilt sind, war sie noch deutlich jünger.

Ihre braunen Haare fallen wie ein Vorhang über ihr Gesicht, und es gleicht einem Wunder, dass sie durch die dicken Strähnen überhaupt etwas sehen kann. Vermutlich schneidet sie sich gleich noch in die Pfoten und blutet den ganzen Boden voll. Alles an ihr schreit nach grenzenloser Tollpatschigkeit.

»Was macht sie überhaupt hier?« Carries Blick schießt anklagend in meine Richtung. Ich kann nicht behaupten, dass wir uns sonderlich mögen, aber im Bett harmonieren wir ziemlich gut. Das ist auch der einzige Grund, wieso wir uns manchmal auch außerhalb der Vorlesungen treffen.

»Ja, Stella. Was machst du hier?«, wende ich mich an das scheue Reh und verschränke die Arme provokant vor der Brust. Sie zieht ihre Unterlippe zwischen die Zähne und steht auf. In ihrer Hand immer noch die Überreste der hässlichen Vase. Scherben, die zu der verkorksten und kaputten Beziehung zu meinen Eltern passen. Es wurde ohnehin längst Zeit, dass ich sie in den Müll schmeiße.

»Ich … ich …« Gott, sie benimmt sich, als käme sie direkt aus dem Wald und hätte noch nie mit einem menschlichen Wesen gesprochen. Sie scheint das komplette Gegenteil von Isaiah und ihrer Schwester Gracie zu sein. Vor allem Letztere redet ohne Punkt und Komma. Vielleicht sollten die beiden fusionieren, um einen halbwegs erträglichen Menschen zu formen.

»Ich verschwinde besser. Tut mir leid, dass ich euch gestört habe.« Sie lässt die Scherben einfach wieder auf den Boden fallen und stürzt Richtung Flur. Im Vorbeigehen will sie sich ihr Handy vom Sofa schnappen, greift aber vor lauter Aufregung nach meiner dreckigen Socke. Fluchend schmeißt sie das Teil ebenfalls auf den Boden.

»Und wo willst du hin?« Ich folge ihr und ignoriere Carrie, die versucht, mich am Arm zurückzuhalten.

»Zu *Susies Bed and Breakfast*. Vielleicht habe ich Glück, und sie hat wider Erwarten doch ein Zimmer frei.« Stella zieht sich in Windeseile die Schuhe an, doch bevor sie nach ihrer Jacke greifen kann, halte ich sie auf.

»Warte.« Scheiße, was mache ich hier eigentlich? Ich habe keinen Bock auf eine Mitbewohnerin. Erst recht auf keine, die den Mund nicht aufbekommt. Besser könnte es daher nicht laufen. Stella sucht freiwillig das Weite, das ist ein verfluchter Sechser im Lotto! Dennoch kann ich sie unmöglich gehen lassen, Isaiah würde mich killen, wenn er erfährt, dass ich sie mit meinem Beinahe-Quickie vergrault habe. Und ich habe keinen Bock auf Streit mit ihm oder darauf, mir eine neue Bude suchen zu müssen. Geschweige denn darauf, zurück zu meinen Eltern zu ziehen. Vorher friert die Hölle zu!

Isaiah hat kein Problem damit, dass ich des Öfteren weiblichen Besuch mit in die Wohnung bringe, aber er mutiert jedes Mal zum Bodyguard, wenn es um seine Schwestern geht. Außerdem ist Susies B&B schon seit Wochen ausgebucht, das weiß die ganze Stadt. Eine andere Unterkunft gibt es in diesem Kaff nicht, und wenn ich Stella jetzt ziehen lasse, verbringt sie die Nacht im schlimmsten Fall auf einer Parkbank. Ich bin zwar definitiv kein Samariter, aber auch kein völliges Arschloch.

»Lass sie doch gehen, Austin. Dann können wir vor der Party beenden, was wir in der Küche begonnen haben.« Carrie steht inzwischen neben mir, doch ich habe nur Augen für Stella.

»Geh schon mal zur Party bei Duke vor«, wimmle ich Carrie ab. »Ich komme gleich nach.«

»Spinnst du? Sie geht, ich bleibe. Ist doch ganz einfach.« Meine Kommilitonin wirft sich ihr schwarzes Haar über die Schulter und sieht mich abwartend – und *erwartend* – an. Dass ich jetzt ohnehin keinen mehr hochkriegen würde, behalte ich für mich. Mir ist die Lust auf Sex definitiv vergangen.

»Geh vor, Carrie«, knurre ich. »Stella wird bleiben.«

Isaiahs Schwester hält in der Bewegung inne, sieht mich unschlüssig aus ihren riesigen braunen Augen an und hängt ihren Parka ganz langsam zurück an die Garderobe, als befürchte sie, ich könnte sie nur verarschen.

»Ist das dein Ernst, Austin? Ich bin extra mit zu dir gekommen!«

»Und wir sehen uns nachher auf der Party ja wieder«, entgegne ich möglichst charmant. Ich habe zwar keinen Bock auf eine Mitbewohnerin, aber noch weniger Bock habe ich auf eine eifersüchtige Ziege wie Carrie. Sie weiß, dass ich nicht an einer Beziehung interessiert bin, das habe ich ihr von Anfang an klargemacht. Und bei unserer letzten Bestandsaufnahme meinte sie, es ginge ihr genauso.

»Arschloch«, murmelt sie, schnappt sich ihre Riemchen-Pumps und stürzt aus der Wohnung. Natürlich nicht, ohne Stella dabei absichtlich anzurempeln. Die Haustür kracht mit voller Wucht ins Schloss, woraufhin Isaiahs Schwester heftig zusammenzuckt. Schweigen legt sich wie dichter Nebel über uns, der mir egal ist, ihr jedoch unangenehm zu sein scheint. Letztlich bricht Stella die Stille.

»Ich wusste nicht, dass mein Bruder einen Mitbewohner hat. Er meint zwar, dass er mir von dir erzählt hat, aber …« Fuck, sie wusste nichts von mir? Kein Wunder, dass ich sie mit der Küchennummer so aus dem Konzept gebracht habe. Meine Mundwinkel zucken.

»Hattest du deshalb eine Vase in der Hand? Um mich damit zu erschlagen?« Ich lehne mich an den Türrahmen und mustere sie. Stella trägt eine schlichte braune Bluse und schwarze Jeans. Ihre Gesichtszüge – zumindest das, was man davon sehen kann – schreien pure Verletzlichkeit.

»Ich dachte, jemand wäre hier eingebrochen.« Stellas Blick huscht zwischen dem Fußboden und mir hin und her. *Na wunderbar, ein Problem mit Blickkontakt hat sie also auch. Das kann heiter werden.*

»Die Vase ist von meiner Mom.« Keine Ahnung, wieso ich ihr das sage.

»Das tut mir leid. Ich bezahl sie dir«, schlägt sie eilig vor und kramt in ihrer schwarzen Reisetasche, bis sie ihr Portemonnaie gefunden hat. Lachend stoße ich mich vom Türrahmen ab und gehe zurück ins Wohnzimmer. Ihre tapsenden Schritte verraten, dass sie mir zögerlich folgt.

»Die Vase war eh potthässlich, also hast du mir einen Gefallen getan.« Ich schiebe eine Hand in die Hosentasche, mit der anderen deute ich in den Raum hinein. »Soll ich dir die restliche Wohnung zeigen?«

»Ich war schon mal hier. Vor einem Jahr.« War sie so lange nicht mehr in Blossom Lake? Von Isaiah weiß ich, dass seine Schwester nicht in der Gegend wohnt, aber viel mehr hat er mir nicht über sie erzählt. Gracie ist hingegen ständig bei uns, lümmelt auf dem Sofa herum, lässt ihre lockigen Haare im Waschbecken liegen und verpestet die Wohnung mit ihrem ekelhaften Nagellack. Mehr als einmal habe ich sie im Spaß über meine Schulter geworfen und aus der Wohnung geschmissen, um endlich meine Ruhe zu haben.

»Dein Zimmer ist direkt neben meinem.« Ich gehe auf die Tür zu, öffne sie und lasse Stella den Vortritt. Doch sie rührt sich nicht von der Stelle, bleibt einfach mitten im Raum mit der Tasche über ihrer Schulter stehen und starrt den Spalt zwischen mir und dem Türrahmen mit angehaltenem Atem an. Was ist jetzt schon wieder ihr Problem? Herrgott, die nächsten Wochen werden anstrengend, wenn sie nicht den Mund aufbekommt. Ich habe keinen Bock, ihr alles aus der Nase ziehen zu müssen.

»Was ist? Willst du die ganze Nacht wie bestellt und nicht abgeholt hier stehen bleiben, Bambi?« Der Spitzname rutscht mir heraus, bevor ich mir auf die Zunge beißen kann.

Stella atmet tief durch, bevor sie die Schultern leicht strafft und mit zögerlichen Schritten auf mich zukommt. Ich mustere sie erneut. Ihre langen braunen Haare sind ein wenig zur Seite gerutscht, sodass ich mehr von ihrem Gesicht sehen kann. Schmale kleine Nase. Herzförmig geschwungene Lippen, fein gezupfte Augenbrauen. Tiefbraune Iriden, passend zu ihrem neuen Spitznamen. Je näher sie mir kommt, desto mehr sieht es aus, als würde sie körperliche Schmerzen erleiden.

Als sie sich an mir vorbeischieben will, gleitet mein Blick erneut über sie und bleibt schließlich an ihrem Hals hängen. Bis jetzt sind mir die vernarbten Stellen nicht aufgefallen, weil sie von ihren Haaren verdeckt waren, aber gerade ziehen sie meine Aufmerksamkeit förmlich auf sich.

Stella hält den Atem an, bleibt abrupt zwischen mir und dem Türrahmen stehen und versteift sich am ganzen Körper, als hätte ihr jemand einen Eimer Eiswasser über den Kopf gekippt. Die hellen Brandnarben schlängeln sich über ihren Hals und verschwinden unter dem Kragen ihrer Bluse. Isaiah hat mir kurz nach unserem Kennenlernen erzählt, dass sein Vater vor neun Jahren bei einem tragischen Brand ums Leben gekommen ist und er deshalb bei der Feuerwehr angefangen hat. Was er mit keiner Silbe erwähnt hat, war, dass seine kleine Schwester offensichtlich ebenfalls im Haus war, als es in Flammen aufging.

KAPITEL 6

Stella

Er starrt meine Narben an. Der Küchenporno hat mich so aus dem Konzept gebracht, dass ich nicht darauf geachtet habe, meinen Hals wieder zu bedecken. Meine Atmung wird flacher, mein Herzschlag immer schneller. Schweiß sammelt sich unter meiner Bluse, und mir wird von Sekunde zu Sekunde heißer, sodass ich mich am liebsten unter die kalte Dusche stellen würde, um die Stimmen aus meinem Kopf zu spülen.

Seht mal, Stella sieht aus wie Freddy Krueger!
Eins, zwei – Freddy kommt vorbei.
Drei, vier – schließ ab deine Tür.
Fünf, sechs – nimm dein Kruzifix.
Sieben, acht – schlaf nicht ein bei Nacht.

Die Geister der Vergangenheit dreschen mit voller Wucht auf mich ein, während ich versuche, mich an all die Gespräche mit Dr. Bernard zu erinnern, in denen sie mir erklärt hat, wie ich besser mit diesen Flashbacks umgehen kann. Aber gerade scheine ich alles vergessen zu haben. Und das liegt einzig und allein an Austin, der sich noch immer nicht von der Stelle bewegt hat und mir viel zu wenig Platz lässt. Seine Blicke sind nicht abwertend oder angewidert, sondern … neugierig?

Wir stehen so nah beieinander, dass ich seinen warmen Atem an meiner Schläfe spüren kann. Sein Duft umgibt mich wie eine Wolke aus Zitronengras und Holz.

Jetzt bloß nicht durchdrehen, Stella! Du bist hier sicher. Die Vergangenheit kann dir nichts mehr anhaben. Aber wehtun, wehtun kann sie immer noch.

»Ist alles in Ordnung, Bambi?« Austin sieht mich aus schmalen Augen an. Die steile Falte zwischen seinen Brauen verrät mir, dass ihn meine Reaktion genauso aus dem Konzept bringt, wie mich seine Nähe. Ich müsste nur den Mund aufmachen und ihm sagen, dass er einen Schritt zur Seite treten soll, dass ich mehr Raum zum Atmen brauche, dass er zu dicht neben mir steht. Die Worte wollen mir nicht über die Lippen, weil die Angst mir die Kehle zuschnürt und meine Stimmbänder blockiert.

Stattdessen lasse ich meine Haare wieder schützend über meinen Hals fallen, verstecke mich vor seinen Blicken und den Fragen, die in seinen blaugrauen Augen flackern. Blaugraue Augen, die mir viel zu … vertraut sind. Moment, *was*? Ich taste blind nach dem Türrahmen, kralle mich daran fest und versuche, zu verstehen, welchen Streich mir mein Gedächtnis gerade spielt.

Wieso zum Teufel glaube ich, diese Augen und das kleine Muttermal auf seiner rechten Wange schon einmal gesehen zu haben? Ich kenne Austin nicht, bin ihm in meinem Leben noch nie begegnet. Oder?

Ich krame in meinen Erinnerungen nach dem Ursprung des vertrauten Gefühls, das sein Anblick in mir auslöst. Blossom Lake ist ein kleines Nest, in dem jeder jeden kennt. Natürlich könnte ich ihm vor meinem Weggang schon einmal begegnet sein, aber das Gefühl, das in meinem Magen brodelt, ist anders. Es ist intensiver. Irgendwie intimer.

»Du kippst mir jetzt nicht um, oder?« Austins Stimme dringt nur gedämpft zu mir durch, als läge ich in einem dicken Wattebausch. »Isaiah würde mir den Hals umdrehen, wenn ich dich an deinem ersten Abend hier ins Krankenhaus bringen muss.«

Meine Nägel graben sich tiefer in das Holz des Türrahmens, während ich erneut einen Blick direkt in sein schönes Gesicht riskiere. Wie eine verfluchte Zeitmaschine schickt es mich in die Vergangenheit zurück.

Panisch sehe ich mich im Park um, doch da ist weit und breit niemand, der diesem Jungen *helfen kann, den ich gerade aus der Ferne entdeckt habe. Anfangs dachte ich noch, dass es nur ein ziemlich großer Ast ist, der da im Wasser schwimmt, doch je näher ich kam, desto klarer wurde das Bild. Ein breiter Rücken, bedeckt von einem für diese Jahreszeit viel zu dünnen Kapuzenpullover. Dunkles Haar. Zu beiden Seiten ausgestreckte Arme, die an der Wasseroberfläche treiben. Keine Regung. Mein Blick schweift über das Geländer der Blossom Bridge, direkt zu dem beängstigenden See unter meinen Füßen. Tagsüber und bei Sonnenschein ist dieser Ort die pure Idylle, aber bei Dunkelheit und im Regen wirkt er wie ein schwarzes Loch, das reihenweise Menschen verschluckt. So wie diesen Jungen. Meine Einkäufe haben sich auf dem durchweichten Boden verteilt, als ich mein Fahrrad achtlos hingeworfen habe, sobald ich ihn entdeckte habe.*

»Hilfe!«, schreie ich, so laut ich kann. Doch die Häuser

unserer Stadt sind zu weit entfernt, als dass mich jemand hören könnte. Meine Schreie verlieren sich im Wald, werden von den Tannen verschluckt und zerschellen an den Baumrinden. Dennoch gebe ich nicht auf. »Ich brauche Hilfe, verdammt!«

Ich muss etwas tun. Muss ihn aus dem Wasser ziehen, bevor es zu spät ist. Der Krankenwagen, den ich gerufen habe, wird erst in ein paar Minuten eintreffen, und bis dahin könnte er längst ertrunken sein. Ich sammle mich, kratze jeden noch so kleinen Krümel Mut zusammen und renne über die Brücke, unter der sich der See – das Wahrzeichen unserer Stadt – befindet. Das Holz ist wegen des plötzlichen Starkregens, mit dem ich vor meinem Aufbruch nicht gerechnet habe, rutschig.

Sobald ich die Brücke unbeschadet überquert habe, stürze ich auf das flache Ufer des Sees zu. Mit jedem Schritt über das matschige Gras wird meine Sicht verschwommener und mein Atem hektischer. Das Blut rauscht vor Anspannung in meinen Ohren, und die Haare kleben mir inzwischen an der Haut. Die Angst lähmt mich, will mich davon abhalten, ins Wasser zu gehen und diesen Jungen aus dem See zu ziehen. Dieses Mal darf ich die Angst nicht gewinnen lassen. Nicht, wenn es bedeutet, dass dafür jemand sterben muss. Lieber überwinde ich mich jetzt und versuche alles, was in meiner Macht steht, den Jungen zu retten.

Ich streife mir die Schuhe von den Füßen, werfe sie achtlos zur Seite und springe ins Wasser. Es ist eiskalt. Der Winter steht vor der Tür, und es wird nicht mehr lange dauern, bis der erste Schnee vom Himmel fällt. Die Kälte frisst sich durch meine Waden bis in meine Knochen, während sich meine Jeans innerhalb von Sekunden mit Wasser vollsaugt. Dann schwimme ich mit langen Zügen auf den Jungen zu, der noch immer regungslos an der Oberfläche des Sees treibt.

Bitte, lass es noch nicht zu spät sein.

Alles in mir sträubt sich dagegen, ihn zu berühren, aber ich werde ihn sicher nicht seinem Schicksal überlassen. Paps hatte auch Angst, als die Flammen unser Haus verschluckt haben. Trotzdem hat er bis zum Schluss gekämpft. Für uns. Für mich. Er hat sich von der Angst nicht kleinkriegen lassen. Und dafür mit dem Leben bezahlt.

Ich greife nach dem Arm des Jungen, ziehe ihn zu mir heran und fokussiere mich einzig und allein auf die Stimme meines Vaters in meinem Kopf.

Du schaffst das, Stella-Bär.

Mit größter Mühe schwimme ich mit dem Jungen ans Ufer, hieve ihn aufs Gras und falle keuchend neben ihm auf die Knie. Ich zittere am ganzen Leib, höre, wie meine Zähne klappernd aufeinanderschlagen.

Mein Blick wandert erneut zu dem Jungen, dessen Gesicht ich jetzt zum ersten Mal sehen kann und das leichenblass ist. An seiner Schläfe prangt eine Platzwunde, die ziemlich übel aussieht. Dreck klebt an seiner Stirn und in seinen kurzen Haaren. Das kleine, fast schon sichelförmige Muttermal an seiner rechten Wange ist so markant, dass es sich wohl für immer in mein Gedächtnis brennen wird. Ich beuge mich über ihn, halte mein Ohr an seinen Mund und bete dafür, dass ich nicht zu spät gekommen bin.

Aber er atmet nicht …

Ich erinnere mich an ihn. Erinnere mich an diese kalte Novembernacht vor sechs Jahren, als wäre es gestern gewesen, weil sie mich in jeder Hinsicht an meine Grenzen gebracht hat. Mit angehaltenem Atem sehe ich Austin an, und auf einmal fällt es mir wie Schuppen von den Augen. Seine Gesichtszüge waren damals noch weicher, nicht ganz so markant und erwachsen. Aber ich erkenne ihn. Der Junge, den ich vor sechs Jahren vor dem Ertrinken gerettet habe, steht jetzt gesund und munter vor mir und starrt mich an, als hätte ich völlig den Verstand verloren. Er muss es sein. Dieses fingernagelgroße Muttermal ist zu einzigartig, als dass dieses Déjà-vu ein Zufall sein kann. Vor allem nicht in einer Kleinstadt wie unserer.

Es war der Freitag vor Thanksgiving, und ich hatte mich gerade auf dem Weg nach Hause befunden, als ich ihn im Blossom Lake treiben sah. Erst dachte ich, dass mir mein Geist bloß einen Streich spielt, doch als die Umrisse des Jungen auch nach mehrmaligem Blinzeln nicht verschwinden wollten, wusste ich, dass ich ihn mir nicht nur eingebildet habe.

Bis heute weiß ich nicht, wieso er im Wasser trieb. Was ihm in den Minuten, bevor ich ihn gefunden habe, passiert ist. Aber in den letzten Jahren musste ich immer wieder an ihn denken. Hatte mich oft gefragt, wie es ihm nach dieser Nacht ergangen sein mag und ob er sich wohl an mich erinnert.

Er kam nur kurz zu sich, bevor der Krankenwagen eintraf und sich die Sanitäter um ihn kümmerten. Die wenigen Sekunden, in denen er bei Bewusstsein war, haben gereicht, um mir seine intensiven Augen einzuprägen. Augen, die mich jetzt mit derselben Intensität an den Türrahmen pinnen.

»Langsam machst du mir Angst, Bambi. Hast du gerade irgendeinen Anfall?« Austin reißt mich aus meinen Gedanken und katapultiert mich wieder in die Gegenwart. So schnell wie möglich husche ich an ihm vorbei in mein Zimmer und baue Distanz zwischen uns auf. Das ist alles, was ich gerade brauche, um meine Gefühle zu sortieren. *Ausgerechnet er ist der neue Mitbewohner meines Bruders? Das Schicksal hat manchmal einen echt komischen Humor.*

»Es geht mir gut«, lüge ich atemlos. »Ich will einfach nur ins Bett. War ein langer Tag.«

Austin schiebt seine Hände wieder in die Hosentaschen seiner zerschlissenen schwarzen Jeans. Im Grunde hat er sich kaum verändert, und trotzdem habe ich ihn nicht sofort erkannt. Weil er damals noch ein Teenager war und jetzt ein Mann ist. Und was für einer. Der Anblick seines nackten, sehnigen Oberkörpers wird mich wohl bis ins Grab begleiten. Genau wie die schmatzenden Geräusche seiner unhöflichen Freundin, die mich mit ihrer Art viel zu sehr an die giftigen Mädchen aus meiner Schule erinnert hat.

»Wie du meinst.« Er zuckt desinteressiert mit den Schultern. »Vielleicht kannst du ja das Chaos in der Küche beseitigen, während ich weg bin, *Mitbewohnerin.*« Mit einem arroganten Lächeln zieht er die Tür lautstark hinter sich zu.

Sobald ich allein im Raum bin, fällt mir das Atmen wieder leichter. Gedämpft höre ich, wie er die Wohnung verlässt. Ich lasse mich erschöpft aufs Bett fallen und starre an die Decke, um zu realisieren, was gerade passiert ist. Schützend lege ich meine Hände über mein Herz, das beinahe genauso schnell schlägt wie in jener Nacht.

Austin ist der Junge, für den ich meine größte Angst überwunden habe. Und während ich in all den Jahren immer wieder an ihn denken musste, habe ich bei ihm scheinbar keine bleibenden Spuren hinterlassen.

KAPITEL 7

Stella

Die Begegnung mit Austin hat mich so aufgewühlt, dass an Schlaf nicht zu denken war. Stundenlang habe ich mich von links nach rechts gewälzt und bin unser Aufeinandertreffen wieder und wieder im Kopf durchgegangen. Die Scham wollte partout nicht aus meinem Körper verschwinden.

Als hätte es nicht gereicht, dass ich ihn nackt zu Gesicht bekommen habe, musste er auch noch Zeuge meiner fehlenden Sozialkompetenz werden. Außerdem hat er meine Narben gesehen, weil ich mich in falscher Sicherheit gewogen habe, als ich gestern Abend die Wohnung betrat. Unter anderen Umständen hätte ich meinen Schal gar nicht erst abgelegt und mich weiterhin vor neugierigen Blicken geschützt. Vor *seinen* neugierigen Blicken, die mir so was von unter die Haut gegangen sind und die ich auch jetzt, Stunden später, noch auf mir spüren kann.

Irgendwann gebe ich den Kampf gegen die Schlaflosigkeit auf und stehe wieder auf. In der Hoffnung, das Chaos in meinem Kopf zu eliminieren, indem ich das Chaos in der WG beseitige, beginne ich eine ausgewachsene Aufräumaktion. Marie Kondo wäre mächtig stolz auf mich, so viel steht fest. Als Erstes sammle ich die dreckigen Sachen im Wohnzimmer ein, um sie dorthin zu stecken, wo sie hingehören: in die Waschmaschine.

Anschließend kehre ich die Scherben der kaputten Vase auf und befördere sie mit einem Hauch eines schlechten Gewissens in den Müll. Nach dem Staubwischen widme ich mich der Küche, was dringend überfällig war, denn hier hat scheinbar seit Wochen keiner mehr ordentlich geputzt. Keine Ahnung, wie Isaiah es mit diesem chaotischen Kerl unter einem Dach aushält, ohne auszuflippen.

Beim Anblick der Arbeitsplatte rümpfe ich die Nase, weil ich daran denken muss, dass noch vor wenigen Stunden Austins Freundin mit ihrem nackten Hintern als Lappen über sie gerutscht ist. Ich frage mich, wie weit er dieses Spiel noch getrieben hätte, hätte ich mich nicht versehentlich bemerkbar gemacht. Ob er vor meinen Augen sogar mit ihr geschlafen hätte? Es ist traurig, dass ich einem intakten Sexleben noch nie nähergestanden habe als gestern Abend. Dabei war ich nicht einmal Teil des Aktes, sondern stand nur unbeteiligt am Spielfeldrand. *Same old story.*

Ich schiebe den Gedanken beiseite, widme mich dem dreckigen Geschirr in der Spüle und schnappe mir als Letztes die Pfanne, die bei ihrem Techtelmechtel auf dem Boden gelandet ist. Sicherheitshalber wasche ich auch sie mit heißem Wasser und einer Menge Spülmittel ab. Man weiß schließlich nie, welche Körperflüssigkeiten die beiden hier in der Küche verteilt haben. Diese WG bräuchte dringend ein paar Anstandsregeln, so viel steht fest. Im selben Augenblick wird mir klar, wie viel Glück ich mit meiner Wohnsituation bei den *Furry Angels* habe. Frank geht mir außerhalb der Arbeit die meiste Zeit aus dem Weg, manchmal bekomme ich ihn im Haus tagelang nicht zu Gesicht.

Ein erschöpftes Seufzen entflieht mir, und nach der wilden Putzaktion mitten in der Nacht ruft mein Körper nun doch nach einer Portion Schlaf. Die ich wohl nicht bekommen werde, denn Sekunden später höre ich bereits ein Klappern im Wohnzimmer. Vor dem Küchenfenster zeigt sich das noch in Dunkelheit und morgendliche Ruhe gehüllte Blossom Lake, während ein lautes Gähnen ertönt, das ich sofort erkenne. Gracie ist eine Langschläferin, wie sie im Buche steht, und hasst es, vor mittags das Bett zu verlassen. Deshalb hat sie die meisten ihrer Unikurse auf den Nachmittag gelegt, aber heute wollten wir zum ersten Mal seit einer Ewigkeit wieder zusammen frühstücken.

»Stella? Bist du schon wach?« Isaiah klingt erstaunlich fit, wenn man bedenkt, dass er die ganze Nacht auf der Feuerwache verbracht hat.

»In der Küche«, rufe ich zurück. Sekunden später steckt er seinen Kopf in den Raum hinein und stößt einen anerkennenden Pfiff aus. Dann kratzt er sich etwas beschämt am Hinterkopf. »Du hättest Austins Chaos nicht aufräumen müssen.« Die Ringe unter seinen Augen zeigen mir, dass die Nachtschicht doch nicht spurlos an ihm vorbeigezogen ist.

»Ich weiß«, erwidere ich mit einem ehrlichen Grinsen. »Aber ich wollte es.« *Außerdem brauchte ich etwas, das mich von meinen rasenden Gedanken ablenkt. Und von den nicht jugendfreien Bildern, die mich seit Stunden nicht mehr loslassen.* Sollte ich Isaiah erzählen, wie mich sein Mitbewohner begrüßt hat? Nackt und mit seinem Penis im Mund dieser Megan-Fox-Schönheit? Besser nicht. Ich sollte diese Begegnung so schnell wie möglich aus meinem Kopf bekommen, und das funktioniert am besten, wenn ich einfach so tue, als wäre sie nie passiert.

»Guten Morgen, Schwesterkeks!« Gracie huscht ebenfalls in die Küche. Sie trägt einen übergroßen gelben Pulli mit dem Logo der BLU, der voller bunter Farbkleckse ist, dazu eine schwarze Leggings und weiße Tennissocken, die sie bis zur Mitte ihrer Schienbeine nach oben gezogen hat. In ihrer Hand baumelt eine Tüte mit Bagels der einzigen Bäckerei, die es in unserer Stadt gibt. Umgehend knurrt mein Magen, weil die letzten Stunden meiner Putzaktion ihren Tribut fordern und ich wahnsinnig hungrig bin. Außerdem sind Carols Bagels ein teiggewordener Traum.

»Du kannst echt froh sein, dass ich dich so lieb habe. So früh bin ich seit Monaten nicht mehr aufgestanden. Das mache ich nur für dich.« Wieder gähnt sie. »Wir waren noch schnell bei *Carol's Bakery* und haben das Frühstück besorgt. Ah ja, und zwei Coffee to go, Isaiahs koffeinfreien Mist kann ja keiner trinken.«

»Ich kann dich hören, Gracie!«, sagt Isaiah empört. »Außerdem solltest du auch mal darüber nachdenken, auf koffeinfreien umzusteigen. Das Duracell-Häschen in dir würde sich jedenfalls bedanken.«

Unsere Schwester zeigt ihm den Mittelfinger und hüpft mit den Bagels bewaffnet auf die frisch polierte Arbeitsplatte. Genau dort, wo Austin gestern Abend beinahe seine Freundin vernascht hätte. Na wunderbar. In den nächsten Wochen werde ich kein einziges Mal in dieser Küche stehen können, ohne an seinen nackten Oberkörper denken zu müssen. Wie war das noch gleich mit dem Verdrängen? Manche Bilder brennen sich etwas *zu* detailliert in unser Gedächtnis.

»Und? Wie hast du geschlafen, Schwesterkeks?«

»Nicht so gut«, antworte ich halb ehrlich. Die ganze Wahrheit wäre nämlich: gar nicht. »Es war ungewohnt, so ganz ohne Franks Geschnarche und das Bellen der Hunde.«

»Du wirst dich an die Stille gewöhnen. Hast du Austin schon kennengelernt?«, will meine Schwester wissen und lässt eine pinke Kaugummiblase direkt vor meiner Nase zerplatzen. Ich wringe den Lappen aus, hänge ihn über den Wasserhahn und trockne meine Hände an einem karierten Geschirrtuch ab.

»Sie dachte gestern Abend, Austin wäre ein Einbrecher«, schaltet sich unser Bruder lachend ein, der jetzt Teller und Tassen aus den Schränken holt und sie anschließend ins Wohnzimmer bringt. Gracie fischt eine Flasche Kakao aus dem Kühlschrank und folgt Isaiah, während ich mir ein paar Aufstriche und Marmelade fürs Frühstück schnappe.

»Ich habe einfach total vergessen, dass du mir schon mal von ihm erzählt hast! Der Tag gestern war lang und anstrengend«, verteidige ich mich, aber im Grunde genommen ist meine Ausrede ziemlich lahm. Vermutlich war ich in den letzten Monaten einfach so abwesend, dass ich meinem Bruder am Telefon nicht richtig zugehört habe. Das schlechte Gewissen pocht hinter meinen Augen, nur mühsam halte ich die aufsteigenden Tränen zurück.

Ich bin jetzt hier und kann wiedergutmachen, was ich in den letzten Jahren durch meine körperliche und mentale Abwesenheit verbockt habe.

»Gott, ich fühle mich, als hätte mich ein Panzer überrollt. Die Schicht auf der Wache war anstrengend«, stöhnt Isaiah, als er sich auf das Sofa fallen lässt. Derweil nimmt Gracie auf dem Boden im Lotussitz Platz, und ich setze mich neben unseren Bruder. »Könntest du nachher für mich am Blumenladen vorbeigehen?«, wendet sich Isaiah an mich. »Ich würde ja unseren kleinen Farbklecks-Tornado hinschicken, aber

Gracie hat ja nachher ihre Prüfung und würde es nicht rechtzeitig schaffen.«

»Klar.« Ich knabbere an meinem mit Marmelade bestrichenen Bagel und versuche, den Kloß in meinem Hals gemeinsam mit dem Essen herunterzuschlucken. In den letzten Stunden hatte ich den Grund für meine Rückkehr so gut es geht verdrängt: Libbys Beerdigung.

In weniger als einer Woche wird sie auf dem Blossom Lake Cemetery stattfinden, und allein der Gedanke an diesen Tag verursacht mir Magenschmerzen. Nicht nur, weil ich nicht bereit bin, endgültig Abschied von Libby zu nehmen, sondern auch wegen des anschließenden Leichenschmauses im *Little Stories*. Die halbe Stadt wird da sein. Wird mich sehen. Mich mit Blicken verurteilen, weil ich einfach fortgegangen bin, ohne zurückzuschauen. Und weil ich meine Geschwister im Stich gelassen habe.

An diesem Tag werde ich mich nicht verstecken können, auch wenn ich in den letzten Jahren ein Profi in dieser Disziplin geworden bin. In Blossom Lake spielt das keine Rolle. Jeder kennt meine Geschichte, jeder kennt meine Verluste, meinen Schmerz, meine Ängste. Statt eines leeren Blatts Papier bin ich hier die vollbeladene Tageszeitung. Ich bin der Mensch gewordene *Blossom Daily*.

»Habt ihr die Blumen für die Beerdigung schon ausgesucht?«, frage ich leise und versuche mich auf das Hier und Jetzt zu konzentrieren. Wieder baut sich dieser fiese Druck hinter meinen Augen auf, und dieses Mal lasse ich ihn zu. Wir alle haben diese Frau geliebt, nein, sogar vergöttert. Und wir alle haben sie verloren, genau wie Paps. Das Leben ist ein verdammtes Arschloch.

»Noch nicht, aber ich habe mit Daisy einen Termin vereinbart, um die Gestecke für die Beerdigung zu bestellen. Der Termin ist um zehn Uhr und sollte nicht allzu lange dauern. Im Grunde genommen wissen wir eh schon, welche Blumen sie sich gewünscht hätte.«

»Tulpen«, sagen Gracie und ich gleichzeitig.

Libby war ein riesiger Tulpen-Fan, weil diese Blumen für Zuneigung stehen und ihre Mutter damals einen ganzen Garten voll davon hatte. Natürlich werden wir ein Meer aus Tulpen für ihre Beerdigung besorgen. Ich habe zwar kaum Erspartes, aber ich werde jeden Penny dazugeben, den ich entbehren kann.

»Ich kümmere mich drum. Schlaf du dich aus, Brüderherz.«

»Vermutlich werde ich bis heute Abend durchpennen.« Während wir frühstücken, rattert Gracie mit vollem Mund den Lernstoff für ihre heutige Prüfung herunter. Sie gerät im Minutentakt in Panik, weil sie sich sicher ist, einen Blackout zu bekommen, und wir beruhigen sie, so gut es geht. Aber wenn sich Gracie einmal etwas in den Kopf gesetzt hat, kann man sie nur schwer vom Gegenteil überzeugen.

So war es schon immer mit dem kleinsten und jüngsten Wirbelwind unseres Dreiergespanns. Erst als sich die Wohnungstür öffnet, hört Gracie auf, sich über ihren bevorstehenden Totalausfall auszulassen.

»War Austin wieder die ganze Nacht unterwegs?«, will sie schmatzend wissen, rutscht auf ihrem Hintern über den Laminatboden und schielt in den Flur.

»Guten Morgen, Austin!« Sie winkt wie eine Irre, woraufhin ich ein genervtes Schnaufen höre. Sein Schnaufen. Gott, ich habe unsere erste Begegnung noch gar nicht verarbeitet und bin definitiv nicht für die nächste gewappnet. Ich hatte gehofft, ihm heute so gut wie möglich aus dem Weg gehen zu können.

Ob es seltsam rüberkäme, wenn ich jetzt einfach aufspringen und auf mein Zimmer gehen würde?

»Was zum Teufel machst du schon so früh hier, Gracie?« Mit diesen Worten betritt er das Wohnzimmer. Sein Blick fällt auf meine kleine Schwester, die aufspringt und ihm stürmisch um den Hals fällt. Gracies Überschwänglichkeit entlockt ihm lediglich ein Augenrollen, während meine Mundwinkel nach oben zucken. Gracie überschüttet einfach jeden auf diesem Planeten mit ihrer Liebe. Auch die Leute, die sie gar nicht haben wollen. *Besonders die*. Und Austin sieht nicht gerade aus, als wäre er heiß auf eine Portion von Gracies Liebeskonfetti.

»Meine Schwester ist zu Besuch, du Dummkopf. Schon vergessen? Du wirst mich jetzt vermutlich noch öfter sehen. Freu dich schon mal drauf!« Sie boxt ihm freundschaftlich gegen die Brust, woraufhin Austin gequält das Gesicht verzieht.

»Bitte nicht«, murmelt er und sieht aus, als würde er jeden Moment im Stehen einschlafen. Welche Party geht denn bis sieben Uhr morgens? Mitten unter der Woche?

Ich war noch nie auf einer, weil ich Menschenansammlungen seit meiner Jugend meide, aber das kommt mir irgendwie übertrieben vor, selbst für »normale« Leute in unserem Alter. Eine Kategorie, zu der ich mich wirklich nicht zählen kann. Ich gehe nicht auf Partys, trinke keinen Alkohol, hatte noch nie eine Kippe zwischen den Lippen, geschweige denn …

»Gott, du riechst nach Kneipe! Ist ja ekelhaft! Hast du in Wodka und Kippenqualm gebadet?«, unterbricht Gracie meine Gedanken, die gerade in eine völlig falsche Richtung abdriften wollten. Sie rümpft die Nase und lässt von ihm ab, um sich zu Isaiah und mir auf die Couch zu fläzen. »Macht mal Platz!«

»Du riechst nicht nur nach Kneipe, du siehst auch so aus«, pflichtet Isaiah Gracie witzelnd bei. »Obwohl heute dein obligatorisches blaues Auge fehlt. Hat Carrie dich wieder von Party zu Party geschleift?«

»Carrie? Triffst du dich immer noch mit der blöden Kuh?« Gracie scheint nur wenig Sympathie für diese Frau zu haben. Fast rutscht mir heraus, dass er sie nicht nur trifft, sondern ganz andere Dinge mit ihr anstellt. Vor Publikum.

»Ich kenne sie von der Uni, und glaub mir, sie gehört zu der ganz üblen Sorte. Ist der Knutschfleck von ihr? Ach, was frage ich? Natürlich ist er von Carrie. Sie ist wie ein fieser Blutegel!« Mein Blick huscht nur flüchtig zu dem knallroten Fleck an seinem Hals. Ich will ihn nicht anstarren, nicht schon wieder. Auch wenn er selbst nach einer durchzechten Nacht noch immer wie ein verdammtes Instagram-Model aussieht.

»Ihr Jones-Gesindel geht mir auf den Sack, wisst ihr das?« Zum ersten Mal, seit er das Wohnzimmer betreten hat, sieht er mich an. Umgehend will ich mich zwischen meinen Geschwistern in Luft auflösen oder mit dem Polster des Sofas unter meinem Hintern verschmelzen. Da ich mir mittlerweile einen dicken grauen Rollkragenpulli übergezogen habe, fühle ich mich wenigstens nicht ganz so entblößt. Obwohl er meine Narben ohnehin schon gesehen hat, will ich sie ihm nicht schon wieder präsentieren.

Er sieht mich unbeirrt an, während er an den Tisch herantritt, sich einen Bagel aus der Tüte schnappt und genüsslich hineinbeißt. Ob die anderen zwei merken, dass er mich dabei nicht aus den Augen lässt? Meine Haut beginnt zu prickeln, so unangenehm ist mir seine Aufmerksamkeit.

»Anderes Thema: Wie wäre es, wenn wir demnächst mal einen Marvel-Marathon starten? Wir alle zusammen?« Gracie zwirbelt sich eine erdbeerblonde Locke um den Finger, zieht an ihr und lässt sie anschließend nach oben schnellen. »Vielleicht sogar heute Abend? Es ist Freitag, meine Prüfung ist dann vorbei, und ich könnte die Ablenkung gebrauchen, bis die Ergebnisse da sind.«

»Vergiss es, Gracie«, antwortet Austin griesgrämig. »Nur über meine Leiche.« Ich bin froh über seine Antwort, denn so muss nicht ich diejenige sein, die eine Ausrede erfindet. Auf keinen Fall will ich in den nächsten Wochen mehr Zeit als nötig mit ihm in einem Raum verbringen.

Es fühlt sich falsch an, ihm zu verheimlichen, dass ich ihn kenne, andererseits erinnert er sich ohnehin nicht mehr an mich. Wieso schlafende Hunde wecken? Ihm scheint es inzwischen wieder richtig gut zu gehen, und es kann mir egal sein, was er in jener Nacht am Blossom Lake zu suchen hatte.

»Ach komm schon, du Stinkstiefel. Bitte!« Gracie schiebt ihre Unterlippe vor und reißt ihre grünen Kulleraugen auf, mit denen sie Paps immer um den Finger gewickelt hat. »Komm schon.«

»Du weißt, dass sie nicht aufhören wird, oder? Sie wird weitermachen, bis du einknickst.« Isaiah überkreuzt die Füße auf dem Couchtisch und fährt sich mit der Hand müde lachend über den Nacken. »Kapituliere lieber früher als später, Kumpel.«

Die drei gehen so leicht und unbeschwert miteinander um, dass ich mich auf einmal noch unwohler in meiner Haut fühle. Die Vertrautheit zwischen Austin und meinen Geschwistern führt mir vor Augen, dass ich nicht richtig dazugehöre. So wie ich schon seit Jahren nirgendwo dazugehört habe, bis ich auf die Hunde bei den *Furry Angels* traf und sie sich in mein vernarbtes Herz geschlichen haben. Gott, sie fehlen mir ungemein, obwohl ich noch keine vierundzwanzig Stunden weg bin.

»Ich glaube nicht, dass Stella nach gestern Abend sonderlich scharf auf einen Filmabend mit mir ist. Oder irre ich mich, Bambi?« Beim Wort »scharf« blitzt etwas in seinen Augen auf. Ich schlucke hart.

»Bambi?«, rufen Gracie und Isaiah im Chor. Isaiah wirkt hochgradig irritiert, Gracie neugierig. Austin hingegen genießt seinen Triumph, als wüsste er längst, wie unangenehm mir sein Spruch ist.

Anstatt zu antworten, zwinkert er mir nur anzüglich zu, schmeißt den angebissenen Bagel zurück in die Tüte und macht sich anschließend auf den Weg ins Badezimmer. Dann knallt die Tür ins Schloss, und ich spüre die neugierigen Blicke meiner Geschwister auf mir. Aus dieser Nummer komme ich wohl nicht so einfach heraus.

»Willst du uns erklären, wieso Austin dich Bambi nennt?« Gracie pikt mir von rechts in die Seite, woraufhin ich von ihr abrutsche und das Gesicht beschämt in den Händen vergrabe.

»Oder was gestern Abend hier abging?«, setzt Isaiah von links missmutig hinterher. Das ist allerdings eine Frage, auf die ich auch gerne eine Antwort hätte. Denn ich weiß selbst nicht, was in aller Welt gestern Abend passiert ist.

KAPITEL 8

Stella

Als kleines Mädchen hatte ich lange Zeit große Angst vor der Dunkelheit, sodass ich immer ein Nachtlicht zum Einschlafen brauchte und unser Haus im Winter nur widerwillig verlassen habe, sobald die Sonne untergegangen ist. Inzwischen hat sich meine Abneigung gegen die Nacht in das komplette Gegenteil gewandelt.

Ich liebe die Dunkelheit, weil ich dank ihr das Gefühl habe, nachts freier atmen zu können als am Tag. Weil nachts keiner sieht, was ich tagsüber niemandem zeigen will. Vermutlich am allerwenigsten mir selbst.

Aus diesem Grund habe ich beschlossen, heute Abend einen kleinen Spaziergang durch meine alte Heimat zu machen, anstatt mich weiter in der Wohnung zu verschanzen. Ich bin inzwischen seit vier Tagen in Blossom Lake, und das Wochenende ist nur so an mir vorbeigerast.

Nachdem ich Freitag im Blumenladen die Gestecke für Libbys Beerdigung bestellt habe, bin ich sofort zurück in die WG gegangen, um Frank anzurufen und ihm zu sagen, dass ich gut angekommen bin. Am Abend haben wir dann Gracies Wunsch nach einem Marvel-Marathon erfüllt. Ohne Austin, zum Glück.

Denn der verschwindet seit meiner Ankunft jeden Abend aus der Wohnung und kommt meistens erst weit nach Mitternacht zurück. Mir soll es recht sein.

Ich schiebe meine Fäuste in die Taschen meines Parkas und atme die frische Luft tief in meine Lungenflügel. Blossom Lake ist wie eine Spirale aufgebaut. Der Marktplatz bildet das Zentrum der Stadt mit all seinen schnuckeligen, meist familienbetriebenen Geschäften und Restaurants, dann folgt ein Ring aus Wohnblöcken wie Isaiahs und ein weiterer aus schicken Einfamilienhäusern.

Wir wohnten auch in einem, bevor es von heute auf morgen einfach fort und nur noch Asche von ihm übrig war. Beim Gedanken an unser Zuhause wird mein Herz schwer, füllt sich mit Melancholie, die überall in diesen Straßen lauert.

In jeder Fuge zwischen den Pflastersteinen, über die Paps singend mit uns gehüpft ist. In jedem Verkehrsschild, dem er nahezu penibel Folge geleistet hat. In jedem mit Liebe geschmückten Schaufenster, an denen ich mir als Kind die Nase plattgedrückt habe und an denen ich jetzt vorbeigehe.

Jeder hier erinnert sich an die Nacht des Brandes, aber niemand von ihnen weiß, wie sich heiße Flammen auf der Haut anfühlen. Glühende Tränen auf eisigen Wangen. Wie sich Paps' röchelnder Atem anhörte, als er mich fest gegen seine Brust presste und aus dem Haus trug. Er hat mir das Leben gerettet und seines dabei verloren.

Warum Paps? Warum konntest du dich selbst nicht retten?

Ich schüttle die düsteren Bilder ab, sobald der Park in Sichtweite kommt, der zum Blossom Lake – dem schönsten See in ganz Maine – führt. Früher waren Gracie, Isaiah und ich jeden Tag hier. Im Sommer, um nach einem klebrigen Wassereis mit einer Arschbombe in den See zu springen, und im Winter, um auf den spiegelglatten Eisflächen Schlittschuh zu laufen. Genau genommen habe ich Isaiah und Gracie dabei zugesehen, weil ich keine zwei Meter auf meinen Schlittschuhen geschafft habe, ohne mich hinzulegen wie ein betrunkener Pinguin mit heftigen Gleichgewichtsstörungen.

Seit meinem Umzug nach Bar Harbor war ich nie wieder an diesem Ort. In der Ferne sehe ich bereits das leichte Glitzern der Wasseroberfläche, die vom Halbmond beleuchtet wird, und es kribbelt in meinem Bauch wie verrückt. Als würden kleine Bläschen aus dem Sumpf meines Unterbewusstseins hochsteigen, damit ich mich endlich wieder an die guten Dinge aus meiner Vergangenheit erinnere.

An das Gefühl von klebrigem Eis an schmutzigen Kinderhänden, von erfrischendem Wasser an einem heißen Sommertag. Von knirschendem Schnee unter meinen Schuhsohlen, von Kindheitserinnerungen und Leichtigkeit. So verdammt viel Leichtigkeit.

Blossom Lake hat mir früher Unbeschwertheit und Glück geschenkt, bis da nur noch Schwere und Traurigkeit waren. Aber dieses Leben liegt hinter mir. Meine Therapeutin hat mir in einer unserer ersten Stunden einen Satz gesagt, den ich niemals vergessen werde und der mich bis heute durch schwierige Phasen trägt.

Deine Zukunft hat nur eine Chance, wenn du die Vergangenheit loslässt, Stella.

Und genau das versuche ich. Ich werde wieder die schönen Seiten dieser Stadt sehen, auch wenn die schlechten dadurch nicht automatisch verschwinden werden. Ich kann nicht ausradieren, was passiert ist, aber ich kann die schwarzen Striche mit bunten Klecksen überdecken. Das würde Gracie tun, wäre sie an meiner Stelle. Und ich sollte mir definitiv ein Beispiel an meiner kleinen Schwester nehmen.

In den letzten Jahren habe ich gelernt, dass Gegensätze im Leben koexistieren können. Gut und schlecht, Glück und Unglück, Freude und Traurigkeit. Das ist wohl dieses Menschsein, von dem Morah immer so euphorisch im *Little Stories* spricht.

Je näher ich dem See komme, desto kälter wird der Wind, der mir ins Gesicht peitscht, und als mich ein Tropfen auf der Nase trifft, werfe ich einen Blick in den vorhin noch sternenklaren Himmel. Jetzt ist da oben nur eine dunkle Suppe aus Wolken, durch die eine kleine Ecke des Mondes lugt.

Innerhalb von Sekunden gießt es wie aus Kübeln. Ich stoße ein leises Quieken aus, suche Schutz unter einem der Bäume am Wegesrand, aber es ist zu spät. Mein Gesicht und meine Haare sind längst klitschnass. Da der Baum, den ich als Unterschlupf auserkoren habe, keine Blätter mehr trägt, werde ich weiterhin vom Regen verschluckt. Innerlich verfluche ich das Wetter, bis ich mir in Erinnerung rufe, dass ich als Kind den Regen immer geliebt habe. Ich will ihn wieder lieben lernen, will *mich* wieder lieben lernen.

»Der Himmel weint wieder, Paps.« Das habe ich unserem Vater jedes Mal gesagt, während ich am Fenster in unserer bunt zusammengewürfelten Küche saß und die Spuren der Regentropfen auf der Scheibe mit meinem Finger nachgefahren bin. Er hat sich jedes einzelne Mal zu mir gesetzt, mich auf seinen Schoß gezogen und gemeinsam mit mir nach draußen geblickt. Dafür hat er alles andere stehen und liegen lassen, egal wie beschäftigt er war.

»Und was machen wir, wenn jemand traurig ist?«, war seine Frage.

»Wir trösten ihn.« Und so haben wir den traurigen Wolken jedes Mal *Here Comes The Sun* von den Beatles vorgesungen. Tief in mir drin war ich der festen Überzeugung, dass der Regen immer schneller nachließ, wenn wir für ihn sangen.

Seit Paps' Tod habe ich nie wieder dieses Lied gesungen, geschweige denn den Himmel getröstet. Ich stoße mich von dem Baumstamm ab, gehe auf den Blossom Lake zu, auf den die Tropfen ihre eigene Melodie trommeln. Dann lege ich meinen Kopf in den Nacken, schließe die Augen und sauge die Traurigkeit des Himmels auf, lasse sie eins mit meiner eigenen werden. Diese Traurigkeit, die sich so vertraut anfühlt wie eine alte Freundin, deren Geheimnisse und innigsten Gedanken man kennt.

Ohne über die Konsequenzen nachzudenken, beginne ich, mich im Kreis zu drehen. Niemand ist hier. Niemand kann mich sehen. Deshalb liebe ich die Nacht.

Ein Lächeln huscht über meine Lippen, das sich nach und nach zu einem richtigen Grinsen ausbreitet. Das Lachen, das meine Kehle verlässt, ist echter als jedes einzelne der letzten zehn Jahre.

Eine Weile drehe ich mich noch im Kreis, höre dem Schmatzen meiner Schuhsohlen auf nassem Gras zu und lasse mich schließlich auf den Rücken fallen. Meine Klamotten sind durchweicht, und mir ist schweinekalt. Hier draußen hole ich mir sicherlich den Tod, aber ich will noch nicht gehen, *kann* noch nicht gehen.

Mit von mir gestreckten Gliedmaßen liege ich im nassen Gras, halte die Augen geschlossen und merke, wie mir die Himmelstränen über die Wangen laufen und sich in meinen Haaren verlieren.

Vielleicht ist es gar nicht der Himmel, der weint, sondern

Paps. Weil ich mich seit Jahren vor der ganzen Welt verstecke, obwohl er mich immer voller Stolz dem ganzen Universum zeigen wollte. Weil ich mich für Dinge schäme, die ich nicht ändern kann. Dinge, die ich mir nicht ausgesucht habe und die mir das Schicksal dennoch gegeben hat.

Während ich auf dem Rücken liege und die Himmelstränen meine Wangen küssen, beginne ich, *unser* Lied zu singen. Leise und schräg, genau wie damals.

»Here comes the sun«, flüstere ich, und meine Mundwinkel zucken traurig nach oben, zu meinem Vater, der immer die richtigen Worte hatte, um meinen Kummer zu heilen. »Alles wird gut, Paps. Irgendwann werde ich aufhören, mich zu verstecken. Versprochen.«

***

Austin

Ich hatte mit vielem gerechnet, als ich mir heute Abend meine Kamera geschnappt habe und nach draußen ging, aber nicht damit, dass ich Isaiahs schüchterne Schwester im Regen tanzen sehen würde. Dass ich ihr überhaupt außerhalb der WG begegne, überrascht mich.

Seit sie bei uns wohnt, hat sie sich die meiste Zeit über in ihrem Zimmer verkrümelt oder mit Gracie die Couch und den Fernseher in Beschlag genommen. Ich bin mir sicher, dass unser Sofa mittlerweile schon die Form ihres süßen Apfelarsches angenommen hat, der in den Hosen, die sie trägt, nur selten zur Geltung kommt.

Sie versteckt ihren zierlichen Körper unter viel zu großen Klamotten, als würde sie der Stoff vor der Außenwelt beschützen. Vorgestern Nacht habe ich sie zum ersten Mal ohne diesen Schutzschild ins Bad huschen sehen. Sie trug lediglich Baumwollshorts, die ihre schlanken Beine bestens präsentiert haben, und ein schwarzes Shirt, das ihr am Bauch ein Stück nach oben gerutscht war.

Sie wusste nicht, dass ich sie von meiner Position auf dem Sofa sehen konnte, sonst wäre sie vermutlich sofort wieder zu Eis erstarrt oder hätte sich beschämt in ihrem Zimmer versteckt. Seitdem geht mir der Anblick ihrer straffen Beine zum Leidwesen meines Schwanzes nicht mehr aus dem Kopf. Etwas, das ich Isaiah niemals verraten sollte, wenn mir etwas an meinem Leben liegt. Auch wenn das inzwischen nicht mehr sonderlich viel ist.

Mein Blick heftet sich an das befremdliche Bild, das Stella mir bietet. Was zum Teufel macht Bambi so spät hier draußen? Und dann auch noch allein? Ich spüre das schwere Gewicht meiner Canon in der linken Hand, während ich mit der anderen den Regenschirm halte. Der Wetterbericht hat diesen Schauer vorhergesagt, und ich wollte ihn nutzen, um die letzten mystischen Bilder vom See zu schießen, bevor der Winter über Blossom Lake einbricht.

Das ist nur einer der Gründe, wieso ich mich heute Abend hier im Park aufhalte, statt Carries Einladung zu dieser Erstie-Party auf dem Campus der UMaine zu folgen. Ich komme oft hierher, aber nicht, um mich selbst zu geißeln, sondern um mich endlich zu erinnern. Daran zu erinnern, wo mein Ende seinen Anfang genommen hat. Wo meine Träume nacheinander zu platzen begannen wie fragile kleine Seifenblasen.

Auf dem Rücken trage ich meinen Kamerarucksack mit meinem heiligen Equipment: Ringkopfstativ, mehrere Objektive für die unterschiedlichsten Winkel, diverse Pol- und Graufilter in mehreren Stärken. Das meiste davon brauchte ich heute Abend zwar nicht, aber ich bin gern für alle Fälle vorbereitet.

Die ersten Bilder sind schon im Kasten, doch ich kann mich unmöglich aufs Fotografieren konzentrieren, während sich Isaiahs Schwester ein paar Meter weiter wie eine verwirrte Biene durch den Regen dreht. Offensichtlich wurden ihr irgendwann einmal in ihrem Leben die Flügel gebrochen. Was auch immer ihr widerfahren ist, sie scheint noch lange nicht darüber hinweg zu sein.

Sie stößt ein Lachen aus, das nach Freiheit klingt und gar nicht zu diesem sonst so verschlossenen Mädchen passt. Ohne weiter darüber nachzudenken, halte ich die Kamera vors Gesicht, schalte sie ein und richte die Linse auf Stella.

Ich weiß, dass ich sie nicht fotografieren sollte, vor allem nicht ohne ihre Erlaubnis. Etwas sagt mir, dass sie sich eher vor einen fahrenden Lkw werfen würde, als vor meine Kamera zu treten.

Normalerweise fotografiere ich keine Menschen, sondern Landschaften und Städte, aber dieses Bild ist einmalig. Und einmalige Dinge sollte man festhalten, so gut es geht. Das weiß ich, weil ich am eigenen Leib erfahren habe, wie es ist, wenn sie einem brutal entrissen werden.

Ich drehe den ISO-Wert hoch, setze Stella in den Fokus des Bildes und drücke ab. Einmal, zweimal, dreimal. Hinter ihr ragen die Bäume dunkel in den Himmel, während der Regen auf meinen Bildern Bindfäden zieht. Und ich fange damit nicht nur ein cooles Motiv ein, sondern einen unfassbar intimen Moment. Scheiße, ich muss damit dringend aufhören, sonst handle ich mir noch eine Anzeige wegen Belästigung ein.

Der Regen wird immer heftiger, und durch den Sensor sehe ich, dass Stella sich zur Krönung des Ganzen auch noch auf den klitschnassen Boden legt. Ich nehme die Kamera herunter und stecke sie fluchend in meinen Rucksack. Sie ist irre, anders kann ich mir das hier nicht erklären.

Ich habe wenig Lust darauf, mir schon wieder ihr Gestammel anzuhören, aber ich sollte wenigstens checken, ob es ihr gut geht. Mit grimmiger Miene verlasse ich meinen Platz am Ufer des Sees und gehe auf die Schwester meines Mitbewohners zu. Je näher ich komme, desto surrealer wird die Situation. Singt sie da gerade ernsthaft *Here Comes The Sun*?

KAPITEL 9

Stella

Der Regen hat aufgehört. Ich halte die Augen geschlossen, während ich lächelnd und mit einer Portion Wehmut an Paps denke. Daran, dass unsere Taktik von damals noch immer zu funktionieren scheint und dieses Lied den Regen verscheucht hat.

Ich summe den Refrain ein letztes Mal und erschrecke mich beinahe zu Tode, als ein Räuspern erklingt. Direkt über mir. Ich reiße die Augen auf und frage mich, ob ich jetzt schon halluziniere. Denn neben mir steht Austin. Mit einem schwarzen Regenschirm in der Hand, den er über mich hält, und offenkundiger Skepsis in den hellen Augen.

Erst als das Rauschen meines Blutes leiser wird, erkenne ich, dass der Regen gar nicht aufgehört hat, sondern lediglich auf den Schirm statt auf mein Gesicht trommelt.

Die normale Reaktion wäre es, aufzuspringen und auf Distanz zu gehen, aber Normalität war nie wirklich mein Ding. Deshalb bleibe ich einfach regungslos auf dem Boden liegen und flehe Paps im Himmel an, mich aus dieser Situation zu befreien. Ein kleiner Sturm käme mir als Ablenkung gelegen. Oder ein Blitzeinschlag in einen der Bäume, die uns umgeben. Irgendetwas, das Austins Aufmerksamkeit von mir weglenkt, denn sein Blick wird immer skeptischer.

»Was machst du hier?«, frage ich heiser. Der Himmel weint immer noch, aber jetzt weint er in Austins dunkles Haar. Wasserspuren ziehen sich über seine schönen Wangen, während er mein Gesicht weiterhin mit seinem Regenschirm schützt.

»Sollte ich das nicht eher dich fragen, Bambi?« Ich kann nicht sagen, ob er genervt oder amüsiert klingt. Generell fällt es mir bei jedem Satz aus seinem Mund schwer, seine Stimmung einzuschätzen. Sein Gesichtsausdruck ist meistens genervt, doch seine Stimme … seine Stimme klingt anders, als er sich präsentiert. Warum zum Teufel ist er so spät am Abend hier draußen im Park unterwegs? *Warum bist du es?*

»Du liegst hier wie eine Wasserleiche rum und singst schlechte Beatles-Songs.« Ich will ihm sagen, dass die Beatles keinen einzigen schlechten Song haben, aber ich kriege diesen Satz nicht über die Lippen. Stattdessen frage ich mit stockendem Atem: »Du hast mich singen gehört?«

Geht es noch peinlicher? Ich glaube, diese Begegnung übertrifft sogar das Küchendebakel letzten Donnerstag, obwohl das schier unmöglich schien. *Erdboden, bitte öffne dich, um mich endlich zu verschlucken!* Außerdem wird mir langsam kalt.

»Was soll ich sagen? Ich habe gute Ohren.« Er starrt auf mich herab, als wäre ich komplett verrückt geworden. »Und du eine echt miese Stimme.« Na vielen Dank. Ich weiß, dass es sich anhört, als würde man einer Katze auf den Schwanz treten, wenn ich singe, aber ich ging ja auch davon aus, allein zu sein. Kann ja keiner ahnen, dass ich nicht die Einzige bin, die sich bei dem Sauwetter in den Park traut.

Ich werde weiterhin eins mit dem matschigen Boden unter

mir, bilde mir ein, dass ich immer tiefer einsinke und langsam ins Erdreich verschwinde.

»Was ist jetzt? Willst du nicht langsam mal aufstehen?«

Ich schüttle panisch den Kopf. Sein Blick gleitet prüfend über mich, und er runzelt die Stirn. Austins Miene wird ernst, fast schon besorgt.

»Oder bist du irgendwo verletzt?«

Wieder ein Kopfschütteln meinerseits. Gott, was tue ich hier eigentlich? Und was macht er hier am Blossom Lake? Bilder jagen durch meinen Geist. Davon, wie blass er aussah, als ich ihn wenige Meter von hier entfernt aus dem Wasser zog. Wie blau seine Lippen waren, die ich mit meinen berührt habe, um ihn zu beatmen. Mein Herz trommelt wie verrückt hinter meinem Brustbein. Nun sind wir wieder hier, sechs Jahre und unzählige schlaflose Nächte später. Und er erinnert sich scheinbar an gar nichts.

Austin tritt noch etwas dichter an mich heran, sodass ich automatisch am ganzen Körper zusammenzucke, aber ich bin immer noch wie paralysiert und schaffe es nicht, aufzustehen. Warum kommt er mir so verflucht nah? Ich spüre ihn viel zu intensiv, rieche sein frisches Aftershave, das sich mit dem Geruch des Regens verbindet. *Petrichor.* So heißt der Duft, der entsteht, wenn Regen auf trockene Erde trifft. Die Mischung aus Petrichor und Austin sollte verboten sein, denn sie ist viel zu gut.

»Weiß Isaiah, dass du hier bist?«

Ich schüttle erneut den Kopf und komme mir langsam wie ein falsch eingestellter Wackeldackel vor.

»Er hat doch heute wieder Nachtschicht auf der Wache.«

»Was ist mit Gracie? Weiß sie, dass du dir vermutlich gerade eine fette Lungenentzündung holst?« Sein Blick gleitet kurz in die Ferne, doch dank Dunkelheit und Regen dürfte er dort wenig erkennen.

»Die ist an der Uni«, antworte ich mit brüchiger Stimme. *Zu nah, zu nah, zu nah.* Austin scheint mein Unbehagen zu bemerken, denn er macht einen Schritt zurück und lässt mir mehr Raum zum Atmen. Ich darf jetzt nur nicht ausflippen, obwohl in mir alle Alarmglocken schrillen.

»Du willst mir also sagen, dass keine Menschenseele weiß, was du hier treibst? Bist du lebensmüde?«

Ich schiele zu Austin hoch, und als ich sehe, wie schön sein Gesicht unter den Himmelstränen aussieht, wird mein Mund ganz trocken. Ich habe selten einen schöneren Menschen als ihn gesehen. Sein Gesicht hat perfekte Proportionen und bekäme definitiv eine Eins plus in Symmetrie. Seine Wangenknochen sind markant, genau wie seine kantige Kieferpartie. Seine Wimpern sind so voll und dunkel, dass jede Frau vor Neid erblassen würde.

»Ich wollte einfach nur ein bisschen spazieren gehen«, verteidige ich mich schwach. Ja, schon klar, es wirkt komisch, hier einfach im Regen zu liegen. Vor allem in der Dunkelheit. Aber das war ja auch nicht mein ursprünglicher Plan. Einmal in meinem Leben war ich spontan und bekomme sofort die Quittung dafür. *Danke für nichts!*

»Und dann hast du beschlossen, eine kleine Pause einzulegen?« Der Regen wird langsam weniger, tropft jetzt nur noch sanft auf uns. Seine ohnehin dunklen Haare wirken jetzt beinahe schwarz. Die Laterne am Wegesrand spendet genug Licht, um das Muttermal unter seinem Auge zu erkennen. Ein Muttermal, das mit ein wenig Fantasie die Form des heutigen Halbmondes hat.

»Du bist seltsam, weißt du das?« Seine Aussage trifft einen

wunden Punkt in mir, einen, den ich in den letzten Jahren so tief wie nur möglich in mir vergraben habe. In der Schule hatte ich viele Spitznamen. *Weirdo* war nur einer davon und einer der harmloseren, mit dem ich sogar noch irgendwie klarkam.

»Wieso?«, frage ich krächzend. »Weil ich den Regen mag?«

»Weil du dich den ganzen Tag über in der Wohnung verschanzt und dich nachts allein in den Park schleichst. Für mich klingt das nach einem ausgewachsenen Serienkiller.« *Okay, Punkt für Austin.*

Sein Blick wandert eine Etage tiefer, bleibt an meinen Lippen hängen. In dieser Sekunde frage ich mich, ob er genauso gut schmeckt, wie er duftet. Doch als seine Aufmerksamkeit auf meinen Hals fällt, zerbröselt mein fast schon schmerzhaft schöner Gedanke zu Staub. Umgehend ziehe ich meinen Kopf tiefer in den Kragen meines Parkas, wie eine Schildkröte, die sich in ihrem Panzer einigelt, sobald sie eine Gefahr wittert. Und ein Kerl wie Austin bedeutet Gefahr, vor allem für jemanden wie mich. Ich bin mir sicher, dass er in der Schule zu den Cliquen gehört hat, die Leute wie mich schikaniert haben.

»Wovor versteckst du dich jedes Mal, Bambi?«

Vor dir.

Vor deinem Urteil.

Vor mir selbst.

Ich öffne den Mund zu einer Antwort, aber heraus kommt nichts. Natürlich nicht. Ich kenne Isaiahs Mitbewohner erst seit ein paar Tagen. Wieso sollte ich ihm Dinge anvertrauen, die ich nicht mal mit meinen Geschwistern teile? Ist es nicht offensichtlich, wovor ich mich verstecke?

»Stehst du jetzt endlich auf, damit ich dich nach Hause bringen kann?« Mittlerweile klingt Austin nur noch genervt von mir, dabei tue ich ihm doch gar nichts.

»Nein? Okay, meinetwegen. Aber dann wundere dich nicht, wenn Isaiah dich demnächst in der Wohnung einsperrt, sobald ich ihm von deinen seltsamen Abendaktivitäten erzählt habe.« Er baut noch mehr Abstand zu mir auf und steuert anschließend den Gehweg des Parks an.

»Warte!« Verdammt, warum halte ich ihn auf? Ich finde den Weg nach Hause bestens allein und brauche ihn dafür nicht. Austin bleibt mitten auf der Wiese stehen und sieht mich nicht an, während er darauf wartet, dass ich zu ihm aufhole. Meine Klamotten sind komplett hinüber, und ich bin mir sicher, dass selbst die Waschmaschine sie nicht mehr retten kann. Gemeinsam gehen wir los, und ich achte penibel darauf, genug Distanz zwischen uns zu lassen.

»Sag Isaiah bitte nichts hiervon, sonst macht er sich nur unnötig Sorgen.«

»Wären die wirklich so unnötig?«, kontert Austin. »Ich meine ja nur, du kannst dir hier draußen wirklich eine fiese Lungenentzündung holen. Keine Ahnung, ob es dir nicht aufgefallen ist, aber es ist arschkalt.«

»Es geht mir gut.«

Lüge!

Inzwischen zittere ich am ganzen Leib, weil ich bis auf die Knochen durchgefroren bin. Es war vielleicht wirklich ein bisschen lebensmüde, mich so lange in den Regen zu legen. Vor allem, da wir Anfang November haben und bald der erste Schnee fallen wird. Er lässt dieses Jahr ohnehin ungewohnt lange auf sich warten. Meistens schneit es schon Ende Oktober in Blossom Lake.

»Warum willst du mich überhaupt nach Hause bringen?«, frage ich zögernd. »In Blossom Lake passiert mir schon nichts.« Meine Worte sind absurd. Vielleicht ist unsere Stadt objektiv betrachtet sehr sicher, aber das heißt nicht, dass dir deshalb keine schlimmen Dinge passieren können. Dass Herzen nicht gebrochen werden.

»Deshalb hast du mich ja auch für einen Einbrecher gehalten, den du mit einer Vase erschlagen wolltest.« Ich höre Spott in seiner Stimme und konzentriere mich auf den Weg vor mir, weil ich ihn nicht ansehen will. Nicht schon wieder.

Eine Weile lang schweigen wir beide, bis wir die Lichter der Stadt erreichen und Seite an Seite über den Bürgersteig Richtung Wohnung gehen. Auf den Straßen ist niemand mehr unterwegs, weil es bald Mitternacht ist und die meisten Leute sicherlich schon schlafen. Offizielle Partys außerhalb der Uni finden hier selten statt, da es in Blossom Lake keine Nachtclubs gibt. Lediglich *Richie's Pub*, aber der lockt schon seit Jahren kaum mehr jemanden an. Keine Ahnung, wie sich der Laden überhaupt noch halten kann. Vielleicht ist Richie insgeheim ein Drogendealer und der Pub nur zur Geldwäsche da.

»Ich begleite dich nicht nach Hause, weil ich Angst um dich habe, Bambi. Da muss ich dich enttäuschen.« Austin bricht die Stille, und ich wünschte, er hätte es nicht getan. »Ich will bloß Ärger mit Isaiah vermeiden.«

»Wieso solltest du mit meinem Bruder Ärger bekommen?« Zum ersten Mal, seit wir losgegangen sind, sehe ich ihn von der Seite an. Er hält den Regenschirm schon wieder so, dass nur ich geschützt bin. Bis jetzt ging ich davon aus, dass Austin ein egoistisches Arschloch ist, aber sein Verhalten heute Abend widerspricht dieser These. Vielleicht sollte ich meine Vorurteile ein wenig zurückschrauben, auch wenn es mir schwerfällt.

»Ist die Frage ernst gemeint?« Ein höhnisches Lachen kommt über seine Lippen. »Vielleicht hast du es noch nicht mitbekommen, aber Isaiah behandelt dich und Gracie, als wärt ihr kleine zerbrechliche Küken. Was glaubst du, was für einen Monolog ich mir anhören musste, als er mir von deinem Aufenthalt bei uns erzählt hat?«

Scheinbar hat Isaiah bei diesem Vortrag vergessen, ihn über das Offensichtlichste in Kenntnis zu setzen. In ganz Blossom Lake weiß man, dass ich Probleme mit Berührungen habe, doch an Austin scheint diese Information vorbeigegangen zu sein, denn er kam mir zum zweiten Mal viel zu nah. Irgendwie erleichtert mich diese Erkenntnis auch. Vielleicht ist er der Einzige hier, der sich noch kein abschließendes Urteil über mich gebildet hat.

»Er ist halt unser großer Bruder.«

»Ja, schon klar. Ich bin auch ein großer Bruder, aber bei Weitem nicht so einer wie Isaiah.« Dass er mir ganz beiläufig etwas über sein Privatleben erzählt, scheint ihn nicht zu stören. Ich würde ihn gern fragen, ob er einen Bruder oder eine Schwester hat, wären die Gedanken an Isaiah nicht so laut.

Ja, er beschützt uns, so war es schon vor Paps' Tod. Aber nachdem er von uns ging, ist Isaiah irgendwie in die Vaterrolle gerutscht, obwohl er nur zwei Jahre älter als ich ist. Ich weiß, dass er sich vierundzwanzig Stunden sieben Tage die Woche Sorgen um uns macht. Deshalb tut es mir auch im Herzen weh, einfach abgehauen zu sein. Anfangs hat er mich mehrmals täglich angerufen, um sicherzugehen, dass ich okay bin. Jedes einzelne Mal habe ich ihn angelogen. Das letzte Mal okay war ich, als Paps noch lebte.

Wenig später erreichen wir die Wohnung, und sobald ich im Warmen bin, wird mir bewusst, wie kalt mir wirklich ist. Meine Zähne klappern, als ich mich bibbernd aus dem nassen Parka schäle und ihn an die Garderobe zum Trocknen hänge.

Austin wahrt weiterhin gesunden Abstand zu mir, während ich aus meinen Schuhen schlüpfe und feststelle, dass meine hellgrauen Socken vor Nässe fast schwarz sind.

Ich kratze all meinen Mut zusammen. »Danke, Austin. Du weißt schon …« Doch als ich mich zu ihm umdrehe, ist er bereits verschwunden. Sekunden später fällt die Tür seines Zimmers ins Schloss, und der Rest des Satzes bleibt mir in der Kehle stecken.

Ich gehe in mein Zimmer, schnappe mir trockene Klamotten und mache mich auf den Weg ins Bad. Als ich wenige Minuten später unter dem heißen Wasserstrahl stehe, atme ich seufzend aus. Gott, tut das gut! Meine Knochen bestehen mittlerweile nur noch aus Eis, das jetzt langsam schmilzt.

Ich lasse das heiße Wasser auf meine nackten Schultern prasseln, schnappe mir blind das Duschgel aus der Einkerbung in der Fliesenwand und gebe einen großen Klecks auf meine Hand. Anschließend beginne ich, mich einzuseifen. Der Duft nach Erdbeeren verteilt sich im gesamten Badezimmer, gemeinsam mit dem dichten Wasserdampf.

Sobald meine Fingerspitzen die verdickte Haut an meinem linken Arm berühren, schlucke ich schwer. Ich kann die Narben mehrere Stunden am Tag verdrängen, kann vergessen, dass sie da sind. Wie sich die Flammen auf meiner Haut angefühlt haben. Wie schmerzhaft mein wochenlanger Aufenthalt im Krankenhaus war. Aber irgendwann holen sie mich trotzdem immer wieder ein, reißen an mir, fesseln mich, drücken mir die Luft aus der Lunge. Spätestens wenn ich abends in den Spiegel blicke.

Ich lasse den Schaum von meinem Körper in den Abfluss rinnen, gemeinsam mit den Blutegel-Gedanken, die sich immer wieder ausgehungert an mir festsaugen.

Ich steige aus der Dusche, trockne mich mit einem flauschigen Handtuch ab und schlüpfe in eine graue Jogginghose und einen dicken olivgrünen Hoodie. Mit der Hand wische ich über den beschlagenen Spiegel und sehe mir ins Gesicht.

Meine Wangen sind leicht gerötet, und ich frage mich, ob diese Röte von dem heißen Wasser oder der Kälte draußen kommt. Oder ob sie vielleicht einen ganz anderen Ursprung hat. Ob sie vom Petrichor-Austin-Geruch kommt, der mir immer noch in der Nase haftet. Für wenige Sekunden haben wir eine Form von Nähe geteilt, als wäre ich zu echter Nähe fähig.

Ich rubble meine Haare mit einem zweiten Handtuch leicht trocken, fahre mit den Fingern durch die dunklen, langen Strähnen und lasse das Bild auf mich wirken. Ich sehe die Narben an meinem Hals und frage mich, ob ich sie jemals als einen Teil von mir akzeptieren kann oder ob ich für immer gegen sie ankämpfen werde. Kämpfen macht müde. So unfassbar müde.

Mit erschöpften Gliedern und rasenden Gedanken verlasse ich schließlich das Bad. Weil ich nach der Begegnung mit Austin vermutlich ohnehin kein Auge zubekommen würde – vor allem nicht, wenn er wie jetzt zu Hause ist –, entscheide ich mich dafür, noch eine Folge *Peaky Blinders* auf dem Sofa zu schauen.

Als ich mich setze, fällt mein Blick auf eine Tasse auf dem Couchtisch, die vorhin noch nicht dort stand. Die süße Otter-Tasse, die ich Isaiah zum achtzehnten Geburtstag geschenkt und die ich in den letzten Tagen jedes Mal beim Frühstück benutzt habe. Sie ist bis zum Rand mit heißem Kakao gefüllt, der einen köstlichen Duft im ganzen Wohnzimmer verströmt. Unter ihr klemmt ein gelber Post-it.

*Reine Vorsichtsmaßnahme,
damit du nicht an Unterkühlung
stirbst.*

Mein Blick wandert perplex zu Austins verschlossener Zimmertür. *Er hat mir einen verdammten Kakao gemacht?!* Ein warmes Gefühl macht sich in meiner Brust breit. Zaghaft, zögerlich, kaum wahrnehmbar. Aber es ist da, und ich will es mit aller Macht festhalten.

KAPITEL 10

Stella

Als Paps vor neun Jahren beerdigt wurde, strahlte der Himmel so blau wie nie zuvor. Es fühlte sich falsch an, dass der Himmel nicht weinte, obwohl der beste Mensch dieser Welt nicht mehr da war.

Vor zwei Stunden fand Libbys Beerdigung auf demselben Friedhof statt, doch heute schien die Sonne während der Beisetzung nicht. Stattdessen fielen die ersten dicken Schneeflocken des Jahres vom Himmel, die seitdem Blossom Lake mit einer Schicht weißer Watte bedecken. Genau wie das *Little Stories,* in dem seit einer Stunde der Leichenschmaus stattfindet und sich zu meinem Leidwesen gefühlt die halbe Stadt versammelt hat. Das kleine schnuckelige Café hat sich in eine Art Schrein für diese wundervolle Frau verwandelt, und ich bin mir sicher, dass sie das eine oder andere Tränchen verdrücken würde, könnte sie die Liebe hier drin sehen und spüren.

»Die Bilder sind wunderschön«, sage ich zu meiner Schwester. Gracie tritt neben mich und bewundert gemeinsam mit mir diese einmalige Frau mit den einzigartigen waldgrünen Augen und dem honigblonden Haar, das wir ihr immer zu den verrücktesten Frisuren hochstecken durften.

Auf dem Foto vor uns sitzt sie auf der morschen Holzbank ihrer Veranda und lächelt breit in die Kamera. Sie strahlt, als hätte sie gerade erfahren, dass sie den berühmten Front-Yard-Award gewonnen hat, der jedes Jahr im Frühling vom städtischen Gartenkomitee vergeben wird.

»Sie war die schönste Frau in ganz Blossom Lake«, seufzt Gracie zustimmend. »Und Austin hat wirklich ein Talent fürs Fotografieren.«

Verwirrt sehe ich sie an. »Austin hat die Fotos von Libby geschossen?«

»Hm-hm.« Meine Schwester lässt ihren Kopf seitlich auf meine Schulter fallen und friemelt nervös an ihrem Perlenarmband herum. »Er fotografiert eigentlich keine Menschen, aber für Isaiah und mich hat er eine Ausnahme gemacht. Wir haben ihr das Shooting zu ihrem letzten Geburtstag geschenkt.« *Ein Geburtstag, an dem ich nicht dabei war.* »Gott, wie sehr sie sich über die Bilder gefreut hat.«

Erneut sehe ich die großformatigen Fotografien von Libby an, die wir gestern Abend im *Little Stories* aufgestellt haben und die jetzt noch etwas magischer auf mich wirken. Austin war nicht auf der Beerdigung, zumindest habe ich ihn nirgends entdeckt, doch die Tatsache, dass er diese Bilder gemacht hat, stimmt mich neugierig.

Keine Ahnung, wieso, aber ich hätte ihn nicht für einen Fotografen gehalten. Ob er deshalb bei strömendem Regen im Park unterwegs gewesen ist? Um zu fotografieren?

»Ich fasse es nicht! Stella Jones!« Eine schrille Frauenstimme ertönt, die sich in den letzten Jahren kaum verändert hat und die ich definitiv *nicht* vermisst habe.

»Vorhang auf für Lady Whistledown«, flüstert Gracie kichernd und mit einem Augenrollen. Ich kann nicht anders, als in dieses Kichern einzustimmen, bevor ich mich zu Adele Miller umdrehe. Die größte Klatschtante unserer Stadt steht mit in die Hüfte gestemmten Händen vor uns, auf ihrem Kopf ein großer schwarzer Hut, der die Hälfte ihres Gesichts verdeckt. Ihr knitterfreies Kostüm ist ebenfalls rabenschwarz, und es wundert mich, dass sie darin überhaupt Luft bekommt, so eng sieht es aus. Allein bei diesem Anblick ereilt mich spontane Atemnot.

»Hi, Mrs. Miller«, begrüße ich sie und wahre meinen gewöhnlichen Sicherheitsabstand, aber diese Frau kannte schon damals keine Grenzen und Diskretion. Vielleicht ist das eine Berufskrankheit, immerhin arbeitet sie seit Jahrzehnten für den *Blossom Daily*. In jedem Fall ignoriert sie meine Distanz einfach und tritt freudestrahlend auf mich zu. Bevor sie ihre Arme um mich schlingen kann, eilt Gracie mir zu Hilfe, springt vor mich und umarmt Lady Whistledown an meiner Stelle.

»Wie schön, dass Sie gekommen sind!« Gracie zwinkert mir zu, und ich forme ein lautloses »Danke«.

»Ach Kindchen. Es ist schön, euch wieder zusammen zu sehen, wenn auch unter so traurigen Umständen. Wo ist denn der Hahn im Korb?« Sie legt ihre Hände auf Gracies Schultern und sieht sich prüfend im *Little Stories* um. »Ich muss euren Bruder noch fragen, ob er mir für einen Artikel über die Feuerwache von Blossom Lake zur Verfügung stehen wird. Momentan sind Feuerwehrmänner total im Kommen, und ihr wisst ja, was man über Trendwellen sagt.«

»Man muss sie reiten«, antworten Gracie und ich im Chor und können unser Lachen kaum zurückhalten. Obwohl ich ihr gern sagen würde, dass Feuerwehrleute kein verdammter Trend sind, sondern Lebensretter. Wäre die Feuerwehr damals nicht vollkommen unterbesetzt gewesen, hätte Paps vielleicht überlebt. Aus diesem Grund war für Isaiah früh klar, welchen Weg er beruflich eines Tages einschlagen würde.

»Unser Bruder hilft Morah gerade in der Küche. Soll ich ihm Bescheid sagen, dass Sie ihn sprechen wollen?« Gracie deutet mit ihrer Teetasse hinter Adele, aber sie hat nur Augen für mich. Auffällig huscht ihr Blick über meinen Hals, den ich heute unter einem schwarzen Tuch aus Seide verborgen halte.

»Ach papperlapapp. Um Isaiah kümmere ich mich später. Also, Stella. Wie lange wirst du in Blossom Lake bleiben, hm?« Das Interview beginnt. Fehlt nur noch, dass sie ihren Notizblock zückt.

»Vermutlich bis Anfang Dezember. Ich habe noch keine Rückfahrkarte gebucht.«

»Das ist ja hervorragend!« Sie klatscht etwas zu euphorisch in die Hände, die in schwarzen Handschuhen stecken, die einem anderen Jahrhundert entstammen könnten. »Dann kannst du ja am Blossom Winter Festival teilnehmen. Ihr alle! Dieses Mal wird es noch größer, noch schöner, und euer Lebkuchenhaus fehlt jedes Jahr aufs Neue. Ohne es ist es nicht dasselbe. Libby wusste das auch.«

»Ich denke nicht, dass wir teilnehmen werden, Mrs. Miller.« Gracie schenkt ihr ein entschuldigendes Lächeln, aber wie zu erwarten war, lässt sich diese Frau nicht so leicht abwimmeln. Sie ist wie eine Zecke. Einmal festgebissen, bekommt man sie nur mit Gewalt wieder los.

»Ach kommt schon, jetzt, wo ihr alle wieder zusammen seid. Um der guten alten Zeiten willen?« Sie klimpert mit ihren getuschten Wimpern. Früher haben wir mit Paps ewig an unserem Lebkuchenhaus gearbeitet und die Nacht zum Tag gemacht. Aber seitdem er nicht mehr unter uns weilt, haben wir diese Tradition nicht fortgesetzt. Sie fehlt mir. Mehr, als ich vor dieser neugierigen Frau je zugeben würde.

»Wir denken darüber nach«, kommt es urplötzlich über meine Lippen. Gracie wirft mir einen scharfen Blick zu, den ich nicht deuten kann. Ist sie sauer auf mich? Überfordert beiße ich mir auf die Zunge, bevor ich noch auf die dumme Idee komme, Adele fest zuzusagen. Denn wenn man dieser Frau den kleinen Finger hinhält, reißt sie einem den ganzen Arm aus.

»Das wollte ich hören, Liebes. Wir sehen uns dann spätestens in drei Wochen. Ihr kommt mit eurem Lebkuchenhaus auf meine Titelseite, versprochen!« Flötend verschwindet sie Richtung Küche, um sich auf die Suche nach unserem Bruder zu machen.

»Wieso hast du das gesagt?« Gracie schürzt die Lippen, als lägen ihr noch mehr Worte auf dem Herzen, die sie jedoch nicht laut ausspricht. »Du weißt, dass sie uns jetzt fest einplanen wird.«

»Ich wollte sie nur abwimmeln«, verteidige ich mich schwach. Tief in mir drin weiß ich, dass es nur die halbe Wahrheit ist. Ja, ich wollte sie loswerden, aber irgendwie fühlt sich die Vorstellung, unsere Familientradition wieder aufleben zu lassen, schön an. Ich blicke zu Gracie und frage mich, wieso sie so allergisch darauf reagiert.

***

Als ich am Abend die Wohnung erreiche, möchte ich nur noch ins Bett fallen und diesen emotional anstrengenden Tag weit hinter mir lassen. Meine Augen brennen von all den Tränen, die ich während der Beerdigung geweint habe, und meine Füße schmerzen von den schwarzen Stiefeln, die ich nur selten trage. Außerdem habe ich heute so viele Menschen gesehen wie in den letzten vier Jahren nicht mehr und muss erst einmal meine Akkus aufladen. Ich fühle mich wie eine Batterie, die am absoluten Nullpunkt angelangt ist.

Doch mein Wunsch nach einem ruhigen Abend zerplatzt wie eine Seifenblase, sobald ich die Wohnung betrete und von einer Wand aus Rauch und Musik empfangen werde. *Was geht denn hier ab?*

Angespannt werfe ich einen Blick ins Wohnzimmer und werde von tausend Eindrücken erschlagen. Überall stehen Menschen, die hier definitiv nichts verloren haben. In ihrer Mitte befindet sich Austin, der auf dem Sofa sitzt und entspannt an seiner Bierflasche nippt, während Carrie seinen rechten Oberschenkel zur Sitzunterlage umfunktioniert hat.

Ist das sein Ernst? Ausgerechnet heute schmeißt er eine Party? Meine Kehle schnürt sich vor Wut zu, während ich meinen Blick durch den Raum schweifen lasse. Die WG ist nicht sonderlich groß, und trotzdem haben mindestens zwanzig Leute Platz in dem kleinen Wohnzimmer gefunden. Mehrere Grüppchen haben sich gebildet, ich höre, wie mit Flaschen angestoßen wird, und der stechende Geruch von Alkohol hängt wie ein blickdichter Vorhang in der Luft.

Am liebsten würde ich Austin vor versammelter Mannschaft zur Rede stellen, aber mir fällt es ja vor ihm allein schon schwer, meine Meinung zu sagen. Wie soll ich es dann vor den Augen all der Fremden schaffen? Die Antwort ist simpel: gar nicht.

Ich kralle mich am Türrahmen fest und spüre die ersten Blicke auf mir, nur Austin scheint mich bis jetzt noch nicht bemerkt zu haben, dafür ist er viel zu sehr mit Carries Lippen beschäftigt, die an seinem Hals entlangsaugen.

So schnell wie möglich bahne ich mir den Weg zu meinem Zimmer, doch als ich die Klinke nach unten drücke, gibt das Türblatt nicht nach. Jemand muss sich in meinem Zimmer eingesperrt haben. Geht es noch schlimmer? Warum reiht sich in meinem Leben eigentlich immer eine Katastrophe an die nächste?

»Scheiße, Lucas. Siehst du sie auch, oder bilde ich mir nur ein, dass Stella Jones vor mir steht?« Umgehend verkrampfe ich mich am ganzen Körper. Ich schließe die Augen, spüre, wie mich haltlose Überforderung am Schopf packt und zu Boden drückt. Kann dieser Tag bitte so schnell wie möglich enden?

»Hey, Kleine. Dreh dich mal um.« Eine zweite Stimme ertönt, die ich nach all den Jahren noch immer nicht aus meinem Gedächtnis verbannen konnte, sosehr ich es auch versucht habe. Da ich nicht in mein Zimmer fliehen kann und die beiden mir den Weg ins Bad versperren, bleibt mir nichts anderes übrig, als mich zu Simon und Lucas umzudrehen.

Doch als ich meinen ehemaligen Klassenkameraden ins Gesicht sehe, wünschte ich, ich hätte diese gottverdammte Tür vor meiner Nase einfach eingetreten. Alles wäre besser, als meinen ehemaligen Peinigern gegenüberzustehen, deren Anwesenheit noch immer dieselbe erdrückende Wirkung auf mich hat.

»Shit! Sie ist es wirklich«, stellt Simon mit zuckenden Mundwinkeln fest und fährt sich, ganz der Sonnyboy, der er schon immer war, durch das blonde Haar. »Wer hätte das gedacht. Seit wann bist du wieder in der Stadt?«

Mein Herz pumpt das Blut immer schneller durch meinen Körper, mein Puls jagt in ungesunde Höhen. Genau das wollte ich vermeiden, als ich herkam. Ich wollte keines von den Arschlöchern wiedersehen, die mir das Leben so lange zur

Hölle gemacht haben. Und jetzt stehen sie hier, starren mich wie eine verfluchte Attraktion an, auf deren Kosten sie sich lustig machen können. Wie damals.

»Ähm.« Mehr kriege ich nicht zustande, und damit biete ich diesen Mistkerlen genau das Futter, nach dem sie lechzen. Simon ging mit mir in den Kindergarten, und damals haben wir uns sogar echt gut verstanden. Aber nachdem ich aus dem Krankenhaus kam und mich verändert hatte, hat auch er sich verändert. Eindeutig zum Negativen, denn er wurde zum größten Mobber unserer Schule.

»Ich sollte wieder gehen.« Aber wohin, verdammt? Mein Zimmer ist verschlossen, und es ist ja nicht so, als hätte ich hier irgendeine Rückzugsmöglichkeit.

»Ach, warte doch mal kurz. Wir haben uns ja ewig nicht gesehen. Wie lange ist der Abschlussball jetzt her?«

Drei Jahre und zwei Monate. Drei Jahre und zwei Monate, in denen ich versucht habe, euch zu vergessen. In denen ich versucht habe, die Risse zu kitten, die ihr in mir hinterlassen habt. Vergeblich.

»Was hast du in der ganzen Zeit getrieben?«, will Lucas wissen und nippt mit funkelnden braunen Augen an seinem Bier. Wüsste ich nicht besser, wie diese beiden Menschen drauf sind, würde ich ihm das Interesse an meinem Leben vielleicht abkaufen. Aber sie haben mich so oft mit Füßen getreten, dass ich nicht auf ihre freundliche Masche hereinfallen werde.

Ich kralle meine Nägel in das Kunstleder meiner Handtasche und überlege fieberhaft, was ich tun soll. Isaiah hat mich nach Hause geschickt, weil mir beinahe die Augen zugefallen wären, während wir das *Little Stories* aufgeräumt haben. Gracie ist inzwischen längst wieder auf dem Campus und vermutlich schon im Bett. Außerdem ist mein Handyakku leer, und ich kann weder meinen Bruder noch meine Schwester erreichen. Das Ladekabel befindet sich nämlich neben meinem Bett, in dem gerade weiß Gott was von weiß Gott wem getrieben wird.

»Bist wohl immer noch so 'ne Plaudertasche wie früher, was?«, sagt Lucas lachend und stößt seinen besten Kumpel mit dem Ellenbogen an.

»Hier, trink was mit uns, Jones. Auf die *guten alten* Zeiten.« Simon fischt eine Bierflasche aus dem Kasten neben unserem Badezimmer und reicht sie mir grinsend. Unbeholfen nehme ich sie an mich, damit ich diesen Kerlen nicht noch mehr Angriffspotenzial biete. Obwohl Menschen wie Simon und Lucas immer etwas finden, womit sie einen in die Ecke treiben können.

»Hey, Austin! Du hast uns gar nicht gesagt, dass Isaiahs Schwester bei euch wohnt.« Simon setzt dem Ganzen die Krone auf, als er an meine Seite tritt und provokant seinen Arm um meine Schulter legt. So, wie er es damals jedes Mal gemacht hat, wenn er mich vor der ganzen Klasse bloßstellen wollte. So, wie an jenem Abend, der das Fass endgültig zum Überlaufen gebracht hat.

Das Blut rauscht wellenartig durch meine Ohren, meine Handflächen beginnen zu schwitzen, und der Druck hinter meinen Augen ist kaum auszuhalten. Während ich Simons alkoholgeschwängerten Atem an meiner Schläfe spüre, jagt ein Gedanke in Dauerschleife durch meinen Kopf.

Ich. Muss. Hier. Weg.

KAPITEL 11

Austin

»Komm, lass uns auf dein Zimmer gehen, Babe.« Seit wann nennt Carrie mich *Babe*? Sie fährt mit ihren vom Lipgloss glänzenden Lippen über mein Ohrläppchen, zeichnet es anschließend mit ihrer geschickten Zunge nach und arbeitet sich langsam nach unten vor.

Ihre Hand liegt auf meinem Bauch und rutscht jetzt ebenfalls eine Etage tiefer, mit Punktlandung auf meinem Schwanz. Es ist ihr egal, dass alle Leute hier freien Blick auf ihre Hände haben, vermutlich würde sie mir auch vor den Augen aller einen runterholen, wenn ich es zuließe.

Nicht, dass ich sie dafür verurteile, nur habe ich darauf gerade keine sonderlich große Lust. Letzte Woche, als Bambi wie versteinert unserer Einlage in der Küche zusah, hat es mich zwar angemacht, aber heute verspüre ich dieses Gefühl nicht. Vielleicht, weil Stella als Zuschauerin fehlt.

Carrie lässt mich gerade erstaunlich kalt. Warum auch immer, denn sie sieht in ihrem kleinen Schwarzen, das einen mehr als ansehnlichen Ausschnitt hat, wie eine verdammte Sexbombe aus. Eine, die am liebsten unter oder auf mir explodieren würde, während ich bis zum Anschlag in ihr stecke. Wir waren seit einer Woche nicht mehr miteinander im Bett, und langsam scheint sie zu merken, dass ich mich von ihr distanziere. Spoiler: Es gefällt ihr gar nicht, wenn man sie abweist. Carrie Louis bekommt immer, was sie will, wann sie es will. Das weiß der ganze Campus der UMaine.

»Nicht jetzt, Carrie.« Ich ziehe ihre Hand von meinem Schwanz, der sich von ihren Berührungen ohnehin nicht hat beeindrucken lassen. Ich bin nicht im Entferntesten hart, obwohl sie ihn wie eine verfluchte Wunderlampe gerieben hat. Heute gehen deine Wünsche wohl nicht mehr in Erfüllung, *Babe*.

»Wieso nicht?« Wieder küsst sie meinen Hals, dieses Mal drängender. Warum versteht diese Frau kein »Nein«, verdammt?

»Hey, Austin! Du hast uns gar nicht gesagt, dass Isaiahs Schwester bei euch wohnt!« Simons Stimme hallt durch unser Wohnzimmer, und ich schiebe Carrie leicht zur Seite. Als ich ihn schließlich entdecke, umklammere ich die Bierflasche in meiner Hand so fest, dass meine Knöchel weiß hervortreten.

Simon und Lucas gehören seit einiger Zeit zu meinem Freundeskreis, wenn man diesen Haufen Leute hier wirklich als *Freunde* bezeichnen kann. Die meisten sind zwei Jahre jünger als ich, aber auf dem Campus spielt das keine große Rolle. Bambi steht zwischen den beiden und sieht aus, als würde sie gleich eine Panikattacke bekommen.

Seit wann ist sie zu Hause? Da Stella Jones der unscheinbarste Mensch der Welt ist, habe ich ihr Auftauchen nicht bemerkt. Ihre Schritte sind genauso leise wie ihre Stimme, wenn sie mit jemandem spricht, der nicht zu ihrer Familie gehört. Wenn sie mit Isaiah und Gracie zusammen ist, verwandelt sie sich in einen anderen Menschen. Zu einer freieren

Version ihrer selbst. Zumindest dann, wenn sie sich unbeobachtet fühlt.

Mein Blick ruht auf ihrer scheuen Miene, während Carrie wieder dazu übergegangen ist, an meinem Ohrläppchen zu nuckeln, als wäre ich ihr Schnuller. Ich kann nicht hören, was Simon Stella zuraunt, aber es ist nicht zu übersehen, dass sie sich unwohl in ihrer Haut und in dieser Situation fühlt.

Natürlich tut sie das. Ich weiß spätestens seit ihrer Lass-mich-im-Regen-ersaufen-Aktion, dass sie ein Problem mit körperlicher Nähe hat. Noch kam ich nicht dazu, Isaiah danach zu fragen, aber ihre Ängste sind mehr als offensichtlich. Scheinbar nicht für Simon und Lucas, denn die beiden rücken ihr so dicht auf die Pelle, dass ich allein vom Zusehen Beklemmungen bekomme.

Die beiden geben sich lachend ein High Five, während Stella immer noch mit verkrampftem Körper dasteht und ihre freie Hand so fest zur Faust ballt, dass meine eigene wehtut. Ohne groß darüber nachzudenken, greife ich unter Carries prallen Hintern und schiebe sie von meinem Schoß. Protestierend landet sie auf dem freien Platz neben mir, während ich aufstehe und Stella ansteuere.

Sie braucht keinen verdammten Helden, Austin. Und selbst wenn, wärst du sicher nicht der Richtige für diesen Job.

Aber Isaiah ist nicht zu Hause, und nachdem meine Footballkarriere im Steilflug den Bach runterging, bin ich selbst mehrere Male nachts schweißgebadet und mit Todesangst aufgewacht. Dieses Gefühl wünsche ich niemandem, nicht einmal meinem Bruder, und der ist mein wohl größter Feind.

»Alter, du kannst uns doch nicht einfach verheimlichen, dass unser ehemaliger Jahrgangsfreak bei dir eingezogen ist.« *Jahrgangsfreak?* Scheiße, in diesem Moment frage ich mich, wieso ich mich mit diesen beiden Klappspaten außerhalb der Uni überhaupt abgebe. Ja, man kann gut mit ihnen feiern, doch eine Konversation, die über schlechten Booze und gemachte Titten hinausgeht, ist mit den beiden im Grunde nicht drin.

»Was ist hier los?«, frage ich und versuche, dabei möglichst neutral zu klingen.

»Nichts, Mann.«

»Ich habe nicht dich gefragt, Simon.« Blickkontakt mit Stella aufzunehmen ist nicht möglich, da sie auf ihre Füße starrt und die Haare wieder vor ihr Gesicht geworfen hat.

»Stella?«

Sie antwortet nicht, verkrampft sich nur noch mehr. Im Hintergrund höre ich ein paar Leute tuscheln. Ob sie über mich reden? Ach fuck, mir auch scheißegal.

»Die Kleine wird dir nicht antworten, Mann. Aber mach dir nichts draus, einmal Freak, immer Freak.« Simon zieht Stella noch dichter an seine Seite. Fuck, merkt dieser Wichser nicht, dass sie Panik hat?

»Obwohl ich schon sagen muss, dass ihr die schwarzen Klamotten stehen. Gibt ihr einen gewissen Emo-Touch.« Erst jetzt sehe ich mir ihr Outfit genauer an. Schwarze Jeans, schwarze Bluse, schwarzes Halstuch, schwarze Stiefel. In diesem Augenblick macht etwas in mir klick. *Die Beerdigung!* Libbys Beerdigung war heute. Sind ihre blassen Wangen deshalb so fleckig? Weil sie den ganzen Tag geweint hat? Shit!

»Ihr solltet jetzt besser gehen«, knurre ich und deute Richtung Tür. »Ihr alle.«

»Die Party hat doch gerade erst angefangen«, protestiert Lucas, aber ich bringe ihn mit einem gezielten Blick zum Schweigen. Sein Mund klappt wieder zu, seine vom Gras geröteten Augen hingegen weiten sich leicht.

»Ich sagte, ihr sollt verschwinden!« Meine Stimme ist so schneidend und laut, dass umgehend alle Gespräche im Raum verstummen. Alle starren mich an, und in diesem Moment scheint sich Stellas Anspannung etwas zu lösen. Sie hasst es, im Rampenlicht zu stehen, und gerade achtet niemand mehr auf sie, sondern nur noch auf mich. Mir soll es recht sein, ich habe im Vergleich zu ihr kein Problem damit, angeglotzt zu werden.

»Die Party ist vorbei.«

Grummelnd packen die ersten Leute ihre Sachen zusammen, schnappen sich noch einen Drink für den Weg und verlassen die Wohnung, um einen Ort zu finden, an dem sie weiterfeiern können. Endlich lässt Simon von Stella ab, und ehe ich mit ihr sprechen kann, stürzt sie schon Richtung Badezimmer und schließt sich darin ein.

»Deine Partys waren auch schon mal cooler, Austin.« Simon boxt mir im Vorbeigehen gegen die Schulter, während ich gern etwas ganz anderes von ihm boxen würde. Aber ich halte mich zurück, warte, bis alle Leute endlich gegangen sind. Als Lydia halb nackt Stellas Zimmer verlässt, sieht sie mich entschuldigend an. Unter ihrem Arm klemmt ihr grauer Uni-Pulli, den sie vorhin noch über dem dünnen weißen Trägertop anhatte, durch das man jetzt ihre steifen Nippel sehen kann. Hinter ihr trottet Marcel her, der sich kaum noch auf den Beinen halten kann. Keine Ahnung, wie er mit der Promillezahl noch einen hochkriegen konnte.

Allmählich leert sich die Wohnung, nur Carrie scheint nicht verstanden zu haben, dass ich sie ebenfalls rausgeschmissen habe. Sie schlingt von hinten ihre Arme um mich und schmiegt sich wie eine zweite Haut an meinen Rücken. Eine, die ich mir gern in derselben Sekunde vom Körper ziehen will wie ein fucking Abziehbild von einer Fensterscheibe.

»Jetzt haben wir Zeit für uns«, schnurrt sie. »Lass uns endlich auf dein Zimmer gehen.«

»Ich meinte auch dich, Carrie. Die Party ist vorbei.«

Weil sie nicht auf die Idee kommt, von mir abzulassen, schnappe ich mir ihre Arme, löse den Klammergriff und schiebe sie von mir. »Ich rufe dich morgen an.«

Vermutlich sollte ich ihr einfach hier und jetzt sagen, dass die Sache mit uns gelaufen ist, aber ich habe keine Lust auf die Show, die sie dann abziehen würde. Und Zeit habe ich dafür auch nicht, solange sich Stella im Badezimmer eingeschlossen hat und weiß Gott was tut. Ich kenne Isaiahs Schwester zu wenig, um einzuschätzen, ob sie da drin auf dumme Ideen kommen könnte.

»Aber …«

»Morgen, Carrie«, brumme ich und sehe die Diskussionslust in ihren Augen flackern. Sie will nicht verschwinden und scheint abzuwägen, ob sie einen weiteren Versuch starten sollte, mich umzustimmen.

Carrie öffnet ihre wohlgeformten Lippen zu einem weiteren Protest, spart ihn sich jedoch. Dann stapft sie wütend davon und knallt die Wohnungstür hinter sich zu.

Einen Augenblick verharre ich mitten im Raum, fische mein Handy aus der Jeans und schalte die Musik ab. Stille macht sich breit, verschluckt jedes Molekül in der Luft. Bis ich Stellas Schluchzen aus dem Badezimmer höre und es so laut in meinen Ohren dröhnt, als stünde ich direkt neben ihr.

Es ist so klischeehaft, dass sie sich heulend im Badezimmer eingeschlossen hat. Genervt gehe ich aufs Bad zu und klopfe an. Keine Reaktion. Noch einmal hämmere ich meine Faust gegen die Tür, dieses Mal lauter. Immer noch keine Reaktion.

Von mir aus kann sie mich ruhig den restlichen Abend

ignorieren, aber ich werde sie sicher nicht dadrin lassen. Wieder einmal rede ich mir ein, dass ich es Isaiah zuliebe tue. Genauso, wie ich sie Isaiah zuliebe nach Hause begleitet und ihr eine fucking heiße Schokolade gemacht habe. *Schon klar, Lakefield. Wer's glaubt …*

»Mach die Tür auf, Bambi.«

Ein Schluchzen überkommt sie, das meine Kehle eng werden lässt. Ich bin ein mieser Tröster, genau genommen bin ich eine Vollkatastrophe darin. Ich weiß nie, was ich sagen soll, wenn jemand weint. Weil es mir nie beigebracht wurde. In unserer Familie war kein Platz dafür. Und wenn, dann wurde es totgeschwiegen, bis man sich wieder beruhigt hatte und dieses Theater, das sich unser Leben nannte, weitergehen konnte. Diese emotionale Intelligenz, von der all die spirituellen Gurus heutzutage sprechen, ist also vollkommen an mir vorbeigegangen. Sie hat mich nicht mal im Entferntesten gestreift.

»Bambi«, warne ich sie dunkel. »Mach die Tür auf. *Bitte.*« Ich klinge völlig idiotisch, während ich mein Ohr an die Tür lege und horche, ob sie sich bewegt. Ganz leicht vernehme ich Schritte. Sekunden später höre ich das Klicken des Schlosses. *Scheiße, bin ich gerade echt stolz auf sie?*

KAPITEL 12

Stella

Austin sieht mich mit einer Mischung aus Wut und Mitgefühl aus seinen ozeanblauen Augen an. Bis jetzt wusste ich nicht einmal, dass diese beiden Gefühle zur selben Zeit existieren können. *Können sie.* Und an Austin sieht diese Mischung sogar noch schön aus. Ich glaube langsam, dass diesen Mann nichts entstellen kann. Nicht einmal solche Brandnarben, wie ich sie habe, könnten das.

»Was war das eben?«, will er ruhig von mir wissen.

»Nichts.«

»Bambi.« Schon wieder dieser warnende Unterton in der Stimme, der mich enorm einschüchtert. »Verarsch mich nicht. Ich weiß, wie *nichts* aussieht. Und das gerade war nicht nichts, das war …« *Ich,* will ich antworten. *Das, Austin, war ich.* Mein Leben, meine Baustelle. »Du hattest eine Panikattacke. Du kennst Simon und Lucas?«

Mehr als ein Nicken kriege ich nicht zustande.

Ich würde ihn gern anschreien, ihn anflehen, das Thema einfach fallen zu lassen, mich allein zu lassen, anstatt im Türrahmen zu stehen und mir den einzigen Fluchtweg zu versperren. Ich habe gehört, wie er alle Gäste aus der Wohnung geschmissen hat, und wäre ich dazu in der Lage, würde ich ihn zum Dank ganz fest umarmen. Stattdessen gehe ich rückwärts und setze mich auf den Toilettendeckel. Anschließend ziehe ich die Knie an den Bauch und stelle die Füße samt Schuhen auf dem Deckel ab.

»Ich kenne sie aus der Schule«, murmle ich und verstecke mich hinter meinem Vorhang aus braunen Haarwellen, die wieder einmal Heimat meiner salzigen Tränen geworden sind.

»Willst du darüber reden?« Er klingt stockend, als wüsste er selbst nicht, wieso er mir diese Frage überhaupt stellt. Warum er scheinbar das Bedürfnis hat, mir helfen zu wollen. »Darüber, was sie dir angetan haben, meine ich.«

Wo sollte ich da anfangen? Ich könnte ganze Bücher mit beschissenen Situationen füllen, denen mich diese Jungs, die jetzt Männer sein wollen, ausgesetzt haben. Libby hat unseren Lehrern mehr als einmal die Hölle heißgemacht, dass sie etwas unternehmen sollen, aber letztendlich hat sich nie etwas geändert. *Das sind nur dumme Streiche, Stella. Steh darüber. Nimm es mit Humor.* Solche Sprüche musste ich mir leider mehr als einmal anhören. Irgendwann habe ich aufgehört, Libby von den Mobbing-Attacken zu erzählen, und sie hörte auf, zu den Lehrern zu gehen. Ich habe einfach akzeptiert, wie mein Leben aussah, auch wenn es von vorne bis hinten demütigend war.

»Ich will nicht darüber reden«, wispere ich daher kaum hörbar.

»Du musst etwas lauter sprechen, wenn man dich verstehen soll, Bambi.«

»Ich will nicht darüber reden«, sage ich erneut, dieses Mal mit festerer Stimme. »Ich will das Ganze einfach nur vergessen, okay?« Vergessen, wie oft ich mich in der Schulzeit habe krankschreiben lassen, um dieser Schikane zu entkommen, die jeden Tag im Klassenzimmer auf mich gewartet hat. Vergessen, wie weh die Worte meiner Mitschüler taten. Viel mehr als die Eingriffe, die ich in der plastischen Chirurgie über mich ergehen lassen musste.

Weil Austin nichts mehr sagt, schiele ich zu ihm hinüber. Ist er jetzt echt mitten im Gespräch abgehauen? Wütend wische ich mir über die nassen Wangen, weil ich mich ihm geöffnet habe, doch ehe ich's mich versehe, ist er wieder zurück. Mit einer Flasche Schnaps in der Hand.

»Was wird das?«, will ich wissen und beiße mir auf die Zunge für diese dämliche Frage. Immerhin habe ich Augen im Kopf, die im Vergleich zu meinem eingerosteten Mundwerk normalerweise sehr gut funktionieren.

Derweil setzt er sich mit genug Sicherheitsabstand auf den Boden und lehnt sich gegen die Badewanne. Dann reicht er mir die Flasche.

»Nicht unbedingt die gesündeste Strategie, um zu vergessen, aber die einzige, die mir auf die Schnelle einfällt. Sag das bloß nicht deinem Bruder, sonst macht er mich einen Kopf kürzer oder setzt mich auf die Straße.« Seine Mundwinkel zucken. Jedoch nur so kurz, dass ich es mir auch eingebildet haben könnte. Generell wirkt Austins Lachen nie echt, sondern wie eine blasse Erinnerung an das, was einmal gewesen ist. Vielleicht war da mal etwas Echtes in seinem Lachen, irgendwann. Vor seinem Unfall?

»Du wärst ein mieser Life Coach.« Ich bin erstaunt über meine schlagfertige Antwort. Normalerweise bekomme ich in seiner Nähe nur gestammelte Worte heraus. Vielleicht kann ich es ja doch, dieses Normalsein, das alle anderen scheinbar so gut beherrschen und das ich in all den Jahren verlernt habe. Ich brauche nur ein wenig Übung. Wer hätte gedacht, dass ausgerechnet Austin mein Übungspartner sein könnte?

»Oh, du hast ja keine Ahnung, *wie* mies ich darin wäre.«

Ich führe die Flasche an meine Lippen, auch wenn ich bis jetzt noch nie Alkohol getrunken habe. Nicht, weil ich Leute verurteile, die sich gern mal einen Drink genehmigen, sondern weil ich bis jetzt nie die richtige Gesellschaft hatte. Allein zwischen den Hundezwingern bei den *Furry Angels* wollte ich bisher nicht sitzen und mir einen hinter die Binde kippen. Ich rieche an dem Zeug und frage mich, wie zur Hölle man so was gern trinken kann. Allein bei dem Geruch verengt sich meine Kehle.

Dennoch nehme ich den ersten Schluck, der in einem heftigen Hustenanfall endet. Scheiße, das ist noch widerwärtiger als befürchtet. Sobald sich meine Kehle beruhigt und mein Husten nachgelassen hat, nehme ich den nächsten Schluck. Dieses Mal direkt einen größeren, mit zugekniffenen Augen.

»Du solltest es langsam angehen, Bambi. Das Zeug ist stark«, raunt Austin und beugt sich vor, um mir die Flasche wegzunehmen. Dabei berühren sich unsere Finger beinahe, aber ich bin so mit dem Brennen in meiner Kehle und meinen Augen beschäftigt, dass die Angst gar keine Chance hat, sich richtig zu entfalten. Bevor sie mich überwältigen kann, ist seine Hand schon wieder weg. Ist das hier diese Konfrontationstherapie, die Dr. Bernard mir immer so sehr ans Herz gelegt hat?

»Warum warst du nicht auf Libbys Beerdigung?«

Austin nimmt einen deutlich größeren Schluck als ich und verzieht dabei keine Miene. »Zu viele Menschen.«

»Und auf deiner Party waren dir nicht zu viele Menschen?«, hake ich mit gerunzelter Stirn nach.

»Das ist was anderes. Die Leute hier interessieren sich nicht *wirklich* für dich, die wollen einfach nur ein bisschen Dampf ablassen und feiern.«

Mir steckt ein sarkastisches Lachen im Hals fest, das ich schnellstmöglich herunterspülen will. Simon und Lucas haben ihren Dampf scheinbar an mir abgelassen, weil das schon damals ihre Königsdisziplin war.

Ich strecke Austin die Hand hin, damit er mir die Flasche wiedergibt. Sobald ich den Flaschenhals an meinen Lippen spüre, wird mir plötzlich ganz heiß. Weil Austins Lippen diese Flasche kurz vorher berührt haben, drehen meine Hormone völlig durch. Na wunderbar. *Jetzt krieg dich mal wieder ein, Stella! Du warst gerade auf einem so guten Weg!*

»Ich habe deine Fotos gesehen«, wechsle ich mehr oder weniger elegant das Thema. »Die von Libby, meine ich. Du hast sie gut eingefangen.«

»Danke. Ich kannte die Frau nicht sonderlich gut, eigentlich habe ich sie nur zweimal in meinem Leben getroffen. Das ist auch ein Grund, wieso ich nicht bei der Beerdigung war. Hätte sich nicht richtig angefühlt.« Er zuckt mit den Schultern und winkelt die Beine an. Die Unterarme hat er auf seinen Knien abgestützt. Alles an ihm strahlt pure Lässigkeit aus, während ich hier elendig auf dem Klo kauere. Sicherlich sehe ich genauso beschissen aus, wie ich mich fühle.

»Fotografierst du viel?« Dass ich mich traue, ihm so direkte Fragen zu stellen, schiebe ich auf den Alkohol, der langsam, aber sicher ein warmes Gefühl in meiner Magengegend auslöst. Die Wärme vertreibt die spitzen Eiszapfen, die meine Organe seit der Begegnung mit Simon und Lucas durchbohren.

»Beinahe jeden Tag, seit …« Er verschluckt den Rest des Satzes, als wäre ihm gerade eingefallen, dass er mich gar nicht so tief reinlassen will. In seine Welt, sein Denken, sein Leben, das so anders als meines ist. »Seit ein paar Jahren eben.«

»Und an dem Abend im Park? Hast du da auch fotografiert?«

Sein Blick hellt sich etwas auf, und die Wärme in meinem Bauch wird zu ausgewachsener Hitze. Er antwortet nicht auf meine Frage, aber ich deute sein Schweigen als Zustimmung. Ich betrachte die goldbraune Flüssigkeit in der Flasche und fahre nachdenklich mit dem Daumen über das schwarz-silberne Etikett.

»Lass uns ein Spiel spielen«, schlägt Austin wie aus dem Nichts vor und reißt mich damit aus meinen Gedanken, die gerade wieder zu Lucas und Simon abschweifen wollten.

»Ein Spiel? Was für eins?«

»Keine Ahnung, irgendeins, bei dem ich dich kennenlerne. Du wohnst seit einer Woche in meiner Wohnung, und außer deinem Namen und der Tatsache, dass du schrecklich singst und einen miesen Musikgeschmack hast, weiß ich so gut wie nichts über dich.«

Mein Mund wird trocken, also nehme ich noch einen Schluck des Whiskeys und bin erstaunt, wie schnell ich mich an diesen ekeligen Geschmack auf der Zunge gewöhnt habe.

»Meinst du so eine Art Trinkspiel? Keine Ahnung, wie das geht.«

»Du hast echt noch nie Flaschendrehen oder so gespielt?« Austin sieht mich mit hochgezogenen Brauen an. Seine dunklen Haare hängen ihm wild in die Stirn, und der marineblaue Hoodie, den er trägt, schmeichelt seinen Augen ungemein.

»Noch nie.«

»Also musstest du auch noch nie bei einem albernen Spiel irgendeinen Kerl küssen?«

»Ich habe generell noch nie einen …« Bevor ich den Satz

beenden kann, beiße ich mir auf die Unterlippe, jage meine Schneidezähne wie ein Stoppschild in sie hinein. Nach dem Motto: Bis hierhin und nicht weiter! *Hätte ich Austin gerade beinahe verraten, dass ich noch nie einen Mann geküsst habe? Noch nie einen … außer ihn?*

Okay, genau genommen war es kein Kuss, weil ich seine Lippen nur berührt habe, um sein Leben zu retten. Aber es ändert nichts an der Tatsache, dass sich unsere Münder schon einmal berührt haben. *Und er es vergessen hat.* Die in mir hochkommende Kränkung schlucke ich eilig herunter, weil ich ihr keinen Raum geben darf.

Er ist an diesem Abend dem Tod von der Schippe gesprungen, natürlich erinnert er sich da nicht an das fremde Mädchen, das ihn aus dem Wasser gezogen hat.

»Wenn ich morgen früh nicht deine Kotze von der Klobrille wischen will, sollten wir uns wohl für ein harmloses Spiel ohne Trinkregeln entscheiden.«

Bei der Vorstellung wird mir bereits flau im Magen. Auf einen Kater kann ich dankend verzichten.

»Und wie geht das Spiel, das du im Sinn hast?«

»Es heißt *One for One*. Ich sage dir etwas über mich, und im Gegenzug verrätst du mir etwas über dich.«

»Tauschen wir jetzt so was wie unsere Lieblingsfarben aus?«, frage ich kichernd und nippe erneut an dem Whiskey. Anschließend gebe ich Austin die Flasche zurück. *Ob er auch an meine Lippen denken muss, während er aus ihr trinkt?* Sicher nicht. Er hat bestimmt schon halb Blossom Lake geküsst. Zumindest sah das, was er mit Carrie angestellt hat, nicht nach Unerfahrenheit aus. Viel eher, als wäre er Profi im Bett.

»Das ist zwar die Kindergartenvariante, aber von mir aus. Blau. Und deine?«

»Wolkenlila«, antworte ich wie aus der Pistole geschossen.

»Ist das eine anerkannte Farbe?«

»In Gracies Welt schon.« Immer, wenn sich der Himmel lila färbt, geht mir das Herz auf. Als hätte jemand einen Pinsel in meine Lieblingsfarbe getunkt und die Wolken damit bemalt. Meistens stelle ich mir dabei Gracie in ihrer beklecksten Latzhose vor, wie sie ihre Leinwände zum Leben erweckt.

»Wolkenlila«, wiederholt Austin meine Antwort kopfschüttelnd und knibbelt an dem Etikett der Whiskeyflasche herum.

»Was ist deine Lieblingsband?«, frage ich ihn und merke, wie ich immer mehr aus mir herauskomme. Es fällt mir zwar noch schwer, ihm beim Sprechen in die Augen zu sehen, aber immerhin will ich nicht sofort die Flucht ergreifen, wenn er meinen Blick erwidert. Das verbuche ich als gewaltigen Fortschritt.

»Falling in Reverse. Deine?«

»The Fray.« Seit ich *The Vampire Diaries* gesehen und mich Hals über Kopf in Damon Salvatore verknallt habe, hat mich die Band am Haken und nicht mehr losgelassen.

»Lieblingsessen?«, schießt Austin direkt die nächste Frage hinterher, die leicht zu beantworten ist.

»Tütensuppe.«

Austin nimmt gerade einen Schluck und prustet los, als er meine Antwort hört. »Echt jetzt?«

»Ja! Ich liebe dieses Zeug und könnte darin baden. Vor allem in der mit den kleinen Buchstabennudeln.« Neben der Tatsache, dass sie einfach unglaublich lecker schmeckt, ist sie auch einfach zuzubereiten. Ich als die Inkompetenz auf zwei Beinen, wenn es ums Kochen geht, bin froh über Fertiggerichte, die mir das Leben etwas erleichtern.

»Und ich hatte schon die Hoffnung, dass dein Auftauchen in unserer Wohnung die Tiefkühlpizza-Ära beenden könnte.«

»Da muss ich dich enttäuschen, ich bin eine miserable Köchin. Außerdem würde ich in eurer Küche sowieso nichts zubereiten.« Ganz automatisch rümpfe ich meine Nase.

»Warum nicht?«, will er feixend wissen. »Weil du dann an unsere erste Begegnung denken müsstest?« Seine Augenbrauen wackeln herausfordernd, und ich kann nicht anders, als wie ein dämliches Honigkuchenpferd zu grinsen. Zum ersten Mal entdecke ich Grübchen auf Austins Wangen. Ich mag sie. Seine Grübchen, sein Lachen, seine strahlenden Augen. Ich mag *ihn*. Der Gedanke überrollt mich mit einer solchen Wucht, dass ich regelrecht Angst vor ihm bekomme.

»Es ist höchst unhygienisch, auf derselben Arbeitsplatte Essen zuzubereiten, auf der man …«

»Auf der man was, Bambi?« Bilde ich es mir nur ein oder ist er in den letzten Minuten etwas näher an mich herangerückt?

»Na auf der man … du weißt schon …«

»Sag nicht, du kannst das Wort ›Sex‹ nicht laut aussprechen, ohne im Erdboden zu versinken.«

Kann ich sehr wohl! Nur nicht, wenn du mich dabei so ansiehst, verdammt!

»Ich …«

»Gott, Bambi. Aus welchem Märchenwald kommst du bloß?« Er schüttelt lachend den Kopf und fährt sich mit der Hand über das Gesicht. Ich sollte mich vorgeführt fühlen, aber das tue ich seltsamerweise nicht. Obwohl ich ihm gern sagen würde, dass mein Leben alles andere als märchenhaft verlaufen ist.

»Sag mir lieber dein Lieblingsessen«, lenke ich das Gespräch in eine weniger heikle Richtung und fühle mich erstaunlich unbeschwert. Hier im Badezimmer, kaum einen Meter von Austin entfernt, während die Erinnerung an die

Begegnung mit meinen ehemaligen Mitschülern immer weiter in den Hintergrund rückt.

»Pasta jeglicher Art natürlich. Jeder halbwegs gesunde Mensch vergöttert Pasta. Ich bin dran. Was ist das Peinlichste, das dir je passiert ist?«

Seine Frage lässt mich innehalten. So unauffällig wie möglich bohre ich meine Nägel in die Handballen, bis es schmerzt. Ich weiß, dass Austin keine Ahnung hat, was mir widerfahren ist, aber diese Frage reißt ein Loch in meine Brust und zerrt mein Herz brutal nach draußen. Ich will noch nicht, dass dieses Spiel endet, also gebe ich ihm eine Antwort, auch wenn sie bei Weitem nicht die peinlichste ist, die ich in petto habe.

»Ich bin mal nach der Arbeit in die Stadt gegangen, um Einkäufe für meinen Boss zu erledigen. Erst als ich wieder im Shelter war, hat er mich darauf hingewiesen, dass ich einen riesigen Dreckfleck auf der Jeans hatte. Zu meiner Verteidigung: Ich habe kurz vorher mit den Hunden im Garten gespielt.«

»Lass mich raten: Der Fleck befand sich auf deinem Arsch?«

Mit zusammengepressten Lippen nicke ich. »Frank hat mich gefragt, ob ich mich unterwegs eingeschissen hätte. Als ich mir das Elend angesehen habe, bin ich im Erdboden versunken.« Ich vergrabe das Gesicht in den Händen und luge zwischen den gespreizten Fingern zu Austin.

»Ich kann deine Geschichte toppen, wollen wir wetten?«

»Dann mal raus damit.«

»Letztes Jahr im Sommer war ich in der Stadt unterwegs, um Fotos von Blossom Lake bei Nacht zu schießen. Kennst du das Haus der alten Durands?«

»Wer kennt das nicht? Es ist wunderschön!« Schon als kleines Mädchen fand ich ihr schneeweißes Einfamilienhaus mit den Schmucksäulen am Eingang und der gekiesten Einfahrt traumhaft. Für mich war es nicht nur ein Haus, sondern ein Schloss, in dem nur echte Prinzessinnen wohnen dürfen.

»Es ist das schönste Haus in ganz Blossom Lake, also wollte ich es in Szene setzen. Ich habe mein Stativ aufgestellt und die Kamera positioniert. Im selben Moment, in dem ich abgedrückt habe, ging das Licht in einem der Zimmer an. Mrs. Durand stolzierte in den Raum und hat angefangen, die Wäsche aufzuhängen.«

»Was ist daran bitte peinlich?«, frage ich lachend.

»Du bist zu ungeduldig.« Eine todernste Pause entsteht. »Sie hat nicht einfach nur die Wäsche aufgehängt, sie hat *nackt* die Wäsche aufgehängt.«

»Bitte was?« Dieses Mal bin ich diejenige, die beinahe den gesamten Whiskey als Regen im Bad verteilt. »Nackt-nackt oder Unterwäsche-nackt?«

»Nackt-nackt. Hat einfach fröhlich ihre Wäsche gemacht, und jedes Mal, wenn ihr nackter Hängebusen den Wäscheständer berührt hat, ist sie zurückgezuckt, als hätte ihr jemand eine Ladung Strom mit einem Taser verpasst.«

»O Gott!« Ich schlage mir die Hand vor den Mund und merke, wie mein ganzer Körper durch den Alkohol zu kribbeln beginnt.

»Das ist immer noch nicht das Schlimmste daran. Ich wollte so schnell wie möglich meine Sachen abbauen und verschwinden, da kam ihr Mann aus der Tür gestürmt. Mit einem Baseballschläger bewaffnet.«

»Gabriel Durand wollte dich mit einem Baseballschläger vermöbeln? Wie alt ist er inzwischen? Achtzig?«

»Kommt hin. Hat nur noch der Stacheldraht gefehlt, und er wäre die perfekte Vorlage für Negans Großvater gewesen. Er hat mich auf Französisch beschimpft.«

»Hast du die Beleidigung verstanden?«

»Meine Sprachkenntnisse beschränken sich auf das klassische ›Voulez-vous coucher avec moi‹, Bambi. Ich habe keine Ahnung, was er mir an den Kopf geworfen hat, aber nett war es ganz sicher nicht. Ich kann froh sein, dass die beiden mit der Story nicht zum *Blossom Daily* spaziert sind. Er dachte nämlich, dass ich ein perverser Spanner sei, der Bilder seiner Ehefrau geschossen hat.«

»Adele Miller hätte dir dafür sicher die Titelseite gewidmet«, erwidere ich immer noch lachend. Die Flasche ist inzwischen gut geleert, und ich merke, dass es sich in meinem Kopf leicht zu drehen beginnt. Ich sollte dringend aufhören, bevor ich morgen wirklich noch über der Kloschüssel hänge. Ich stelle den Whiskey neben der Toilette auf dem Boden ab und wische mir die Lachtränen aus den Augenwinkeln.

»Du solltest öfter lachen.« Seine Worte treffen mich so unerwartet, dass ich in der Bewegung innehalte. »Und dich nicht immer hinter deinen Haaren verstecken.«

Instinktiv will ich mir wieder die Strähnen vors Gesicht streichen, um meine roten Wangen zu kaschieren, inklusive meines Lachens, das mir selbst so fremd geworden ist. Austins Blick hindert mich daran. Ich habe keine Ahnung, wie er es anstellt, oder ob es am Alkohol in meiner Blutbahn liegt, aber zum ersten Mal seit langer Zeit bin ich stärker als meine Angst. Stärker als mein Wunsch, für meine Mitmenschen unsichtbar zu sein.

»Wenn ich öfter lachen soll, solltest du mir wohl öfter von Mrs. Durands Hängebusen erzählen.« Meine Mundwinkel kleben förmlich auf meinen Wangen, so breit ist mein Lächeln.

»Und du solltest mir öfter Storys über deinen Knackarsch

erzählen.« Als auch Austin schmunzelt, breitet sich das Prickeln in meinem Magen bis in meine Brust aus. Woher zum Teufel will er wissen, wie mein Hintern aussieht? In den Hosen, die ich trage, sieht man ihn nicht wirklich.

Eine Weile lang sitzen wir einfach da und schweigen. Aber es ist kein unangenehmes Schweigen, sondern ein einvernehmliches. Ein angenehmes Wir-müssen-nichts-sagen-um-die-Stille-zu-füllen-Schweigen. Ich weiß nicht, wie viel Zeit vergangen ist, als Austin diese Stille schließlich bricht.

»Ist dir kalt?« Er deutet auf meine Unterarme, die von einer Gänsehaut überzogen sind. Und tatsächlich – die Übermüdung lässt mich frösteln.

»Ein wenig.«

Austin greift unter den Saum seines blauen Hoodies und streift ihn sich ab. Dabei rutscht das darunterliegende Shirt so weit hoch, dass ich den Ansatz seines Sixpacks sehen kann. Muskel reiht sich an Muskel, in perfektem Abstand. Schluckend wende ich den Blick ab.

»Hier, nimm den.«

Alles, was ich tun kann, ist, den blauen Stoff in seiner Hand wie einen Außerirdischen anzustarren, der kurz davorsteht, mich in eine andere Galaxie zu entführen. Eine Galaxie, in der ein Mann wie Austin einem Mädchen wie mir seinen Pulli gibt.

»Zerdenk nicht alles und nimm ihn einfach, Bambi. Das ist kein Heiratsantrag, sondern nur ein Stück Stoff.«

Mein Herz rumpelt, als ich das Kleidungsstück an mich nehme und hineinschlüpfe. Ich hätte auch einfach Gute Nacht sagen, ins Bett gehen und mir einen meiner Pullis anziehen können, aber wenn ich ehrlich bin, ist das hier viel schöner. Weil mich Austins unverwechselbarer Duft einhüllt, genau wie der Rest seiner Körperwärme, der noch in den Fasern schlummert.

Seinen Pulli zu tragen ist wie eine federleichte Umarmung. Und wenn sich das schon so intensiv anfühlt, frage ich mich, wie markerschütternd es erst wäre, würde er mich richtig berühren. In diesem Moment überkommt mich eine heftige Traurigkeit, weil ich weiß, dass ich es wohl niemals herausfinden werde.

KAPITEL 13

Stella

Mein Magen verkrampft sich, und ich kralle mich an der Toilettenbrille fest, während ich mich zum dritten Mal an diesem Morgen übergebe. Wenn mich der gestrige Abend etwas gelehrt hat, dann Folgendes: Ich rühre nie wieder einen Tropfen Alkohol an! Vor allem keinen so hochprozentigen wie den, den Austin mir angedreht hat.

Ich weiß nicht, wie spät es ist, aber durch das Badezimmerfenster fällt das verwaschene Licht des anbrechenden Tages in den Raum hinein. Ein Licht, das mir eindeutig viel zu hell ist, weil sich mein Schädel anfühlt, als würde ein in Alkohol getränkter Pingpongball sein Unwesen in ihm treiben. Das ist also dieser fiese Kater, von dem immer alle reden.

»O Gott«, jammere ich und bette die Stirn auf meinen Unterarm. Dabei steigt mir Austins herb-süßer Duft in die Nase, da ich seinen Pulli noch immer trage. Tief in mir drin schlummert der Wunsch, ihn nie wieder auszuziehen, auch wenn ich dringend unter die Dusche hüpfen sollte, um mich endlich wieder halbwegs wie ein Mensch zu fühlen.

Meine Zunge ist pelzig und meine Speiseröhre brennt wie verrückt, als ich die Toilettenspülung betätige und versuche aufzustehen. Himmel, meine Beine gleichen aufgeweichten Salzstangen, während ich zum Waschbecken hinübergehe, den Hahn aufdrehe und mir eiskaltes Wasser ins Gesicht spritze.

Sobald ich mein Spiegelbild sehe, stelle ich fest, dass ich zum Glück nicht ganz so grauenvoll aussehe, wie ich mich fühle. Meine Haare sind zwar am Ansatz leicht fettig, aber mein Gesicht hat Gott sei Dank über Nacht keine grüne Farbe angenommen.

Nachdem wir uns gestern Abend eine gute Nacht gewünscht hatten und ich mit polterndem Herzen im Bett lag, kreisten meine Gedanken ununterbrochen um Austin und den Verlauf, den der Abend genommen hat. Er hat nicht nur Lucas und Simon für mich rausgeschmissen, er hat die ganze Party für mich abgeblasen. Außerdem hat er es mit seinem *One-for-One-Spiel* geschafft, mich von dem emotional mehr als anstrengenden Tag abzulenken.

An dieser Stelle würde ich gern meine beste Freundin anrufen und gemeinsam mit ihr jedes noch so kleine Detail unseres Gesprächs unter die Lupe nehmen, aber ich habe außer Gracie niemanden, und ihr kann ich schlecht sagen, dass mir in Austins Anwesenheit das Herz in die Hose rutscht und ich fast ohnmächtig wurde, als er mir seinen Pullover gegeben hat. Wie viele Frauen seine Klamotten wohl schon vor mir getragen haben? Sicher einige.

Ein Scheppern aus der Küche reißt mich aus meinen Gedanken. Rasch trockne ich mein Gesicht mit einem frischen Handtuch ab, bürste meine Haare und verlasse mit pochenden Kopfschmerzen das Badezimmer.

Anschließend tapse ich Richtung Küche und halte abrupt inne, als ich höre, dass sich Isaiah und Austin unterhalten.

Und zwar nicht über das Wetter oder die Sportergebnisse des gestrigen Football-Spiels, sondern über *mich*!

»Das letzte Mal habe ich meine Schwester so über der Kloschüssel hängen sehen, als sie noch ein Kind war. Und da lag es an einem heftigen Magen-Darm-Infekt.« Ich bleibe neben der Küchentür stehen und halte den Atem an. »Keine Ahnung, was zurzeit mit ihr los ist.«

Mein Bruder klingt besorgt, und am liebsten würde ich ihm sagen, dass ich okay bin. Dafür müsste ich jedoch meine Deckung aufgeben, und das will ich auf keinen Fall. Außerdem wäre es ohnehin gelogen, denn das Aufeinandertreffen mit Simon und Lucas hat mich total aus dem Konzept gebracht. Wenn Isaiah wüsste, dass die beiden gestern Abend in seiner Wohnung waren, würde er vermutlich vollkommen austicken. Mein Bruder ist ein herzensguter Mensch, aber eben auch einer, der es hasst, wenn ich traurig bin.

»Gönn deiner Schwester doch ein bisschen Spaß«, erwidert Austin gelassen, und ich kann sein lässiges Schulterzucken nahezu vor mir sehen. Er klingt deutlich fitter als ich.

»Nach Spaß klang das eben im Badezimmer nicht«, erwidert Isaiah schmunzelnd. Er hat vorhin an die Tür geklopft und mich gefragt, ob er etwas für mich tun kann, aber ich habe ihn einfach nur so schnell wie möglich loswerden wollen. Es war mir unangenehm, dass er mich in so einem Zustand erlebte.

»Deine Schwester ist kein Baby mehr, Isaiah. Du musst dir keine Sorgen machen, nur weil sie sich einmal in ihrem Leben die Kante gegeben hat.« Sekunden später höre ich die Kaffeemaschine zischen, und es dauert nicht lange, bis sich ein köstlicher Duft bis ins Wohnzimmer ausbreitet und meinen Speichelfluss anregt. Für einen frischen Kaffee würde ich gerade *alles* geben, aber dafür müsste ich mich überwinden und ihr Gespräch crashen. Auf gar keinen Fall!

»Du hast keine dummen Absichten, oder?« Isaiahs anklagende Stimme lässt mich beinahe vor Scham im Erdboden versinken. *Bitte, halte ihm jetzt keine verdammte Predigt!* Ich schließe die Augen und bereite mich auf eine weitere Vollkatastrophe vor.

»Was für dumme Absichten sollten das sein?« Ein Stuhl wird zurückgezogen, gefolgt von einem genüsslichen Schlürfen.

»Du weißt genau, was ich meine, Mann. Keine Ahnung, ob es dir entgangen ist, aber meine Schwester hat … ein paar Probleme.« Ich schließe die Augen und wünschte, ich könnte einfach eine Rauchbombe in die Küche werfen, Hauptsache, dieses Gespräch endet auf der Stelle. Auf keinen Fall will ich, dass Isaiah und Austin über meine verdammten Ängste reden. Es reicht schon, dass Austin mehr als einmal Augenzeuge davon wurde, da hat es mir gerade noch gefehlt, dass er das volle Ausmaß davon erfährt.

»Stella hat einfach viel in ihrem Leben durchgemacht, und ich kann es nicht zulassen, dass ihr Herz von einem Kerl wie dir gebrochen wird.«

»Wie kommst du darauf, dass ich sie überhaupt auf diese Weise sehe?« Tiefer Spott liegt in Austins Stimme, der mich trifft. Genau da, wo ich am verwundbarsten bin. Weil es genau dieser Spott war, der mich in der Schule täglich begleitet hat. Derselbe gehässige Unterton, den auch Simon und Lucas jedes Mal draufhatten, wenn sie mich vor der gesamten Klasse in die Mangel genommen haben.

»Wieso hatte sie dann heute Morgen deinen Pulli an?«

»Ihr war gestern Abend kalt. Das ist alles.« *Das ist alles.*

Innerhalb von Sekunden bin ich wieder auf dem Boden der Realität angelangt. Gestern Abend noch bin ich im allerschönsten Wolkenlila geflogen, jetzt bin ich auf dem ewig grauen, kalten Asphalt gelandet. Ein Ort, der mir allzu vertraut ist. Ein Ort, an dem ich mich fast schon wohlfühle, schließlich sind wir Menschen Gewohnheitstiere. Natürlich hatte seine Geste keine tiefergehende Bedeutung. *Wie konntest du nur so dumm sein und das eine Sekunde lang glauben, Stella?*

»Außerdem stehe ich nicht auf Mauerblümchen, die den Mund nicht aufbekommen.« Austin schafft es tatsächlich, mir sein Messer aus Worten noch etwas tiefer in den Rücken zu rammen.

»Du stehst ja auch eher auf kratzbürstige Katzen wie Carrie«, witzelt Isaiah, aber man hört meinem großen Bruder an, dass ihn Austins Worte ebenfalls verletzt haben. Er war schon immer mein Beschützer, derjenige, der an meiner Seite war, wenn ich allein nicht weiterwusste. Mehr als einmal ist er auf dem Schulhof meinetwegen in eine Prügelei geraten und hat sich dafür einen Verweis eingehandelt. Im Vergleich zu mir war er nie das Opfer, genauso wenig wie Gracie. Ich war die einzige von uns Jones-Kindern, die die volle Breitseite abbekommen hat. Als hätte meine Klasse ihren Hass gebündelt und mit voller Wucht gegen mich gerichtet, weil ich eine gute Zielscheibe abgegeben habe.

»Keine Sorge, Isaiah. Ich werde deiner Schwester schon nicht das Herz brechen, nur weil ich versuche, nett zu ihr zu sein. Das wolltest du doch von mir, oder nicht? Soll ich dich an deinen ellenlangen Vortrag erinnern, den du mir vor ihrer Ankunft gehalten hast?«

»Nein.« Isaiah seufzt. »Ich hoffe nur, dass Stella das so sieht wie du.« Meine Augenwinkel fangen schon wieder verdächtig an zu brennen, als ein Stuhl nach hinten geschoben wird und Schritte sich nähern. So schnell wie möglich straffe ich meine Schultern, auch wenn ich am liebsten in mir zusammenfallen würde wie ein wackeliger Jenga-Turm.

Ich ziehe mir eilig Austins Pulli über den Kopf und grabe meine Nägel in den weichen Stoff, der mir gestern ein so gutes Gefühl beschert hat und jetzt nur noch für ein Stechen in meiner Brust sorgt. Ich vermisse seine Wärme und seinen Duft schon nach wenigen Sekunden.

Im nächsten Augenblick erscheint Austin im Türrahmen, mit einer dampfenden Kaffeetasse in der Hand und wuscheligen Haaren, als wäre auch er gerade erst aus dem Bett gekrochen.

»Na, ausgekotzt, Bambi?« Sein Mundwinkel hebt sich zu einem schiefen Lächeln, während ich ihm seinen Pulli entgegenhalte, ohne ihn anzusehen. »Mir ist jetzt nicht mehr kalt, danke«, sage ich für meine Verhältnisse etwas zu scharf.

Bevor er auf die dumme Idee kommt, Fragen zu stellen, ergreife ich die Flucht und husche in mein Zimmer. Sobald die Tür ins Schloss gefallen ist, lehne ich mich dagegen und lege den Kopf in den Nacken.

Ich habe Austin angelogen.

Mir ist immer noch kalt. So. Verdammt. Kalt.

Tief in mir weiß ich, dass diese Kälte nicht wirklich an den Temperaturen liegt. Sie ist in mir. Weil sie sich bereits vor Jahren in mir eingenistet hat wie ein ungebetener Gast. Gestern Abend dachte ich für einen kurzen Augenblick, dass ich etwas gefunden hätte, das mir diese Kälte nehmen kann. Jemanden. Aber da habe ich mich wohl getäuscht.

KAPITEL 14

Austin

Die heutige Vorlesung über Ressourceneffizienz dehnt sich wie Kaugummi. Ach, was denke ich da? Eigentlich fühlt sich mein ganzes verdammtes Studium wie ein ekelhafter Kaugummi unter meinen Schuhsohlen an, den ich bereits seit zwei Jahren mit mir herumschleppe und einfach nicht loswerde. Egal, wie wenig Mühe ich mir bei den Prüfungen gebe, irgendwie schaffe ich es trotzdem immer, sie mit Ach und Krach zu bestehen.

Es gleicht einem Wunder, dass ich noch nicht eingepennt bin, während der Prof über das profitable Wachstum eines Unternehmens spricht, als wäre es das geilste Thema dieser Welt. Spoiler: Ist es nicht. Es gibt kaum etwas, das mich mehr langweilt als dieser schmierige Kerl in Kombination mit einem so trockenen, monotonen Vortrag über Wirtschaft.

Carrie sitzt eine Reihe vor mir, ihre schwarze Mähne glänzt, als hätte sie sie mit Tonnen Conditioner bearbeitet, und ein Blick über ihre Schulter gewährt mir perfekte Sicht auf ihren mehr als tiefen Ausschnitt.

Seit ich sie vergangene Woche aus der Wohnung geschmissen habe, herrscht Eiszeit zwischen uns. Sie ignoriert mich, und ich tue es ihr gleich.

Sobald die Vorlesung endlich zu Ende ist, schnappe ich mir so schnell es geht meine Sachen, um die Uni zu verlassen. Draußen hat der Winter den Campus vollkommen im Griff. Die Straßen bis in die Stadt sind zwar weitestgehend frei, aber der Weg vom Unigebäude der UMaine bis zum Parkplatz wurde heute noch nicht gestreut, weshalb alle Studenten wie tollpatschige Pinguine über das Eis schlittern.

Gerade als ich an die bitterkalte Luft trete, klingelt mein Handy. Moms Name leuchtet auf, und mein erster Impuls ist, sie sofort wegzudrücken, weil ich absolut keine Lust habe, mit ihr zu reden. Aber unser letztes Gespräch ist über einen Monat her, und seitdem hat sie schon viermal auf meine Mailbox gesprochen und mir mitgeteilt, wie enttäuscht sie von mir ist, weil ich mich so selten bei ihr melde.

Mich zu besuchen, kam ihr bis jetzt trotzdem nicht in den Sinn. Hätte ich keinen Mitbewohner, könnte ich auch seit Monaten in meiner Wohnung verschimmeln, und sie würde es vermutlich erst mitbekommen, wenn meine Todesanzeige im *Blossom Daily* steht.

Ein Brummen steckt in meiner Kehle fest, während ich mir einen meiner schwarzen Handschuhe mit den Zähnen ausziehe und ihn in die Tasche meiner Jacke stopfe. Dann nehme ich das Gespräch auf dem Weg zu meinem Wagen an.

»Hi, Mom.« Hoffentlich hört sie, wie wenig Lust ich auf dieses Telefonat habe, und lässt sich schnell wieder abwimmeln.

»Austin! Dass man dich mal erreicht.« Ihre pikierte Stimme geht mir bereits nach einem Satz mächtig auf die Eier. Ich kann mir ein dramatisches Augenrollen nicht verkneifen. »Bist du gerade in der Universität?«

Fuck, sie klingt wie Siri. Unmenschlich, roboterhaft, kein bisschen echt.

»Die Vorlesung ist eben vorbei, wieso?«

»Frag ihn, welches Thema heute auf dem Programm stand«, höre ich die Stimme meines Vaters im Hintergrund und umklammere das Handy fester. Sicherlich sitzt er gerade mit seiner dämlichen Börsenzeitung am Tisch und geilt sich an der Marktentwicklung auf wie ein pubertärer Teenager an einem Pornomagazin. Ich könnte allein beim Gedanken daran im Strahl kotzen.

»Welches Thema war heute dran, Austin?«

»Warum rufst du an, Mom? Ich habe gerade echt keine Zeit.«

»Oh, was hast du denn heute noch vor?« Nichts. Was zur Hölle soll ich schon vorhaben? Mein Tagesablauf sieht jeden fucking Tag gleich aus. Gleich beschissen. Die einzigen Stunden am Tag, die mir Freude bereiten, sind die, die ich mit meiner Kamera draußen verbringe. Aber das werde ich meiner Mutter definitiv nicht sagen, weil ich weiß, dass sie kein gutes Haar an meinem Hobby lassen würde. Sie konnte nie verstehen, wie ich meinen ursprünglichen Traum gegen eine so brotlose Kunst wie das Fotografieren eintauschen konnte. Als hätte ich eine richtige Wahl gehabt. Sie weiß, dass ich immer noch jeden Tag auf dem Platz stehen würde, wenn ich nur könnte. Dass mein Herz nie aufgehört hat, für Football zu schlagen.

»Ich treffe mich mit ein paar Freunden«, lüge ich, um meine Mom so schnell wie möglich abzuwürgen. Vielleicht bin ich ihr gegenüber ein Arschloch, aber zu meiner Verteidigung muss ich sagen, dass sie auch nicht gerade eine Vorzeigemutter ist. Ihr ist es schlichtweg egal, dass ich mich mit diesem Studium zum Finanzmanagement zu Tode langweile. Hauptsache, ich trete in die Fußstapfen meines Vaters, auch wenn mir diese viel zu klein sind. Viel zu beengend. Viel zu sehr »geleckter Snob«. Als würde es nicht reichen, dass mein Bruder in New York zu unserem Daddy 2.0 mutiert ist, muss ich mir diese Scheiße auch noch jeden Tag geben.

»Triffst du dich auch mit einem Mädchen?« Ich kann förmlich vor mir sehen, wie ihre eisgrauen Augen aufleuchten. Sollte ich ihr sagen, dass ich regelmäßig eine Mitstudentin aus meinen Finanzkursen auf der Unitoilette knalle? Sicherlich würden ihr daraufhin zum ersten Mal seit Jahren die gespritzten Gesichtszüge entgleiten. Botox ist nämlich Moms beständigster Freund.

»Kein Mädchen«, sage ich stattdessen.

»Du solltest dir langsam mal jemanden suchen, Austin. Wie wäre es, wenn du zum nächsten Essen eine Frau mitbringst?«

»Welches Essen?« Und welche fucking Frau? Carrie etwa? Ich klemme das Handy zwischen Ohr und Schulter ein, während ich meinen schwarzen Mustang öffne und einsteige. Die Scheibe ist von Eis benetzt, obwohl ich nur zwei Stunden in der Uni war. Es ist echt scheißkalt in Maine geworden, und ich befürchte, dass der Winter dieses Jahr Rekordwerte bringen wird. Er könnte sogar der Kälte Konkurrenz machen, die bei uns zu Hause herrscht.

»Im Dezember kommt dein Bruder aus New York zu Besuch. Du wirst auch kommen.« Kann sie den Mittelfinger sehen, den ich ihr gedanklich zeige? Hoffentlich.

»Kein Interesse.«

»Austin!«, tadelt sie mich. »Jacob ist nur selten daheim und möchte dich gern sehen.« Als ob. Da glaube ich eher an den fucking Weihnachtsmann. Das Verhältnis zwischen Jacob und mir war schon immer schwierig, aber in den letzten Jahren hat es sich in eine absolute Vollkatastrophe verwandelt. Er hat es gehasst, wie erfolgreich ich auf dem Platz war und wie rosig meine Zukunft ausgesehen hat. Und seit jener Nacht, die alles verändert hat, verhält er sich mir gegenüber gönnerhaft und herablassend.

»Ostin kommt nach Hause?«, höre ich plötzlich die Stimme meiner kleinen Schwester Emma im Hintergrund. Sie konnte meinen Namen als Zwerg nie richtig aussprechen und hat mich immer Ostin statt Austin genannt. Irgendwann wurde das mein Spitzname.

»Deine Schwester würde sich auch freuen, wenn du kommst.« Fuck. Mom weiß, dass die Emma-Karte fies ist. Sie ist seit acht Jahren mein einziger Lichtblick in unserer verkorksten Familie. Für sie würde ich Himmel und Hölle in Bewegung setzen, auch wenn es bedeutet, zu diesem dämlichen Familienessen gehen zu müssen.

»Du hast gewonnen, Mom«, murmle ich und verschlucke mich beinahe an meinen Worten, weil sie so bitter schmecken.

»Gut. Und vergiss nicht, ein Mädchen mitzubringen, schließlich kommt Jacob auch mit seiner Verlobten. Du kannst dich nicht dein Leben lang hinter diesem ungesunden Selbstmitleid verstecken. Das ist nicht erwachsen.«

»Willst du mir wirklich etwas übers Erwachsensein erzählen?«, spotte ich und kassiere dafür lediglich ein empörtes Schnauben meiner Mutter. »Ich werde kommen, Mom. Bist du jetzt zufrieden?«

»Erst, wenn du mir versicherst, dass du nicht allein kommst.«

»Von mir aus«, knurre ich wie ein in die Ecke gedrängter Hund.

Bevor sie noch etwas erwidern kann, habe ich das Telefonat

beendet und mein Handy auf den Beifahrersitz geschmissen. Anschließend schlage ich einmal fest aufs Lenkrad meines Shelbys. Fuck, wieso habe ich meine Mutter schon wieder gewinnen lassen?

KAPITEL 15

Stella

»Und du kannst wirklich nicht mitkommen?«, frage ich Gracie und drehe mich auf die Seite, damit ich meine kleine Schwester ansehen kann, ohne mir dabei den Nacken zu verrenken. Sie liegt im Wohnzimmer auf dem Boden und wirft einen gelben Tennisball mit Smiley in die Luft, um ihn Sekunden später wieder aufzufangen. Gracie will einen neuen Rekord im Bällefangen aufstellen, und das schon seit zwanzig Minuten. Zuletzt hat sie einhundertzwanzig Würfe geschafft, bevor der Ball auf den Boden geplumpst ist.

»Tut mir wirklich leid, Schwesterkeks. Mein Prof hat mir nach der vermasselten Prüfung richtig Feuer unterm Hintern gemacht. Mein Arsch brennt immer noch!« Ihr entflieht ein glockenhelles Lachen, während ich nur schlucken kann. Gracie hat nur einen Spaß gemacht, aber die Redewendung verursacht einen Knoten in meiner Kehle, wenn auch nicht mehr ganz so stark wie noch vor einigen Jahren. Meine Schwester scheint es zu bemerken, denn der Ball landet dieses Mal nicht in ihrer Hand, sondern auf ihrer Brust und kullert anschließend auf den flauschigen grauen Teppich. Mit dem Smiley Richtung Boden. »O Gott! Sorry, ich wollte nicht …«

»Schon gut«, beruhige ich sie. »Ich kann nicht mein Leben lang bei jeder Floskel, die irgendwie etwas mit Feuer zu tun hat, zusammenzucken.«

»Und trotzdem tust du es noch.« Ihr liebevoller Blick hüllt mich wie eine kuschlige Heizdecke ein, und als sie zu mir aufs Sofa krabbelt und mir einen schnellen Kuss auf die Wange haucht, lasse ich es zu. Dann finden sich automatisch unsere Hände. Ob sie mein Zittern bemerkt? Wenn ja, dann spricht sie es nicht an. Es ist ein gigantischer Fortschritt, denn bis zu meinem Weggehen konnte ich nicht einmal ihre Hand halten, obwohl ich ihr mein Leben anvertrauen würde.

»Es tut mir leid, dass du immer noch so zu kämpfen hast.« Sie senkt den Blick und zieht die Unterlippe zwischen die Zähne. »Meinst du, es wird eines Tages besser?«

»Es ist doch schon besser.« Ich schiebe ihr eine Strähne hinter das Ohr und verharre einen kleinen Moment lang mit meinen Fingern an ihrem warmen Gesicht. »Glaub mir, okay? Siehst du?« Ich halte unsere ineinander verhakten Hände in die Höhe. Unsere bunten Perlenarmbänder geben ein leises Klirren von sich, als sie sich berühren. Wir sind eine Einheit, sind unzertrennlich, dafür bräuchten wir nicht einmal Körperkontakt.

»Okay.« Gracie weicht meinem Blick aus, und das hasse ich. Ich weiß, dass es sie und Isaiah schmerzt, mich so zu sehen, und das ist noch ein Grund, wieso ich damals die Flucht ergriffen habe. Ich wollte ihnen nicht länger zur Last fallen und sie täglich mit meinem Anblick daran erinnern, was wir alle in jener Nacht verloren haben.

»Eine richtige Lerngruppe also?«, bringe ich uns beide auf andere, weniger schwere Gedanken. In den letzten Jahren habe ich gelernt, dass es in Ordnung ist, diese Gedanken zu haben, solange man nicht in ihnen feststeckt. Also kämpfe ich mich ganz brav aus ihnen heraus.

»Leider. Ich hab so maximal gar keinen Bock drauf. Die Leute aus meinem Kurs werden eh nur über irgendwelche Hotties aus der Uni quatschen. Keine Ahnung, ob wir überhaupt richtig zum Lernen kommen werden, aber ich will die nächste Prüfung nicht wieder in den Sand setzen. Es tut mir leid, dass ich unser Date deshalb absagen muss.« Schmollend schiebt sie ihre Unterlippe nach vorne. »Ich hoffe, du bist mir nicht böse deshalb?«

»Quatsch, das ist nicht so schlimm. Dann eben nächstes Jahr.« Eigentlich wollten Gracie und ich heute Abend ins Outdoorkino fahren, das jedes Jahr an einem Wochenende im November auf dem kleinen Guardian Mountain stattfindet.

Es gibt kleine Buden mit heißem Punsch und warmen Zimtwaffeln, eine Menge Heizstrahler und mehrere kleine Inseln aus Holzpaletten, auf denen man es sich dick eingepackt während des Films gemütlich machen kann. Wir haben dieses Event immer geliebt – ich ganz besonders. In Kinosälen fühle ich mich oft eingeengt, aber draußen auf dem Guardian Mountain kann ich einen guten Film ganz ohne diese lähmende Angst genießen. Für mich war dieses Wochenende im Jahr immer ein kleines Highlight. Eines, das ich wahnsinnig vermisst habe, wie mir jetzt auffällt. Denn auch wenn ich Gracie niemals böse sein könnte, stimmt es mich schon etwas traurig, dass unsere Verabredung geplatzt ist.

Man kann bereits Monate vorher über den Film abstimmen, der an diesem Abend auf großer Leinwand gespielt wird, und dieses Jahr hat es mein absoluter Lieblingsfilm *Hachiko* an die Spitze geschafft.

»Aber du hast dich so auf den Film gefreut. Schade, dass

Isaiah nicht mit dir hinfahren kann. Der Job bei der Feuerwehr frisst ihn zurzeit total auf.«

Gracie hat recht. Unser Bruder schiebt des Öfteren Zwölf-Stunden-Schichten und hat dann auch noch zusätzlich Bereitschaft. Schlaf bekommt er seit meiner Ankunft in Blossom Lake nur wenig, und er wandelt an manchen Tagen wie ein Zombie durch die Wohnung. Ihm hätte ein Abend im Outdoorkino sicher auch gutgetan. Dadurch, dass die Feuerwehr nicht nur Brände löscht, sondern auch bei anderen Problemen in und um Blossom Lake benötigt wird, hat seine Truppe immer ein straffes Programm.

Bevor ich meine Sorgen um Isaiahs Gesundheit laut aussprechen kann, wird meine Aufmerksamkeit auf Austin gelenkt, der gerade aus seinem Schlafzimmer getrottet kommt. Sein Anblick sorgt umgehend dafür, dass die Temperatur im Raum auf das Dreifache ansteigt. Oder ist es nur mein Körper, der so glüht?

»Bist du etwa gerade erst aufgestanden?«, fragt Gracie und wirft ein hellblaues Plüschkissen nach ihm. Es landet an seiner nackten Brust und fällt mit einem dumpfen Geräusch zu Boden. Es ist bereits sechs Uhr am Abend, und er war bis eben im Bett?

»Himmel, du hast das echt ernst gemeint, oder?«

»Was genau?«, fragt Gracie unschuldig und setzt sich in ihren heiß geliebten Lotussitz, bei dessen bloßem Anblick meine Knöchel schmerzen.

»Dass du jetzt *noch* öfter hier sein wirst.«

»Ich mache keine leeren Versprechungen, das weißt du doch!«

Austin verdreht die Augen – das ist scheinbar so was wie sein Signature Move – und steuert mit schlurfenden Schritten und einem ausgestreckten Mittelfinger das Badezimmer an.

Bevor er in seiner gefährlich tief sitzenden Boxershorts von der Bildfläche verschwinden kann, hält Gracie ihn auf.

»Moment, warte mal!« Sie sieht erst mich, dann Austin an, als hätte sie in Gedanken gerade die Glühbirne erfunden. Leider ahne ich, dass ihre Idee nicht ansatzweise so bahnbrechend sein und meinen Abend in eine sehr schwierige Richtung lenken wird. »Wie wäre es, wenn Austin mit dir zum Guardian Mountain fährt?«

»Gracie, nein!«, zische ich leise, aber leider nicht leise genug, denn Austins Neugier ist geweckt. Er sieht mich unverwandt an, während ich versuche, nicht auf das mehr als schöne V zu starren, das im Bund seiner schwarzen Shorts verschwindet. Wie zum Teufel kann Gracie Austin nur ansehen, ohne puterrot zu werden?

»Was ist beim Guardian Mountain?«, will er mit gerunzelter Stirn wissen.

»Da ist heute das berühmt-berüchtigte Outdoorkino, Austin. Lebst du überhaupt in dieser Stadt?«

»Ich habe keine Ahnung, wovon du sprichst.«

»Kino. Filme. Outdoor?«, konkretisiert sie mit geweiteten Augen. »Da trifft man sich draußen und sieht gemeinsam einen Film an.« Wild gestikuliert sie mit den Händen. »Herrgott, Austin, du benimmst dich wie ein Alien, der bloß zufällig in Blossom Lake gestrandet ist.«

»Scheinbar bist eher du das Alien. Es sind Minusgrade draußen. Wer zur Hölle will da in ein verdammtes Outdoorkino gehen?«

»Na, Stella.« Sie stößt mich mit dem Ellenbogen an, und ich wünschte, es gäbe einen Trick, wie ich die Quasselstrippe neben mir mit einem Wort zum Schweigen bringen könnte. Bei meinen Hunden reicht es meistens, wenn ich »Aus« oder

»Stopp« sage, aber bei meiner kleinen Schwester wird das nicht ziehen. Panisch sehe ich Austin an.

Seit ich ihn und Isaiah in der Küche belauscht habe, ist die Stimmung zwischen uns komisch. Noch komischer, als sie es eh schon die ganze Zeit war. Keine Ahnung, ob er mitbekommen hat, dass ich die beiden gehört habe. Wenn ja, lässt er es sich Gott sei Dank nicht anmerken.

»Und was habe ich damit zu tun?«

Ja, gute Frage! Nullkommanichts?

»Stella hat kein Auto, um dorthin zu kommen. Zu Fuß braucht sie bei dem Schnee locker fünf Stunden! Und du bist im Besitz eines ziemlichen schicken Autos, oder nicht?«

»Hm«, antwortet er wortkarg.

»Lass gut sein, Gracie. Ich muss da heute nicht unbedingt hin, ich kann auch einfach zu Hause bleiben und meine Serie weiterschauen.«

»Damit ich dich irgendwann von diesem Sofa kratzen muss, weil es mit dir verwachsen ist?«

Ehrlich gesagt bereitet mir der bloße Gedanke, mit Austin in einem Auto auf engstem Raum zu sitzen und den ganzen Abend mit ihm zu verbringen, Bauchschmerzen. Und ich würde mich komplett zur Idiotin machen, wenn ich auf dem Rücksitz Platz nehme, oder? Auf der anderen Seite könnte ich mich so vielleicht ein weiteres Mal aus meiner Komfortzone herauswagen, meinen Ängsten den Kampf ansagen und meine Therapeutin stolz machen … und wichtiger noch: Es würde mich selbst stolz machen.

»Du hast dich schon die ganze Woche so darauf gefreut. Komm schon, Austin. Außerdem sollte jeder in Blossom Lake das Outdoorkino kennen. Es gleicht einem Staatsverbrechen, dass du noch nie dort warst.«

»Geht mir ehrlich gesagt ziemlich am Arsch vorbei.«

»Ich weiß etwas, das dir nicht am Arsch vorbeigehen wird!«

»Das wäre?«

»Pastapizza«, sagt Gracie triumphierend. »Die gibt es nämlich jedes Jahr beim Outdoorkino. Und glaub mir, du wirst nie wieder etwas anderes essen wollen! Die beiden besten Worte mit P, vereint in einem Gericht!« Gott, meine Schwester setzt echt alle Mittel ein, um ihn zu überreden. Es ist süß, aber absolut nicht nötig.

»Welcher Film läuft denn?« Austin steht kurz davor einzuknicken. Scheinbar hat Gracie mit der Pastapizza direkt ins Schwarze bei ihm getroffen.

»*Hachiko*«, murmle ich, und seinem Blick nach zu urteilen, habe ich wieder einmal die Zähne nicht weit genug auseinanderbekommen. Also wiederhole ich es für ihn, dieses Mal lauter. »Ha-chi-ko.«

»Aha.« Er zuckt desinteressiert mit den Schultern und präsentiert uns anschließend seine mehr als schöne Rückansicht. Für mich ist das Thema damit beendet, doch diese Rechnung habe ich ohne Austin gemacht.

»Wir fahren in einer Stunde los, Bambi.« Damit verschwindet er im Badezimmer, wo Sekunden später das Wasser in die Leitungen schießt. O Gott. Er will wirklich mit mir dahin?

»Siehst du, dein Abend ist gerettet.« Gracie stupst mich mit ihrem Zeh in den gelb gepunkteten Socken an und schenkt mir ein strahlendes Lächeln, das jeder Sonne unseres Universums Konkurrenz macht. Und während sie sich wie ein Kullerkeks freut, frage ich mich, ob mein Abend wirklich gerettet ist. Oder ob er nicht viel eher mein Untergang sein wird …

***

Austins schwarzer Mustang ist noch viel enger, als ich befürchtet habe. Die einzige Tatsache, die mich davon abhält durchzudrehen, ist mein gut gewähltes Outfit. Ich habe mir zwei dicke Pullis übereinandergezogen und darüber eine so fette Winterjacke, dass ich mich kaum darin bewegen kann. Dazu trage ich eine Skihose, die ich noch nie zum Skifahren benutzt habe, und eine weiße Bommelmütze, die ich mir tief in die Stirn gezogen habe. Pinke Handschuhe runden mein Outfit ab. Ergo: Ich bin perfekt für einen Filmabend im Schnee ausgerüstet.

Austin hingegen trägt lediglich eine schwarze Jeans, Winterstiefel und eine etwas dickere dunkelgraue Jacke mit Kapuze, in der er sich sicherlich alles abfrieren wird. Hinten auf der Rücksitzbank befinden sich zum Glück zwei Kuscheldecken und zur Sicherheit noch zwei Schlafsäcke, die Gracie mir in die Hand gedrückt hat, bevor sie zurück zum Campus gefahren ist, um sich ihrer Lerngruppe anzuschließen.

Warum zum Teufel habe ich mich hierauf bloß eingelassen? Austins frischer Duft nach Duschgel erfüllt das Wageninnere, während ich mich so dicht wie nur möglich gegen die Verkleidung der Seitentür presse.

»Wenn du noch etwas weiter von mir wegrutschst, sitzt du gleich draußen im Schnee«, murmelt Austin, den Blick starr auf die verschneite Straße vor uns gerichtet. Sein Wagen ist eindeutig nicht für diese Piste gemacht, denn er muss sich mächtig konzentrieren, um uns an den umliegenden Tannen am Wegesrand vorbeizubugsieren und uns nicht in den sicheren Tod zu stürzen.

»Ich sitze gern so«, erwidere ich und bemühe mich um einen unbeteiligten Tonfall, obwohl in mir die Gefühle verrücktspielen. Ich bin wahnsinnig aufgeregt, weil ich mit Austin ins

Outdoorkino fahre, und zur selben Zeit unfassbar panisch, ja, fast schon wütend auf mich selbst. Weil ich Gracie nicht sofort den Wind aus den Segeln genommen habe.

»Ich tue dir nichts, das weißt du, oder?« Kurz trifft mich sein Blick so unverhofft, dass ich die weiße Wollmütze noch etwas tiefer in mein Gesicht ziehe. Je weniger man von mir sieht, desto besser.

»Weiß ich.« Doch weiß ich das wirklich? Wieder klinge ich wie eine scheue kleine Maus, die dringend etwas zu essen braucht, sich aber nicht traut, danach zu fragen. Weil Austin in meiner Geschichte der mies gelaunte Kater ist, der gern Spielchen mit Frauen wie mir spielt. Mit mir wurden in meinem Leben gewiss genug Spiele gespielt, da kann ich auf ein weiteres gut verzichten, egal wie spannend es sich anfühlt.

Ich zupfe an einem Faden, der sich an meinem Schal gelöst hat, und hoffe, dass Austin nicht weiter darauf eingehen wird. Zu meiner Beruhigung schweigt er.

»Danke, dass du mit mir hinfährst. Du hattest heute Abend sicher etwas anderes vor.« Neugierig schiele ich zu ihm hinüber und stelle erleichtert fest, dass er wieder die Straße vor uns fokussiert. So habe ich die Gelegenheit, mir sein Profil ungestört anzusehen. Sein Bartschatten ist in den letzten Tagen etwas dichter geworden, und zu meinem Leidwesen steht ihm dieser Look wie keinem Zweiten. Die Ringe unter seinen Augen sind ein eindeutiges Anzeichen dafür, dass sein Schlafrhythmus eine Generalüberholung nötig hätte, genau wie mein Sozialverhalten.

»Ist schon okay, solange der Film gut ist.«

»Er ist der beste von allen«, gerate ich ins Schwärmen und bekomme beim Gedanken an den traumhaft schönen Akita Inu Herzrasen und ein Kribbeln im Bauch. Der Film ist wahnsinnig traurig, aber er zeigt auch, wie tief die Liebe ist, die Hunde für Menschen empfinden können. Eine Liebe, die viel reiner und unschuldiger ist als die, die wir menschlichen Wesen so an den Tag legen.

»Wenn dein Filmgeschmack so grottenschlecht wie dein Musikgeschmack ist, gebe ich mir im Anschluss die Kugel.«

»Mein Musikgeschmack ist nicht grottenschlecht«, protestiere ich schwach und ringe mir ein Lächeln ab. Austin nimmt daraufhin eine scharfe Rechtskurve, und als ich durch die Windschutzscheibe blicke, füllt sich mein Herz mit reiner Vorfreude. In der Ferne sehe ich bereits die Lichter der kleinen Holzhütten, in denen es warme Snacks und Punsch gibt, und die kleinen Inseln, die für die Besucher geschaffen und mit zitronengelben Lichterketten umspannt wurden.

Austin stellt den Mustang neben den bereits parkenden Autos ab und zieht den Schlüssel. Sobald es ganz ruhig im Wageninneren ist, wird mir mein Herzschlag augenblicklich bewusst. Hilfe, er rast richtig, und dabei ist bis jetzt doch eigentlich alles ganz gut gelaufen. Austin hat mich nicht bedrängt, er hat die Nacht der Party nicht einmal angesprochen … Alles ist also mehr oder weniger im grünen Bereich.

»Erde an Bambi?«

Erschrocken fahre ich herum und stelle fest, dass Austin bereits ausgestiegen ist und an der Beifahrertür auf mich wartet.

»Mir friert jetzt schon der Arsch ab, also beeil dich!«, drängt er mich. Mit Mühe kämpfe ich mich aus dem sehr tief gelegten Mustang und versinke mit meinen Schuhen leicht im Schnee. Die frische Luft sticht auf meinen Wangen, aber es ist ein gutes Gefühl. Eines, das für mich pures Glück bedeutet, weil ich ein Winterkind durch und durch bin.

Ich liebe die klare Luft in den kalten Monaten, liebe das

Geräusch von knirschendem Schnee unter meinen Füßen. Den Anblick der weißen Winterlandschaft, die einfach jeden Ort in einen perfekten Bildschirmhintergrund verwandelt. Diesen hier ganz besonders.

Der Guardian Mountain lockt in den Wintermonaten viele Ski- und Snowboardfahrer an, und auch wenn ich Skifahren hasse, ist er für mich allein wegen seiner Bedeutung absolut heilig.

Laut Paps' Erzählungen ist dieser Berg ein Schutzengel, der Blossom Lake wie ein Bodyguard zur Seite steht und vor Stürmen beschützt. Leider hat er es nicht geschafft, meinen Vater zu retten oder mich vor den Stürmen in meinem Herzen zu bewahren, trotzdem finde ich den Gedanken unheimlich tröstlich.

Austin reibt seine Hände aneinander, während ich die Decken und Schlafsäcke aus dem Auto fische und damit bewaffnet Richtung Leinwand stapfe. Ich höre, wie er den Wagen abschließt und zu mir aufholt. Jeder einzelne Schritt fällt mir schwer, weil ich so viele Klamottenschichten trage.

»Nur noch mal zum Verständnis, Bambi.«

»Ja?«

»*Hachiko* ist doch ein Karate-Film, oder?«

Ein Lachen bricht aus mir heraus, so laut und klar, dass es ein leises Echo im angrenzenden Wald auslöst. Der Klang meines Lachens ist mir selbst viel zu fremd geworden.

»Was ist?«, fragt er missmutig.

»Du dachtest wirklich, *Hachiko* sei ein Karate-Film?«, gluckse ich.

»Ähm. Ja?« Panik blitzt in seinem Gesicht auf, während sich auf meinem ein seltenes Grinsen ausbreitet. *Der Arme hat echt keine Ahnung, worauf er sich hier eingelassen hat!*

KAPITEL 16

Stella

Warme Tränen laufen mir über das Gesicht, während der Abspann von *Hachiko* auf der gigantischen Leinwand vor uns läuft. In meinen Schlafsack eingepackt schnappe ich mir die Enden der dunkelroten Kuscheldecke und wische mir damit über die nassen Wangen, bevor meine Tränen bei der Kälte noch anfrieren.

Wie jedes Mal hat mich dieser Film bis auf den Kern zerstört und nichts als Scherben und endlose Liebe in mir hinterlassen. Auch wenn die Inseln aus Holzpaletten einen guten Abstand zueinander haben, kann ich von überall das Schluchzen der anderen Besucher hören. Dieser Film hat noch nie einen Menschen kaltgelassen, höchstens ausgewachsene Hundehasser. Ich kann ja verstehen, wenn man Angst oder Respekt vor ihnen hat, aber sie *hassen*? Das werde ich nie verstehen können.

Nachdem wir das Outdoorkino erreicht hatten, hat uns Austin einen alkoholfreien Punsch bei Polly und zwei Stücke der legendären Pastapizza besorgt. Im Anschluss suchten wir uns eine der Sitzinseln unter den Heizstrahlern aus und packten uns so dick ein, dass man uns jetzt wie einen Schneeball den Hang herunterkullern könnte.

»Was zur Hölle musste ich mir da gerade ansehen?«, kommt es mit belegter Stimme von Austin, und ich nutze den Moment, um ihn mit einer Entschuldigung im Blick anzusehen. Vielleicht hätte ich ihn vorwarnen sollen, aber es kann ja keiner ahnen, dass er nicht weiß, worum es in *Hachiko* geht.

»Ein Meisterwerk?«, antworte ich mit einer Gegenfrage und sehe im selben Augenblick, dass sich zwei nasse Spuren über seine Wangen ziehen. »Du hast geweint.« Natürlich hat er das. Dieser Film trifft auch einen Player wie Austin mitten ins Herz.

»Habe ich gar nicht!« Er schließt die Lider und reibt sich im Anschluss mit dem Handrücken über die Augen. »Mir ist nur eine Schneeflocke ins Auge gekommen.«

Prüfend gleitet mein Blick Richtung des sternenklaren Himmels. »Es schneit nicht, Austin.« Irgendwie macht es Spaß, ihn aufzuziehen. Und obwohl ich mir seit seiner Zusage den Kopf darüber zerbrochen habe, wie dieser Abend wohl verlaufen würde, ist er bis jetzt erstaunlich schön. Die Stimmung zwischen uns ist für meine Verhältnisse recht unbeschwert.

»Aber jetzt sag schon, wie fandest du ihn?«, bohre ich weiter nach, weil ich wissen will, was er zu meinem Lieblingsfilm zu sagen hat.

Austin zeigt auf den leeren Becher, den er neben sich auf dem Holz abgestellt hat. »Ich wünschte, da wäre Schnaps drin gewesen. Ist das Antwort genug?«

»Hey, du kannst nicht behaupten, dass der Film schlecht war!«

»Nicht schlecht, nur gemeingefährlich. Wie kann man nur so was Trauriges auf die Leinwand bringen?«, sagt er schnaufend, und ich kann nicht umhin, über seine Reaktion zu lächeln. »Das grenzt an Körperverletzung.«

»Der Film ist traurig, ja. Aber ist er nicht auch irgendwie total schön? Ich meine, Hachiko hat einfach zehn Jahre lang auf Parker am Bahnhof gewartet. *Zehn Jahre lang.* Und das, obwohl sie nur wenige Jahre zusammen hatten. Das ist …« Mir fehlen die Worte, wie jedes Mal, wenn ich über diesen Film nachdenke, der auf einer wahren Begebenheit beruht.

»Arschtraurig«, beendet Austin meinen Satz dunkel lachend.

»Und wunderschön. Dieser Film zeigt mir, wieso ich Hunde immer Menschen vorziehen würde. Hunde lieben dich, ohne dich zu verurteilen. Sie lieben dich, ohne auf deine Makel und vermeintlichen Fehler zu schauen. Sie sind einfach für dich da, und zwar bedingungslos. Ganz egal, was passiert.«

»Du vergisst dabei etwas, Bambi.«

»Und was?« Ich knabbere an meiner Unterlippe, um mich vom Weiterreden abzuhalten. Das passiert mir in der Gegenwart von Menschen – die nicht Gracie und Isaiah sind – eigentlich nie. Es müsste mir eine Heidenangst einjagen, wie wohl ich mich mit ihm fühle, aber das tut es nicht.

»Es gibt auch Menschen, die nicht nur deine Makel sehen.« Austins Worte sorgen dafür, dass ich die Kälte um uns herum komplett vergesse, genau wie die Kälte in mir, an die ich mich schon so sehr gewöhnt habe. »Also … allgemein gesagt«, rudert er schnell zurück, bevor ich noch auf die dumme Idee komme, er könnte von uns beiden reden.

Als ich zu ihm aufsehe, verdreht er ertappt die Augen und zieht sich die Kapuze seines Mantels über den Kopf. *Moment mal. Versteckt er sich gerade vor mir? Das wäre ja ganz was Neues.*

»Ich will gar nicht abstreiten, dass es gute Menschen gibt. Solche, die wie Hunde lieben können. Aber es ist gar nicht so leicht, auf so jemanden zu treffen«, sage ich nachdenklich und sehe die kleine Wolke meines Atems in der kalten Luft tanzen. Auf einmal überkommt mich eine Traurigkeit, die mich mit voller Wucht packt.

»Woran denkst du gerade?« Als ich Austin zum ersten Mal begegnet bin, hätte ich nie gedacht, dass er so aufmerksam sein könnte. Jetzt beweist er mir zum wiederholten Male, dass meine Vorurteile komplett für die Tonne sind.

»Ich muss gerade an meine Schützlinge im Shelter denken. Sie fehlen mir.«

»Du arbeitest in Bar Harbor, oder?«

»Woher weißt du das?«, hake ich neugierig nach. Immerhin hat Austin mir im Badezimmer gesagt, dass er außer meinem Namen und meinem schlechten Gesang nichts über mich weiß.

»Woher wohl? Isaiah ist ein Helikopter-Bruder, Bambi. Er hat ständig mit Gracie über dich gesprochen und darüber, wie stolz er auf dich ist, weil du etwas gefunden hast, das dich glücklich macht.«

Pure Dankbarkeit flackert in mir auf, wird immer heller und heller und heller, bis sie mich beinahe blendet. Isaiahs Liebe ist wie eine Supernova. Und mein einziger Wunsch ist es, ihm eines Tages etwas von diesem Licht und dieser Energie zurückzugeben.

»Ja, ich arbeite bei den *Furry Angels* in Bar Harbor als Tierpflegerin. Zumindest übernehme ich die Aufgaben eines Tierpflegers, ich habe nämlich keine Ausbildung gemacht. Aber ich kümmere mich darum, dass es den Hunden gut geht, die kein Glück in ihrem Leben hatten.« *So wie ich*. Vielleicht habe ich deshalb eine so starke Bindung zu ihnen: weil wir uns in unseren verwundeten Herzen so ähnlich sind.

»Die meisten Tiere, die zu uns kommen, sind in einem

miserablen Zustand. Besonders die älteren lassen sich nur sehr schwer vermitteln, weil die Leute lieber verspielte Welpen zu sich holen als senile Hunde, die schon die ersten Wehwehchen haben. Und irgendwie verstehe ich es natürlich. Welpen sind toll. Aber es gibt da draußen so viele Hunde, die ein liebevolles Zuhause suchen, weißt du? Das Problem wird sich niemals lösen, wenn wir Menschen nicht endlich anfangen, umzudenken. Wenn wir aufhören, Hunde und Katzen an Weihnachten zu verschenken, als wäre es cool, sie in eine Box zu packen und mit einer hübschen Schleife zu umwickeln. Diese Tiere landen nicht selten auf der Straße oder in ohnehin überfüllten Tierheimen.« Ich spiele wieder mit dem Faden an meinem Handschuh, ziehe ihn noch etwas länger und wickle ihn um meinen Zeigefinger.

»Hero zum Beispiel«, fahre ich fort. »Hero ist mein Hachiko. Als er das erste Mal ins Shelter kam, habe ich sofort gespürt, dass da eine Verbindung zwischen uns ist, die kein anderer mit bloßem Auge sehen konnte. Ich habe in seinen ersten Wochen bei uns neben ihm im Zwinger geschlafen, habe ihn gehalten, wenn er nachts aufgeschreckt ist. Wir wissen nicht, was ihm passiert ist, aber es muss etwas Schreckliches gewesen sein, so viel steht fest.«

Austin hört mir aufmerksam zu, ohne mich zu unterbrechen, und das ist mir auf einmal irgendwie unangenehm. »Ich rede zu viel über mich, tut mir leid.«

»Ich mag es, wenn du über dich redest. So viel hast du in meiner Gegenwart noch nie gesagt.« Seine Antwort klingt so ehrlich, dass ich die Aufrichtigkeit seiner Worte nicht einmal infrage stelle.

»Oh«, entflieht es mir, und ich werde mir in dieser Sekunde bewusst, dass sich unsere Beine berühren. Okay, sie berühren sich nicht wirklich, weil wir beide so dick eingepackt sind, aber trotzdem kann ich den Druck seines Körpers an meinem spüren. Leicht panisch sehe ich diese eine Stelle an, die für jeden hier draußen absolut unbedeutend ist und mir … die Welt bedeutet.

»Oh«, sage ich nochmals und ziehe das Bein rasch weg. Ich weiß nicht, wieso ich es tue. Vielleicht aus Reflex? Auf jeden Fall vermisse ich den leichten Druck unserer Berührung schon jetzt.

»Wenn du die Arbeit mit den Tieren so vermisst, wieso schaust du nicht mal in unserem Tierheim vorbei?«

»Euer Tierheim?« Perplex starre ich ihn an.

»Das Tierheim von Blossom Lake, Bambi«, korrigiert er sich. »Soweit ich weiß, sind die immer auf der Suche nach einer helfenden Hand. Zumindest erzählt man sich das in der Stadt.«

»Die Idee gefällt mir.« Und zwar mehr als das! Wieso bin ich nicht selbst darauf gekommen? Ich werde zwar ohnehin nicht mehr allzu lange in Blossom Lake bleiben, aber solange ich hier bin, kann ich in meiner Freizeit auch etwas Sinnvolles tun, anstatt die ganze Zeit in der WG abzuhängen. Vielleicht fühle ich mich so den Hunden bei den *Furry Angels* etwas näher … fühle mich Hero wieder näher. Und somit meiner Bestimmung, den Lebewesen zu helfen, die von der Menschheit vergessen wurden. »Danke, Austin.«

»Wofür denn?« Er scheint keine Ahnung zu haben, wie viel mir dieser Abend bedeutet. Dass er mich hergefahren und sich den Film mit mir angesehen hat, obwohl er einen spannenden Karatefilm mit jeder Menge Action erwartet hatte. Seine Worte, nicht meine.

»Für das hier.« Ich lasse meinen Blick erneut über die kleinen Buden, die Lichterketten und die Leinwand schweifen. »Ich habe dieses eine Wochenende im November immer geliebt. Es geht nichts über gute Filme und Serien.«

»Wollen wir den zweiten Film dann vielleicht auch noch schauen?«, schlägt Austin ganz unverfroren vor.

»Es läuft noch ein zweiter?« Stirnrunzelnd sehe ich mich um, und tatsächlich. Noch immer sitzen die Leute an ihren Plätzen, als warteten sie darauf, dass das Programm weitergeht. Es ist mir neu, dass sie zwei Filme an einem Abend spielen. Austin fischt sein Handy aus der Jackentasche und checkt die Uhrzeit. »Müsste jede Minute losgehen. Ich hab ein Plakat am Punschstand gesehen.«

Als hätte er es heraufbeschworen, dringt Sekunden später wieder Ton aus den gigantischen Boxen neben der Leinwand.

»Welcher Film kommt denn noch?«

»Ich glaube *Nightmare on Elmstreet*. Keine Ahnung, wer es für eine gute Idee gehalten hat, diese beiden Filme an einem Abend zu zeigen, aber ein bisschen Horror ist jetzt genau das Richtige, wenn du mich fragst.« Während er durch sein Handy scrollt, ummantelt eine dicke Eisschicht mein Herz. Diese Mauer, die ich seit Jahren in mir trage und die gerade unüberwindbarer denn je ist. Mein Herz kämpft gegen das Eis an, will weiterschlagen, als wäre nichts passiert, aber es ist machtlos.

Machtlos gegen die Erinnerungen, die mich innerhalb von Sekunden so fest in ihren Klauen haben, dass mir schwindelig wird. Schweiß bildet sich unter der Wollmütze auf meiner Stirn und rinnt mir übers Gesicht und in den Nacken. Trotz der Minusgrade, die hier auf dem Guardian Mountain herrschen, glühe ich innerlich.

Ich stehe mitten auf der Bühne und sehe auf meine Klasse hinab. Alle starren mich an, warten darauf, dass ich etwas sage. Dafür bin ich schließlich hier, oder? Wir haben schon vor Wochen das Zufallsprinzip entscheiden lassen, wer die Abschlussballrede halten muss, und ich habe das schwarze Los gezogen.

Ich, Stella Jones, für die jeder Vortrag eine verdammte Hürde ist. Meine Handflächen werden schweißnass, sodass mir das Mikrofon mehrmals beinahe aus der Hand rutscht. Ich klammere meine Finger fest um das kühle Material und versuche mir innerlich Mut zuzusprechen. Ich suche unter all den Gesichtern da unten die meiner Geschwister. Erst als ich sie endlich entdecke, lockert sich das Band, das mein Herz einschnürt.

Gracie nickt mir euphorisch zu und hält beide Daumen gedrückt in die Höhe, während Isaiahs bloße Anwesenheit Unterstützung ausstrahlt, sodass ich das Mikrofon tatsächlich an meine Lippen führe.

Du schaffst das, Stella.

Du kannst deine Geschwister stolz machen.

Du kannst Paps im Himmel stolz machen.

Du kannst dich selbst stolz machen.

Ich schließe die Augen und will gerade den Beginn meiner Rede vorlesen, an der ich wochenlang gearbeitet habe, als plötzlich Musik ertönt, die den ganzen Saal flutet wie ein böses Omen.

Umgehend lasse ich das Mikrofon fallen, sodass es eine Rückkopplung gibt, die mir in den Ohren schmerzt. Derweil wird die Musik noch lauter gedreht. Ich sehe panisch zu unserer Lehrerin, die jetzt wie ein aufgescheuchtes Huhn auf die Bühne sprintet, aber vor meinen Augen ver-

schwimmt alles. Lachen ertönt im Publikum, während in mir etwas so laut und scheppernd zerbricht, dass es selbst dieses grässliche Lied übertönt, das ich in den letzten Jahren so oft aus den Mündern meiner Mitschüler hören musste und jetzt offenbar wieder hören muss – an einem der wichtigsten Abende im Leben eines Teenagers. Beinahe die gesamte Klasse singt es.

Eins, zwei, Freddy kommt vorbei. Drei, vier, schließ ab deine Tür. Fünf, sechs, nimm dein Kruzifix. Sieben, acht, schlaf nicht ein bei Nacht.

»Hey, Freddy Krueger! Wolltest du nicht eine Rede halten?«, schallt es von Simon, der in der ersten Reihe des Publikums sitzt und dessen strahlendes Grinsen so sehr schmerzt. Vorhin kam er noch zu mir und hat mir viel Glück für meine Rede gewünscht, jetzt weiß ich, dass er das hier geplant haben muss. Er wollte mir heute Abend, einem so bedeutenden Abend für uns alle, den Gnadenstoß verpassen.

Wie versteinert stehe ich auf der Bühne, kann mich nicht rühren. Je lauter die Stimmen da unten werden, desto lauter schlägt mein Herz. Ich bin noch hier, aber irgendwie auch weit weg. Erst als mich jemand an der Schulter berührt, komme ich wieder einigermaßen zu mir. Meine Augen brennen wie verrückt, während Isaiah mich an seine Brust zieht und von der Bühne begleitet. Ich höre, dass er etwas zu mir sagt, aber ich kann nicht wirklich verstehen, was. Weil das Lachen dieser scheußlichen Menschen viel lauter ist als die beruhigende Stimme meines Bruders.

Während ich stolpernd einen Schritt vor den anderen setze, will ich nur eins: fliehen. Nicht nur aus diesem Ballsaal, nicht nur vor diesen hinterhältigen Menschen, die mich ins offene Messer haben laufen lassen. Sondern vor allen. Vor dieser Stadt, diesem Leben, vor mir selbst.

»Hey, ist alles okay?« Austins Stimme reißt mich aus dem Flashback, aber ich kann diesen Erinnerungen nicht entkommen. Werde ihnen niemals entkommen können. Ich will nur noch hier weg, bevor dieser schreckliche Film beginnt, dessen Vorspann jetzt bereits auf der Leinwand läuft, während in mir alles schwarz wird. Kohlrabenschwarz. Plötzlich fühle ich mich in diesem Schlafsack eingesperrt und bekomme kaum noch Luft in meinem eigenen Körper. So schnell ich kann, öffne ich den Reißverschluss, strample dieses Gefängnis von meinen Beinen und springe auf. Dann laufe ich los.

Ich habe keine Ahnung, wohin. Keine Ahnung, wie weit. Ich weiß nur, dass ich fort muss. Dass ich nicht hierbleiben kann. Nicht bei Austin, nicht unter all diesen Menschen, nicht bei diesem schrecklichen Film, der innerhalb von Sekunden meine fragile Festung zum Einsturz gebracht hat.

Austins Stimme, die nach mir ruft, geht im Rauschen meines Blutes unter, während ich einen Fuß vor den anderen setze und das tue, was ich am besten kann: wegrennen.

KAPITEL 17

Austin

»Warte, Bambi!« Fuck! So schnell wie möglich reiße ich den Schlafsack auf, schleudere ihn achtlos zur Seite und folge ihr. Auch wenn ich keine Ahnung habe, was ihr Ziel ist, denn sie steuert nicht mein Auto, sondern die entgegengesetzte Richtung an. Und in der befindet sich absolut nichts, außer dichter Wald und Schnee. Sauviel Schnee, wie ich jetzt feststellen muss, denn meine Boots versinken komplett in dem weißen Pulver.

Ich frage mich, wie Bambi so schnell sein kann, immerhin ist sie wie ein Michelin-Männchen angezogen, aber sie hat in der kurzen Zeit erstaunlich viel Abstand zu mir aufgebaut.

»Hey!«, rufe ich ihr nach, doch sie scheint mich entweder nicht zu hören oder mich absichtlich zu ignorieren. Ich weiß nicht, welche Sicherungen auf einmal in ihr durchgebrannt sind. Offenbar hat sie es keine Sekunde länger in meiner Nähe ausgehalten.

»Stella, warte verdammt!« Kurz gerät sie ins Stocken, denkt aber immer noch nicht daran, anzuhalten. Auch wenn ich mir etwas Besseres vorstellen kann als einen Sprint bei dreißig Zentimeter Schnee hinzulegen, bleibt mir nichts anderes übrig, wenn ich sie in diesem Leben noch einholen möchte. Also renne ich los, komme mir dabei wie ein absoluter Vollidiot vor und merke, wie krass ich aus der Übung bin, als ich sie endlich erreiche. Meine Lunge pfeift, als hätte ich seit Jahren keinen Sport getrieben, und dabei war er einmal alles, was mir in diesem Leben neben meiner Schwester etwas bedeutet hat.

Erst will ich sie an der Schulter packen, entscheide mich aber dagegen. Ich will sie nicht noch mehr in die Ecke drängen, als ich es ohnehin schon tue. Aber ich kann sie unmöglich einfach weitergehen lassen, nicht bei diesem Wetter und dieser Dunkelheit. Also schneide ich ihr den Weg ab, indem ich mich vor sie stelle. Beinahe knallt sie gegen mich, schafft es jedoch in letzter Sekunde, ihre Schritte zu bremsen.

»Was ist denn in dich gefahren, Bambi?«, knurre ich. »Du verläufst dich hier draußen noch.«

Ein sarkastisches Lachen kommt über ihre Lippen, die ich heute mehr als einmal auf absolut unangebrachte Weise angestarrt habe. Während des gesamten Films hat sie immer wieder lautlos die Dialoge mitgesprochen, und ich konnte nicht anders, als sie dabei zu beobachten.

»Siehst du es denn nicht, Austin?«

»Was?«

»Dass ich mich längst verlaufen habe!« Sie deutet auf die Bäume, aber insgeheim weiß ich, dass sie von etwas ganz anderem spricht. Dass sie von ihren Ängsten redet, die in regelmäßigen Abständen aus ihr herausbrechen wie Lava aus einem aktiven Vulkan. »Und du kannst dagegen nichts tun.«

»Lass es mich wenigstens versuchen«, fahre ich sie an und merke im selben Augenblick, dass ich zu harsch zu ihr bin. Ich nenne Stella nicht ohne Grund Bambi. Sie ist scheu, so scheu, dass sie allein beim Knacken eines Astes die Flucht ergreifen würde.

»Sag es mir. Sag mir, was gerade passiert ist.«

»Ich kann nicht …« Sie schüttelt den Kopf und schluchzt auf. Fuck, sie weint schon wieder. Und dieses Mal liegt es nicht an diesem schrecklich traurigen Film, den wir eben noch Seite an Seite gesehen haben.

»Du hast es ja nicht einmal versucht.«

Stella stolpert ein paar Schritte zurück und vergräbt sich in ihrer Jacke, wie jedes Mal, wenn sie sich vor mir verstecken will. Aber heute werde ich es nicht so einfach hinnehmen, ich will endlich eine Antwort haben.

»Was hat dich gerade so sehr getriggert?«

Sie sieht mich mit weit aufgerissenen Augen an. Abseits des Kino-Trubels ist es hier zwar dunkel, aber noch hell genug, um das Glitzern ihrer Tränen zu erkennen.

»D-der Film. E-er hat mich an etwas e-erinnert.«

»Woran?« Ich gehe einen Schritt auf sie zu und ermahne mich im selben Augenblick, ihr nicht zu nahe zu kommen. Sie muss entscheiden, wann sie so weit ist.

»Ich kann es dir nicht sagen, weil …« Sie atmet tief durch, und ihre Stimme bricht. »Weil es deine Freunde sind, die mir das hier angetan haben, okay?«

»Meine Freunde? Etwa Simon und Lucas?«

»Ja, Austin. Ich meine Simon und Lucas. Die beiden Menschen, die dafür gesorgt haben, dass die letzten zehn Jahre meines Lebens die Hölle gewesen sind. Als hätte es nicht gereicht, dass mein Vater gestorben ist, weil er mich aus unserem brennenden Haus gerettet hat.«

»Stella …«

»Nein«, unterbricht sie mich, und ich würde ihr so gern

sagen, dass ich stolz auf sie bin, weil sie zum ersten Mal, seit ich sie kenne, für sich einsteht. »Nein, sag jetzt nichts. Sag mir jetzt nicht, dass ich diese Scheiße mit Humor nehmen sollte.«

»Fuck, wieso sollte ich so etwas zu dir sagen? Für wen hältst du mich?« Es sollte mir egal sein, wie sie von mir denkt, weil wir im Grunde genommen Fremde sind, aber das ist es nicht.

Die Meinung meiner Eltern war mir lange so wichtig, dass ich mich auf ein Leben eingelassen habe, das ich hasse. So abgrundtief hasse, dass ich abends nicht ins Bett gehen will, aus Angst, stundenlang wach zu liegen und nachzugrübeln, wann alles den Bach runterging. Lange Zeit habe ich großen Wert darauf gelegt, was andere von mir denken, aber jetzt gerade zählt nur Stellas Meinung.

»Aber was hat das alles mit diesem Film zu tun?«, will ich wissen. Wir stehen voreinander im Schnee, um uns herum nur eisige Kälte, sich im Wind wiegende Baumspitzen und so viel Unausgesprochenes zwischen uns.

»Dieses Lied aus dem Film. Du kennst es doch sicher, oder?«

»Jeder kennt es. Was ist damit?« Das alles ist so absurd, und ich frage mich, ob ich irgendetwas übersehe. Ein offensichtliches Detail, das mir bis jetzt nicht aufgefallen ist.

»Dieses Lied … das haben meine Mitschüler immer für mich gesungen.«

»Warum?«

»Ist das nicht offensichtlich?« Sie senkt den Blick, starrt auf ihre Füße, die tief im Schnee versunken sind. Er sickert inzwischen in meine Stiefel und durchnässt meine Jeans, aber ich werde so lange hierbleiben, bis sie mir endlich alles erzählt hat.

»Mir nicht.«

»Wegen meiner Narben, Austin. Sie haben es wegen meiner Narben gesungen, weil ich für sie wie Freddy Krueger aussehe.« Sofort weicht jegliche Verärgerung über Stella, weil sie von mir weggerannt ist, und macht purem Hass Platz. Hass, der natürlich nicht ihr gilt, sondern den Menschen, die ihr das angetan haben. Den Menschen, die ich eigentlich nie richtig leiden konnte und trotzdem aus Bequemlichkeit ständig in meiner Nähe habe.

»Scheiße, Bambi.« Ich wünschte, ich könnte sie in den Arm nehmen, aber ich will sie nicht noch mehr überfordern. Also wahre ich die Distanz, auch wenn mir das in diesem Augenblick verflucht schwerfällt. »Das tut mir leid. Diese Wichser!« Eine eiserne Faust schließt sich um mein Herz und drückt so fest zu, dass mein gesamter Brustkorb zu schmerzen beginnt. Vielleicht hätte ich den beiden doch einen Kinnhaken verpassen sollen, bevor ich sie aus unserer Wohnung geschmissen habe.

»Jetzt ist es raus.« Auf einmal klingt sie wahnsinnig erschöpft. »Jetzt weißt du, was für ein Freak ich bin. Wieso ich so reagiert habe, als ich diesen beiden Typen in der Wohnung wiederbegegnet bin.«

»Ich hatte ja keine Ahnung, und du bist kein Freak.« Meine Verteidigung ist schwach. Vielleicht wusste ich es nicht, aber ich wusste sehr wohl, dass Lucas und Simon nicht gerade in die Kategorie »gute Menschen« fallen. Dass sie so tiefgründig wie eine Dreckpfütze sind.

»Hast du deshalb ein Problem mit Berührungen?« Ich habe meine Hände inzwischen in die Taschen meiner Jacke geschoben, um mich davon abzuhalten, über Stellas tränennasse Wangen zu streichen. Denn genau das will ich tun. Ich will auf sie zugehen, ihr Gesicht in meine Hände nehmen und ihr sagen, wie schön sie ist. Zu schön, um sich hinter ihren

Haaren und ihren Klamotten zu verstecken. So verflucht, schmerzhaft schön, dass ich sie am liebsten vierundzwanzig Stunden am Tag fotografieren würde, obwohl ich so was normalerweise niemals tue.

Fuck, ich bin so was von am Arsch.

Da kann selbst der Guardian Mountain mit seiner blöden Sage nichts mehr für mich tun. Stella Jones ist eine Naturgewalt, auf die ich nicht vorbereitet gewesen bin.

Stellas Atem stockt. »Ich kam nach dem Feuer für mehrere Monate mit sehr starken Verbrennungen ins Krankenhaus. Während der Behandlungen ging es mit den Ängsten los, weil ich wochenlang bei jeder Berührung Schmerzen hatte. Und dann, als ich wieder zur Schule gehen konnte …«

»… fing das Mobbing an«, beende ich den Satz für sie.

»Ja.« Ihre Antwort ist kaum mehr als ein Hauchen, das eine kleine Wolke in der Luft hinterlässt. In diesem Moment würde ich sie gern lila anmalen, weil Wolkenlila ihre Lieblingsfarbe ist und ich ihr die Traurigkeit nehmen will.

»Ich hatte gerade erst meinen Paps verloren, den wichtigsten Menschen in meinem Leben. Und im Krankenhaus habe ich irgendwie auch mich selbst verloren. Seitdem bin ich nicht mehr dieselbe gewesen. Alle Freunde, die ich hatte, haben sich von mir abgewandt, und ich wusste nicht, wieso. Vielleicht waren sie mit der Situation überfordert, vielleicht haben sie aber auch einfach nur noch die Narben an mir gesehen und nicht den Menschen dahinter.«

Sie steht immer noch vor mir, in sich zusammengefallen, erschlagen von ihren Erinnerungen, ihren Ängsten. »Ich glaube, ich will jetzt nach Hause, Austin.«

Wie ein Volltrottel nicke ich, weil ich nicht weiß, was ich noch sagen kann. Es gibt so vieles, das mir auf der Zunge liegt, aber nichts davon würde ihr wirklich helfen. Es würde ihr nichts bringen, wenn ich ihr sage, dass die Vergangenheit vergangen ist. Dass sie stärker ist als der Scheiß, der ihr angetan wurde. Also beschränke ich mich auf das Einzige, was ich ihr unbedingt sagen muss, während wir Seite an Seite durch den Schnee zurück zu meinem Auto gehen.

»Bambi?«

Stellas Schritte werden langsamer, bis sie stehen bleibt und zu mir aufblickt.

»Ja, Austin?«

In ihren braunen Augen stehen immer noch Tränen, und ich verspüre das intensive Bedürfnis, etwas daran zu ändern. Ich will wieder das Lächeln auf ihrem Gesicht sehen, das sie vorhin so eingenommen hat, als sie über die Hunde sprach.

»Ich sehe mehr als deine Narben.« *Fuck, ich klinge wie ein verdammter Liebestrottel.* »Ich sehe *dich*.«

KAPITEL 18

Stella

Nachdem Austin uns nach Hause gefahren hat, war mir klar, dass ich in dieser Nacht kein Auge zubekommen würde. Nicht nach dem emotionalen Chaos, das seit der Erwähnung dieses Films in mir tobte. Dieser Sturm, der völlig unerwartet über mich hinweggefegt ist und mich unter sich begraben hat. Ich kenne mich mit diesen Stürmen aus, weiß, dass sie wieder vorübergehen werden. Manchmal geht es schneller, manchmal dauert es länger.

Sobald wir zurück in der WG sind, werfe ich mich im Wohnzimmer aufs Sofa, schalte Netflix an und kuschle mich in die weichen Kissen, um zu vergessen, was ich Austin alles im Eifer des Gefechts anvertraut habe. Wie viele meiner Narben ich ihm gezeigt habe, und zwar nicht die körperlichen. Und welch heilende Wirkung seine Worte während unseres Gesprächs in mir ausgelöst haben.

Ich sehe mehr als deine Narben. Ich sehe dich.

Allein die Erinnerung daran lässt mein Herz wie verrückt in meiner Brust hüpfen. Auf, ab, auf, ab, auf, ab. Die Abstände werden von Schlag zu Schlag kürzer, je länger ich an seine Worte zurückdenke.

Austin ist keine Hilfe dabei, meinen rasenden Puls wieder auf ein angenehmes Maß zu bringen, denn er setzt sich einfach neben mich auf die Couch, als hätte er Angst davor, mich mit meinen Gedanken und Gefühlen allein zu lassen.

Wir reden kein Wort miteinander, aber das ist auch nicht notwendig. Es ist einfach beruhigend zu wissen, dass ich nicht allein bin. Dass da jemand ist, der ein Auge auf mich hat, obwohl ich ihn nicht einmal darum gebeten habe. Denn wir wissen beide, dass ich mich niemals getraut hätte, ihn um Gesellschaft zu fragen.

Irgendwann muss ich eingeschlafen sein, und als ich nun, mitten in der Nacht, wach werde, ist der Fernseher bereits ausgeschaltet, und eine Decke liegt über mir. Mein Blick huscht zur anderen Seite des Sofas, und in der Dunkelheit kann ich sehen, dass Austin immer noch bei mir ist. Seine Beine hat er überkreuzt auf dem Couchtisch abgelegt, während er selig schlummert und keine Ahnung hat, dass ich ihn beobachte. Wieder einmal. Ich glaube inzwischen, dass ich eine neue Lieblingsbeschäftigung gefunden habe: Austin-Watching.

Vor einem Jahr wäre ich an dieser Stelle noch panisch auf mein Zimmer geflohen, aber ich kann und will nicht gehen. Ich will in seiner Nähe bleiben, auch wenn uns eine ganze Armlänge voneinander trennt.

Als ein warmes Licht mein Gesicht küsst, halte ich die Augen geschlossen und genieße dieses Gefühl auf meinen Wangen. Das Gefühl, so behütet zwischen den Kissen und der Rückenlehne des Sofas zu liegen und einfach nur zu sein – ohne das Gestern oder das Morgen. Da ist nur das Jetzt. Und dieses Jetzt fühlt sich einfach wunderschön an, selbst nach einem anstrengenden Abend wie dem gestrigen.

Ich weiß nicht, wie spät es ist und wann ich, nachdem ich Austin eine Weile ausgiebig beobachtet habe, wieder eingeschlafen bin. Aber dem Gefühl auf meiner Haut nach zu urteilen fällt bereits Sonnenlicht durchs Wohnzimmerfenster. Austins Geruch hängt wie ein wunderschöner Schleier in der Luft, als hätte er sich heimlich in die Fasern der Kissen geschlichen, um mich sanft einzuhüllen.

Seufzend nehme ich einen tiefen Atemzug, doch bevor ich wieder ausatmen kann, bewegt sich plötzlich etwas. Das Sofa, es bewegt sich! Und zwar definitiv nicht so, wie sich ein lebloser Polstergegenstand bewegen sollte.

O mein Gott!

Etwas schlingt sich um meinen Bauch und zieht mich mit einem kräftigen Ruck zu sich heran. Sind dem Sofa über Nacht Arme gewachsen?

Langsam öffne ich die Augen und werde im ersten Moment so stark von der winterlichen Sonne geblendet, dass sich die Umrisse des Raumes nur langsam schärfen. Ich bin nicht fähig, mich umzudrehen, weil ich zu große Angst davor habe, was mich hinter mir erwarten wird.

Doch im Grunde genommen weiß ich es längst.

Austins Geruch. Der Arm, der mich umschlungen hält, als hätte die dazugehörige Person Angst, dass ich ihr sonst wieder entwische. Nicht das Sofa umarmt mich, sondern er.

Er, er, er.

Austin berührt mich!

Sofort versteift sich mein ganzer Körper, angefangen von den Zehenspitzen bis zu meiner Scheitelkrone, die jetzt heftig zu kribbeln beginnt.

Ich vergesse, wie man atmet, vergesse, wie denken funktioniert, das ich sonst wie ein eingespielter Profi beherrsche. Ich bin die Königin des Zerdenkens, aber gerade ist da nur eine bleierne Leere in meinem Kopf, die ich dringend mit Erinnerungen an die letzten Stunden füllen muss. Es ist, als hätte ich einen Filmriss, und dabei habe ich seit der Party nach Libbys Beerdigung keinen Tropfen Alkohol mehr angerührt.

»Deine Gedanken sind lauter als ein Wecker, Bambi.« Austin ist wach. Warum ist er wach und warum zum Teufel kuscheln wir? Ich bin immer noch steif wie ein Besenstiel, während ich seinem gleichmäßigen Atem lausche und mich frage, ob ich halluziniere.

Ich habe in den letzten Jahren oft von Berührungen geträumt. Davon, wie es sich wohl anfühlt, sie ohne Angst zulassen zu können. Sie genießen zu können, so wie jeder andere Mensch auf diesem Planeten es scheinbar tut. Aber das hier ist so viel intensiver, als ich es je zu träumen gewagt habe. So viel einnehmender und gleichzeitig so viel beängstigender.

Austins Oberkörper drückt sich eng gegen meinen, und seine Hand ruht sanft auf meiner Hüfte. Genauer gesagt auf dem schmalen Streifen Haut, der zwischen meiner Hose und meinem Shirt frei liegt.

Ich muss hier weg. Auf Abstand gehen. Auch wenn mein Herz etwas anderes will. Panisch löse ich mich aus seiner Umarmung, stolpere von der Couch, knicke dabei um und stoße mit dem Knie so hart gegen die Kante des Tisches, dass ich vor Schmerz laut aufheule und damit sicher die Nachbarn aus dem Bett schmeiße.

»Bambi?« Seine Stimme klingt belegt, noch leicht verschlafen. Die Kissen rascheln, als Austin sich bewegt, aber ich kann ihn noch nicht ansehen, solange ich nicht genug Abstand zwischen uns aufgebaut habe. Also ignoriere ich fluchend den

Schmerz in meinem Bein und humple vom Sofa weg. Hauptsache, ich kann endlich wieder etwas klarer denken.

»Stella, renn jetzt nicht wieder weg, verdammt!« *Mist*. Er nennt mich nur Stella, wenn er es wirklich todernst meint, das habe ich gestern Abend gemerkt. Also halte ich inne, schließe die Augen und sammle mich, so gut es unter diesen Umständen geht.

»Wir haben … du …« Schluckend drehe ich mich zu ihm um und bereue es augenblicklich. Weil Austin wie ein Sexgott aussieht, da auf diesem Sofa, auf dem wir gerade nebeneinander gelegen und gekuschelt haben. Wie konnte das nur passieren? Ich achte immer penibel auf meinen Safe-Space, auf die Zone, die ich anderen Menschen gewähre. Und diese Zone schließt ein engumschlungenes Daliegen auf einem schmalen Sofa sicherlich nicht mit ein.

»Hast du dich verletzt?« Er steht auf, und ich wünschte, er wäre einfach auf seinem Hintern sitzengeblieben. Denn jetzt baut er sich zu seiner vollen Größe vor mir auf und macht mir nur umso deutlicher bewusst, was gerade passiert ist. Dass er mich eben noch an sich gezogen hat, als wäre es das Normalste auf der Welt. Für ihn ist es das vielleicht sogar, aber für mich ist das hier eine Premiere, mit der ich erst mal klarkommen muss.

Gerade kann ich die kleinen Gefühlsbläschen in mir nicht richtig greifen. Kommen sie in friedlicher Absicht, oder wollen sie einen Krieg anzetteln?

»Man sollte dich echt in Luftpolsterfolie einwickeln. Soll ich mir dein Knie mal ansehen?«, setzt er zögernd hinterher, aber ich schüttle eilig den Kopf, weil ich nicht noch mehr Körperkontakt zulassen kann. Nicht, solange ich das hier nicht ausreichend analysiert habe.

»Nein. Ich … wir … wir haben …«

»Gekuschelt?«, beendet er meinen Satz, und in seiner Stimme schwingt keinerlei Belustigung mit. Er nimmt das hier ernst, nimmt meine chaotischen Gedanken und Gefühle ernst.

»Ich weiß, Bambi. Zu meiner Verteidigung: *Du* hast dich an mich gekuschelt. Ich hätte dich nie einfach so berührt.«

Moment, was? Ich soll mich an ihn herangekuschelt haben? Hat mich über Nacht jemand entführt und einer Gehirnwäsche unterzogen? Anders kann ich mir wirklich nicht erklären, wie es dazu kommen konnte. Aber ich glaube ihm. Gestern hat Austin so liebevoll reagiert, dass ich ihm einfach glauben muss. Bis jetzt hat er mir jedes Mal Raum zum Atmen gegeben und hat sich diesen Vertrauensvorschuss verdient.

»Und du hast dich gar nicht darüber gewundert?«, kommt es leise, fast apathisch über meine Lippen. Gott, ich fühle mich, als hätte ich Sand gegessen. Mein Mund ist staubtrocken, und ich bräuchte dringend etwas Wasser, aber dafür müsste ich mich von der Stelle bewegen, und das kann ich nicht. Weil ich zum ersten Mal in meinem einundzwanzigjährigen Leben mit einem Kerl gekuschelt habe. Nicht mit irgendeinem, sondern mit Austin. Einem Typen, der laut Isaiah nichts anbrennen lässt und normalerweise Frauen wie Carrie zum Frühstück vernascht.

Er steht auf Katzen mit Krallen, nicht auf Mauerblümchen wie mich. Er hat es selbst gesagt. Was hat das hier dann bitte zu bedeuten? Wieso hat er meinen kopflosen Annäherungsversuch zugelassen?

»Ich war im Halbschlaf, Bambi. Und ich wollte dich nicht wecken, weil du so friedlich an meiner Brust gelegen hast.«

Seine Augen funkeln mich leicht herausfordernd an. Es wird immer schlimmer. Scheinbar habe ich ihn wie einen verdammten Teddybären umarmt und mich an seine Brust gekuschelt.

»Ich wollte nicht, dass das passiert.«

»Dass was passiert?«, hake ich stirnrunzelnd nach. Bereut er es schon? Bereue *ich* es? Dieser Zwiespalt wird immer größer, immer einnehmender. Dieses Hin und Her zwischen »lass es uns wiederholen« und »das darf nie, nie, nie wieder passieren«.

»Dass du in Panik gerätst. Ehrlich gesagt habe ich in dem Moment nicht über die Konsequenzen nachgedacht.« Er fährt sich mit der Hand über den Mund und streicht sich anschließend die braunen Haare nach hinten. Himmel, ich darf ihn nicht länger ansehen. Mein fünfzehnjähriges Ich würde mir einen Vogel zeigen, könnte ich ihm sagen, dass ich mit einem Mann wie Austin eng umschlungen auf dem Sofa gelegen habe. Dass er seine Hand auf meiner nackten Hüfte hatte und mich gegen seine Brust und auch gegen seinen Schritt gezogen hat.

»Ich muss jetzt gehen.«

»Wohin? Es ist Sonntagmorgen«, sagt Austin irritiert und steht etwas unbeholfen zwischen mir und dem Sofa. Zum ersten Mal habe ich das Gefühl, dass auch er nicht weiß, wie er sich verhalten soll. Dass *ich* diejenige bin, die ihn so aus dem Konzept bringt, will mir echt nicht in den Kopf gehen. Es passt nicht zusammen.

»Ich muss ins Tierheim«, improvisiere ich. Denn seit er mir gestern den Vorschlag gemacht hat, dort meine Hilfe anzubieten, denke ich immer wieder darüber nach. Außerdem kann mir ein wenig frische Winterluft sicher nicht schaden, vielleicht wird dadurch mein Kopf wieder an die richtige Stelle geruckelt. Genau wie mein Herz, denn das ist mir gerade mit Lichtgeschwindigkeit in die Hose gerutscht.

»Ins Tierheim«, wiederholt er meine Worte. »Soll ich dich begleiten?«

»Nein!« Das Wort kommt geradezu aus meinem Mund geschossen. Ich brauche Zeit, um das hier zu verarbeiten, und die habe ich nicht, wenn er dabei ist. »Ich meine, musst du nicht. Es ist Sonntag, und du bist sicher noch müde. Also … also … werde ich jetzt mal gehen.«

Ich stolpere rückwärts Richtung Flur und kralle mich am Türrahmen fest, um den Halt nicht zu verlieren. Austin steht immer noch an derselben Stelle, hat sich nicht vom Fleck gerührt. Fast tut er mir leid, weil ich ihm das Leben so schwer mache. Genau das wollte ich nicht. Ich wollte niemandem mehr mit meinen Problemen zur Last fallen, und stattdessen erweitere ich die Liste mit Austin um ein weiteres Opfer.

»Bist du dir sicher, dass alles okay ist, Bambi?«

Himmel, nein. Nichts ist okay. Weil wir uns so nah waren! Weil du meine nackte Haut berührt hast. Weil du du bist. Und ich ich. Weil wir niemals funktionieren werden. Und ich dir niemals geben kann, was du brauchst.

»Das wird es schon wieder«, flüstere ich wenig glaubhaft. Bevor Austin die Möglichkeit hat, noch etwas zu sagen, schnappe ich mir so schnell ich kann meinen Schal und meine Jacke von der Garderobe, schlüpfe in meine Winterstiefel und reiße die Tür auf. Es gibt nur eine Sache, die mich jetzt wieder erden kann, und die hat vier Pfoten!

KAPITEL 19

Stella

Das Tierheim in Blossom Lake ist von seiner Größe her zwar mit den *Furry Angels* zu vergleichen, aber der Zustand ist ein vollkommen anderer. Schon von der anderen Straßenseite aus sehe ich, dass der Zaun an vielen Stellen nur notdürftig geflickt wurde und das Dach des Tierheims dringend neu gedeckt werden müsste, wenn es den diesjährigen Winter überstehen soll. Vor allem, da im Wetterbericht bereits ein fieser Schneesturm für die erste Dezemberwoche angekündigt wurde.

Ich schiebe die Hände tief in die Taschen meines Parkas und schüttle alle Gedanken an Austin und die letzte Nacht ab, bevor ich das braune Tor ansteuere. Sobald ich es aufschiebe und ein Quietschen ertönt, beginnen die Hunde in den Zwingern aufgeregt zu bellen.

Das Sanctuary ist quadratisch aufgebaut. Hinter mir befindet sich der Zaun, der das Grundstück von der Straße trennt, und mir gegenüber das nicht gerade moderne Wohnhaus der Larssons. Links und rechts bilden die zwei steingrauen Gebäude mit den Zwingern die letzten Schenkel des Vierecks, und in der Mitte ist der Hof, in dem die Tiere genug Freiraum zum Toben haben.

Venla Larsson leitet das Tierheim schon, seit ich meine ersten Schritte auf den Straßen dieser Stadt gemacht habe, und müsste inzwischen an die achtzig sein. Ich sehe mich in dem einigermaßen ordentlichen Hof um, entdecke aber umgehend fünf Baustellen, die ich gern angehen würde, und lasse meinen Blick über die Zwinger schweifen.

Hunde der unterschiedlichsten Rassen und Größen tummeln sich darin, springen gegen die Gitter, um auf sich aufmerksam zu machen, und berühren schon aus der Ferne mein polterndes Herz. Sie berühren es auf eine andere Weise als Austin, und das ist genau das, was ich jetzt brauche. *Ablenkung. Eine Aufgabe.*

Also marschiere ich mehr oder weniger entschlossen auf das Gebäude vor mir zu. Noch bevor ich die Klingel betätige, höre ich bereits schlurfende Schritte auf der anderen Seite der Tür, von der die rostbraune Farbe langsam abblättert.

Sekunden später steht Venla Larsson vor mir, in ihrer geblümten Schürze und mit den Lachfältchen um die warmen Augen. Sie hat sich kaum verändert, lediglich die Zeit hat ein paar weitere Zeichen auf ihrer blassen Haut hinterlassen.

»Und ich dachte schon, meine senilen Augen hätten mir einen Streich gespielt!« Venla schlägt sich die Hand vor den Mund. »Stella Jones?« Sie macht einen Schritt zur Seite und winkt mich euphorisch ins Innere des Hauses. »Komm rein, Kindchen. Ich habe gerade Tee aufgesetzt. Als hätte ich geahnt, dass ich heute noch Besuch bekomme.« Schon zu Schulzeiten war diese Frau nicht für ihre Größe bekannt, und inzwischen reicht sie mir nur noch bis zur Schulter.

Etwas überrumpelt nehme ich ihre Einladung an. Im Haus empfängt mich ein leicht muffiger Geruch, gepaart mit dem süßen Duft von Früchtetee. Ich war damals ein paarmal hier, weil Gracie mit dem Enkelsohn von Venla befreundet gewesen ist und fast jede freie Sekunde hier auf dem Hof verbracht hat. Aber seit Fynns Mutter mit ihm und seiner Schwester zurück nach Schweden gezogen ist, waren wir nicht mehr hier.

Es hat sich kaum etwas verändert. Die Einrichtung ist noch immer dieselbe, genau wie die Bullenhitze, die immer im Haus der Larssons geherrscht hat.

»Was führt dich zu mir, Stella? Ich wusste gar nicht, dass du zurück in der Stadt bist.« Scheinbar funktioniert der Buschfunk nicht mehr so gut wie vor meiner Flucht. Entweder das, oder Venlas Ohren sind nicht mehr die besten. Vermutlich eine Mischung aus beidem.

»Ich bin für ein paar Wochen in der Heimat. Wegen Libbys Beerdigung.«

Sofort schenkt sie mir einen mitfühlenden Blick, der sich fast wie eine Umarmung anfühlt. In den letzten Jahren wurde mir immer deutlicher klar, dass auch liebevolle Gesten und Worte wie eine Berührung wirken können.

»Ach, Kindchen. Libby passt jetzt von da oben auf euch auf.« Sie deutet mit ihrer leicht zittrigen Hand Richtung Himmel, bevor sie den aufgebrühten Tee in zwei Tassen gießt und eine davon vor meiner Nase abstellt. Ich taste nach der Lehne des Stuhls und setze mich auf den Platz, auf dem Gracie damals immer herumgeturnt ist wie ein Flummi. Isaiah und ich haben sie manchmal nur mit Süßigkeiten dazu überreden können, mit nach Hause zu kommen, weil sie einfach nie gehen wollte.

»Ich bin hier, weil ich dir meine Hilfe anbieten möchte.«

Mit dem Zeigefinger fahre ich die quietschgelben Sonnenblumen auf der Tischdecke nach, die genauso bunt ist wie der Rest von Venlas Einrichtung. Und dabei dachte ich immer, dass die Schweden es ein wenig minimalistischer mögen.

Scheinbar sieht nicht jedes Haus einer waschechten Schwedin wie ein Ikea von innen aus.

»Hier im Tierheim, meine ich. Ich arbeite in Bar Harbor in einem Shelter und habe in den letzten Jahren ein wenig Erfahrung sammeln können. Deshalb weiß ich auch, wie viel Arbeit so ein Tierheim macht. Ich bin noch ein paar Wochen in der Stadt und könnte dir in der Zeit unter die Arme greifen.«

»Oh, Kindchen.« Venla faltet ihre Hände und legt sie über der Blümchenschürze auf ihr gütiges Herz. »Das ist so lieb von dir. Ich wusste schon immer, dass euer Vater gute Kinder großgezogen hat.«

»Danke«, sage ich etwas beschämt und nippe an dem heißen Tee, der köstlich schmeckt. Venla hatte schon immer den allerbesten Tee in ganz Blossom Lake.

»Ich könnte wirklich ein wenig Hilfe gebrauchen. Fynn und Freya sind zwar auch seit Kurzem wieder da, aber je mehr helfende Hände, desto besser für die Tiere.«

»Fynn und Freya sind zurück in Blossom Lake?« Die Enkelkinder von Venla sind Zwillinge, und ich erinnere mich noch lebhaft an die beiden Blondschöpfe, die stets so unterschiedlich waren. Freya immer laut und frech, während Fynn eher ruhigerer Natur gewesen war. So haben sich die beiden schon immer perfekt ergänzt und waren unzertrennlich – genau wie Fynn und Gracie.

»Ja, meine Kleinen sind seit ein paar Wochen zurück, um mir im Haushalt und mit den Hunden zu helfen. Langsam kommen auch bei mir die ersten Wehwehchen.« Sie schenkt mir ein so seliges Lächeln, dass mein Herz von Sekunde zu Sekunde ruhiger wird.

Ob Gracie schon weiß, dass ihr ehemals bester Freund wieder in der Stadt ist? Ich erinnere mich noch daran, dass sie sich nach Paps' Tod und dem Umzug der Larssons wochenlang von uns allen zurückgezogen und stundenlang geweint hat. Sie musste mir nicht sagen, dass sie Fynn vermisste, das hat jede Zelle ihres kleinen Körpers nahezu geschrien. Seitdem hat sie nie mehr über Fynn gesprochen, hat seinen Namen einfach aus ihrem Wortschatz gestrichen, als hätte es ihn nie gegeben.

»Wie schön, dass sie wieder hier sind.«

»Ja, gerade sind sie im Tierhandel und besorgen eine neue Ladung Futter, aber falls dein Angebot ernst gemeint war, wirst du die beiden ja sicher bald treffen.«

»Ich will wirklich gerne helfen.«

»Die Hunde werden sich über jemanden freuen, der sie hin und wieder durch den Park führt. Ich schaffe es leider nicht mehr ganz so gut, und Freya und Fynn haben auch alle Hände voll zu tun.«

»Das mache ich supergerne«, versichere ich ihr und würde am liebsten nach ihrer faltigen Hand greifen und sie einmal fest drücken. Aber ich tue es nicht, weil ich heute eindeutig schon zu viele Berührungen abbekommen habe … Berührungen, die mich mit so viel Wucht aus der Bahn geworfen haben, dass ich immer noch nicht klar denken kann.

Eine Weile unterhalten Venla und ich uns noch über ihre Enkelkinder, über das Tierheim und den neuesten Zuwachs, der erst vor einer Woche mit diversen gesundheitlichen Problemen bei ihr abgegeben wurde. Ein übergewichtiger Neufundländer namens Otis, der Venla seitdem die Haare vom Kopf frisst.

Anschließend führt sie mich durch das Tierheim, zeigt mir die Lagerräume, die kleine, provisorische Arztstation im Schuppen und stellt mich schließlich den Hunden vor. Und je mehr Hunde ich streicheln darf und je mehr feuchte Stupsnasen mich streifen, desto glücklicher und ruhiger werde ich. Weil sich nach jedem Sturm die Sonne wieder zeigt. Und meine Sonne sind die Hunde.

***

»Furry Angels.« Franks knappe Begrüßung bringt mich zum Schmunzeln, während ich mich rücklings auf mein Bett fallen lasse und den Blick zur Zimmerdecke richte.

»Hi, Boss.«

»Hmpf. Dass du dich auch mal meldest.« Moment mal, bilde ich es mir nur ein, oder klingt Frank Woodford eingeschnappt? Frank, der Einsiedlerkrebs, der menschliche Kontakte genauso meidet wie ich, ist sauer, weil ich mich nicht oft genug melde? Meine Mundwinkel zucken, weil die Vorstellung mehr als absurd und irgendwie herzallerliebst ist.

»Die letzten Tage war viel los. Tut mir leid, dass ich mich nicht früher melden konnte. Wie geht es dir?« Nachdem ich das Tierheim der Larssons verlassen habe, war mir klar, dass ich etwas tun muss. Und zwar mehr, als nur die Hunde alle paar Tage auszuführen und Zeit mit ihnen zu verbringen.

»Wie immer.« Heute scheint mein Boss in besonders gesprächiger Verfassung zu sein, er sprudelt ja nahezu über.

»Und wie geht es Hero?« Als ich den Namen meines Schützlings laut ausspreche, werde ich von wohliger Wärme durchflutet. Wie gerne würde ich jetzt in Heros Augen schauen und alles Schlechte auf dieser Welt für ein paar Sekunden vergessen. Diesen Effekt haben nur Hundeaugen auf mich. Und na ja … inzwischen auch ein wenig Austins Augen.

»So lala«, seufzt Frank, und ich kann hören, dass er sich auf den knarzenden Stuhl in seiner alten Landhausküche setzt.

»Seit du weg bist, frisst er nicht mehr gut. Sitzt die ganze Zeit vor dem Tor und wartet darauf, dass ich es aufmache, der sture Hund.«

»O Gott«, wispere ich und presse mir die Hand vor die Augen, damit ich nicht zu heulen beginne. Die Vorstellung, dass es Hero so schlecht ohne mich geht, bricht mir das Herz. Es bricht in tausend kleine Stücke, die sich wie ein Scherbenregen im gesamten Zimmer verteilen. Hero ist wirklich mein Hachiko.

»Hätte auch nich' gedacht, dass er dich so vermissen würde.« Ich schließe die Augen und schlucke schwer, weil irgendetwas in Franks Stimme anders ist. Er wirkt traurig. Fast so, als wäre Hero nicht der Einzige bei den *Furry Angels*, der mich vermisst. Umso besser, dass ich einen Plan habe. Er ist zwar noch nicht sonderlich ausgereift, aber das spielt keine Rolle.

»Was hältst du davon, wenn du mich hier in Blossom Lake besuchen kommst, Boss?«

Mehr als ein Ächzen bekomme ich nicht als Antwort. Aber was habe ich auch anderes erwartet? Dass Frank vor Freude an die Decke springt oder einen Jubelschrei ausstößt?

»Ich meine nur, die Stadt ist in der Weihnachtszeit echt schön. Du könntest Hero mitbringen. Also vorausgesetzt, du findest jemanden, der sich währenddessen um das Shelter kümmern kann?«

»Weiß nich'. Gibt's in Blossom Lake guten Erbseneintopf?«

»Den zweitbesten«, erwidere ich kichernd. »Im *Little Stories* bekommst du so viele Erbsen, wie dein Herz begehrt. Und … also … ich habe da vielleicht noch ein kleines Anliegen?«

»Na dann.« Da ist es wieder. Das Frank-Woodford-Na-Dann, das mir zeigt, dass die Welt noch in ihrer gewohnten Bahn unterwegs ist. Zumindest in Bar Harbor scheint noch alles beim Alten zu sein. Aber ich, ich verändere mich von Tag zu Tag mehr. Und ich habe keine Ahnung, ob ich diese Veränderung mag oder Angst vor ihr habe.

»Es gibt in Blossom Lake ein Tierheim. Ich war heute Morgen dort, um meine Hilfe anzubieten, solange ich hier zu Besuch bin. Es ist in keinem guten Zustand. Die Besitzerin ist nicht mehr die Jüngste, und ich glaube, jemand sollte sich mal ihre Finanzen und die Gebäude generell anschauen. Jemand, der Ahnung hat.«

»Und dieser *Jemand* bin ich?«, mutmaßt Frank. Am anderen Ende der Leitung höre ich gedämpftes Hundebellen, darunter ganz sicher auch Heros. Umgehend schütten meine Synapsen Unmengen an Serotonin aus.

»Du führst das *Furry Angels* seit Jahrzehnten erfolgreich, Boss. Wenn jemand Ahnung hat, dann du. Ich dachte, vielleicht könntest du bei deinem Besuch mit mir ins Tierheim gehen und der alten Dame und ihren Enkelkindern ein paar Tipps geben?«

Es fällt mir schwer, Frank um Hilfe zu bitten, obwohl ich weiß, dass hinter seiner harten Schale ein wirklich weicher Kern schlummert. Jemand, der sich jeden Tag für verlassene und kranke Tiere einsetzt, kann kein schlechter Mensch sein.

»Mal sehen.«

Ein »Mal sehen« ist kein Nein. Und ein Kein-Nein ist ein halbes Ja. Erleichtert grinse ich in mich hinein, weil ich das Telefonat schon jetzt als Erfolg verbuche.

»Danke, Boss.«

»Ich hab noch nich' zugesagt.«

»Aber auch nicht abgesagt«, antworte ich siegessicher.

»Ich muss erst mal jemanden finden, der sich um das Shelter kümmert, wenn ich weg bin. Vielleicht mein sturer Bruder.«

»Ich wusste nicht einmal, dass du einen Bruder hast.«

»Du hast ja auch nie gefragt«, erwidert er ohne einen Funken Anklage in der Stimme. Frank hat recht, ich habe ihn nie nach seiner Familie gefragt und habe selbst nie etwas über meine eigene erzählt. Weil das unsere unausgesprochene Vereinbarung war.

Wir haben zusammengelebt, zusammengearbeitet, aber wir haben uns zu einhundert Prozent auf die Hunde konzentriert. Zum ersten Mal, seit ich Frank Woodford kenne, wünschte ich, mehr über ihn zu wissen. Und ich kann nur hoffen, dass er meine Einladung annehmen und mich in Blossom Lake besuchen kommen wird.

KAPITEL 20

Stella

Die letzte Woche im November ist nur so an mir vorbeigerauscht. Wenn ich nicht gerade mit den Fellnasen aus dem Tierheim beschäftigt war, habe ich meine Freizeit so gut es ging mit Isaiah und Gracie verbracht. Und seit Neuestem auch mit Austin, denn wir haben im Laufe der letzten Woche die Tradition entwickelt, uns abends zu viert im *Little Stories* zu treffen und den Tag gemeinsam bei warmen Getränken ausklingen zu lassen.

Isaiah schlürft gerade genüsslich Morahs göttliche Kürbissuppe, während meine kleine Schwester zusammen mit Austin das Café betritt.

Beide sind von Schneeflocken bedeckt, da es seit zwei Tagen ununterbrochen in Blossom Lake schneit und der vorhergesagte Sturm nicht mehr lange auf sich warten lassen wird. Gracie scheint Austins Anwesenheit in keiner Weise aus dem Konzept zu bringen, während mein Herz, sobald er auch nur in der Nähe ist, eine wilde Konfettiparty veranstaltet. Es fällt mir mit jedem Tag schwerer, in ihm nur den Freund und Mitbewohner meines großen Bruders zu sehen.

Austin und ich haben nicht mehr über die Nacht nach

meinem Nervenzusammenbruch auf dem Guardian Mountain gesprochen, aber die Stimmung zwischen uns ist seitdem irgendwie aufgeladen. Wir kommen uns näher, ohne uns näherzukommen, wenn das überhaupt Sinn ergibt.

»Hey, konntest du mit dem Essen nicht wenigstens auf deine ausgehungerte Schwester warten?« Gracie schält sich aus ihrem viel zu großen knallgelben Mantel und hängt ihn an den Garderobenständer. Dann schlägt sie Isaiah liebevoll mit der flachen Hand gegen den Hinterkopf, sodass seine Nase geradewegs in seinem voll beladenen Suppenlöffel landet. Die orangene dickflüssige Suppe spritzt über den Tisch, direkt in meine Richtung.

»Das hast du nicht gemacht!«, sagt unser Bruder gespielt empört, und als er den Kopf hebt und ihm ein fetter Klecks Suppe an der Nasenspitze klebt, brechen wir alle in schallendes Lachen aus. Selbst Austin kann sich nicht zurückhalten, und einmal mehr denke ich, wie schön sein Lachen ist, wenn es echt und pur aus ihm hervorbricht.

»Gracie hat mir schon während der ganzen Fahrt die Ohren vollgeheult, weil sie am Verhungern ist. Ganz dünnes Eis, Mann.« Mit diesen Worten wartet Austin darauf, dass ich ihm Platz mache. Also rutsche ich in die Ecke der Sitzbank, und er setzt sich neben mich.

Zu nah und doch nicht nah genug, weil er immer penibel darauf achtet, mich nicht zufällig zu berühren. Und langsam macht mich genau das verrückt. Es ist nicht so, dass sich meine Ängste einfach in Luft aufgelöst haben, nein. Aber da ist etwas in mir, das immer größer wird. Ein Teil, der ihn noch einmal berühren will, wie an diesem sonnigen Sonntagmorgen. Der es auf sehr aufregende Weise genossen hat, von ihm gehalten zu werden, auch wenn es mir im ersten Moment einen höllischen Schrecken eingejagt hat.

»Ich würde im Augenblick sogar Stellas komische Tütensuppe wie einen leckeren Burger zelebrieren, Hauptsache, ich bekomme endlich etwas zwischen die Zähne!« Mit dieser Aussage klaut Gracie Isaiah den Löffel, tunkt ihn in die Suppenschüssel und schiebt ihn sich stöhnend zwischen die knallrot geschminkten Lippen. »Gott, ich hatte noch nie etwas so Leckeres im Mund!«

Genüsslich schließt sie die Augen, während alle am Tisch versuchen, nicht schon wieder loszulachen. Die Zweideutigkeit ihrer Worte entgeht selbst jemand so Unerfahrenem wie mir nicht.

»Hüte deine Zunge, Gracie! Ich will nicht wissen, welche Sachen du sonst so im Mund hast, wenn du in der Uni bist«, sagt Isaiah naserümpfend, während sie ihm als Antwort lediglich ein Zwinkern schenkt.

»*You will never know. Never know*«, singt sie und tunkt den Löffel erneut in die Suppenschüssel.

»Apropos Uni. Wie war der Unterricht denn so?«, frage ich in die Runde und sehe dabei Austin an. Gracie liebt ihr Kunststudium, und selbst die anstrengenden Tage würde sie niemals eintauschen, aber Austin spricht so gut wie nie über sein Studium. Generell spricht er nie über sich selbst, und auch wenn ich das auf vielen Ebenen nachvollziehen kann, wünschte ich doch, mehr über ihn zu erfahren.

Ich weiß, dass er das Fotografieren liebt und eine jüngere Schwester hat. Dass es ihm schwerfällt, jemanden weinen zu sehen, und er der beste Tröster der Welt sein kann. Ich weiß, wie sein nackter Körper im Licht unserer Küchenlampe aussieht. Aber ich weiß immer noch zu wenig darüber, was in ihm vorgeht, während er bereits viel zu viele Seiten von mir kennt.

»Soll ich ehrlich sein, Bambi?«

»Nennst du sie immer noch so?«, wirft Isaiah mit einem Grinsen auf den Lippen ein, aber ich sehe, dass dieses Grinsen nicht echt ist. Es ist sein typischer Isaiah-Gesichtsausdruck, den er jedes Mal auflegt, wenn er eine potenzielle Gefahr wittert.

»Hat sich irgendwie so eingebürgert«, erwidert Austin schulterzuckend und schnappt sich eine Scheibe Weißbrot aus dem geflochtenen Korb in der Mitte des Tisches. »Und zur Uni: Ich weiß nicht, wie sie war, weil ich nicht aufgepasst habe. War derselbe überflüssige Scheiß wie immer. Keine Ahnung, wieso ich überhaupt noch hingehe.«

Austin trägt heute eine schwarze Basecap, die er verkehrtherum aufgesetzt hat. Auf dem Schirm ruhen die letzten Schneeflocken, die aufgrund der Wärme hier drin gerade vergeblich gegen ihren Tod ankämpfen. Alle einzigartig, alle in ihrer Form vollkommen. Genau wie wir vier. Jeder von uns ist auf seine Art und Weise ein Unikat.

Bevor ich das Gespräch über sein Studium vertiefen kann, ertönt das Klackern von hohen Absätzen neben uns. Sekunden später knallt uns Adele Miller ein schickes schwarzes Mäppchen auf den Tisch und schlägt es auf. Ohne ein »Hallo«, ohne ein »Darf ich euch stören?« fällt sie mit der Tür ins Haus.

»Hi, Mrs. Miller«, begrüßt Isaiah sie freundlich, während Gracie die Augen verdreht und ich aufpassen muss, nicht schon wieder laut zu lachen. Herrgott, was ist nur los mit mir? Normalerweise will ich mich in der Öffentlichkeit in Luft auflösen und auf keinen Fall wahrgenommen werden. Aber in Gegenwart von Isaiah, Gracie und Austin fällt es mir erstaunlich leicht, gesehen zu werden, weil sie darauf achten, dass mir nichts passiert.

»Ich habe euch Stand drei gesichert!« Mrs. Miller wirft sich das dauergewellte Haar hinter die Schulterpolster ihres lachsfarbenen Kostüms und deutet anschließend mit dem Zeigefinger auf die geöffnete Mappe.

»Stand drei?«, hakt Gracie alarmiert nach.

»Ja, Stand drei, Liebes. Derselbe Stand, den ihr damals schon immer für euer tolles Lebkuchenhaus bekommen habt. Wir haben große Pläne für das diesjährige Festival, und ich möchte, dass so viele wie möglich an euch vorbeilaufen müssen. Deshalb Stand drei. So weit verstanden?«

Unsicher sehe ich meine Geschwister an. Während Isaiah die Ruhe in Person ist, scheint Gracie in einer ganz anderen Welt zu sein. Sie starrt das Papier auf dem Tisch mit so leerem Blick an, dass ich sie gerne schütteln würde, um sie aus ihrer Trance zu reißen.

»Alle, die Pollys legendären Punsch trinken wollen, müssen an eurem Stand vorbei. Wenn das kein guter Platz ist, dann weiß ich auch nicht. Ihr könnt mir später danken.« Mrs. Miller spitzt ihre Lippen, schlägt das Mäppchen mit Schwung wieder zu und klemmt es sich unter den Arm. »Bringt euer Kunstwerk am Samstag bis zwölf Uhr ins Rathaus, damit es für Sonntagabend startklar ist!« Mit dieser Ansage stiefelt sie davon.

Das Winter Festival findet am kommenden Wochenende auf dem Marktplatz statt, und bereits jetzt sind draußen die ersten Arbeiter zu beobachten, die das Fest vorbereiten und die Halloween-Dekoration gegen aufwendige Weihnachtsdeko austauschen.

Ehrlich gesagt hätte ich nicht gedacht, dass Mrs. Miller tatsächlich von unserer Teilnahme ausgeht. Unsere Schwester scheinbar auch nicht, denn sie lässt den Löffel lautstark in die Schüssel vor Isaiahs Nase fallen.

»Wollt ihr das echt durchziehen?«, kommt es schnippisch von Gracie. Ihr Blick trifft mich wie ein Dartpfeil mitten in die Brust.

»Ich … ich weiß nicht.« Hilfesuchend sehe ich Isaiah an, der in diesem Augenblick unschlüssig die Lippen schürzt.

»Leute, wovon zum Teufel sprecht ihr eigentlich?«, wirft Austin irritiert ein. Fast hätte Mrs. Millers Auftritt dafür gesorgt, dass ich die körperliche Nähe zwischen uns vergesse, dafür ist sie mir jetzt umso bewusster. Zwischen unseren Oberschenkeln hätte nur noch eine Streichholzschachtel Platz.

»Kennst du das Winter Blossom Festival, das jedes Jahr auf dem Markt stattfindet?« Isaiah schiebt die Suppenschüssel zur Seite, als wäre ihm der Appetit vergangen.

»Schon mal von gehört, ja.«

»Früher haben wir immer als Aussteller teilgenommen und ein riesiges Lebkuchenhaus für dieses Fest gebaut«, erkläre ich Austin schmallippig, während sich mein Blick auf Gracies trauriges und gleichzeitig wütendes Gesicht heftet. Zu gern würde ich in ihren Kopf sehen wollen.

Normalerweise teilt sie alles mit der Welt. Ihre Gedanken, ihre Gefühle, ihre Geheimnisse, die nie lange welche sind, einfach alles. Aber gerade erlebe ich live mit, wie sie sich verschließt.

»Jedenfalls sollen wir dieses Jahr wieder teilnehmen und ein Lebkuchenhaus bauen.«

»Und wo liegt das Problem?«, hakt Austin mit erhobenen Brauen nach.

»Wo das Problem liegt?«, zischt Gracie und springt auf. Die Hände flach auf der Tischplatte abgestützt, sieht sie uns nacheinander an. »Das Problem ist, dass wir dieses Haus mit Paps gebaut haben. Vielleicht muss ich euch daran erinnern, aber

Paps ist tot. Er ist nicht mehr da. Genau wie Libby nicht mehr da ist. Also, Austin, das Problem ist Folgendes: Wir können nicht einfach diese Tradition wieder aufnehmen, dieses alberne Haus backen und so tun, als wäre alles beim Alten. Denn das ist es nicht!« Gracies Unterlippe bebt, während sich meine Augen mit Tränen füllen. Es tut mir im Herzen weh, sie so leiden zu sehen, ist sie doch sonst immer diejenige, die Glitzer und Puderzucker in die ganze Welt streut. In meine Welt streut.

»Gracie …«, setze ich versöhnlich an.

»Nein. Du kannst dieses dämliche Haus von mir aus backen, damit du keinen Ärger mit Lady Whistledown bekommst, aber das hat dich die letzten Jahre auch nicht interessiert, Stella. Du warst nicht da, während wir versucht haben, den ganzen Scheiß zu verarbeiten, der uns passiert ist. Du. Warst. Nicht. Da.« Sie schnauft. »Ich bin jedenfalls raus aus der Nummer.«

Isaiah will sie wieder auf die Sitzbank ziehen, doch sie entwindet sich seinem Griff und rennt Richtung Ausgang, ohne sich vorher die Jacke anzuziehen. Sie wird sich bei den Temperaturen da draußen den sicheren Tod holen!

»Lässt du mich mal durch?«, frage ich Austin. »Ich sollte ihr hinterhergehen.«

»Nein, bleib.« Isaiahs Stimme klingt scharf. Schärfer, als ich es von meinem großen Bruder gewohnt bin. Perplex sinke ich zurück auf meinen Hintern, während er an meiner Stelle aufsteht.

»Sicher? Ich werde mit ihr reden.« Ich *muss* mit ihr reden. Muss ihr sagen, dass ihre Gefühle okay sind. Dass sie mich anschreien darf, so viel sie will. Weil ich es verdient habe. Weil ich einfach verschwunden bin, ohne ein richtiges Wort der Erklärung. Gracie war noch ein Teenager, als ich geflohen bin, und ich weiß, dass sie ihre große Schwester an ihrer Seite gebraucht hätte.

»Sicher.« Isaiah klingt jetzt nicht mehr ganz so tadelnd, und sein Blick wirkt wie eine Entschuldigung. »Ich gehe ihr hinterher.« Mit diesen Worten schnappt er sich seine und Gracies Jacke vom Kleiderständer und verschwindet ebenfalls nach draußen.

Zurück bleiben Austin und ich. Nebeneinander auf dieser Sitzbank, vor uns die inzwischen kalte Suppe und ein paar Brotkrümel, die genauso einsam aussehen, wie ich mich in diesem Moment fühle. Weil ich wieder einmal merke, wie viel ich verpasst habe. Ich schaffe es nicht, Gracie zu beruhigen, weil ich nicht mehr dieselbe Sprache wie sie spreche. Isaiah hingegen schon. Er findet immer die richtigen Worte, weiß immer, was zu tun ist.

»Das war …«

»… scheiße«, murmle ich.

»Im Vergleich zu den Konflikten, die ich aus meiner Familie gewohnt bin, war das hier noch harmlos, glaub mir.« Austin dreht seine Cap nach vorn und zieht sie sich in die Stirn.

»Und was machst du, wenn so ein Streit in deiner Familie eskaliert?«

»Abhauen?« Er zuckt gleichgültig mit den Schultern. »Oder mich eine Weile dort gar nicht mehr blicken lassen. Meistens Letzteres.«

Ich schiebe einen Brotkrümel von links nach rechts, warte mit zappelnden Beinen darauf, dass meine Geschwister wieder ins Café kommen, aber die Tür bleibt geschlossen. Wie sehr ich diese Ungewissheit hasse! Warum habe ich nur auf Isaiah gehört? Ich hätte Gracie nachgehen müssen, um diesen dämlichen Streit aus dem Weg zu schaffen, stattdessen sitze ich jetzt hier mit meinen rasenden Ängsten und möchte am liebsten aus der Haut fahren, damit dieses miese Gefühl verschwindet.

»Willst du dieses Lebkuchenhaus bauen, Bambi?«

Austins Frage trifft mich vollkommen unvorbereitet, weil ich in Gedanken längst wieder die Flucht ergriffen habe.

»Ähm.« Ich weiß es nicht. Will ich es? »Keine Ahnung. Ich fand den Gedanken, unsere Tradition wiederaufzunehmen, irgendwie tröstlich. Natürlich weiß ich, dass Paps dadurch nicht wieder lebendig wird, aber es ist ein bisschen sein Erbe, weißt du? Er wäre traurig, wenn er wüsste, dass wir seit Jahren keins mehr gebaut haben.«

»Dann solltest du es tun.«

»Und Gracie?« Mit einer unbeschreiblichen Schwere im Herzen starre ich auf den Platz, an dem sie eben noch saß. Jetzt ist da so viel Leere, so viel Nichts. Zu viel Nichts, wenn man bedenkt, dass Gracie sonst Alles ist.

»Gracie wird damit klarkommen müssen. Wenn du dieses Haus bauen willst, dann mach es. Ich kann dir an ihrer Stelle helfen.«

»Beim Backen?«, frage ich ungläubig und ziehe die Brauen hoch. »Nichts für ungut, aber du siehst nicht aus wie jemand, der backen kann.«

»Nichts für ungut, aber du auch nicht«, erwidert er lachend.

»Okay. Punkt für dich.« Gerade verspüre ich den heftigen Wunsch in mir, mich gegen Austins Schulter zu lehnen. Seine Hand zu halten. Mit meinem Knie gegen seines unter dem Tisch zu stoßen. In den letzten Tagen denke ich ständig daran, wie es wäre, würde er mich noch einmal berühren. Dieses Mal richtig, wenn ich hellwach bin und alles in mich aufsaugen kann.

»Also?«

»Also was?«

»Soll ich dir helfen?« *Himmel, du sollst nie wieder etwas anderes tun!*

»Okay.«

»Würdest du im Gegenzug auch etwas für mich tun, Bambi?« Er dreht sich leicht in meine Richtung, und ich verliere mich in seinem schönen Gesicht. In den scharfen Linien, diesen vollen Lippen, die viel zu weich aussehen und die sich seit Neuestem nachts in meine Träume schleichen.

»Was denn?«

Austin nimmt seine Cap ab, legt sie auf die Sitzbank und zieht die Unterlippe zwischen die Zähne. Seine Haare stehen wild in alle Richtungen ab, und beinahe bin ich versucht, sie mit den Händen zu ordnen. Mit den Fingern durch die dichten braunen Strähnen zu fahren. Verdammt, ich will wissen, wie es sich anfühlen würde. Ob aufwühlend oder erdend. Schön oder beängstigend …

»Würdest du mich in zwei Wochen zu meiner Familie begleiten?«

Innerhalb von Sekunden herrscht in mir absoluter Ausnahmezustand, und ich bin mir sicher, mich verhört zu haben.

»Wie bitte?« Das kann nur ein schlechter Scherz sein. Anders ergibt das hier keinen Sinn. Auf keinen Fall kann er einfach so diese gigantische Bombe platzen lassen, hier im *Little Stories*, wo ich keine Möglichkeit habe, mich zurückzuziehen.

»Warum?«, frage ich leise und brauche gleich ein Sauerstoffzelt. Meine Handflächen beginnen wie wild zu schwitzen, und mein Knie wippt vor Nervosität unter dem Tisch auf und ab. Flucht ist das Einzige, woran ich denken kann, aber Austin sitzt neben mir, und ich müsste über ihn klettern, um von hier zu verschwinden. Oder ihm sagen, dass mich seine eigentlich harmlose Frage komplett aus dem Konzept gebracht hat. Beides kommt für mich nicht infrage.

»Meine Mutter liegt mir seit Wochen in den Ohren, weil ich zu diesem bescheuerten Familienessen auftauchen soll. Und ich soll – auf keinen Fall – ohne weibliche Begleitung kommen.«

»Und da dachtest du ausgerechnet an mich?« Meine Stimme schießt zum Ende der Frage hin in schwindelerregende Höhen.

»An wen sonst, Bambi?« *An jede, nur nicht an mich!*

»Was ist mit dieser Carrie?«, frage ich und könnte mir im selben Augenblick eine Backpfeife dafür geben. Austin runzelt die Stirn, als wären meine Worte absurd.

»Ich treffe mich nicht mehr mit Carrie.«

Das Geräusch, welches der Stein macht, der bis eben mein Herz blockiert hat und jetzt zu Boden fällt, ist ohrenbetäubend laut.

»Wieso nicht?«, hake ich vorsichtig nach.

Austins Blick verkeilt sich in meinem, und auch wenn es mir wahnsinnig schwerfällt, den Blickkontakt zu halten, sehe ich nicht weg. Verliere mich in dem blauen Ozean seiner Augen und frage mich, ob Carrie jemals die Tiefe in ihnen erkannt hat. Oder ob sie nur an seiner glitzernden Oberfläche fischen durfte.

»Die Frage kannst du dir doch selbst beantworten, oder nicht?« Ich weiß nicht. Kann ich das? Ja, wir haben gekuschelt. Ja, wir sind uns … irgendwie nähergekommen. Aber dass er deshalb seine Affäre mit dieser Sexgöttin beendet? Das will mir nicht in den Kopf gehen.

»Also, was sagst du? Begleitest du mich zu dem dämlichen Essen?«

»Ich soll also echt deine Freundin spielen?« Der Streit mit Gracie verschwimmt vor meinen Augen immer mehr, weil mich Austins Frage so fundamental aus der Bahn wirft.

»Nur damit meine Mutter mich in Ruhe lässt«, versichert er mir, aber leider schaffen es seine Worte nicht, mich zu beruhigen.

»Aber eine Freundin … also … sie wird uns doch nie abkaufen, dass wir ein Paar sind, wenn wir uns nicht berühren.« Uns nicht küssen. Nicht umarmen. Auch wenn ich all das mehr will, als ich sollte.

Austin antwortet nicht mehr, stattdessen sieht er mich nur mit einem vielsagenden Blick an. Als würde er mir sagen wollen, dass wir noch Zeit haben. Dass in zwei Wochen viel passieren kann. Und als wäre unsere Nacht auf dem Sofa keine Ausnahme, sondern erst der Anfang gewesen.

KAPITEL 21

Stella

»Erinnerst du dich an das Jahr, in dem Paps vor den Augen der ganzen Stadt ins Lebkuchenhaus gefallen ist?« Ich schiele in den Ofen und sehe den nächsten Teigstückchen beim Backen zu, während ich diese alte Erinnerung in mir und Isaiah wachrufe.

»Wie könnte ich das vergessen? Wochenlang gab es im *Little Stories* keine andere Geschichte mehr.« Isaiahs warmes Lachen erfüllt die Küche, gepaart mit dem köstlichen Duft unseres Lebkuchenteiges, der hoffentlich stabil genug sein wird, um daraus später unseren zuckrigen Palast zu bauen.

Die gesamte Küche ist bereits voller Köstlichkeiten, mit denen wir später unser Kunstwerk vollenden wollen. Wir haben Zuckerglasur in den unterschiedlichsten Farben, kleine Zimtsterne, die wir als Dekoration verwenden wollen und so viele Lebkuchenplatten, dass wir damit die gesamte Küche tapezieren könnten.

»Euer Vater ist ins Lebkuchenhaus gefallen?« Mit diesen Worten betritt Austin die Küche. »War er betrunken oder so?«

»Nein! Paps hat nie getrunken«, antworten Isaiah und ich gleichzeitig und schenken uns anschließend ein wissendes

Lächeln. Wir haben es immer noch drauf. Dieses Synchron-Antworten, dieses Eins-Sein.

»In dem Jahr hat uns ein heftiges Blitzeis überrascht. Der ganze Marktplatz war voller Leute, die mit rudernden Armen übers Eis geschlittert sind. Paps ist dem Blitzeis als Erster zum Opfer gefallen und vor unserem Stand ausgerutscht. Er wollte sich irgendwie festhalten«, schwelge ich kichernd in Erinnerungen an diesen Abend. Es war das letzte Mal, dass wir gemeinsam an dem Festival teilnehmen konnten. Als ganze Familie. Seltsamerweise macht mich der Gedanke trotzdem nicht traurig, sondern glücklich. Ich bin dankbar dafür, dass es so viele Momente gab, in denen wir zusammen aus vollem Herzen lachen konnten.

»Er hat das Erste gegriffen, was er zu fassen bekam. Und das war leider Gottes unser Lebkuchenhaus«, führt mein Bruder unseren kleinen Ausflug in die Vergangenheit fort.

»Shit. Wenn ich mir anschaue, wie lange wir hier schon dran sind …« Austin bläst die Backen auf, kratzt sich am Hinterkopf und sieht sich das Chaos in der Küche an. »… euer armer Vater.«

»Das kannst du laut sagen. Wir haben vierzehn Stunden an diesem Haus gesessen, weil es noch ein wenig größer, noch ein bisschen pompöser als die Jahre zuvor sein sollte. Nach seinem Blitzeis-Unfall war unser Haus nur noch eine Ruine, und Paps hatte überall Zuckerguss und Teigkrümel kleben.« Ich lasse vom Ofen ab, lege die Handschuhe auf den Herd und hüpfe anschließend auf die Arbeitsplatte. Dabei versuche ich vergeblich, nicht an meine erste Begegnung mit Austin zu denken, aber ich habe keine Chance gegen die Bilder, die automatisch vor meinem inneren Auge vorbeiziehen.

Schließlich steht er nur wenige Zentimeter neben mir, an

den Kühlschrank gelehnt, und sieht mich mit einem schelmischen Funkeln in den blauen Augen an. Er weiß genau, dass ich jedes Mal, wenn ich die Küche der WG betrete, an seinen nackten Adonis-Körper denken muss.

Leider schiebt sich auch Carrie dadurch regelmäßig in meine Gedanken, obwohl ich sie seit der Party nach Libbys Beerdigung nicht mehr gesehen habe und Austin mir erklärt hat, dass er nicht mehr mit ihr ins Bett geht. Trotzdem ist da diese nagende Eifersucht in mir, die ich nur schwer abschütteln kann.

»Mrs. Miller hat noch Wochen nach dem Festival in ihrer Zeitung über unseren Vater geschrieben.« Isaiah stellt die nun leeren Teigschüsseln in die Spüle und drückt mir anschließend einen Kuss aufs Haar, das ich mir ausnahmsweise zu einem wilden Dutt nach oben gebunden habe, damit es mir beim Backen nicht im Weg ist. Dass ich mit hochgesteckten Haaren und ohne meinen Schal vor Austin und Isaiah sitzen kann, ohne in Panik zu geraten, habe ich noch nicht ganz verinnerlicht. Aber es fühlt sich an, als würde ich nach langer Zeit unter Wasser zum ersten Mal wieder frei atmen.

»Ich bin froh, dass du hier bist, Stella.«

Während Isaiahs Worte Balsam für meine Seele sind, wird mir im selben Augenblick schmerzlich bewusst, dass etwas fehlt. Jemand. Jemand, ohne den das hier nicht dasselbe ist.

»Ich wünschte, Gracie wäre auch hier.«

Mein Bruder wendet den Blick von mir ab und atmet tief durch. »Wir sollten ihr die Zeit geben, die sie benötigt.«

Ich weiß, dass Isaiah recht hat, das hat er immer. Aber irgendwie lässt mich das Gefühl nicht los, dass mehr hinter ihrem emotionalen Ausbruch im *Little Stories* vor einer Woche steckt. In der Therapie habe ich früh gelernt, dass ein Problem selten das eigentliche Problem ist. Dass die Wunden viel tiefer liegen, viel verzwickter, viel enger mit unserer Persönlichkeit verwoben sind. Die Persönlichkeit unserer Schwester ist wie ein bunter Wirbelsturm. Sie ist laut, sie ist mitreißend, voller Energie. Aber vielleicht sind das nur die Dinge, die sie uns zeigen will. Vielleicht schlummern auch dunkle Regenwolken in ihr, die sie bisher vor uns verborgen hat.

Gracie und ich haben lange nicht mehr über Paps gesprochen, geschweige denn über die Nacht des Brands. Bis jetzt war es für mich immer eine Erleichterung, weil ich dem Thema selbst so gut es ging ausweichen wollte, aber vielleicht hätte Gracie etwas anderes gebraucht. Eine Schwester, die mit ihr über all den Scheiß spricht, den wir zusammen erlebt haben.

»Ich will euer Familiengespräch ja nicht crashen, aber sollen die so dunkel aussehen?« Austin deutet in den Ofen.

»Mist!« Ich springe von der Arbeitsplatte und ziehe rasch die Tür auf. Augenblicklich schlägt mir eine warme Wolke entgegen, die ich mit den Ofenhandschuhen vertreibe, und ich begutachte den leicht verkohlten Teig. »Ups.« Mit einem gequälten Grinsen ziehe ich das Blech heraus und stelle es oben auf dem Herd ab.

»Und? Wird es noch gehen?« Isaiah lugt mir über die Schulter und betrachtet unser misslungenes Werk. Einige Bereiche des Teiges sehen absolut nicht mehr genießbar aus, aber vielleicht haben wir ja noch Glück und sie zerbröseln beim Aufbau nicht zu Staub.

»Die anderen Stücke sind alle gut geworden. Die hier können wir ja für ein paar unwichtige Stellen verwenden. Vielleicht für den Gartenzaun oder so.« Gerade, als ich die Ofentür schließe, wird in der Küche plötzlich alles stockdunkel.

»Was ist denn jetzt los?«, quieke ich und werfe einen Blick

nach draußen. Der Sturm hat unseren Ort seit einem Tag in seinen Fängen, und der diesjährige Schneefall könnte den Rekord der letzten zehn Jahre brechen. Es gleicht einem Wunder, dass der Winterdienst überhaupt noch mit seiner Arbeit hinterherkommt.

»Sieht nach Stromausfall aus«, murmelt Austin, der inzwischen an das Fenster getreten ist und jetzt die Gardine zur Seite schiebt. »Die Laternen sind auch aus. Vermutlich hat die ganze Straße keinen Saft mehr.«

»Das hat uns ja gerade noch gefehlt«, jammere ich und versuche, mich im Dunkeln zu orientieren, aber meine Augen waren noch nie für die Dunkelheit gemacht. Ich bin mir sicher, dass das Wort »nachtblind« nur meinetwegen erfunden wurde.

»Was machen wir jetzt?« Uns fehlen noch ein paar Lebkuchenstücke, bevor wir ans Basteln gehen können. »Isaiah?« Mein Bruder scheint nicht mehr in der Küche zu sein, denn er antwortet mir nicht.

Langsam taste ich mich an den Wandschränken entlang und mache mich auf in Richtung Wohnzimmer. Dort angekommen entdecke ich meinen Bruder, der mir mit der Taschenlampe seines Handys mitten ins Gesicht leuchtet.

»Alle Sicherungen sind rausgesprungen. Da lässt sich nichts machen.«

»Mist.« Wir müssen das Lebkuchenhaus morgen Mittag fertig haben, damit wir es ins Rathaus bringen können. Ohne Ofen und Licht werden wir das auf keinen Fall rechtzeitig schaffen. Ich höre Lady Whistledowns anklagende Stimme bereits in meinen Ohren wie einen fiesen Tinnitus, der sich nicht loswerden lässt.

Ich habe euch extra Stand drei gesichert, undankbare Jones-

Brut. Stand drei! Wisst ihr, wie viel Überzeugungsarbeit ich dafür leisten musste? Nein? Tja, das kann ich euch sagen!

Und dann würde sie ihr Mäppchen aufschlagen und uns einen ellenlangen Vortrag darüber halten, wie sehr wir sie enttäuscht haben.

»Hast du was gefunden, Alter?« Austin betritt ebenfalls das Wohnzimmer und bleibt hinter mir stehen. So dicht, dass ich seine Körperwärme spüren kann, obwohl er mich nicht berührt. In diesem Augenblick wird mir klar, dass seine Nicht-Berührungen in der Dunkelheit noch viel intensiver sind.

»Ich schätze, wir haben ein Problem.« Isaiahs Feuerwehr-Pager beginnt im selben Moment zu summen. Er wirft einen schnellen Blick auf das kleine Teil, das in letzter Zeit mit seiner Hand verwachsen zu sein scheint, und sieht mich daraufhin entschuldigend an.

»Lass mich raten: Du musst zur Arbeit?«

»Leider ja. Scheinbar wurde bei dem Chaos da draußen eine der Hauptversorgungsleitungen der Stadt beschädigt. Wir sollen ausrücken und uns das Problem mal anschauen.«

»Und wie sollen wir nun das Lebkuchenhaus fertigbekommen?«, frage ich ihn erneut und klinge absolut kläglich dabei.

Es ist nicht so, als würde unser Leben von dieser Aktion abhängen, aber ich wollte es für Paps tun. Für Libby. Und für mich. Vor allem für mich. Weil ich versuche, Stück für Stück Normalität in mein Leben zurückzubringen. Und diese Tradition ist für mich Normalität pur, weil es über zehn Jahre ein fester Bestandteil unserer Familie war. Ich war noch ein Baby, als meine Eltern zum ersten Mal mit Isaiah mitgemacht haben, und laut Paps' Erzählungen war es das letzte Mal, dass unsere Mutter ein richtiger Teil dieser Familie war. In den folgenden Jahren ging sie nicht mehr mit uns zu den bunten

Stadtfesten, hat die meisten Ausflüge in letzter Sekunde abgesagt und vor allem Isaiah und mir das Gefühl gegeben, nicht wichtig zu sein. Gracie war gerade geboren, als sie ihre Tasche gepackt hat und ohne ein Wort der Erklärung verschwunden ist. Bis heute haben wir nie wieder etwas von ihr gehört.

Isaiah wackelt mit der Handytaschenlampe und holt mich zurück ins Hier und Jetzt.

»Ich gebe mein Bestes, das Problem schnell zu lösen. Kommt ihr hier alleine klar?«

»Wir sind schon groß«, sagt Austin, der mir immer noch so nah ist, dass ich mich nur leicht zurücklehnen müsste, um gegen seine Brust zu stoßen. Isaiah will mich mit ihm in der Wohnung lassen? Während eines Stromausfalls? Mein Puls schnellt in die Höhe, und mein Magen verknotet sich bei der Vorstellung daran, gleich mit ihm allein zu sein. Nicht, weil ich es nicht will. Sondern weil ich es *zu sehr* will.

»Gut. Und wehe, du behältst deine Finger nicht bei dir.« Tadelnd sieht Isaiah seinen Mitbewohner an, der daraufhin unschuldig die Hände in die Höhe hält.

»Meine Finger werden sich voll und ganz um den Teig kümmern«, versichert Austin, aber etwas in seiner Stimme sagt mir, dass ihm gerade ganz andere Bilder durch den Kopf schießen. Bilder, die nicht jugendfrei sind. Bilder, die auch mir seit Tagen nicht mehr aus dem Kopf gehen …

KAPITEL 22

Austin

Wenn Isaiah wüsste, wie schwer es mir fällt, meine Finger von seiner kleinen Schwester zu lassen, wäre er nicht auf die Feuerwache gefahren. Viel eher hätte er meine Hände gefesselt, um sicherzugehen, dass ich nicht auf dumme Gedanken komme. *Shit, Kumpel. Meine Gedanken haben eine neue Kategorie an Dummheit angenommen.*

Stella stellt meine Geduld schon seit Tagen enorm auf die Probe. Ich weiß nicht, ob sie es absichtlich macht, aber in letzter Zeit scheint sie meine Nähe regelrecht zu suchen. Im *Little Stories* rutscht sie inzwischen ganz automatisch zur Seite, damit ich mich neben sie setzen kann, und auch in der Wohnung hat sich ihr Sicherheitsabstand enorm verringert. So wie jetzt.

Ich spüre ihren zierlichen Körper dicht vor mir, obwohl wir uns nach wie vor nicht berühren. Normalerweise wäre sie längst zur Seite gesprungen, um Distanz zwischen uns zu schaffen, aber sie bleibt einfach wie festgewurzelt vor mir stehen.

Mir gelingt es ebenfalls nicht, mich von der Stelle zu rühren, und meine Selbstbeherrschung bröckelt bereits. Sie riecht viel zu gut! Nach Lebkuchen, nach Zimt, nach Stella. Nach

Verführung, der ich nicht erliegen sollte, wenn ich nicht will, dass mir mein Mitbewohner im Schlaf die Eier abschneidet.

»Sind Kerzen für dich okay?«, frage ich Stella in der Dunkelheit. Ich kann nicht sehen, dass sie nickt, aber auf verquere Weise spüre ich ihre Zustimmung. »Warte hier. Ich hole welche.«

So schnell, wie es mir hier im Dunkeln möglich ist, mache ich mich in der Wohnung auf die Suche nach Kerzen und werde schließlich im Badezimmer fündig. Bis vor ein paar Monaten haben wir uns die Wohnung noch mit Cami geteilt, und die kleine Hippiebraut mit den knallroten Dreads hatte ein extremes Faible für Duftkerzen und viel zu lange Schaumbäder, wegen denen sie ständig das Bad blockiert hat.

Mit drei Kerzen bewaffnet, die fast ekelhaft nach Vanille riechen, mache ich mich wieder auf den Weg ins Wohnzimmer. Sekunden später wird der Raum in einen fast schon lächerlich romantischen Kerzenschein getaucht. Und somit auch Stella, die sich inzwischen aufs Sofa gesetzt und die Knie an den Bauch gezogen hat.

»Ist das okay für dich?« Ich deute auf die kleinen Flammen, die nun ein Schattenspiel auf die Tischplatte zwischen uns werfen.

»Ich kann nicht mein ganzes Leben lang Angst vor Feuer haben. Außerdem …«

»Außerdem?« Ich setze mich auf den Boden, um sie nicht zu bedrängen, auch wenn alles in mir danach schreit, ihr auf dem Sofa Gesellschaft zu leisten. Wie in der Nacht nach unserer Verabredung auf dem Guardian Mountain. Sie so nah neben mir zu spüren, hat mich ziemlich irritiert. Ich bin nicht unbedingt der Kuscheltyp, aber für Stella könnte ich definitiv zu einem werden.

»Außerdem vertraue ich dir, dass du die Wohnung nicht in Brand steckst«, sagt sie leise und legt ihr Kinn auf den Knien ab. Sie sieht viel zu süß aus mit ihrem wilden Haarknoten auf dem Kopf, aus dem sich einzelne Strähnen gelöst haben, und dem übergroßen grauen Pulli mit dem Logo meiner Uni. Sie muss den Pullover von Gracie bekommen haben, denn mir gehört er nicht. Auch wenn ich sie viel lieber in meinen Klamotten sehen würde als in denen ihrer Schwester.

»Darf ich dich fragen, was den Brand damals ausgelöst hat?« Die Frage kommt so unvermittelt über meine Lippen, dass ich gar nicht genug Zeit habe, um über die Konsequenzen nachzudenken. Doch Stella verschließt sich nicht vor mir, sie macht nicht dicht. Stattdessen kann ich den Schmerz in ihrem Gesicht ablesen, als wäre sie ein offenes Buch für mich.

»Es war eine defekte Gasleitung. Unser Haus war alt, und die Leitungen hätten längst geprüft werden müssen. Paps hat ständig davon geredet, aber er hat nie die Zeit gefunden, eine Firma anzurufen und einen Termin zu vereinbaren.«

Sie sammelt unsichtbare Fusseln von ihren schwarzen Leggings, um ihre Hände zu beschäftigen. Ob ihr dieselben Gedanken durch den Kopf gehen wie mir? Ob sie sich auch mit aller Kraft davon abhalten muss, diese unsichtbare Linie zwischen uns zu durchbrechen?

»Und euer Vater …?« Ich weiß, dass ich das Thema einfach fallenlassen sollte, aber ich kann nicht. Da ist diese penetrante Stimme in mir, die alles über dieses Mädchen erfahren will. Alles Traurige und alles Schöne.

»Er hat mich aus meinem Zimmer geholt, kurz nachdem das Feuer ausgebrochen ist. Es war mitten in der Nacht, genau zehn nach eins, als er mich geweckt hat. Ich wusste nicht, was vor sich ging, weil Paps mir nichts gesagt hat. Erst als ich die

Flammen im Flur gesehen habe, wurde mir klar, was eigentlich los ist. Dass über Nacht die Hölle über unser Zuhause hereingebrochen ist.«

Stella zeichnet mit dem Zeigefinger die Umrisse ihrer Füße auf dem Sofapolster nach. »Zu dem Zeitpunkt stand schon fast das ganze Haus in Flammen. Gracie war bereits in Sicherheit, Isaiah gar nicht zu Hause an diesem Abend. Und unser Paps …«

»… hat es nicht geschafft«, beende ich den Satz für sie. Ich weiß, dass ich sie nicht vor den Erinnerungen schützen kann, die sie gerade durchlebt, aber vielleicht ist es einfacher, wenn sie es nicht selbst laut aussprechen muss.

Stella nickt. »Auf dem Weg nach draußen haben mich die Flammen erwischt.« Gedankenversunken streicht sie mit den Fingern über die vernarbte Haut an ihrem Hals. Dass sie in meiner Gegenwart die Haare nach oben gebunden hat, ist eine Premiere. Und ich bin so fucking stolz auf sie, dass ich es am liebsten in die ganze Welt schreien würde. Weil ich weiß, wie schreckhaft Stella ist, behalte ich es jedoch für mich.

»Paps hat mir sein Shirt vor die Nase gehalten, damit ich nicht so viel Rauch einatme, aber er hatte nichts, das ihn schützte. Als der Krankenwagen endlich eingetroffen ist, war es schon zu spät für ihn. Ich habe es erst erfahren, als ich im Krankenhaus wach wurde. Isaiah war derjenige, der es mir mitteilen wollte, und dabei war er selbst gerade einmal vierzehn.«

An dieser Stelle würde ich ihr gern sagen, wie leid mir das alles tut. Wie leid es mir tut, dass sie diese Scheiße in so jungen Jahren durchmachen mussten. Dass sie ihren Vater auf derart grausame Weise verloren haben. Aber ich weiß, dass es nichts ändern würde.

»Euer Vater scheint ein wirklich guter Mensch gewesen zu sein«, sage ich stattdessen und entlocke ihr damit ein Lächeln, das Bereiche in mir berührt, die ich schon vor langer Zeit abgeschrieben hatte. Für tot erklärt. Einfach weg, nicht mehr existent. Stella Jones belehrt mich eines Besseren. Sie legt ihre Hände sinnbildlich auf mein Herz und bringt es wieder zum Schlagen. Legt ihre Lippen auf meine und haucht mir wieder Leben ein. Und fuck, sie ist gut darin.

»Er war der Beste«, korrigiert sie mich. »Er hat alles für uns getan, für jeden Einzelnen von uns. Ich weiß nicht, wie er das als alleinerziehender Vater geschafft hat. Er war ein Meister im Jonglieren. Isaiah, Gracie und ich waren die Bälle. Wir wollten ständig in die unterschiedlichsten Richtungen hüpfen, aber er hat uns immer wieder zusammengehalten.«

Bei ihren Worten breitet sich eine Schwere in mir aus, weil ich unweigerlich an meine eigenen Eltern denken muss und wie unterschiedlich die Welten sind, aus denen wir stammen. Stella scheint in einem Haus groß geworden zu sein, das voller Wärme und Liebe war, während ich auch genauso gut in einem Iglu hätte aufwachsen können, denn meine Eltern haben, seit ich denken kann, immer eine gewisse Kälte ausgestrahlt. Tränen wurden bei uns schon immer mit Geldscheinen statt mit Taschentüchern getrocknet.

»Und was ist mit deinem Vater?« Stella scheint meine abdriftenden Gedanken zu bemerken.

»Er ist das genaue Gegenteil von eurem.« Meine Stimme klingt verbittert. »Früher war unser Verhältnis eigentlich ganz okay. Bis ich nicht mehr spielen konnte und alles zusammengebrochen ist.«

»Spielen?«, hakt Stella neugierig nach, während ich mir auf die Zunge beiße und wünschte, ich hätte dieses Thema gar nicht erst angesprochen. Seit Jahren dränge ich es jeden Tag in die hintersten Winkel meines Bewusstseins, aber Stella hat es verdient, dass ich ihr die Wahrheit erzähle. Dass ich mich ihr ebenfalls öffne. Wenn auch nur ein kleines Stück.

»Ich habe Football gespielt. Damals bin ich noch in New York auf ein Internat mit Schwerpunkt Sport gegangen …«

»Und?«

»Ich war gut. Richtig gut sogar.« Früher hatte ich nie Probleme, über mein Talent zu sprechen, aber seit ich nicht mehr auf dem Spielfeld stehe, fällt es mir schwer. Weil dieses Leben so weit entfernt scheint, als hätte ich es nicht selbst erlebt, sondern nur geträumt.

»Mein Trainer hat mich bereits in der NFL gesehen, und die ersten Scouts sind während der Spiele auf mich aufmerksam geworden, wollten mich unbedingt für ihre Teams anwerben. Ich hatte eine richtig steile Karriere vor mir.«

Stella rutscht in die Ecke des Sofas und klopft anschließend auf den freien Platz neben sich. Eine Einladung, die ich ohne zu zögern annehme. Natürlich tue ich das. Weil ich in den letzten Wochen eine quälende Sehnsucht nach ihrer Nähe entwickelt habe. Danach, sie zu berühren, obwohl ich weiß, dass ich es nicht darf. Dass sie es nicht zulassen wird, weil sie durch Wichser wie Lucas und Simon gebrandmarkt wurde. Aber vielleicht ist das genau der Grund, wieso ich Stella so nah sein will. Weil sie unerreichbar für mich ist. Weil sie wie Football ist. Ein Traum, dem ich hinterherjage, obwohl ich weiß, dass ich nie schnell genug sein werde, um ihn einzuholen.

»Warum sprichst du in der Vergangenheitsform davon?«, will Stella wissen und sieht mich aus ihren rehbraunen Knopfaugen mitfühlend an. Shit, diese Augen machen mich fertig.

Diese Lippen, die einen Spalt offen stehen, während sie auf meine Antwort wartet, machen mich fertig. Alles an ihr ist viel zu verführerisch, viel zu sexy, ohne dass sie sich dessen bewusst ist.

»Vor sechs Jahren hatte ich einen Unfall«, sage ich so leise, dass man es kaum hören kann. Also räuspere ich mich, um meine Stimme zu festigen. »Eine üble Kopfverletzung, dank der ich wochenlang im Krankenhaus lag. Somit habe ich viele Trainingsstunden verpasst und konnte nicht auf dem Platz stehen, um die Scouts endgültig von mir zu überzeugen. Danach bin ich sportlich nie wieder auf die Beine gekommen. Es wäre laut meinem Doc zu gefährlich gewesen, wieder aufs Feld zu gehen. Ein einziger falscher Aufschlag hätte mich wieder ins Krankenhaus bringen können, und vielleicht wäre es dann nicht so gut für mich ausgegangen. Ich musste meine Karriere an den Nagel hängen, bevor sie überhaupt richtig angefangen hat.«

»Das tut mir leid«, wispert Stella, und in ihren Augen schwimmen Tränen, sodass sie wie flüssiger Bernstein aussehen. Wie gerne würde ich sie einfach wegküssen, so falsch auch alles daran sein mag. »Es klingt, als wäre der Sport dein Leben gewesen.«

»Fuck, Bambi. Football war für mich das, was für dich die Hunde sind. Er hat mich geerdet, wenn ich den Boden unter den Füßen verloren habe, mir Halt gegeben, Selbstvertrauen. Aber das ist jetzt vorbei.« Ein heftiger Stich jagt durch meine Brust. »Nachdem ich aus dem Krankenhaus entlassen wurde, war nicht nur meine sportliche Karriere zu Ende. *Ich* war am Ende. All das, wofür ich in den Jahren zuvor gekämpft habe, war auf einmal nicht mehr da. Das Sicherheitsnetz, das mich immer aufgefangen hat, wenn ich gefallen bin. Einfach weg.

Meine Eltern haben mir nie gesagt, dass sie enttäuscht von mir sind, aber ich habe es in ihren Blicken gesehen, jedes Mal, wenn ich zu Besuch war. Nachdem ich mich in New York eine Weile lang meinem Selbstmitleid hingegeben und eine Party nach der anderen geschmissen habe, bin ich wieder hergezogen, um ihnen zuliebe an der UMaine zu studieren.«

»Sie sind bestimmt trotzdem stolz auf dich, Austin«, will Stella mir gut zureden, aber leider sind ihre Worte eben nur das: Worte. Buchstaben, aneinandergereiht zu einem Satz, der nicht wahr ist.

»Wenn ja, sind sie zu eitel, es mir zu sagen. Mein Vater arbeitet sehr erfolgreich an der New Yorker Börse, und er wollte, dass ich es ihm gleichtue. Dass ich jedoch alles an seinem Job hasse, hat ihn nie interessiert. Es war ihnen schlichtweg egal, was ich wollte, und da sie mich finanzieren …«

Ich fühle mich dabei wie der letzte Loser, weil ich es nicht schaffe, mich gegen meine Eltern zu behaupten. Weil ich es nicht schaffe, einen neuen Traum zu finden, für den es sich zu kämpfen lohnt. Aber mit einem Lebenstraum ist es nicht so leicht. Man kann ihn nicht einfach durch einen anderen ersetzen und so tun, als wäre es automatisch dasselbe. Denn auch wenn ich das Fotografieren liebe, kommt es nicht an die Magie heran, die ich jedes Mal auf dem Feld gespürt habe.

»Also studierst du gegen deinen Willen an der UMaine?«

Ich nicke. »Sie hatten verdammt große Hoffnungen in mich und den Sport gesetzt. Ich wollte sie einfach kein zweites Mal enttäuschen, schätze ich.«

»Wir sind nicht ihre Kinder, damit wir ihre Erwartungen erfüllen, Austin. Das ist nicht unser Job. Gute Eltern kann man gar nicht enttäuschen. Sie lieben dich, egal, welchen Weg du auch einschlägst.«

»Du bringst es auf den Punkt: Meine Eltern sind keine guten Eltern.« Ich zwinkere ihr unbeholfen zu, um die trübe Stimmung etwas aufzulockern, die sich wie ein Schleier über uns gelegt hat. »Aber du wirst dir ja bald ein eigenes Bild von ihnen machen können.«

Ich habe keine Ahnung, was zur Hölle mich geritten hat, als ich sie fragte, ob sie mich zu dem Essen in einer Woche begleiten wird, aber ich will diese Einladung auch nicht zurücknehmen. Wenn ich schon in Begleitung da auftauchen muss, dann nur mit ihr.

»Du willst das wirklich durchziehen?« Ihre Wangen werden rot, und ich kann mich an ihrem Anblick gar nicht sattsehen. An ihrem Gesicht, auf dem die Flammen der Kerzen tanzen. An ihren weichen Zügen, auf die so viele andere Frauen neidisch wären, würde sie sie nicht immer hinter ihren Haaren verstecken.

»Warum siehst du mich so an?«

»Weil du schön bist, Bambi. So verflucht schön, dass es mir wirklich schwerfällt, nicht sofort meine Kamera aus dem Zimmer zu holen und dich in diesem Licht zu fotografieren.« Seit sie unwissentlich zum ersten Mal vor meiner Linse stand, will ich sie ständig ablichten. Ich will den Landschaften den Rücken zukehren und mich auf Stella Jones spezialisieren, weil ich glaube, dass ich darin richtig gut wäre. Vielleicht sogar genauso gut wie damals auf dem Spielfeld.

»Austin …« Panik wallt sichtlich in ihr auf.

»Keine Sorge«, unterbreche ich sie. »Ich werde dich nicht bedrängen. Aber scheiße, Stella. Du hast keine Ahnung, wie umwerfend du bist. Vor allem, wenn du dein Gesicht zeigst und es nicht hinter deinen Haaren versteckst.« Als hätte sie erst jetzt bemerkt, dass sie die Haare hochgebunden trägt, erstarrt sie zu Eis. Anschließend will sie das Gummi lösen, aber ich halte sie auf.

»Nicht. Lass es so.«

Schluckend nickt sie und lässt ihre Hand wieder sinken, während mein Blick über ihr Kinn nach unten fährt. Obwohl es offensichtlich ist, dass es ihr unangenehm ist, bedeckt sie ihren Hals nicht.

Wieder wallt Stolz in mir auf. So verdammt viel Stolz, dass ich platzen könnte. Vor Stolz und Lust und Gedanken, die ich nicht im Entferntesten denken sollte. Ich sollte mir nicht vorstellen, wie es wäre, sie hier und jetzt zu küssen. An jeder weichen Stelle ihres Körpers.

Ich sollte mir nicht vorstellen, wie es wäre, sie hier auf dem Sofa zu nehmen. In jeder verfluchten Stellung, die mir in den Sinn kommt.

Sie muss mir nicht sagen, dass sie noch nie Sex hatte, das liegt auf der Hand. Und die Vorstellung, ich könnte ihr Erster sein, killt mich auf so vielen Ebenen.

»Ich verstehe nicht, wie du mich auf diese Weise sehen kannst«, wispert sie und senkt den Blick. Ihre vollen Wimpern werfen schattige Halbmonde auf ihre geröteten Wangen. Wieder zaubert sie ahnungslos ein Motiv, das an Schönheit kaum zu überbieten ist.

»Und ich verstehe nicht, wie dich irgendjemand auf diesem Planten nicht auf diese Weise sehen kann. Echt nicht, Bambi. Jeder Mensch mit funktionierenden Augen im Kopf muss sehen, was ich sehe. Und was ich gerade so verdammt gerne berühren würde.«

KAPITEL 23

Stella

»Ich will es auch«, entfährt es mir, ehe ich etwas dagegen tun kann. »Von dir berührt werden, meine ich. Aber ich …«

»Ich weiß.« Austin nickt verständnisvoll, und wieder macht mein Herz einen Purzelbaum, weil er so perfekt reagiert. Weil er mir den Raum gibt, den ich brauche, und mich auf der anderen Seite trotzdem immer wieder leicht herausfordert. Als wüsste er ganz genau, wie weit er gehen darf, ohne dass ich mich wieder vor ihm verschließen will. Langsam glaube ich ihm nicht mehr, dass er Finanzmanagement studiert. Er studiert mich. Mich, Stella Jones, und Himmel, er ist ein Musterschüler.

»Es fällt mir ja schon schwer, mich jemand anderem als meinen Geschwistern mit diesen Narben zu zeigen. Aber von jemandem berührt werden? So richtig … Das fühlt sich unmöglich für mich an. Ich wurde in meinem Leben so oft enttäuscht, trotzdem will ich es wieder versuchen.«

Ich starre diesen perfekten Mann an, der mir gerade die schönsten Komplimente gemacht hat, die ich in meinem Leben je bekommen habe. Er hat mich schön genannt. Verflucht schön. Und auch wenn es mir schwerfällt, ihm zu glauben, tue ich es. Ich will ihm glauben, weil es sich zu gut anfühlt, auf diese Weise von einem Menschen angesehen zu werden. Nicht nur auf meine Makel beschränkt zu werden.

»Wir haben Zeit«, sagt er entschlossen und leckt sich flüchtig über die Unterlippe. Umgehend lässt diese simple Geste meinen Unterleib vor Verlangen pochen. Gott, wie kann jemand nur so attraktiv sein?

Alles, was er macht, strotzt nur so vor Selbstbewusstsein. Und dabei hat er mir eben gerade eine Seite an sich gezeigt, die alles andere als selbstbewusst ist. Eine gebrochene Seite, die furchtbare Angst vor dem Urteil seiner Eltern hat.

Austin trägt heute ein schwarzes Shirt, das seine muskulösen Oberarme extrem betont und Bilder in mir hervorruft, die die Hitze in mir verzehnfachen. Davon, wie Austin mich mit diesen starken Armen packt und auf sein Bett trägt. Wie er sich über mich beugt, meine Hände in die Matratze presst und mich mit seinem warmen Körper zudeckt. Nackt. Ohne Stoff dazwischen. Da wären nur wir, Haut an Haut. Körper an Körper.

Der Gedanke löst immer noch Angstgefühle in mir aus, meine Hände werden immer noch feucht vor Schweiß. Mein Puls jagt in die Höhe, wie jedes Mal, wenn mich jemand berühren will. Aber trotzdem ist etwas grundlegend anders. Das Gefühl ist anders. Ich fühle mich anders.

»Meine Therapeutin hat mir mal gesagt, dass ich meiner Angst in Etappen begegnen soll.« Sachte rutsche ich etwas dichter an Austin heran, sodass uns nur noch ein paar Zentimeter voneinander trennen. Viel zu wenig Abstand. Und gleichzeitig viel zu viel.

»Stella.« Austin sieht mich gequält an. »Du musst das nicht machen.«

»Aber ich will es probieren. Lass mich … lass mich dich in

Etappen berühren. Also, wenn du willst.« Am liebsten würde ich einen Rückzieher machen, weil ich mir so dämlich vorkomme. Austin nimmt mir meine Ängste, wie jedes Mal, wenn sie sich mit voller Wucht an die Oberfläche kämpfen.

»Ich würde dafür töten, von dir berührt zu werden, Stella«, raunt er, und dieses dunkle Timbre seiner Stimme lässt mich neuen Mut schöpfen. Also rutsche ich noch dichter an ihn heran, so dicht, dass sich unsere Oberschenkel berühren. Die Stelle, an der sich sein Bein gegen meines drückt, beginnt zu kribbeln. Auf der einen Seite versetzt mich dieses Kribbeln in Panik, doch auf der anderen Seite ist es einfach nur … schön? Belebend, beflügelnd, absolut fantastisch.

Austin starrt auf meinen Oberschenkel, als wäre er heilig. Als würde er sich gerade vorstellen, wie er ihn packt, mich auf seinen Schoß zieht und bis zur Besinnungslosigkeit küsst. Zumindest tut er das in meiner Fantasie, und die war schon immer sehr blühend. In dieser Sekunde habe ich das Gefühl, seine Küsse zu vermissen, obwohl ich noch nicht einmal in den Genuss seiner Lippen gekommen bin. Ich vermisse etwas, das ich noch nie erleben durfte. Wie Heimweh, obwohl man nie von zu Hause fort gewesen ist.

»Alles okay?«, fragt er mich mit heiserer, leicht belegter Stimme. Zu gern wüsste ich, was ihm in dieser Sekunde durch den Kopf geht.

»Ja«, flüstere ich und gehe noch einen Schritt weiter, sobald ich mich an dieses Gefühl gewöhnt habe. Meine Hand rutscht etwas unbeholfen auf sein Bein, woraufhin er scharf die Luft einzieht.

»Bambi«, warnt er mich leise. »Ich weiß nicht, ob sich mein …« Er deutet auf seinen Schritt. »… Schwanz zurückhalten kann, wenn du mich da berührst.«

»Muss er nicht«, erwidere ich schnell. Und allein die Vorstellung, dass ihn diese winzige, hauchzarte Berührung meinerseits hart werden lassen könnte, gibt mir eine Form der Kontrolle, wie ich sie noch nicht erlebt habe.

Die Angst, von jemandem ungewollt berührt zu werden, hat mich immer innerhalb von Sekunden in eine heftige Schockstarre katapultiert. Aber mit Austin ist es anders, weil ich diejenige bin, die die Zügel in der Hand hat. Weil ich selbst entscheiden kann, wie weit ich gehen möchte und wie viel ich mir zutraue. Und weil ich weiß, dass er meine Grenzen akzeptiert, egal wie eng sie an manchen Tagen auch gesteckt sind. Ich beiße mir unbeholfen auf die Unterlippe.

»Können wir vielleicht Händchen halten?« Himmel, ich fühle mich wie eine pubertäre Vierzehnjährige, während ich diese Frage stelle. Austins Duft ist überall, er nimmt mich ein, saugt mich auf, verändert meine DNA. Und als ich schließlich seinen kleinen Finger an meinem spüre, halte ich den Atem an. Die Angst ist da. Sie reißt wütend an ihren Ketten, will aus dem Käfig ausbrechen, in den ich sie heute Abend vorsorglich gesperrt habe. Aber ich vertraue den Gitterstäben, vertraue Austin, vertraue mir zum ersten Mal seit langer Zeit wieder selbst. Ich habe die Kontrolle, und niemand will sie mir wegnehmen.

Langsam fährt sein Finger über meinen, und diese winzige Berührung lässt Feuerwerkskörper in mir detonieren. Ich schließe die Augen, fokussiere mich voll und ganz auf diesen kleinen Bereich meines Körpers, der sich auf einmal so bedeutend anfühlt. Bis jetzt habe ich meinem kleinen Finger nie Beachtung geschenkt, aber gerade bewundere ich ihn. Weil er Austins Haut berührt. Ohne Stoff dazwischen. Sekunden später rutscht seine Hand gänzlich auf meine, und wir verschränken die Finger ineinander, als wäre es die einzig logische Konsequenz. Als wären unsere Hände nur dafür geschaffen worden, einander zu halten.

»Fühlt sich das gut an?«, will Austin ruhig wissen. Unsere ineinander verwobenen Hände liegen auf seinem Oberschenkel, und ich muss nicht einmal auf seinen Schritt sehen, um zu wissen, dass er inzwischen wirklich hart geworden ist. Ich spüre sein Pulsieren unter dem Stoff seiner dünnen Jogginghose und merke, wie mir noch mehr Blut in die Wangen schießt. Zum ersten Mal in meinem ganzen Leben habe ich das Gefühl, für jemanden unwiderstehlich zu sein.

»Es fühlt sich mehr als gut an«, antworte ich und meine es ernst. Ja, es ist ungewohnt. Ja, es macht mir eine Heidenangst. Aber ich vertraue Austin genug, um zu wissen, dass er meine Hand nicht einfach wieder loslassen wird. Dass er mich nicht fallenlassen wird, wie so viele Menschen es vor ihm getan haben. Dass er mir nicht wehtun wird.

Er ist anders, und ich bin ihm von Anfang an mit viel zu vielen Vorurteilen begegnet, die ich in den letzten Wochen allesamt über Bord werfen musste. Vorurteile sind scheiße. Und ich bin es leid, der ganzen Welt mit Skepsis zu begegnen, nur weil ein paar Idioten in der Vergangenheit versucht haben, mich zu brechen. Gerade würde ich Simon und Lucas gern ins Gesicht sagen, dass sie es nicht geschafft haben. Dass ich immer noch ganz bin, wenn auch ein wenig beschädigt.

»Meine Hände sind etwas schwitzig«, entschuldige ich mich und schäme mich dafür, aber wieder einmal findet Austin die richtigen Worte.

»Meine auch.«

Und tatsächlich. Ein leichter Schweißfilm hat sich auf seiner Hand gebildet, der mir zeigt, dass das hier auch für ihn etwas

Besonderes ist. Wieder schießt mein Blick zu seinem besten Stück, das unter dem Stoff seiner schwarzen Hose mehr will. Mehr von mir und meinen Berührungen, die ich nur ihm schenken möchte.

»Fuck. Ich brauche gleich eine kalte Dusche, wenn du nicht aufhörst, meinen Schwanz so anzustarren.«

»Sorry«, murmle ich und wende den Blick ab. Sekunden später spüre ich etwas auf meinem Gesicht. Austin legt den Daumen seiner freien Hand auf mein Kinn und dreht meinen Kopf sanft zurück in seine Richtung. Und selbst diese Berührung sorgt nicht dafür, dass ich fliehen will. Im Gegenteil. Ich will mehr davon. Mehr, mehr, mehr. Mehr von ihm, mehr von uns zusammen.

»Entschuldige dich nicht immerzu, Stella. Ich mag es, wenn du meinen Schwanz anschaust, als wäre er etwas Besonderes.« Seine Mundwinkel zucken, während in mir der reinste Ausnahmezustand herrscht. Verdammt, was macht dieser Mann nur mit mir? Wie kann es sein, dass ich hier auf dem Sofa mit ihm sitze, Seite an Seite, und seine Hand halte, ohne eine Panikattacke zu bekommen? Er muss in meinen Kopf eingedrungen und ein paar Schrauben verstellt haben, anders ergibt das hier keinen Sinn. Und zur selben Zeit stelle ich mir vor, wie er auf ganz andere Weise in mich eindringt. Auf die intimste Weise, die zwei Menschen miteinander teilen können.

»Ich habe noch nie …«

»Sex gehabt?«

Verlegen schüttle ich den Kopf, auch wenn Austin nicht überrascht aussieht. Natürlich nicht.

»IchhabenochnichtmaleinenPenisberührt.«

Meine Worte überschlagen sich regelrecht, und meine Zunge verknotet sich. Erschrocken schlage ich mir die Hand vor den Mund, damit ich nicht noch mehr Unsinn von mir gebe.

»Das muss dir nicht peinlich sein, Bambi.« Austin lehnt sich zurück und sieht mich so tiefenentspannt an, dass ich ebenfalls ruhiger werde. Er strahlt etwas so fundamental Erdendes aus, dass ich meine Zweifel ablegen kann.

»Solltest du jemals das Bedürfnis haben, einen Penis zu berühren, *steht* dir meiner liebend gern zur Verfügung.« Wieder schenkt er mir dieses freche Zwinkern, das mich in eine Pfütze aus Hormonen verwandelt. »Gesehen hast du ihn ja ohnehin schon.«

Ich schlucke schwer, als ich merke, dass Austin begonnen hat, mit seinen Fingern über meinen Handballen zu kreisen. Er streichelt mich auf so behutsame Weise, dass ich mir vorkomme wie der Entdecker der Unendlichkeit. Denn genau so fühlen sich seine Berührungen an. Unendlich. Unendlich aufregend. Unendlich angsteinflößend. Unendlich schön. Unendlich austin-tastisch.

»Sag mir, wenn ich aufhören soll«, bittet er mich, aber ich schüttle nur den Kopf. Denn ich will nicht, dass er stoppt. Viel eher will ich, dass er für immer so weitermacht. Sein Daumen zeichnet jetzt Kreise über meinen Handrücken, und als seine Finger auf mein Handgelenk rutschen, bin ich mir sicher, dass er spürt, wie schnell mein Puls rast. Mein Herz findet einen neuen Beat, einen, den es noch nie für mich gespielt hat.

Ganz sachte schiebt er den Ärmel meines Hoodies hoch, fährt über meinen Unterarm, arbeitet sich Stück für Stück weiter nach oben Richtung Ellenbogen. Er berührt mich in Etappen, so wie ich ihn in Etappen berühren möchte, bis ich jede Stelle seines Körpers erforscht habe.

Wir sagen nichts mehr, weil wir unsere Hände sprechen

lassen. Während ich mit der rechten Hand langsam über sein Knie fahre, streichelt er meinen linken Unterarm, als hätte er sein Leben lang nichts anderes getan. Als hätte er sein Leben lang hierfür trainiert. Und ich bin ihm unglaublich dankbar dafür, dass er nicht weiter geht. Dass er nicht auf die Idee kommt, die vernarbte Haut an meinem Oberarm zu berühren. Dafür wäre ich nicht bereit. Nicht heute, sicher nicht morgen, aber vielleicht … vielleicht irgendwann. Wenn, dann mit ihm.

Eine Weile streicheln wir uns noch zaghaft, genießen die Nähe des anderen und lernen uns auf eine Weise kennen, die absolut atemberaubend ist.

Irgendwann lehne ich meinen Kopf gegen seine Schulter und schließe die Augen, um einfach nur den Moment zu genießen. Ich weiß nicht, wie viel Zeit vergeht, hier im Kerzenschein, mit Austin auf dem Sofa. Aber als das Licht in der Küche wieder anspringt, weiß ich, dass ich noch nicht so weit bin. Ich bin noch nicht so weit, den Moment hier loszulassen. Bin noch nicht bereit, Distanz zwischen uns zu bringen, jetzt, wo ich auf den Geschmack seiner Streicheleinheiten gekommen bin. Dem Geschmack der Unendlichkeit.

»Wir sollten wohl wieder in die Küche gehen«, murmelt Austin und klingt genauso schläfrig, wie ich mich fühle.

»Sollten wir«, stimme ich ihm müde, aber glücklich zu. Obwohl wir uns dringend um das Lebkuchenhaus kümmern müssen, rührt sich keiner von uns beiden vom Fleck. Und zum ersten Mal seit einer Ewigkeit habe ich das Gefühl, in Blossom Lake wieder sicher zu sein.

KAPITEL 24

Stella

Otis stapft mit wild wedelndem Schwanz durch den hohen Schnee, während ich ihn nur mit Müh und Not halten kann, weil der Neufundländer mehr wiegt als ich selbst. Auf den ersten Blick wirkt sein pechschwarzes Fell im weißen Schnee wie ein Fehler im Bild, aber je länger man ihn beim fröhlichen Schnüffeln beobachtet, desto klarer wird, dass er genau hier hingehört. Dass er die wunderschöne Winterlandschaft nicht stört, sondern bereichert.

Das Wetter hat sich allmählich beruhigt und ein herrliches Paradies aus Schnee und Eis in Blossom Lake hinterlassen. Am liebsten würde ich pausenlos mein Handy zücken, um alles zu fotografieren, genau wie die Fellnase, die ich seit einigen Tagen täglich Gassi führe. Otis hat laut Venla zu viele Pfunde auf den Rippen und erste Probleme mit seinen Gelenken, weshalb er eine Extraportion Bewegung braucht. Und wenn ich ehrlich bin, schaden mir Couchpotato die Spaziergänge auch nicht.

»Wie kannst du mit deinen kurzen Beinen nur so verdammt schnell sein?«, ruft Austin mir lachend nach. Nachdem wir die ganze Nacht damit verbracht haben, das Lebkuchenhaus fertigzustellen und dabei mehr als einmal beinahe verzweifelt wären, haben wir beschlossen, heute gemeinsam mit Otis in den Park zu gehen.

»Was soll ich sagen? Wenn ich mit den Hunden unterwegs bin, laufe ich zu Höchstleistungen auf«, erwidere ich ebenfalls lachend und sauge die eisig kalte Luft in meine Lunge. Wir beide sind dick eingepackt, und als Austin endlich zu uns aufgeschlossen hat, finden sich unsere Hände ganz automatisch. Als wäre der gestrige Abend auf dem Sofa nur der Startschuss für etwas viel Größeres gewesen. Etwas, das ich noch immer nicht in Worte fassen kann, weil es sich so ungewohnt schön anfühlt.

Wir beide tragen dicke Handschuhe, sodass ich seine Haut nicht an meiner spüren kann, doch seit gestern weiß ich ganz genau, wie sich die kleine Narbe auf seinem Handrücken anfühlt, von der ich mich frage, woher sie stammt.

Ich habe absolut keine Ahnung, was das zwischen Austin und mir ist, welche Bedeutung ich uns beiden beimessen kann, aber ich weiß, dass ich es gerade einfach nur genieße, auch wenn ich Angst davor habe, Isaiah die Wahrheit zu sagen. Und die ist, dass ich mich gerade Hals über Kopf in seinen Mitbewohner verknalle, obwohl er mich mit eindringlichen Blicken genau davor gewarnt hat.

Gemeinsam schlendern wir friedlich durch den Park, bis Otis einen heftigen Ruck nach vorn macht und mir die Leine aus der Hand rutscht.

»Halt, Otis!« Umgehend stolpere ich los, um den riesigen Hund einzufangen, aber für sein Gewicht ist er erstaunlich schnell unterwegs. Ich komme nicht ansatzweise hinterher, weil ich mit jedem Schritt tief im Schnee versinke.

»Da hat wohl jemand keine sonderlich große Lust auf eine

Leine.« Austins Lachen ist ansteckend, und als ich sehe, dass der ausgewachsene Rüde beginnt, die dicken Schneeflocken mit der Schnauze zu fangen, entfährt mir ein aufgeregtes Quieken.

»Gott, ist das süß! Siehst du das?« Ich zupfe an Austins Jacke, um seine Aufmerksamkeit zu bekommen. »Himmel, ich habe selten etwas Süßeres gesehen!«

»Ich auch nicht«, erwidert er schmunzelnd.

Eilig sehe ich zu ihm auf, doch Austin schenkt dem wunderschönen Neufundländer keinerlei Beachtung, sondern hat stattdessen nur Augen für mich. Sofort werden meine Wangen noch röter, als sie es ohnehin schon dank der Kälte sein müssen.

Ich boxe Austin lachend gegen den Oberarm. Es fällt mir schwer, seine Komplimente einfach anzunehmen, weil ich mich so lange selbst richtig mies behandelt habe. Aber ich will es lernen. Step by Step. Wenn Menschen Fußspuren auf dem Mond hinterlassen können, werde ich es ja wohl eines Tages schaffen, mich über seine liebevollen Worte einfach zu freuen.

Während Otis weiterhin wie ein Welpe, der noch nie Schnee gesehen hat, im Kreis springt und die dicken Flocken fängt, steuern wir gemeinsam die Brücke an, die über den See führt. Augenblicklich macht sich ein dumpfes Pochen in meinem Kopf breit. Eins, das die schöne Stimmung ruinieren will, weil dieser Ort für Erinnerungen sorgt, die ich gerade am liebsten vergessen würde. Weil ich Austin immer noch nicht die Wahrheit gesagt habe, und er keine Ahnung hat, dass unser Aufeinandertreffen in der WG nicht wirklich unsere erste Begegnung gewesen ist.

Schweigend gehen wir über die eisige Brücke, beobachten unsere fellige Begleitung bei seinem Schneetanz und setzen uns anschließend in unseren Skihosen ans Ufer des Sees –

unweit der Stelle, an der Austin von den Sanitätern auf die Trage gelegt wurde.

Unsere Hände sind längst wieder ineinander verflochten, als wäre das jetzt *unser Ding*. Und ich will es. Ich will so schmerzlich, dass es unser Ding bleibt, dass ich ihm einfach nicht gestehen kann, dass ich ihn an genau dieser Stelle vor sechs Jahren gefunden und aus dem Wasser gezogen habe. Die Angst, wie er auf meine Unehrlichkeit reagieren wird, ist zu groß, als dass ich es jetzt riskieren könnte.

Im Hintergrund hören wir Otis aufgeregt bellen, bevor er mit langsamen Schritten zu uns tapst. Seine Schnauze ist voller Puderschnee, und er sieht einfach nur zum Anbeißen aus.

»Hey, mein Dicker. Du magst den Winter scheinbar auch, hm?«, frage ich ihn, hake meinen Finger unter sein braunes Lederhalsband und warte darauf, dass er sich zu uns setzt. Schnaufend legt er sich auf meine Beine, um sich auszuruhen. Seine Ausdauer ist wirklich ausbaufähig, genau wie meine.

»Manchmal frage ich mich, wie ein Ort so viele schöne und gleichzeitig so viele negative Gefühle in einem auslösen kann«, bricht Austin das Schweigen nach einer Weile. Sofort schrillen in mir alle Alarmglocken, weil ich an einer Hand abzählen kann, worauf er hinauswill.

»Was meinst du?«, frage ich jedoch und gebe mich ahnungslos. Und Gott, ich hasse mich dafür. Dafür, dass ich ihm nicht sofort gesagt habe, dass ich ihm schon einmal an genau diesem Ort begegnet bin. Dass sich unsere Lippen schon einmal berührt haben, obwohl er sich nicht einmal an mich erinnern kann.

Austin zupft seine schwarze Pudelmütze tiefer in die Stirn und sieht gedankenversunken auf den gefrorenen See zu unseren Füßen, als wäre er auf der Suche nach Antworten.

»Ich habe dir doch gestern von dem Unfall erzählt.« Sein Gesicht ist hart wie Granit, sein Kiefer angespannt. »Seit dem ich nicht mehr Football spielen konnte?«

»Ja«, murmele ich und wünschte, er würde aufhören. Wünschte, wir könnten einfach in unserer kleinen Winterwunderlandblase bleiben, in der es nur uns, Händchenhalten und Otis gibt.

Austin deutet zum See. »Der Unfall war genau an dieser Stelle. Ich erinnere mich aber nicht mehr an den Abend, da ist nur dichter Nebel, der alle Details verschluckt hat und einfach nicht mehr ausspucken will.« Tagelang habe ich mich gefragt, warum Austin damals im Wasser trieb. Was ihm widerfahren ist. Jetzt zu hören, dass er selbst keine Ahnung hat, bricht mir das Herz, vor allem mit dem Wissen im Hinterkopf, was er alles verloren hat. Was er aufgeben musste, obwohl er es so sehr geliebt hat.

»Dieser Nebel fickt meinen Kopf, Bambi. Ich will einfach nur wissen, was passiert ist. Wo genau mein Ende seinen Anfang genommen hat. Deshalb komme ich so oft hierher.«

»Um dich zu erinnern?« Ob er hört, wie dünn meine Stimme geworden ist? Wie stark sie zittert? Otis scheint es zu bemerken, denn er hat seinen Kopf auf meinem Schoß abgelegt und sieht mich fragend aus seinen kakaobraunen Augen an. Um mich abzulenken, kraule ich seine weichen Ohren. Und es hilft.

»Glaubst du, es würde etwas ändern? Wenn du dich erinnerst, meine ich.«

»Ich hoffe es. Irgendwie kann ich nicht abschließen, solange ich nicht weiß, was an dem Abend abgelaufen ist. Ich erinnere mich an einen Streit mit meiner Familie, aber der Rest ist einfach verschwunden.« Es ist unfair, dass ich mir wünsche, es würde genau so bleiben.

»Hey, alles okay?« Er sieht mich mit besorgtem Blick an, und erst jetzt merke ich, dass ich völlig steif dasitze und meine Unterlippe vor lauter Nervosität fast blutig gebissen habe.

»Ja, mir ist nur kalt«, lüge ich und hasse mich nur mehr dafür. Es ist mir schon immer schwergefallen, jemanden anzulügen, aber bei Austin fühlt es sich noch beschissener an. Weil ich weiß, wie viel er hier verloren hat. Und zwar nicht nur seine Erinnerung, sondern seinen Lebenstraum. Er hat so enthusiastisch über den Sport gesprochen, wie ich über die Arbeit bei den *Furry Angels*. Ich kann mir kaum vorstellen, welches gigantische Loch seit sechs Jahren in seiner Brust klaffen muss und wie beschissen es ist, so lange Zeit im Dunkeln zu tappen.

»Du bist richtig blass, Bambi. Lass uns zurück zum Tierheim gehen.« Austin stemmt sich auf und zieht mich gleichzeitig mit sich hoch. Während wir den zugefrorenen See hinter uns lassen, um Otis zurück zu Venla zu bringen, spüre ich die ersten Risse in meiner gläsernen Kuppel, die ich in den letzten Stunden vorsorglich über Austin und mich gestülpt habe. Irgendwann muss ich ihm die Wahrheit beichten, weil es mich sonst von innen zerfrisst. Aber dieses Irgendwann ist nicht heute.

KAPITEL 25

Stella

Das Zentrum von Blossom Lake hat sich selten von einer schöneren Seite gezeigt als am heutigen Abend. Überall hängen warm leuchtende Lichterketten und Lampions, die einen buttergelben Schein auf die Stände werfen, die wie kleine Legohäuschen auf dem ganzen Marktplatz verteilt stehen. An jeder Ecke duftet es nach köstlichen Zimtwaffeln, leckerem Bratapfelpunsch, und ich bilde mir ein, sogar die weiche Wolle zu riechen, die hier von den Bewohnern der Stadt in Form von Pullundern und Strickjäckchen verkauft wird.

Ganz Blossom Lake hat sich hier zusammengefunden, um das bevorstehende Weihnachtsfest einzuläuten und sich gemeinsam in die schönste Zeit des Jahres einzustimmen.

Genau davor hatte ich vor meiner Ankunft in Blossom Lake furchtbare Angst, aber jetzt sauge ich alles so tief in mich ein, dass es eins mit meinem Körper wird.

Isaiah und Austin haben unser Lebkuchenhaus zu Beginn des Winter Festivals auf einem kleinen Podest drapiert, das durch kleine Spots von unten beleuchtet wird. Meinem Bruder sind beim Anblick unserer wiederaufgelebten Kindheitstradition Tränen gekommen. Und als er mir ein »Paps hätte es geliebt« zugeflüstert hat, wusste ich, dass ich mit der Teilnahme die richtige Entscheidung getroffen habe. Denn Isaiah hat recht: Paps hätte das hier wirklich geliebt. Der weiße Zuckerguss, der die einzelnen Lebkuchenplatten zusammenhält, ist nicht unbedingt sauber verteilt, aber er tut seinen Job, und das ist das Wichtigste. Austin hat dem Haus außerdem seine ganz persönlich-chaotische Note verliehen, indem er es mit unzähligen Zimtsternen dekoriert hat. Auch wenn es dieses Jahr nicht so perfekt aussieht ist wie früher und ich eindeutig aus der Übung bin, ist es großartig geworden. Dank der Spots ist das Lebkuchenhaus ein richtiger Hingucker, der vor allem den Kindern unserer Stadt ein Staunen entlockt. Ach ja, und natürlich der rasenden Reporterin Mrs. Miller, die schon zum fünften Mal an diesem Abend bei uns war, um das Häuschen für das perfekte Foto in Szene zu setzen.

Schon früher haben wir während des Festivals jedes Jahr Spenden gesammelt, die wir dann einem guten Zweck haben zukommen lassen. Manchmal konnten wir damit einer großen Organisation etwas beisteuern und in anderen Jahren lokale Unternehmen aus Blossom Lake mit den erzielten Einnahmen unterstützen.

Dieses Jahr wusste ich sofort, dass ich die eingespielte Summe für ein paar notwendige Reparaturen in Venlas Tierheim nutzen möchte. Der Zaun muss dringend erneuert werden, und die Hunde brauchen Schlafunterlagen in den Zwingern.

»Es ist einfach ein Träumchen«, sagt Lady Whistledown entzückt, als sie zum wiederholten Mal an unserem Lebkuchenhaus vorbeikommt und es durch die Linse ihrer Kamera begutachtet. Sekunden später klickt ihr Auslöser zum sicher hundertsten Mal an diesem Abend.

»Freut mich, dass es Ihnen gefällt.«

Im selben Moment kehrt Austin an unseren Stand zurück, beladen mit zwei gigantischen Zimtwaffeln samt Spekulatiustopping und einem heißen Kakao mit Sahne für mich. Er ist mir heute Abend nur selten von der Seite gewichen, wofür ich ihm unheimlich dankbar bin.

»Ach, wie schön. Rückt mal ein bisschen enger zusammen, dann kann ich ein Foto von euch für die Titelseite machen!« Mit einer hektischen Handbewegung scheucht Mrs. Miller Austin dichter an mich heran.

»Ich denke nicht, dass wir auf das Foto mit drauf sollten«, versucht Austin die Reporterin abzuwimmeln, aber ich weiß, dass sie ohnehin keine Ruhe geben wird, bis sie ihren Schnappschuss im Kasten hat. Außerdem bin ich in den letzten Tagen so weit über mich hinausgewachsen, dass ein Foto mich nicht umbringen wird. Ich bin so dick eingepackt, dass man mich vermutlich ohnehin nicht erkennen wird.

»Das geht schon«, versichere ich Austin und schenke ihm ein zuversichtliches Lächeln. Er hält immer noch die beiden Waffeln in der linken Hand, während er mit der rechten den Kakao balanciert. Sobald er neben mir steht, wird mir bullenheiß unter dem Parka und der dicken Pudelmütze, aber ich rücke nicht von ihm ab. Weil ich ihm so nah wie möglich sein will.

»Ach, ihr seid goldig zusammen. Wenn ihr mich fragt, sollten Sie unsere kleine Stella hier mal ausführen, Mr. Lakefield.«

Austins darauffolgendes Lachen ist so tief und voll, dass mich ein Schaudern überkommt. Als er dann auch noch seine Lippen an mein Ohr führt und mich eine Wolke seines unverwechselbaren Dufts umhüllt, setzt er mich komplett schachmatt. Hätte Glückseligkeit einen eigenen Geruch, wäre es genau dieser.

»Endlich weiß ich, wieso Gracie sie immer Lady Whistledown nennt.«

»Du kennst *Bridgerton*?«, entflieht es mir ungläubig. Ich drehe den Kopf in seine Richtung. Unsere Gesichter sind einander so nah, dass ich seinen Atem jetzt nicht mehr auf meiner Ohrmuschel, sondern auf meinen glühenden Wangen spüren kann.

»Zu meiner Verteidigung: Deine kleine Schwester hat mich genötigt, es mit ihr zu gucken.«

»Bleibt genau so! Das wird das Foto des Monats!« Mrs. Miller ist in ihrem Element, als sie noch ein paarmal den Auslöser drückt. Und ich? Ich habe nur Augen für Austin, der mit seiner schwarzen Strickmütze und den gletscherblauen Augen einfach zum Niederknien aussieht.

»Wo sind eigentlich deine Geschwister, Stella?« Mrs. Miller nimmt die Kamera herunter und tritt näher an uns heran. Umgehend baue ich etwas Distanz zu Austin auf, auch wenn mein Herz nach dem genauen Gegenteil schreit. Aber ich will nicht, dass wirklich noch irgendwelche Gerüchte über uns die Runde machen. Bis jetzt habe ich es erstaunlich gut geschafft, unter dem Radar zu bleiben, und Mrs. Miller arbeitet ohnehin schon auf Hochtouren daran, das zu ändern.

»Isaiah ist auf der Wache und dreht mit den Kids ein paar Runden im Feuerwehrauto. Und Gracie …« Sie fehlt. Sie fehlt so sehr, dass ich ein schlechtes Gewissen habe, weil ich überhaupt hier bin. Auch wenn sie mir vorhin am Telefon noch hoch und heilig geschworen hat, dass sie nicht wütend auf mich ist und lediglich wegen des straffen Pensums vor den Semesterferien an diesem Abend im *Little Stories* so gereizt reagiert hat. Ich wollte ihr glauben, aber noch Tage später ist da ein kleiner Teil in mir, der befürchtet, dass viel mehr hinter ihrem Gefühlsausbruch stecken könnte. Etwas, das mir meine Schwester nicht anvertrauen will. Und ich bin die letzte Person auf dieser Welt, die jemanden dazu drängt, sein Herz auszuschütten. So gern würde ich Gracie jetzt sagen, wie nahe man sich Paps hier unter den winterlichen Lichtern fühlt.

Allein deshalb war es die richtige Entscheidung, das Lebkuchenhaus zu bauen und heute hier zu sein. Manchmal sind richtige Entscheidungen für einen selbst gut, für andere schmerzhaft.

»Gracie musste heute Abend zu ihrer Lerngruppe«, springt Austin für mich ein, weil mir die ehrliche Antwort in der Kehle feststeckt. Und die lautet, dass ich wieder einmal nicht die große Schwester bin, die sie momentan offenbar bräuchte.

»Zu schade. Ich hätte gern ein Foto von euch dreien vor dem Häuschen gemacht. Um der alten Zeiten willen. Aber dann eben nächstes Jahr!« Sollte ich ihr direkt den Wind aus den Segeln nehmen und ihr sagen, dass ich nächstes Jahr sicherlich nicht hier sein werde?

Spätestens zu Beginn des neuen Jahres werde ich wieder bei den *Furry Angels* in Bar Harbor und das hier nichts weiter als eine schöne Erinnerung sein. Eine verdammt schöne Erinnerung, eine mit Lieblingsmomentpotenzial.

»Euch noch einen schönen Abend, ihr Turteltäubchen.« Sie spitzt ihre knallpinken Lippen. »Und, Mr. Lakefield, denken Sie an das Date mit Miss Jones!« Mit diesen Worten macht sie auf dem Absatz kehrt und marschiert zum nächsten Stand.

»Lady Whistledown will uns mit aller Macht verkuppeln, Bambi.«

Etwas unsicher sehe ich zu ihm auf und frage mich, was

ihm gerade durch den Kopf geht. Mir ist klar, dass wir keine wirkliche Zukunft haben. Wir sind aus komplett unterschiedlichem Holz geschnitzt, kommen aus verschiedenen Welten. Außerdem ist mein Besuch hier eben genau das: ein Besuch auf Zeit. Ich werde nicht in Blossom Lake bleiben, und allein deshalb darf ich mich nicht so beflügelt in seiner Nähe fühlen. Leider ist dieses Verbot meinem Herzen piepegal.

»Sie will jeden verkuppeln, solange sie eine gute Schlagzeile wittert.«

»Wir zwei würden eine verdammt gute Schlagzeile abgeben, so viel steht fest.« Mit diesen Worten reicht er mir erst meine Waffel und anschließend den Kakao. »Genieß die Waffel besser. Ich musste dafür eine halbe Stunde anstehen.«

»Danke«, murmle ich und beiße zum ersten Mal in den fluffigen, noch leicht warmen Teig. O Gott, schmeckt der köstlich! Nach Weihnachten, nach Heimat und irgendwie nach Kindheit. Als sie noch sorglos und bunt war. Anschließend genehmige ich mir einen ausgiebigen Schluck des Kakaos und schließe genüsslich die Augen.

Ein paar Leute kommen derweil an unserem Stand vorbei, fragen uns, ob sie ein Foto vom Lebkuchenhaus machen können, und schlendern anschließend weiter, um sich bei Polly einen Punsch zu holen. Mrs. Miller hatte recht, Stand Nummer drei ist wirklich perfekt.

Jedes Mal, wenn Geld in unseren Spendentopf geworfen wird, jubele ich innerlich vor Freude auf. Wenn nach den Reparaturen des Zauns genug übrig bleibt, werde ich den Hunden aus dem Tierheim ein paar neue Spielzeuge kaufen.

In mir breitet sich eine ungewohnte Ruhe aus, dass ich mir sicher bin, nur zu träumen. Wann war ich das letzte Mal von so vielen Menschen umgeben und gleichzeitig so entspannt?

Es scheint eine Ewigkeit her zu sein. Doch der Frieden findet ein jähes Ende, als eine Gruppe grölender Leute den Marktplatz bevölkert. Den meisten sieht man das Studentendasein direkt an der Kleidung an, denn fast jeder hat irgendwo das Emblem der UMaine kleben.

Mein Blick huscht ängstlich über die Traube an jungen Erwachsenen, und als ich zur Krönung auch noch Carrie, Simon und Lucas entdecke, die lauthals lachend mit Punsch anstoßen, wird meine Kehle ganz eng. Ein tonnenschwerer Elefant macht es sich auf meiner Brust bequem, der mir das Atmen schwer macht.

Austin scheint seine Freunde ebenfalls entdeckt zu haben. Er stellt sich direkt vor mich, um mich so vor einer weiteren unangenehmen Konfrontation wie auf seiner Party zu bewahren.

»Austin!« Carries schrille Stimme ist mir verdammt gut im Gedächtnis geblieben, obwohl ich sie nur ein einziges Mal gehört habe. Aber dieses eine Mal war dafür besonders einprägsam. Sie sieht umwerfend aus mit ihrem weißen Stirnband aus Wolle, der beigen Daunenjacke und der schwarzen Skinny Jeans. Euphorisch fällt sie Austin um den Hals, woraufhin ein heftiges Stechen durch mein Schulterblatt zieht, direkt in mein Herz.

Das Messer, das mir wie von einer unsichtbaren Macht in den Rücken gerammt wird, kratzt an meinem wichtigsten Organ.

»Ich hab dich ewig nicht mehr außerhalb der Vorlesungen gesehen.« Ihre Hände graben sich in seine schwarze Jacke, und ich versuche vehement, den Blick abzuwenden, damit ich mich nicht länger selbst geißeln muss.

Als dann auch noch Simon und Lucas dazukommen und Austin freundschaftlich auf den Rücken klopfen, stolpere ich ein paar Schritte zurück. Ich suche Schutz hinter unserem Lebkuchenhaus, das mir auf einmal viel zu klein vorkommt. Austin blickt über seine Schulter. Während die anderen permanent auf ihn einreden, scheint er nicht wirklich zuzuhören. Stattdessen hält er Ausschau nach mir, mit einer stummen Entschuldigung auf den Lippen.

»Kommst du nachher noch mit zur Party auf dem Campus?«, fragt Simon.

»Keine Zeit«, wiegelt er seine Freunde ab, von denen ich immer noch nicht verstehen kann, wieso er sich überhaupt mit ihnen abgibt. Sie sind so anders als er, oberflächlich und haben nur Kohl im Kopf. Er hingegen … ist er.

»Ach komm schon, Lakefield.« Lucas scheint mich im Augenwinkel zu bemerken, denn sein Grinsen wird diabolisch. Sofort will ich mich in Luft auflösen. »Dein neues Spielzeug kann auch mitkommen. Unser Weirdo bringt die Tanzfläche sicher zum *Brennen*.«

Meine Kehle wird eng bei seinen gehässigen Worten, und all die Leichtigkeit, die ich bis eben noch empfunden habe, löst sich im Nichts auf.

Ich kann Austins Antwort nicht hören, aber seinem Gegenüber entgleiten gewaltig die Gesichtszüge. Völlig perplex öffnet Lucas seinen Mund. Wie ein verdammter Goldfisch. Dann lässt Austin die drei einfach im nicht vorhandenen Regen stehen.

Sobald er bei mir ist, spüre ich die Blicke von Carrie, Simon und Lucas wie Schwertspitzen auf meiner Haut, aber zu meinem Glück ziehen sie weiter.

»Was hast du zu ihm gesagt?«, frage ich vorsichtig.

»Dass ich keinen Bock mehr habe, meine Zeit mit erbärmlichen Mobbern zu verbringen«, erwidert er schulterzuckend und beißt in seine Zimtwaffel. Meine Augen kleben nahezu an seinen Lippen, als wären sie magnetisch voneinander angezogen.

»Das hättest du nicht tun müssen. Ihr seid doch befreundet.«

»Ehrlich gesagt gingen mir diese Penner schon länger auf den Sack. Keine große Sache, Bambi.« Die größte Sache überhaupt! Weil er für mich eingestanden ist, wieder einmal.

Leider wird der Trubel auf dem Markt immer größer, und ich frage mich langsam, woher die ganzen Leute kommen, die sich zwischen den Ständen hindurchschlängeln. Je mehr Menschen auftauchen, desto größer wird meine Angst.

Ein beklemmendes Gefühl breitet sich in meinem Magen aus, steigt hinauf in meine Brust und findet seinen Höhepunkt in meinem Hals, wie jedes Mal.

»Ist alles okay?«

Mehr als ein Kopfschütteln kriege ich nicht zustande, denn auf einmal werde ich von wildfremden Menschen versehentlich im Vorbeigehen berührt und eingeengt. Panisch blicke ich zu Austin auf, der den Ernst der Lage sofort zu erfassen scheint. »Wollen wir von hier verschwinden?«

»Aber der Stand. Und die Spenden«, stammle ich und deute auf den gut gefüllten Spendentopf, den ich vorhin aus der WG-Küche gemopst habe. Hoffentlich hat Austin Carrie damit nicht den nackten Arsch versohlt.

»Ich frage Morah, ob sie ein Auge auf unser Zeug hat«, schlägt Austin vor und macht sich auf den Weg zu ihr, ohne meine Antwort abzuwarten. Wenig später kommen die beiden bereits Seite an Seite zu mir. Morahs Augen strahlen wie die Lichterketten, die den Marktplatz schmücken.

»Ihr habt euch dieses Jahr mal wieder selbst übertroffen, Stella! Euer Haus ist ein Traum!« Mit einem warmen Lächeln und einem noch wärmeren Blick sieht sie mich an. »Und nun verschwindet schon. Ich kümmere mich darum, dass sich niemand an eurem Geld bedient.«

»Danke, Morah!« Ich werfe ihr einen Luftkuss zu, den sie anschließend in der Kälte auffängt und gegen ihr gütiges Herz drückt. Das haben wir früher schon immer gemacht und dass sie sich daran erinnert, erfüllt mich mit bedingungsloser Liebe. Wie konnte ich nur vergessen, wie viel Liebe in dieser Stadt an jeder Straßenecke herrscht? Es ist, als hätte ich alles Gute jahrelang ausgeblendet und nur dem Schlechten Raum gegeben. Was für eine Verschwendung.

Sekunden später drängen Austin und ich uns durch die Menschenmenge, die mich noch immer verschluckt. Mein Atem wird mit jedem Schritt, den ich mache, und jedem fremden Körper, der mich berührt, flacher. Ich will hier weg, so schnell es geht. Je mehr Leute mich umgeben und je lauter ihre Stimmen werden, desto mehr steigert sich meine Angst in reine, zügellose Panik.

»Shit, wo kommen die ganzen Menschen auf einmal her?«, flucht Austin. »Warte, ich habe eine Idee.«

»Welche?« Meine Stimme ist dünner als ein Laubblatt, das bereits die ersten Risse vom Wind davongetragen hat.

»Vertraust du mir, Bambi?« Seine Frage ist simpel, aber für mich ist sie von größter Bedeutung. Weil Vertrauen für mich ein so fragiles Konstrukt ist und ich in meinem Leben zu oft enttäuscht wurde.

Doch als ich in Austins Augen sehe, die mich trotz des Gletscherblaus voller Wärme ansehen, nicke ich. Ich kann gar nicht anders. Weil ich in dieser Sekunde niemandem mehr vertraue als ihm. Im nächsten Moment schält er sich aus seiner schwarzen Jacke und legt sie über meine Schultern.

»Was wird das? Du erfrierst doch!« Ich will ihm seine Jacke zurückgeben, aber er zieht sie nur enger um meinen Körper, hüllt mich in seine Kleidung und erschafft damit eine Art Schutzschild vor der Außenwelt. Ein Schutzschild, der mich sofort freier atmen lässt.

»Darf ich dich tragen?«

»Mich tragen?« *Du dummes Herz, hör auf, so zu rumpeln!* Aber es hört nicht auf mich, stattdessen schlägt es noch schneller, als müsse es einen neuen Rekord aufstellen, um zu überleben.

»Huckepack, meine ich.«

»Und dann?«

»Dann trage ich dich durch die Menge.« Er deutet auf die Menschentraube um uns herum, die immer größer und enger zu werden scheint. Zögerlich nicke ich.

»Gut, hüpf rauf.«

Etwas unsicher springe ich Austin auf den Rücken, und als ich seine Hände unter meinen Kniekehlen spüre, quittiert mein Herz fast seinen Dienst.

Sekunden später marschiert Austin mit mir auf dem Rücken los, stößt manche Leute etwas unsanft zur Seite und wird immer schneller.

»Mach einfach die Augen zu!«, ruft er, und ich gehorche. Schließe die Augen, klammere mich an ihn wie ein kleines Äffchen an den Hals seiner Mama und lasse mich von Austin über den Markplatz tragen.

Inzwischen schickt der Himmel wieder Flocken auf die Erde, bedeckt alles mit einer frischen Schicht Schnee. Auch Austin und mich, während er mich aus der Menschenansammlung herauskämpft wie ein Krieger.

Als er schließlich mit mir als Rucksack losrennt, kann ich

nicht anders, als lauthals zu lachen. Mein Magen beruhigt sich, der Elefant auf meiner Brust löst sich im Puderzuckerschnee auf, und meine Kehle ist wieder frei. So frei, wie sie schon seit einer Ewigkeit nicht mehr gewesen ist. Vielleicht noch nie.

Selbst als wir den Markt mit all den lauten Menschen längst hinter uns gelassen haben, setzt Austin mich nicht ab. Er trägt mich einfach weiter, Schritt für Schritt. Er lässt mich nicht los, zeigt mir, dass es richtig war, ihm mein Vertrauen zu schenken.

Kalte Schneeflockenküsse wirbeln durch die Luft, treffen auf meine geröteten Wangen, und je länger ich von Austin getragen werde, desto größer wird meine Sehnsucht nach mehr.

Mehr von ihm, mehr von diesen Schneeküssen, die mich bedecken und von denen ich mir wünsche, sie alle würden von ihm stammen. Vielleicht ist heute der Tag der Tage. Der Abend der unbegrenzten Möglichkeiten. Die Nacht des ersten Kusses.

KAPITEL 26

Austin

Sobald wir in der Wohnung angekommen sind, empfängt uns neben der angenehmen Wärme vor allem eins: Stille. Stella steht in meiner viel zu großen Jacke unbeholfen im Flur und sieht aus ihren gold-braunen Rehaugen zu mir auf.

»Danke.«

Ich habe keine Ahnung, wie oft sie sich in den letzten Tagen bei mir bedankt hat, und egal wie oft ich ihr auch sage, dass es nicht nötig ist, hört sie einfach nicht damit auf. Dabei müsste ich mich bei ihr bedanken.

Weil ihr Auftauchen etwas geschafft hat, das ich seit meinem Unfall nicht mehr für möglich gehalten habe: Ich fühle mich wieder lebendig in meiner Haut und nicht mehr wie eine leere Hülle, die nur noch auf Autopilot funktioniert.

Ich sehe dieses Mädchen vor mir ungeniert an, weil ich einfach nicht genug von ihrem Anblick bekomme. Von ihren zerzausten braunen Haaren unter der Pudelmütze, den vollen Wangen und der Spur von Kakao an ihrer Oberlippe, die ich jetzt entdecke. Sofort stellt mein Gehirn mehr als unanständige Dinge mit dieser harmlosen Information an.

Scheiße, was würde ich dafür geben, mit meiner Zunge über

ihre sinnlichen Lippen zu fahren. Mein Herz schlägt schnell und kraftvoll in meiner Brust, und ich schiebe es vergeblich auf den Weg hierher, denn in Wahrheit war der Weg zur Wohnung nicht im Geringsten anstrengend für mich. Hier vor ihr zu stehen und sie nicht küssen zu können, *das* ist anstrengender als ein Barfuß-Marsch durch die Rocky Mountains.

»Was ist?« Stella fährt mit der Hand über ihre Lippen, die ich immer noch anstarre, als wären sie das achte Weltwunder. Bis vor wenigen Wochen sind diese unschuldigen Lippen noch nicht einmal in die Nähe von Alkohol geschweige denn in die Nähe eines Mannes gekommen. Und jetzt stelle ich mir vor, wie ich sie auf jede erdenkliche Art und Weise mit meinen eigenen verderbe.

»Du hast da Kakao«, sage ich und erschrecke mich, wie rau meine Stimme klingt. Ich will ihr nicht das Gefühl geben, sie müsste ihre Grenzen für mich überschreiten. Aber shit, wenn sie ihre Grenzen überschreiten *will*, dann soll Stella das bitte mit mir tun.

»Oh.« Ihre Finger zittern, während sie über ihre Oberlippe streicht. Schluckend weitet sie ihre Augen. Ehe ich abschätzen kann, was ihr gerade durch den Kopf geht, stolpert sie schon auf mich zu und presst ihre Lippen auf meine. Oder besser gesagt auf mein Kinn, denn sie verfehlt meinen Mund um ein paar Zentimeter Richtung Süden.

»Mist«, murmelt sie und lässt eilig von mir ab. »Tut mir leid. Ich dachte … also ich dachte …« Sie schließt gequält die Augen und hält den Atem an, wie so oft, wenn ihr etwas unangenehm ist. »Ich dachte, du willst es auch. Und ich … O Gott. Wie peinlich!«

»Bambi«, unterbreche ich sie und gehe auf sie zu. Mit jedem Schritt, den ich auf sie zumache, geht sie weiter zurück, bis sie mit dem Rücken gegen die Wand stößt und von ihr gestoppt wird. Ihr Mund steht leicht offen, und wie jedes Mal macht mich dieser unwiderstehliche Anblick bis auf den Kern fertig. Weil in mir unanständige Bilder entstehen, von uns beiden, gemeinsam im Bett.

Fuck, Lakefield! Halt dich zurück!

»Willst du denn, dass ich dich küsse?«, frage ich sie und stütze meine Hand neben ihrem Kopf an der Wand des Flurs ab, genau neben einem Foto der drei Geschwister in jüngeren Jahren. Aber ich habe gerade wirklich keinen Bock auf Isaiahs warnende Stimme in mir und ignoriere sie deshalb gekonnt. Genau wie sein breites, jugendliches Grinsen, mit dem er in die Kamera strahlt.

Stella und mich trennen nur noch wenige Zentimeter von unserem ersten Kuss. Ihrem allerersten überhaupt, während ich aufgehört habe zu zählen, wie viele Frauen ich in den letzten Jahren geküsst habe, um mich zu betäuben. Aber das hier wäre der erste Kuss, der meine Knie weich werden ließe. Der erste Kuss, der mir wirklich etwas bedeuten würde.

»Willst du es, Stella? Wenn ja, musst du es mir sagen.«

Ihre Wimpern flattern hektisch, während sie meinen Mund fokussiert. Dann nickt sie. Noch immer trägt sie meine Jacke, und scheiße, sie sah nie glücklicher aus als in diesem Augenblick.

»Dann lass es uns noch mal versuchen.« Ich hebe meine Hand, will sie auf ihrer Wange platzieren, halte mich aber in letzter Sekunde zurück. Bevor ich meinen Arm wieder sinken lassen kann, legt Stella ihre Hand auf meine und drückt sie sanft auf ihr Gesicht. Fuck, sie glüht. Nein, sie glüht nicht, sie leuchtet. Sie leuchtet auf so schöne Weise, dass mich alles an ihr blendet.

Sekunden später habe ich den letzten Abstand zwischen uns überwunden und streiche mit meinen Lippen über ihre. Sie bebt, sie zittert, sie keucht leise. Und ich? Ich will nie wieder etwas anderes tun, als mein scheues Reh in diesem schmalen Flur zu küssen.

Ganz langsam gleiten meine Lippen über ihre, und als ich mit der Zunge über sie fahre, stößt Stella ein süßes Wimmern aus. Es ist nicht zu übersehen, wie viel ihr diese intime Berührung abverlangt.

»Ist das okay?«, frage ich und merke dabei, dass auch meine Stimme zittert. Ich bin kein schüchterner Mensch, im Gegenteil. Aber Stella Jones sorgt dafür, dass ich vergesse, wer ich bin. Dass ich vergesse, wie oft ich das hier schon gemacht habe, weil alles andere in den Hintergrund rückt.

»Ist es.«

Mein Atem streichelt die Haut unter ihrer Stupsnase, und während sie die Augen geschlossen hält, sehe ich zum ersten Mal, dass sie helle Sommersprossen auf den Wangen hat. Als hätte es draußen vor den Fenstern keine Schneeflocken, sondern Sommersprossen geschneit. Anschließend lege ich meine Lippen fester auf ihre, küsse sie so, wie ich sie seit der ersten Sekunde küssen wollte.

Meine Zunge tanzt über ihre Lippen, und als sich ihr Mund leicht öffnet, dringe ich in ihn ein. Sanft ziehe ich ihr die Mütze vom Kopf, lasse sie auf den Boden fallen und greife in ihr weiches Haar. Ich küsse sie jetzt etwas intensiver, und so lange, bis sie sich in butterweiches Wachs verwandelt.

Stella stöhnt leise in meinen Mund. Sie traut sich nicht, ihre Zunge einzusetzen, wächst aber dennoch gerade auf so vielen Ebenen über sich hinaus.

Automatisch wandern meine Hände zu meiner Jacke, die

sie noch immer trägt. Dann streife ich sie als Erstes ab, bevor ich mich ihrem olivfarbenen Parka darunter widme. Ihre Brüste drücken sich im Rhythmus ihres schnellen Atems gegen meinen Oberkörper, und ich werde augenblicklich hart.

»Sag mir, wenn ich aufhören soll.«

»Niemals«, antwortet sie stockend und treibt mich damit über die Klippe, direkt Richtung Wahnsinn. Ich bin verrückt nach ihr und ihren verflucht weichen Lippen. Scheiße, es fühlt sich an, als würde ich den unschuldigen, sternenklaren Himmel küssen. Und zum ersten Mal wird mir klar, wie gut dieser Name zu ihr passt. *Stella*, der Stern.

Ganz automatisch ziehe ich sie von der Wand weg, stolpere mit ihr gemeinsam durchs Wohnzimmer. Fliege beinahe auf die Fresse, weil Gracie ihren verfluchten Tennisball auf dem Boden liegen gelassen hat, und lande schließlich mit Stella in meinem Zimmer.

Sie war noch nie hier drin, und ich war noch nie so nervös, ein Mädchen in meinen vier Wänden zu haben. Aber das mit Stella ist anders als mit Carrie. Gut anders. Erschreckend anders.

»Ich will dich wieder anfassen«, murmelt sie, und ehe ich realisiere, was hier gerade passiert, sitze ich bereits auf meinem Bett. »So wie letztes Mal auf dem Sofa«, haucht sie erregt.

Dann lassen wir zum ersten Mal voneinander ab. Ich sitze breitbeinig auf der Kante meines Bettes und sehe Stella im Mondlicht an, das durch das Fenster in den Raum hineinfällt. Ihre Haut wird vom nächtlichen Silber geküsst.

»Bist du dir sicher?«

Sie nickt, beißt sich verführerisch auf die von unserem filmreifen Kuss geschwollene Unterlippe. »Bin ich. Kannst du …« Sie deutet auf meinen schwarzen Hoodie. »… den ausziehen?«

Bloody Hell. Ich glaube, ich bin auf dem Weg hierhin gestorben, denn das Verlangen in Stellas rehbraunen Augen ist zu schön, um wahr zu sein. Überirdisch schön. Himmlisch nahezu.

Ich greife unter den Saum meines Hoodies, ziehe ihn aus und werfe ihn achtlos zur Seite. Sobald ich oberkörperfrei vor ihr sitze, geht sie vor dem Bett auf die Knie. Was zur Hölle hat sie vor? Sekunden später berühren mich ihre noch kalten Fingerspitzen auf der Brust, und sie zeichnet meine Muskeln nach. Jeden einzelnen, als hätte sie seit Wochen auf genau diesen Moment gewartet. Ich habe es definitiv, denn Bambi hat sich mit ihren braunen Augen und ihrer Unbeholfenheit in mein Scheißherz geschlichen.

»Fuck«, grolle ich und grabe meine Fäuste tief in die Matratze. Je südlicher ihre Hand wandert, je näher sie meinem Bauchnabel kommt, desto mehr Blut schießt in meine Lendengegend. Mein Schwanz drückt sich verlangend gegen den Stoff meiner störrischen Jeans, bettelt regelrecht um Erlösung.

»Deine Haut ist weich«, sagt Stella kichernd. Wüsste ich es nicht besser, würde ich behaupten, sie wäre betrunken. Aber sie hat heute Abend genau wie ich keinen Tropfen Alkohol angerührt.

Trotzdem fühle ich mich beflügelt, fast schon liebestrunken. Stellas Hand rutscht auf den Bund meiner schwarzen Jeans, und auf Höhe meiner Erektion hält sie inne. Sie schluckt die Worte herunter, die ihr so offensichtlich auf der Zunge liegen.

»Willst du ihn anfassen?« Ich habe kein Problem mit gut gemachtem Dirty Talk, aber ich will Stella nicht verschrecken. Will sie nicht überfordern. Doch so wie sie mich ansieht, halte ich es nicht mehr lange aus.

»Ich glaube schon?« Sie formuliert ihre Antwort als Frage,

doch in ihren Augen funkelt eine Neugier, die ich selbst in der Dunkelheit klar und deutlich sehen kann. Langsam öffne ich den Knopf meiner Jeans, ziehe den Reißverschluss auf und hole meine pralle Erektion heraus.

Sobald Stella auf meinen nackten Schwanz starrt, werde ich noch steifer. Fuck, ich glaube, ich war noch nie so erregt wie in diesem Moment. Hier in meinem Zimmer, mit der Schwester meines Mitbewohners, die bis eben noch nie geküsst worden ist. Die sicherlich noch nie einen Penis aus dieser Distanz gesehen hat.

»Ich habe Angst, etwas falsch zu machen.« Sie rutscht nervös auf ihren Knien von links nach rechts, während mir ein ehrliches Lachen entflieht. In ihrer Nähe ist mein Lachen irgendwie immer echt. Diese Erkenntnis trifft mich wie ein Schlag.

»Du machst ihn schon nicht kaputt«, versichere ich ihr lächelnd. Sekunden später entflieht mir ein tiefes Stöhnen, als sie meinen Schwanz mit ihren Fingern berührt. Ganz sachte streichelt sie über meinen Schaft und hat absolut keine Ahnung, was sie in mir auslöst, wenn sie mich so zärtlich berührt.

»So?«, flüstert sie und rutscht noch etwas dichter an das Bett heran.

»Fuck, ja. Das ist perfekt.« Daraufhin scheint Stella etwas mutiger zu werden, denn sie umschließt meine Länge jetzt mit der Hand und erhöht den Druck ein wenig. Und ich muss mich sehr zusammenreißen, nicht sofort in ihrer Hand zu kommen, weil es sich so verboten gut anfühlt, von ihr auf diese Weise angefasst zu werden.

Mein Verstand verabschiedet sich endgültig von mir, als Stella meinen Penis noch etwas fester umschließt und ihn langsam zu pumpen beginnt. Ihre zierliche Faust fährt an meiner Härte nach oben und sinkt anschließend wieder nach unten, bis auf die Wurzel.

Ganz automatisch findet meine Hand die ihre, und ich erhöhe die Schnelligkeit ihres Handjobs.

Stella sitzt zwischen meinen weit geöffneten Beinen, beobachtet unsere Hände, die so perfekt an meinem Schwanz aussehen. Und ich? Ich habe nur Augen für sie. Für ihre wunderschönen Lippen, ihre geröteten Wangen und diese einzigartigen Augen, die mich jeden Tag aufs Neue vollkommen aus der Bahn werfen.

Sie sieht meinen Schwanz an, als hätte sie nie etwas Faszinierenderes gesehen. Einen Augenblick lang halte ich es noch aus, bis ich es schließlich nicht mehr zurückhalten kann. Warm ergieße ich mich in Stellas Faust und lasse sie dabei keine Sekunde lang aus den Augen.

»Ich glaube, wir haben gerade ein paar Etappen übersprungen.« Meine Stimme klingt fremd in meinen Ohren, weil ich mich gerade wie ein völlig anderer Mensch fühle. Zum ersten Mal seit sechs Jahren ist da wieder etwas, das mein Herz zum Rasen bringt.

»Scheint so«, erwidert Stella vorsichtig lächelnd, ihre Hand immer noch auf meinem Schwanz ruhend. Gerade jetzt tut es mir körperlich weh, sie nicht anfassen zu können. Sie nicht auf die Weise berühren zu können, wie sie mich soeben berührt hat.

Aber vielleicht können wir ja einen Kompromiss finden? Ich schnappe mir meinen Hoodie vom Bett, wische damit die Spuren meines Spermas von Stellas Hand und meinem Schritt. Dann ziehe ich meine Jeans hoch und hole Stella behutsam zu mir aufs Bett.

»Darf ich etwas ausprobieren, Bambi?«

Ihr Gesicht schwebt dicht vor meinem, und als sie nickt, ist es, als hätte mir gerade jemand gesagt, dass ich den Jackpot geknackt habe. Denn genau so fühlt es sich mit Stella Jones an. Wie gewinnen, obwohl man gar nicht gespielt hat.

KAPITEL 27

Stella

In mir explodieren Feuerwerkskörper in den schillerndsten Farben, weil ich heute Abend meinen allerersten Kuss erlebt habe. Und was für einen. Austin weiß ganz genau, was er tut. Er weiß, wie er eine Frau mit seinen Lippen zum Schweigen und gleichzeitig zum Schmelzen bringen kann. Ich fühle mich wie high, als er mich vorsichtig auf die Matratze seines Bettes drückt.

»Was hast du vor?« Die Panik klopft wieder an, kämpft sich zurück in meinen Körper, weil sie nie wirklich weg war. Aber sehr viel leiser war sie in den letzten Tagen. Und das ist schon ein riesiger Fortschritt, wenn man bedenkt, an welchem Punkt ich noch vor einigen Wochen gestanden habe. Zwischen damals und heute liegen Welten.

»Keine Sorge. Ich will nur etwas ausprobieren.«

Mein Herz füllt sich mit so vielen Gefühlen, dass es jede Sekunde zu platzen droht. Fühlt es sich so an, jemandem voll und ganz zu vertrauen? Jemandem alles von sich zu zeigen, sich nicht verstecken zu wollen? Es ist mir fremd, vollkommen neu und atemberaubend befreiend zugleich.

»Okay«, flüstere ich unsicher. Denn genau das ist es. Ich

fühle mich zwar überfordert, und trotzdem bin ich verdammt glücklich. So glücklich, dass ich es am liebsten über den vollen Marktplatz schreien würde.

Stella Jones ist verliebt. Verliebt in einen Mann, der genau weiß, was er tut. Was er will. Und gerade bin das ich. Austin auf diese Weise berührt zu haben, fühlt sich vollkommen surreal an. Wie ein zu schöner Traum, der jeden Moment zerplatzen könnte.

Er hat recht, wir haben soeben einige Etappen übersprungen, aber genau das wollte ich. Ich wollte ihn dort berühren, so sehr, dass ich zum tausendsten Mal in den letzten Wochen über meinen Schatten gesprungen bin. Vielleicht ist das hier meine neue Lieblingsdisziplin.

Über-meinen-Schatten-springen.

Kopfüber ins Glück hinein. In Austins Arme.

Als er schließlich über mir ist, penibel darauf achtend, mich nicht zu berühren, fühlt es sich wie Schweben an. Ihm so nah zu sein ist wie Fliegen ohne Höhenangst. Wie Fallen ohne Aufprall. Wie Tauchen ohne Atemnot. Und in seine ozeanblauen Augen könnte ich stundenlang abtauchen.

»Würdest du dein Oberteil für mich ausziehen?« Seine Frage lässt die Zweifel in mir wieder lauter werden. Instinktiv will ich den Kopf schütteln und mich wieder vor ihm zurückziehen. Es fällt mir zwar nicht mehr so schwer, ihm meine Narben zu zeigen, aber er hat sie noch nie in ihrem vollen Ausmaß gesehen.

»Ich werde dich nicht anfassen«, setzt Austin hinterher, um mich zu beruhigen. Und tatsächlich, meine flatternden Nerven werden leiser, immer leiser, bis sie beinahe ganz verstummen.

Also ziehe ich meinen Pullover aus und lege ihn neben mir

auf dem Bett ab. Nur noch in Jeans und BH liege ich unter ihm. Seine Hände links und rechts neben mir in die Matratze gestemmt sieht er auf mich herab, lässt seinen Blick langsam über mein Dekolleté tanzen. Er streift meine Narben nur so flüchtig, dass es okay für mich ist. Auszuhalten. Während andere Menschen immer nur auf meine Narben gestarrt haben, sieht er alles von mir. Als wären sie ein kaum wahrnehmbares Muttermal.

»Ich werde dich nicht berühren, Stella. Jedenfalls nicht mit den Händen.« Sein warmer Atem streichelt über mein Schlüsselbein. »Spürst du das?«, will er heiser wissen.

»Ja. Das spüre ich.«

»Wie fühlt es sich für dich an?«

»Schön.«

Und das ist fast noch untertrieben. Seinen warmen Atem so unmittelbar auf meiner Haut zu spüren, ganz ohne Stoff dazwischen, ist einfach umwerfend. Meine Angst ist nach wie vor da, beschützt mich, gibt auf mich Acht. Aber in Austins Nähe ist sie so viel erträglicher, als ich es gewohnt bin. Wie eine Erinnerung, die von Mal zu Mal etwas blasser, etwas weniger bedrohlich wird. Ein Flashback, der nach und nach an Farbe und Intensität verliert.

Er hält sein Versprechen und fasst mich nicht an. Lediglich sein warmer Atem berührt mich, und als er tiefer nach unten wandert und über meinem Herzen und meiner Brust verharrt, drücken sich meine Brustwarzen von innen gegen den Stoff meines schwarzen BHs. Zum Glück habe ich mich heute Morgen für ein schönes Modell mit Spitze entschieden. Vielleicht hat ein Teil von mir geahnt, was heute Abend zwischen uns passieren würde, auch wenn es noch immer wie eine Fantasievorstellung wirkt.

Seine rechte Hand zeichnet meine Brust nach, anschließend meine Taille und als Letztes meine Hüfte. Doch in keiner Sekunde überwindet er die verbliebene Distanz und berührt mich wirklich. Zwischen meinen Beinen wird es feucht, weil das hier so schön, so intim, so aufregend ist.

Um Erlösung bettelnd presse ich meine Beine fester zusammen, aber dadurch erreiche ich nur das Gegenteil: Ich werde noch erregter, noch kopfloser.

»Berühr dich selbst«, raunt Austin und fährt mit seinen Lippen hauchzart über den Rand meines Spitzen-Bras. »Und stell dir dabei vor, dass es meine Hände sind, die dich streicheln.«

Alles hieran bringt mich so stark an meine Grenzen, dass meine Komfortzone zwickt wie viel zu enge Kleidung an meinem Körper. Aber ich will es tun. Also lege ich eine Hand auf mein Dekolleté, fahre ganz langsam mit den Fingerspitzen über die weiche Haut meiner Brust und gleite über den Bügel meines BHs nach unten. Derweil bedeckt Austin mich mit seinen Blicken, verschlingt mich nahezu mit ihnen. »Streichle deinen Bauch.«

Ich gehorche. Zeichne Kreise um meinen Bauchnabel und stelle mir vor, es wären Austins Hände, die mich sanft und zugleich fordernd berühren. An meinem Oberschenkel spüre ich, dass er längst wieder hart ist, und die Vorstellung, ihn noch einmal so anzufassen, wie ich ihn gerade angefasst habe, verdreifacht meine eigene Lust. Treibt mich höher und höher, bis ich ganz oben angekommen bin. Auf Wolke einhundert.

Mein Unterleib zieht sich auf zuckersüße Weise zusammen, bettelt um Aufmerksamkeit, bettelt um mehr. Nicht nur mein Atem geht stockend, auch Austin scheint sich in anderen Sphären zu befinden.

Meine Fingerkuppen treffen auf den Widerstand meiner Jeans. Ehe ich groß darüber nachdenken kann, öffne ich sie und schiebe eine Hand unter den Stoff, zwischen meine Beine. Ich spüre meine eigene Nässe und sehe Austin dabei so fest es geht in die Augen.

»Das ist das Schärfste, was ich je gesehen habe. Dich, wie du dich selbst anfasst und dabei an meine Hände denkst.« Seine Worte treiben mich noch weiter an, lassen mich noch mehr Mut schöpfen. Stöhnend lege ich zwei meiner Finger auf meinen Kitzler und beginne, ihn zu reiben. Erst langsam und zaghaft, dann schneller und mit mehr Druck. Während ich mich selbst zum Orgasmus bringe, denke ich nur an ihn. An diesen Mann über mir, der mir heute so viele erste Male geschenkt hat. Erste Male, die ich für immer in meinem Herzen behalten werde. Wunderschöne, achtsame Augenblicke, die jegliche Rekorde für Lieblingsmomente brechen.

»Schau mich an, wenn du kommst«, bittet er mich, und ich nicke atemlos. Weil ich gar nicht anders kann, als ihn anzusehen. In seinen gletscherblauen Iriden zu ertrinken. Die Welle schwappt über mich, begräbt mich unter sich, während ich mit meiner Hand in meinem Slip und Austin über mir komme.

Ein leichter Schweißfilm bildet sich auf meinen Armen und meinem Bauch, mein Atem rast und rast und rast. Langsam ziehe ich die Hand aus meiner Hose, sinke tiefer in Austins Bett und wünsche mir, dieser Augenblick würde für immer andauern.

»Austin?«

»Ja, Bambi?«

»Kannst du mich vielleicht noch mal küssen?«

Sein Lachen schießt direkt in mein Herz, das vor Lust und Liebe überquillt, seit wir die Wohnung betreten haben.

»Ich dachte schon, du fragst nie.«

Und dann küsst er mich.

Wie die Schneeflocken draußen die Welt küssen. Sanft. Stürmisch. Als wollten sie nie wieder damit aufhören.

KAPITEL 28

Stella

Isaiah kratzt sich am Hinterkopf und sieht mich an wie eine Außerirdische, die sich zufällig mit ihrem Ufo direkt in seinem Wohnzimmer niedergelassen hat. Irgendwie fühle ich mich seit dem Winter Festival auch ein wenig wie ein Alien. Weil mir die Gefühle, die seitdem in mir brodeln, so fremd sind. Als hätte ich eine neue Welt entdeckt, die mir bisher verborgen geblieben ist, weil ich aus Angst keinen Fuß in sie setzen wollte.

»Noch mal zum Mitschreiben. Du wirst Austin heute zu dem Essen bei seiner Familie begleiten, weil …?«

»Weil … seine Mutter von ihm verlangt, dass er in weiblicher Begleitung kommt.« Ich befürchte, dass Isaiah kurz davor ist, Austin aus der Wohnung zu schmeißen, weil er mich gebeten hat, ihn zu diesem Abendessen zu begleiten. Dabei weiß Isaiah noch nicht einmal, was zwischen uns beiden sonst noch alles passiert ist.

»Keine Ahnung, was für ein Problem seine Mutter hat, aber er wollte nicht länger mit ihr diskutieren«, setze ich erklärend hinterher.

»Wieso fragt er dann nicht Carrie, ob sie ihn begleitet?«,

murmelt er. In derselben Sekunde hüpft Gracie mit einer Bürste, Lockenstab und ihrer Tasche voller Friseurutensilien auf uns zu. Umgehend fühle ich mich den Blicken unseres Bruders nicht mehr ganz so ausgesetzt, weil sie da ist. Gracie war schon immer eine Art Glückspuffer, wenn irgendwo Disharmonie herrschte. Und obwohl ich mir immer noch Sorgen um sie mache, ist sie heute Abend wieder die personifizierte Fröhlichkeit.

»Na warum wohl?« Sie stellt ihre Sachen auf dem Couchtisch ab, geht zu unserem Bruder hinüber und stupst ihm mit dem Zeigefinger gegen die gerunzelte Stirn. »Weil Austin nichts mehr mit Carrie zu tun haben will. Das weiß inzwischen der ganze Campus, Dummerchen. Die Sache mit den beiden ist Schnee von gestern. Du solltest aufhören, immer deine Stirn so krauszuziehen. Das gibt Falten, und du bist mit deinen dreiundzwanzig Jahren definitiv noch zu jung für Botox.«

»Okay, anders ausgedrückt: Wieso fragt er ausgerechnet Stella, ob sie ihn begleitet?«, übergeht er ihre Falten-Andeutung elegant.

»Vielleicht weil er sie mag? Ist doch nichts dabei.« Gracie zuckt mit den Schultern und macht sich anschließend daran, den Inhalt ihrer schwarzen Kosmetiktasche auf dem Couchtisch auszubreiten.

Sie ist besser ausgerüstet als der örtliche Friseursalon, so viel steht fest. Würde sie die Kunst nicht noch etwas mehr lieben als das Frisieren, hätte sie sicher längst eine Ausbildung bei *Hairy Styles* gemacht. Ja, die Betreiberin des Salons hat eine kleine, sicher nicht mehr ganz gesunde Obsession für Harry Styles. Aus diesem Grund läuft in ihrem Salon seine Musik auch in Dauerschleife.

»Es ist nichts dabei?« Isaiah schnauft wie ein Bulle im Ring.

Ich wusste ja, dass er nicht begeistert sein würde, aber dass er ein so großes Problem mit diesem Familienessen haben würde, war mir nicht klar.

»Hallo, ich kann euch hören«, mache ich piepsend auf mich aufmerksam und fühle mich wie ein Statist in meinem eigenen Film. Isaiahs warme Augen suchen mein Gesicht. Die Sorge in ihnen ist kaum zu übersehen. Ich bin ihm nicht böse deshalb, weil ich weiß, dass er mich nur beschützen möchte. Aber ich bin inzwischen wirklich alt genug, um selbst auf mich aufzupassen, schließlich war ich in Bar Harbor auch auf mich allein gestellt.

»Tut mir leid, Stella. Ich will nur nicht, dass du dich in etwas verrennst, was dir am Ende schadet. Austin ist ... Austin halt.«

Umwerfend? Lustig? Beschützer durch und durch? Absolut gar nicht so oberflächlich, wie ich ihn anfangs eingeschätzt habe? Ich beiße mir auf die Unterlippe, weil ich Isaiahs Misstrauen nicht noch verstärken möchte, indem ich ihm eine Pro-Austin-Liste herunterbete. Irgendwie scheint es mir, als würde ich seinen Mitbewohner besser kennen als er selbst, obwohl er seit Monaten mit ihm zusammenlebt und ich erst seit einigen Wochen.

»Ich komme schon klar, Bruderherz. Es ist nur ein Essen, und ich tue ihm damit einen Gefallen. Das ist quasi die Gegenleistung dafür, dass er uns mit dem Lebkuchenhaus geholfen hat.«

Isaiah starrt einen unsichtbaren Fleck am Boden zwischen uns an, weil er es scheinbar nicht schafft, mir bei diesem Gespräch länger in die Augen zu sehen. Er macht selten dicht, vor allem nicht, wenn er mit uns beiden zusammen ist. Doch gerade wird er von seinen Sorgen zerfressen, auch wenn sie absolut unbegründet sind. Es ist ja nicht so, als hätte Austin vor, mich nach Tahiti zu entführen und am weißen Strand zu heiraten.

Manchmal rutscht unser großer Bruder etwas zu sehr in die Vaterrolle, und scheinbar hat er vergessen, dass ich bereits einundzwanzig bin und längst auf eigenen Beinen stehe. Auch wenn diese Beine noch immer etwas wackelig sind. Manchmal fühlt es sich an, als würde ich gerade erst das Laufen in diesen Erwachsenen-Schuhen lernen.

»Weißt du was?« Gracie deutet mit ihrem schwarzen Lockenstab auf unseren Bruder, als wäre er eine Waffe. »Ich habe furchtbaren Hunger. Wieso gehst du nicht los und holst uns ein paar Bagels, hm?«

»Bagels?«, fragt er irritiert. »Es ist sieben Uhr abends, Gracie.«

»Na und?« Sie packt Isaiah bei den Schultern und schiebt ihn anschließend durch das Wohnzimmer Richtung Flur. »Bagels gehen immer, und nirgendwo steht geschrieben, dass man die nur morgens essen darf. Geh einfach welche holen. Dann höre ich auch auf, dich mit deiner koffeinfreien Plörre aufzuziehen. Ich schwöre!«

Lieblich überredet sie unseren Bruder zum Rückzug, während ich allmählich wieder freier atmen kann. Es gefällt mir nicht, dass Isaiah sich solche Sorgen um mich macht, weil er denkt, Austin könnte mir das Herz brechen.

Natürlich weiß ich, dass die Chance besteht, aber ich bin es leid, immer sofort vom Worst Case auszugehen. Das habe ich gewiss lange genug getan, und weitergebracht hat es mich nicht, schließlich habe ich mich dadurch immer mehr zurückgezogen. Ich presse die Beine an den Bauch und warte in dieser Position auf Gracie. Die Haustür fällt ins Schloss, und umgehend wird das Gewicht auf meinen Schultern leichter.

»Endlich sind wir den Grantelbart los. Seine Großer-Bruder-Attitüde war ja wirklich nicht mehr auszuhalten.«

»Wem sagst du das?«, antworte ich lachend. Als ich Gracie von dem Abendessen erzählt habe, hat sie sofort vorgeschlagen, mir die Haare zu machen. Weil ich immer noch ein schlechtes Gewissen wegen des Lebkuchenhauses hatte, musste ich einfach zustimmen. Normalerweise würde ich meine Haare wie immer einfach offen tragen, aber wenn ich meiner kleinen Schwester damit eine Freude machen kann, muss ich die Gelegenheit beim Schopf packen. Während sie in ihren Utensilien herumkramt, nutze ich die Gelegenheit, um das Gespräch in eine andere Richtung zu lenken.

»Hey, Gracie?«

»Ja, Schwesterkeks?«

Jetzt oder nie, Stella.

»Ist wirklich alles okay zwischen uns? Unser Streit im *Little Stories* will mir einfach nicht aus dem Kopf gehen, und ich fühle mich immer noch mies deshalb.«

Gracies Zeigefinger landet auf meinen Lippen, und ich behalte meine gefühlt fünfhundertste Entschuldigung für mich.

»Es ist okay, Stella. Ich hab dir doch schon gesagt, dass ich an dem Tag einfach mit dem falschen Fuß aufgestanden bin. Wirklich nicht der Rede wert. Ich freue mich für dich, dass das Festival ein so großer Erfolg war und ihr viele Spenden sammeln konntet.« Gracie wirkt nicht, als würde sie lügen. Was bedeutet, dass sie A entweder eine wirklich gute Schauspielerin ist oder B einfach die Wahrheit sagt.

»Versprochen?«

»Doppelt und dreifach. Und jetzt hör auf, vom eigentlichen Thema abzulenken.«

»Was ist denn das eigentliche Thema?«, hake ich verwirrt

nach. Misstrauisch sehe ich Gracie an, die das Kabel des Lockenstabs in die Steckdose neben dem Sofa drückt und sich anschließend zu mir setzt. Das Polster gibt unter ihrem Fliegengewicht kaum nach. Gracie ist grazil wie eine Elfe, und ihre leicht abstehenden Ohren komplettieren das Bild, das Kunstwerk Gracie Jones.

»Na du und Austin. Ich habe Augen im Kopf, Schwesterkeks. Verdammt gute Adleraugen. Und ich weiß, dass du ihn nicht nur wegen irgendeines komischen Deals zu seiner Familie begleitest.«

Ertappt ziehe ich die Unterlippe zwischen die Zähne und weiche Gracies bohrendem Blick aus. Mist, was soll ich tun? Ihr von der Nacht des Stromausfalls erzählen? Oder schlimmer noch: von der Nacht des Festivals? Unserem ersten Kuss, den ich immer noch auf meinen Lippen spüren kann? Seiner Nicht-Berührung, die gleichzeitig so vieles in mir zum Klingen gebracht hat? Davon, dass ich Stellen seines Körpers angefasst habe, die mich jetzt noch in meinen Träumen begleiten?

»Wirst du Isaiah davon erzählen?«

»Nope.«

Gracie zieht einen imaginären Reißverschluss über ihren breit grinsenden Mund. »Ich schweige wie ein Grab, dein Geheimnis ist nirgendwo sicherer als in meinem Gedankenpalast!«

»Okay. Also. Ähm.«

»Nun spuck es schon aus, oder ich dreh durch!« Gracie demonstriert ihre Ungeduld, indem sie an ihren Fingernägeln knabbert. Heute hat sie jeden einzelnen Nagel in einer anderen Farbe bepinselt, weil sie sich wieder einmal nicht für eine davon entscheiden konnte. Gracie sagt immer, dass alle Farben wunderschön sind und sie keine ausschließen möchte.

»Wir haben uns geküsst.« Es ist raus. Dieses kleine Geheimnis, das Austin und ich ein paar Tage lang miteinander geteilt haben, gehört jetzt nicht mehr nur uns beiden, sondern nun auch meiner Schwester.

»O my holy guacamoly«, quiekt Gracie und klatscht aufgeregt in die Hände. »Das ist so süß, ich glaube, ich erleide einen Zuckerschock. Wie war es?« Sie greift nach meiner Hand, und zum ersten Mal seit Jahren bleibe ich dabei ganz entspannt. Bis vor Kurzem war es für mich zwar immer ganz in Ordnung, von meinen Geschwistern berührt zu werden, aber es war auch herausfordernd. Ich habe mich dabei nie leicht gefühlt. Bis jetzt.

Dieser Moment ist so fundamental wichtig für mich, dass ich ihn ganz tief in meinem Herzen für schlechte Zeiten abspeichere. Damit ich auf ihn zugreifen kann, wenn mir das Leben mal wieder einen ordentlichen Seitenhieb verpassen will. Darin ist es leider ziemlich gut geworden.

»Es war schön.« Meine Mundwinkel zucken unkontrolliert nach oben. »Okay, es war mehr als schön. Er kann wirklich gut küssen. Also nicht, dass ich große Vergleichsmöglichkeiten hätte, schließlich war es mein erster Kuss. Aber ich glaube, dass man es nicht besser machen kann.« Röte schießt mir in die Wangen, und ich bin mir sicher, wie eine angestrahlte Tomate zu glühen. Gracies Grinsen bestätigt meine Befürchtung nur.

»Ich fasse es nicht. Austin Lakefield und Stella Jones. Das ist definitiv mein Jahres-Highlight. Leider eignen sich eure Namen nicht zum Shippen. Staustin klingt dämlich, Austella klingt ein bisschen wie eine Austern-Sorte.« Sie verzieht angewidert das Gesicht, weil sie diese Teile schon immer ekelig fand, so wie Paps. »Aber egal, ihr braucht keinen Shipnamen, um zu funktionieren.«

»Gracie!«, unterbreche ich sie lachend. »Atme! Es war nur ein Kuss, okay? Er hat mir keinen Heiratsantrag gemacht und mich nicht gefragt, ob ich mit ihm durchbrennen will.«

»Dafür stellt er dich heute seiner Familie vor. Wenn das nicht der nächste Big Step ist, dann weiß ich auch nicht.«

Auf einmal wird mir übel, wenn ich an das Essen denke. Ich werde seiner Familie in weniger als einer Stunde gegenüberstehen, ihre Blicke auf mir spüren. Ob sie über mich urteilen werden? Bis jetzt habe ich nicht sonderlich viel über Austins Familie erfahren, aber ich weiß, dass sie sich ihm gegenüber unfair verhalten haben. Dass sie ihn nicht so unterstützt haben, wie Eltern ihre Kinder in einer intakten Familie unterstützen sollten. Er hat in jener Nacht seinen großen Traum begraben müssen, und sie haben ihm deswegen ihre eigenen Wünsche aufgedrängt, ohne Rücksicht auf Verluste.

»Jetzt machst du mich nervös.«

»Musst du nicht sein. Austin ist da, um dich zu beschützen, sollte es komisch werden. Ich weiß ja, dass Isaiah sich nur Sorgen um dich macht, aber er vergisst dabei eine Kleinigkeit.«

»Was denn?«

»Austin hat das Herz am rechten Fleck. Klar ist er ein Player. Aber ist er deshalb ein schlechter Mensch? Sicher nicht.« Gracie schnappt sich lächelnd die Bürste vom Tisch und dreht mich in ihre Richtung, sodass wir uns auf dem Sofa gegenübersitzen. Wie früher immer, als wir noch klein waren und gemeinsam von den wildesten Abenteuern geträumt haben. Unsere Leben haben sich anders als in unserer Fantasie entwickelt. Sie sind weniger leicht, aber es sind trotzdem unsere Leben.

»Darf ich?« Sie deutet auf meine dunklen Wellen. Nickend gebe ich ihr die Erlaubnis, meine Haare zu stylen.

»Ich bin stolz auf dich, Schwesterkeks. Nicht, weil du deinen ersten Kuss hattest, sondern weil du deinen Ängsten endlich den Kampf ansagst und ihnen so richtig in den Hintern trittst.« In ihren Augen flimmert ein leicht wässriger Film, der mir ebenfalls Tränen in die Augen treibt. »Und Isaiah ist auch stolz auf dich, er muss sich nur an den Gedanken gewöhnen, dass er jetzt nicht mehr vierundzwanzig sieben auf uns aufpassen muss.«

»Danke, Gracie«, wispere ich. »Für alles.«

Eine Weile lang kümmert sie sich noch um meine Mähne, bevor sie die Bürste in ihren Schoß fallen lässt und mich mit schräggelegtem Kopf ansieht.

»Kirschblütenrosa«, flüstert sie strahlend, als hätte sie gerade eine innere Erleuchtung erfahren. »Wärst du eine Farbe, wärst du Kirschblütenrosa, Schwesterkeks.«

»Wieso ausgerechnet diese Farbe?«, frage ich sie lachend. Gracie fährt mit ihren Fingern hauchzart über die Stelle unter meinem rechten Auge. »Weil sich deine Wangen jedes Mal kirschblütenrosa färben, wenn du an Austin denkst.«

KAPITEL 29

Stella

Ein bisschen fühle ich mich wie eines dieser Mädchen aus den schrecklich klischeebesetzten Teeniefilmen, in denen die Protagonistin nach ihrem Umstyling die Treppe herunterkommt und unten am Absatz ihr superbeliebter Highschool-Crush auf sie wartet. Ich habe diese Filme immer verabscheut, weil sie mir zu oberflächlich, zu toxisch, zu sehr aufs Äußere fixiert waren. Als würde das Absetzen einer Brille, das Wechseln der Kleidung und ein wenig Make-up einen Menschen im Kern verändern oder ihn dadurch liebenswerter machen. Wenn man mich fragt, ist das alles Unsinn.

Denn im Gegensatz zu den Frauen in den Filmen fühle ich mich heute Abend nicht anders, nur weil Gracie meine Haare halb hochgesteckt hat und ich zur Abwechslung mal ein Kleid statt übergroßer Pullis trage. Nein, ich fühle mich anders, weil sich etwas *in mir* verändert hat. Ich bin nicht mehr dasselbe Mädchen, das vor einigen Wochen nach Blossom Lake zurückgekommen ist und sich am liebsten vor der ganzen Welt verstecken wollte. Nicht gesehen werden wollte, aus Angst, wieder ins Kreuzfeuer der Menschen zu geraten, die mir das Leben in dieser schönen Stadt so lange schwer gemacht haben.

Für das Dinner habe ich mich für ein schwarzes, langärmeliges Kleid mit hochgeschlossenem Kragen entschieden, sodass meine Narben weitestgehend verdeckt bleiben. Aber eben nur weitestgehend, denn dort, wo das Kleid an meinem Hals endet, kann man noch immer ein Stück meiner vernarbten Haut sehen.

Erstaunlicherweise fühle ich mich in diesem Kleid mehr wie ich selbst, als ich mich in den letzten Jahren je gefühlt habe. Vielleicht, weil ich endlich akzeptiere, dass meine Vergangenheit zu mir gehört, dass diese Narben zu mir gehören. Dass Paps' Tod zu meiner Geschichte gehört, genau wie der schreckliche Brand, der uns alles genommen hat.

Gracie hat sich ins Zeug gelegt, hat vier verschiedene Frisuren an mir ausprobiert, bis sie schließlich mit dieser zufrieden war. Jetzt fällt mir die Hälfte meiner langen Haare in Locken auf den Rücken, während sie den Rest geflochten und hochgesteckt hat. Danach hat sie mir noch einen Hauch Make-up aufgelegt, der hoffentlich meine roten Wangen kaschiert.

Sobald ich an die frische Luft trete und Austin am Straßenrand entdecke, plumpst mir sofort das Herz in die Hose. Er lehnt in seiner schwarzen Lederjacke lässig an seinem Shelby, die Beine in der dunklen Jeans überkreuzt, die Cap tief in die Stirn gezogen. Sein Blick gleitet über mein Outfit unter dem offenen Parka, und seine Mundwinkel heben sich verräterisch. Genau wie meine. Keine Chance zu verbergen, wie sehr ich mich freue, den Abend mit ihm zu verbringen.

Wir haben uns heute den ganzen Tag über noch nicht gesehen, weil ich vormittags im Tierheim war und er nachmittags Kurse an der Uni hatte. Als ich vor ihm stehe, haucht Austin mir einen Kuss auf die Wange. Ich schließe die Augen, genieße das Gefühl seines Atems auf meiner erhitzten Haut.

Sofort muss ich daran denken, wie es sich angefühlt hat, diesen streichelnden Atem auch auf meinen Brüsten zu spüren. Meinem Bauch, meinen Schulterblättern …

»Du siehst umwerfend aus.« Seine Worte lassen mich schlucken. Austin hat mir mehr als einmal Komplimente gemacht, aber seit wir uns körperlich nähergekommen sind, schießt jedes einzelne direkt in meinen Unterleib. Es entfacht ein Prickeln in mir, das nahezu unerträglich schön ist.

Vor zwei Monaten dachte ich noch, dass ich zu solchen Gefühlen nicht in der Lage bin, aber jetzt belehrt mich das Leben eines Besseren. Ich kann es lernen. Dieses Verliebtsein. Ins Leben, in Austin, vielleicht sogar in mich selbst.

»Danke.« Lächelnd löse ich mich von ihm und sehe ihn an. »Du siehst auch nicht schlecht aus.«

Seine stechend blauen Augen verhaken sich in meinen, und während ich seine tiefschwarzen Wimpern zu zählen beginne, greift er ganz selbstverständlich nach meiner Hand.

»Darf ich dir dann auch sagen, dass mir eintausend Dinge einfallen würden, die ich lieber mit dir machen würde, als jetzt zu diesem Essen bei meiner Familie zu fahren?«

»Welche Dinge?«, entflieht es mir leise.

»Oh, Bambi.« Austin lacht sein typisches Austin-Lachen, das er in den letzten Wochen perfektioniert hat. Es setzt mich sofort schachmatt. »Wenn ich dir sage, was mir durch den Kopf geht, wirst du meine Eltern nicht ansehen können. Meine Gedanken sind nämlich absolut nicht jugendfrei.« Wieder haucht er mir einen Kuss auf die Wange, dieses Mal verdächtig nahe an meinem Mund. »Außerdem steht deine neugierige Schwester oben am Fenster, und wir wollen ja nicht, dass ihr noch die Augen aus dem Kopf fallen.«

Kichernd sehe ich über meine Schulter nach oben. Tatsächlich. Gracie hat die Vorhänge zur Seite geschoben und winkt uns wie eine neugierige alte Omi zu. Ich winke zurück und wende mich wieder Austin zu, der mir noch immer so verführerisch nah ist.

Wild schlagen die Schmetterlinge in meinem Bauch mit ihren Flügeln, wollen höher und höher fliegen. Ihm näher und näher kommen. Wieder schießt mir die Röte ins Gesicht, und Austins bestätigendem Grinsen nach zu urteilen war die Schicht Make-up definitiv zu dünn, denn er ertappt mich umgehend.

Austin macht einen Schritt zur Seite, öffnet mir die Beifahrertür und lässt mich, ganz der Gentleman, der in ihm schlummert, einsteigen. Im Inneren des Wagens erwarten mich neben dem Geruch nach Leder und Zitrone vor allem Erinnerungen. An unseren verschneiten Ausflug auf den Guardian Mountain. Dieser Abend ist noch nicht allzu lang her, und trotzdem fühlt er sich so weit entfernt an, weil seitdem so viel zwischen uns und in mir passiert ist.

Sobald Austin den Wagen gestartet hat und aus der Parklücke herausfährt, sehe ich ihn von der Seite an. War seine Miene eben noch offen und strahlend, ist sie jetzt verschlossener denn je. Mit leicht zusammengezogenen Brauen fokussiert er die Straße vor uns.

»Einen Penny für deine Gedanken«, flüstere ich und hoffe inständig, dass er sich mir öffnet, so wie ich mich ihm geöffnet habe. Zum ersten Mal nach der Party in unserem Badezimmer. Seitdem habe ich das Gefühl, für ihn wie ein offenes Buch zu sein, das er bereits in- und auswendig kennt.

»Dieser Abend …« Er fährt sich mit der Hand über den Mund und kratzt sich anschließend gedankenversunken das Kinn, während er mit der anderen den Wagen Richtung Ortsausgang lenkt. Er beendet den Satz nicht.

»Wir schaffen das schon. Es ist ja nur ein Essen.«

»Deine Naivität ist echt süß. Ein Essen bei meiner Familie ist nervenaufreibender als das Staffelfinale dieser Serie, die du immer guckst.«

»*Peaky Blinders*?«

»Jep.« Er schenkt mir ein Grinsen, aber ich sehe, dass es aufgesetzt ist. Gott, ich wünschte, er hätte nicht das Gefühl, sich vor mir verstellen zu müssen. Vielleicht schlüpft er auch nur vorsorglich in die Rolle, die er gleich vor seiner Familie spielen muss. Wie könnte ich ihm dieses Verhalten verübeln, wenn ich selbst jahrelang eine Show aufgeführt habe? Jedes Mal, wenn ich gesagt habe, dass ich okay bin, obwohl ganz offensichtlich gar nichts okay war. Es ist einfacher, die traurige Wahrheit hinter einem simplen »Okay« zu verbergen.

»Woher willst du wissen, wie nervenaufreibend die Serie ist?«, versuche ich die Stimmung in eine andere, unverfänglichere Richtung zu lenken.

»Weil ich sie mir angesehen habe.«

»Die ganze Serie?«, entfährt es mir schrill.

Austin nickt.

»Wann?«

»Meistens nachts, wenn ich nicht pennen konnte. Die ist echt gut, das muss ich dir lassen.«

»Sie ist die Beste!« Ich sehe uns beide schon aneinandergekuschelt auf dem Sofa liegen, Popcorn in unseren Mündern und Zufriedenheit in unseren Herzen. Eine Zufriedenheit, die er gerade zwar nicht zu empfinden scheint, aber vielleicht irgendwann wieder empfinden kann.

Im Radio läuft *Anti-Hero* von Taylor Swift, und meine Beine wippen im Takt des Songs mit. Den Rest der Fahrt schweigen wir, weil ich Austin ein wenig Ruhe gewähren will, bevor er in die Höhle der Löwen spazieren muss. Als er schließlich wenige Minuten später in einer ausladenden Einfahrt parkt, stelle ich bei einem Blick aus dem Fenster fest, dass Austins Elternhaus eine elegante Villa ist. Vor mir ragt ein schneeweißes Haus in den Abendhimmel, das mir für einen kurzen Augenblick die Sprache verschlägt.

Ein schöner Vorgarten, von Puderzuckerschnee bedeckt, führt zu der imposanten Eingangstür, die auf den ersten Blick eher golden als hellbraun wirkt. Das Dach verläuft über die Terrasse, die einmal rund um das Gebäude reicht und mit in den Boden integrierten Spots beleuchtet ist. Weiße, nahezu majestätische Steinsäulen stützen den Dachvorsprung und runden das Bild dieses amerikanischen Traums perfekt ab.

»Das hier ist euer Haus?«, platzt es aus mir heraus. Ich wusste nicht einmal, dass so weit hier draußen noch Häuser stehen, geschweige denn, was für Häuser es sind. Wir sind auf dem Weg hierher an vier weiteren Villen vorbeigekommen, aber keine war so schön und perfekt wie diese hier. So pompös, so akkurat. Und gleichzeitig irgendwie unecht.

»Das ist nicht unser Haus, sondern ihres«, korrigiert Austin mich. »Ich war in meiner Jugend nur selten hier, weil ich die meiste Zeit auf dem Sport-Internat in New York verbracht habe. Wirklich zu Hause gefühlt habe ich mich nie, und eigentlich war ich nur an den Feiertagen hier. Jedenfalls bis zu meinem Unfall.«

Schluckend sehe ich ihn an. Das Korsett aus Unehrlichkeit, in das ich mich selbst gesteckt habe, wird immer enger. Schnürt mir immer mehr die Luft ab. Wäre dieser Abend für Austin nicht schon schlimm genug, würde ich ihm jetzt vermutlich die Wahrheit sagen. Darüber, dass ich damals am See war und ihn gefunden habe.

Innerlich fasse ich den Entschluss, ihm morgen davon zu erzählen. Ich habe noch immer wahnsinnige Angst davor, ihn dadurch zu verlieren, aber ich kann auch nicht länger die Wahrheit vor ihm verheimlichen. Er hat es verdient, die ganze Geschichte zu erfahren.

»Wollen wir es hinter uns bringen?« Austin strahlt mit jeder Faser seines Körpers Abwehr gegen diesen Abend bei seiner Familie aus, und ich hoffe, dass es ihm irgendwie hilft, nicht allein hier sein zu müssen. Denn so schön das Haus von außen auch aussieht, ahne ich bereits, wie angespannt die Stimmung drinnen sein wird.

Hand in Hand gehen wir über die Einfahrt Richtung Eingangstür. Zu hören ist lediglich das Knirschen des Schnees unter unseren Füßen und Austins leicht gepresster, angespannter Atem.

Noch bevor wir die Klingel betätigen können, wird die Tür bereits vor unseren Nasen aufgerissen. Zum Vorschein kommt ein Mädchen mit der größten und süßesten Zahnlücke, die ich je gesehen habe.

»Ostin!« Das Mädchen mit den dunklen Haaren, das es zu zwei akkuraten Zöpfen geflochten trägt, springt Austin in die Arme und vergräbt sein Gesicht an seiner Brust. Umgehend geht mir das Herz auf, und die beklemmende Stimmung lockert sich dank ihrer Anwesenheit ein Stück weit auf.

»Hey, Emmy«, begrüßt er sie und drückt ihr einen Kuss auf den Scheitel. Mit dem Mädchen auf dem Arm überwindet er die Schwelle ins Innere des Hauses.

Sobald ich in dem Eingangsbereich der Villa stehe, kann ich das Staunen auf meinem Gesicht nicht länger verbergen. Die Decken sind hoch, die Treppe vor uns so herrschaftlich, dass ich mich augenblicklich wie eine Prinzessin fühle. Eine

Prinzessin, die im falschen Film gelandet ist, denn das hier ist nicht wirklich meine Welt. War sie nie und wird sie vermutlich auch nie sein. Ich habe mich als kleiner Knirps schon immer eher im Dreck toben sehen als mit einem teuren Teeservice in einem Haus wie diesem.

»Stella, das ist Emma. Meine kleine Schwester.« Er lässt das Mädchen in dem himmelblauen Kleid herunter, und ehe ich's mich versehe, wirft sich die Kleine mit voller Wucht gegen mich. Sie umklammert mich wie ein Koala ihren Lieblingsbaumstamm, obwohl sie mich noch nie in ihrem Leben gesehen hat.

Auch wenn ich mich leicht verkrampfe, weil sie mich so fest an sich drückt, schenke ich Austin ein zuversichtliches Lächeln, das besagt: Es ist okay. Da ist es wieder, dieses kleine Wort mit den vier Buchstaben. Aber dieses Mal meine ich es zur Abwechslung ernst.

»Hey, Emma«, begrüße ich sie lächelnd. Mit ihrer quirligen, aufgeschlossenen Art erinnert sie mich an Gracie, als sie noch ein kleines Mädchen war. Sie hebt ihren Blick und sieht zu mir auf, ohne mich dabei loszulassen. Ihre Umarmung wird sogar noch etwas klammernder.

»Mama hat gesagt, dass Ostin seine Freundin mitbringt. Also musst du seine Freundin sein!« Ich frage mich, warum sie seinen Namen so ausspricht, schlucke die Frage aber herunter. Stattdessen schenke ich ihr ein warmes Lächeln.

Unauffällig blicke ich zu Austin auf, der die Hände tief in den Taschen seiner Jeans vergraben hat und mich mit einem schiefen Grinsen bedenkt. Was ihm wohl durch den Kopf geht?

Ich weiß nicht, was das mit uns ist, ich weiß nur, dass ich es nicht verlieren will. Dass es zu schön ist, um so schnell schon wieder vorbei zu sein. Ich habe keine Ahnung, ob wir funktionieren würden. Gemeinsam, als Team. Ja, er kennt meine Baustellen und ich kenne seine, aber das heißt noch lange nicht, dass es klappen würde. Vor allem nicht, solange ich nicht endlich reinen Tisch zwischen uns gemacht habe.

»Küsst ihr euch auch?«, will Emma forsch wissen, während sie mich noch immer in Beschlag hat. Die Kleine riecht wie eine bunte Mischung aus Süßigkeiten, nach Zuckerwatte und Erdbeerbonbons – absolut zauberhaft.

»Emmy, sei nicht so neugierig.«

»Ich frag ja nur«, murmelt sie und lässt von mir ab, um ihre Fäuste in die Hüfte zu stemmen. In dieser Sekunde frage ich mich, ob Lady Whistledown als Kind genauso gewesen ist, denn ihre Körpersprache ist nahezu identisch mit der von Mrs. Miller.

»Jacobs Verlobte küsst nämlich die ganze Zeit seinen Hals. Und manchmal nuckelt sie an seinem Ohrläppchen.« Sie verzieht das Gesicht angeekelt, als hätte sie in eine saure Zitrone gebissen. »Das ist pfuipfuipfui.«

»Apropos Jacob.« Austin nimmt mir den schwarzen Mantel ab und hängt ihn anschließend an die Garderobe. »Wo sind die anderen, Emmy?« Bei jedem Wort klingt es, als würde es ihm körperliche Schmerzen bereiten, hier in diesem Haus zu stehen.

»Die sind alle im Salon«, flötet Emmy und beginnt aufgedreht auf der Stelle zu hüpfen. »Darf ich deiner Freundin die Sterne im Garten zeigen, Ostin? Biiiiiitte!«

»Du kannst sie ihr nach dem Essen zeigen, okay?« Er wuschelt ihr durch das Haar und entlockt ihr damit das wohl süßeste Kichern, das ich je gehört habe. Die beiden zusammen zu sehen, erwärmt mein Herz bis auf den Kern, vor allem, da ich weiß, wie schwierig sein Verhältnis zum Rest der Familie ist. Es ist schön zu sehen, dass er hier wenigstens einen Lichtblick hat. Und was für einen! Emma strahlt heller als der pompöse Kronleuchter über unseren Köpfen.

»Okay! Ich sage Mama Bescheid, dass wir intergalaktisch schnell essen müssen!« Mit diesen Worten flitzt Emmy davon und stößt die weißen Schwingtüren am anderen Ende des Raumes auf. Vermutlich geht es da in den Salon. Ein verdammter Salon!

Als wäre ich in eine seltsame Parallelwelt geschlittert, sobald ich dieses Haus betreten habe. Paps konnte uns mit seinem Gehalt in der Baufirma gerade so über Wasser halten, und unser Haus war eine Ansammlung von Secondhand-Möbeln, während hier drin alles nach unbezahlbarem Luxus schreit.

»Bist du bereit für die toxischste Familie dieses Bundesstaates?«

»Nicht wirklich, aber ich habe schon andere Dinge geschafft«, erwidere ich und spreche mir damit selbst Mut zu. Daraufhin greift Austin wie selbstverständlich nach meiner Hand. Sein Atem streichelt meine Schläfe, lässt Gänsehaut über meinen gesamten Körper rieseln, wie der Himmel seine Schneeflocken auf die Erde schickt.

»Dieses Kleid macht meinen Abend definitiv besser.«

Ich boxe ihm spielerisch gegen die Brust, damit er aufhört, mir unanständige Bilder in den Kopf zu pflanzen. Sobald wir den Salon betreten, merke ich umgehend, wie die Temperatur in den Keller sackt.

Der Salon besteht aus einer rustikalen dunkelbraunen Bar, in der sich vermutlich die edelsten Tropfen unseres gesamten Kontinents befinden, und einer rundlich angeordneten Sitzlounge in der Mitte. Sie ist mit rotem Samt bezogen und hat Lehnen aus dunkelbraunem Leder.

Links befindet sich die bereits gedeckte Tafel, an der wir vermutlich gleich zusammen essen werden, sollte ich bei der Anspannung hier drin überhaupt einen Bissen herunterbekommen. Gerade dreht sich mir nämlich allein bei der Vorstellung der Magen um.

Nichts an diesem Raum strahlt etwas Persönliches oder Gemütliches aus. Hier hängen keine Familienbilder, überhaupt keine Bilder. Alles ist steril und kalt.

»Na, sieh mal einer an, wer sich die Ehre gibt.« Ein älterer Herr mit silbergrauem Haar in einer mattschwarzen Anzughose schiebt den Ärmel seines Hemdes ein Stück nach oben, um einen Blick auf die goldene Uhr an seinem rechten Handgelenk zu werfen. »Wie immer zu spät. Aber was hatte ich auch erwartet? Wir können uns schon glücklich schätzen, dass du überhaupt Zeit für deine Familie gefunden hast.«

»Dir auch einen guten Abend, *Vater.*« Das letzte Worte spuckt Austin beinahe aus wie einen lästigen Fussel, der sich auf seine Zunge verirrt hat.

Der Mann macht keine Anstalten aufzustehen, um uns zu begrüßen, stattdessen fällt sein Blick nun abschätzig auf mich. In den letzten Tagen hatte ich nicht oft das Bedürfnis, mich verkriechen zu wollen, aber gerade kommt mir mein altbekanntes Versteck wie ein unerreichbarer Segen vor. Warum zur Hölle habe ich diesem Abendessen noch mal zugestimmt?

»Das ist meine Freundin Stella.« Austin spricht es so selbstverständlich aus, dass mir das Herz versagt. Seine Schläge werden schneller, wie ein heftiger Trommelwirbel. Ich weiß, dass er mich nur als seine Freundin vorstellt, damit seine Familie Ruhe gibt, aber ich kann nicht verhindern, dass ich mich in die Vorstellung von uns beiden als Paar verliebe. Vielleicht etwas zu schnell, etwas zu heftig, etwas zu waghalsig für meine Verhältnisse.

Austin ist seinem Vater wie aus dem Gesicht geschnitten. Sie haben dieselben attraktiven Züge, dasselbe markante Kinn, dieselben dichten Wimpern. Diese Kälte, die er ausstrahlt, hat sich bei Austin in den letzten Wochen in Wärme verwandelt. Ob sein Vater den Unterschied an seinem Sohn bemerkt? Oder ist er blind für seine Entwicklung geworden, genau wie für seine Wünsche?

»Mach dir nicht die Mühe, sie uns vorzustellen, mein Sohn. Wir wissen doch ohnehin, dass du beim nächsten Mal wieder mit einer anderen hier auftauchen wirst. Wie hieß die letzte noch gleich?« Er kratzt sich nachdenklich am Kinn. »Ich habe deiner Mutter gleich gesagt, dass ihre Bedingung sinnlos ist und du allein hättest kommen sollen.«

»Vater«, knurrt Austin, während ich die bittere Pille, die dieses Scheusal gerade in meinen Rachen gestopft hat, schlucken muss. Seine Worte sind wie ein Schlag in die Magengrube. Wie wenig Anstand kann ein Mensch besitzen? Bevor ich das ungehobelte Verhalten dieses Mannes weiter analysieren kann, ergreift jemand anderes das Wort.

»Du willst uns also wirklich weismachen, dass du endlich sesshaft geworden bist?« Ein groß gewachsener Kerl erhebt sich aus einem der Sessel, an seiner Seite eine Frau, die mit ihrem scharfkantigen Modelgesicht, dem goldenen Paillettenkleid und den mörderisch hohen Schuhen perfekt in dieses Interieur passt. Ihre Beine sind beinahe so lang wie mein ganzer Körper.

»Schön, dich mal wieder zu sehen, Bruderherz.« Das muss dann wohl Jacob sein. Mit seinen blonden Haaren, die aussehen, als wäre er kopfüber in eine Büchse Sardinenöl gefallen, und dem blassen Teint, hat er keinerlei Ähnlichkeit mit Austin. Er trägt einen maßgeschneiderten Anzug, der ihm wie angegossen sitzt. Seine Schuhe sind so stark poliert, dass sich der ganze Raum in ihnen spiegelt.

»Ganz meinerseits«, erwidert Austin lieblich. Der Spott trieft dabei aus seiner Stimme wie aus einem vollgesogenen Schwamm. Ich weiß, dass die beiden ein schwieriges Verhältnis haben, aber dass es so eisig zwischen ihnen ist, hätte ich nicht erwartet.

Mit ihrem rivalisierenden Verhalten holen sie den Winter von draußen direkt ins Haus. Während die Liebe zwischen mir und meinen Geschwistern mein Leben gerettet hat, scheint Austin weitaus weniger Glück mit seiner Familie zu haben.

»Das ist meine Verlobte, Nicolina Sue.« Jacob zieht die Frau wie eine Puppe an seine Seite und legt demonstrativ einen Arm um ihre schlanke Taille. Die schwarzhaarige Schönheit reicht Austin die Hand und präsentiert dabei mehr als provokant den Klunker an ihrem Ringfinger. Gott, ich will hier weg. Nichts an diesen Leuten wirkt auch nur im Entferntesten echt, dafür müssen sie nicht einmal ein Wort mit mir gewechselt haben. Überhaupt fühle ich mich wie das fünfte Rad am Wagen, wie ein Zuschauer dieses mehr als unangenehmen Schauspiels. Alles hier schreit mir *Du bist nicht gut genug* entgegen.

»Du musst Austin sein. Dein Bruder hat mir viel von dir erzählt.« Ihr Blick huscht über seinen Oberkörper, der unter dem schwarzen Hemd, das er heute trägt, wahnsinnig gut zur Geltung kommt. Es ist ihr anzusehen, dass sie sich gerade vorstellt, wie sie ihm dieses Hemd aufknöpft. Eifersucht pocht in meiner Brust, und mein Herz zieht sich schmerzhaft zusammen.

»Das kann ich mir vorstellen. Was genau hat dir dein *Verlobter* denn über mich erzählt? Dass ich der Versager dieser Familie bin?« Austins Blick haftet dabei unbeweglich auf dem Gesicht seines Bruders. Um ihm das Gefühl zu geben, nicht allein zu sein, fahre ich mit dem Daumen sanfte Kreise über seinen Handrücken. Seine Anspannung verschluckt jedes Sauerstoffmolekül in diesem Raum.

»Tut mir leid, dass sich dein Freund wie ein Neandertaler benimmt. Das war schon immer so … wie war dein Name doch gleich, Schönheit?« Ich verschlucke mich an diesem Kosenamen, der mit jeder Silbe vor Provokation nur so strotzt.

»Stella«, stelle ich mich leise vor. Zum ersten Mal trifft mich Jacobs Blick, und als er mich mit einem Kuss auf die Wange begrüßt, versteife ich mich am ganzen Körper. Nicht nur, weil er mir zu nahe kommt und ich auf diese Nähe dankend verzichten könnte, sondern auch, weil mich der intensive holzige Duft seines Aftershaves mit voller Wucht erwischt. Wie eine Welle, die mich unter sich begräbt und nicht mehr entkommen lässt.

Ich erinnere mich an diese intensive Note, die für meinen Geschmack viel zu aufdringlich ist. Jacobs Lippen verharren zu lange auf meiner Wange, sodass die Panik langsam, aber sicher zurück in meinen Körper kriecht. Emmas Umarmungen haben mir nicht viel ausgemacht, aber bei Jacob ist es anders. Ich muss ihn nicht kennen, um zu wissen, dass er ein oberflächlicher Mensch ist, der keine guten Absichten hegt.

Austin legt seine Hand auf die Brust seines Bruders und schiebt ihn knurrend von mir weg, woraufhin ich wieder besser atmen kann. Dieser flüchtige Moment der Erleichterung währt jedoch nicht lange, denn als ich Austins Bruder zum ersten Mal richtig ins Gesicht sehe, dieses dunkle Funkeln in seinen Augen erkenne, das jegliche Wärme aus dem Raum verschluckt, rase ich geradewegs in einen Flashback hinein.

Jacob scheint es ähnlich zu gehen, denn seine bis eben noch aalglatte Stirn legt sich nun in tiefe Falten. Sein Blick verdüstert sich.

Ich kenne sein Gesicht.

Ich kenne seinen Duft.

Zwar nur flüchtig, aber es reicht, um die Erkenntnis wie einen Blitz in mein Gedächtnis einschlagen zu lassen. Zum ersten Mal erinnere ich mich wieder daran, was passiert ist, *bevor* ich Austin im Wasser treiben sah. *Bevor* ich ihn aus dem Wasser gezogen und den Krankenwagen gerufen habe.

Ich hatte gerade mit Libby telefoniert, um ihr zu sagen, dass ich auf dem Weg nach Hause sei. Dass ich alle Zutaten ihrer Einkaufsliste im Supermarkt bekommen hatte. In meiner linken Hand das Handy, mit der anderen habe ich mein Fahrrad geschoben, an dessen Lenker die Einkäufe für das Thanksgiving-Essen hingen.

Doch ehe ich das Handy in meine Tasche schieben konnte, wurde ich von einem Kerl in schwarzer Kleidung angerempelt. So heftig, dass ich vor Schreck alles fallenließ. Mein Handy, das im Matsch landete, das Fahrrad, das zur Seite kippte, und die Einkaufstaschen, die ins regennasse Gras plumpsten wie lose Steine.

Ich erinnere mich daran, das Gesicht des Mannes gesehen zu haben. Lange genug, um sich in mein Gedächtnis zu brennen. Und jetzt habe ich einen Namen zu dem Gesicht. *Jacob*. Er war am Blossom Lake, während sein Bruder regungslos im Wasser trieb.

KAPITEL 30

Austin

Zwanzig Minuten im Haus meiner Familie gleichen einem einwöchigen Survival-Retreat in der Wildnis Alaskas.

Mitten. Im. Fucking. Winter.

Ich fühle mich schon jetzt, als hätte mich mein Vater gemeinsam mit Jacob durch den Fleischwolf gedreht und anschließend auf den Boden gespuckt.

Doch noch viel schlimmer als ihre gekonnt platzierten Seitenhiebe gegen mich ist die Art und Weise, wie sie mit Stella umgehen. Während mein Vater sie konsequent ignoriert, durchbohrt Jacob sie unentwegt mit seinen ekelhaften Blicken.

Schon bei der Begrüßung wollte ich Bambi am liebsten schnappen, mir über die Schulter werfen und sie von hier wegbringen, bevor die Situation eskaliert und Jacob mit seiner bloßen Anwesenheit Gefühle in ihr wachruft, die sie in letzter Zeit so gut im Griff hatte.

Seine schmierigen Hände auf ihrer Hüfte zu sehen, hat das Fass beinahe zum Überlaufen gebracht, aber ich habe mich Stella und Emma zuliebe zusammengerissen. Das Letzte, was ich wollte, war einen Aufstand anzuzetteln und Stella in eine noch unangenehmere Lage zu bringen, als ich es eh schon getan habe.

»Also, Austin. Wie läuft das Studium?«, fragt mein Vater und richtet seine ohnehin akkurat sitzende Krawatte.

Manchmal frage ich mich, ob ich wirklich von diesem Mann abstamme oder ob meine Mutter ihn mit irgendeinem Kerl betrogen hat. Denn auch wenn unsere optische Ähnlichkeit nicht zu leugnen ist, haben wir charakterlich rein gar nichts gemein. Für meinen Vater zählen nur Erfolg und die Summe auf seinem Bankkonto, alles andere ist zweitrangig.

»Es läuft.« *Und es geht mir jeden einzelnen Tag, an dem ich mich zur Uni schleppe, mächtig auf die Eier. Danke der Nachfrage, Dad.*

Ich interessiere mich nicht im Geringsten für das Finanzwesen, aber das war meinem Vater egal. Ich sollte in seine Fußstapfen treten, so wie es mein Bruder freudestrahlend getan hat. Natürlich hat er das, schließlich ist er der König im Arschkriechen.

»Gesprächig wie immer, was?«, wirft Jacob mit einem gehässigen Lachen auf den Lippen ein. Seine Verlobte klebt an ihm wie ein in Gold getränkter Tesafilm. Ihre Blicke haben mich schon bei der Begrüßung förmlich ausgezogen, und ihre Hände fummeln die ganze Zeit an meinem Bruder herum, während sie mich nicht aus den Augen lässt. Verübeln kann ich es ihr nicht, denn Jacob hat sich heute Abend besonders viel Mühe gegeben, wie ein aalglatter Snob auszusehen.

»Du solltest demnächst nach New York an die Börse kommen, Bruderherz. Damit du mal sehen kannst, wie eine *richtige* Karriere aussieht.« Jacob schwenkt den Whiskey in seinem Glas, bevor er einen langen Schluck der goldbraunen

Flüssigkeit zu sich nimmt. Provokativ hält er den Blickkontakt aufrecht.

»Kein Interesse.« Die bloße Anwesenheit dieses Kerls widert mich an. Lediglich Stellas Nähe ist es zu verdanken, dass ich nicht wie eine Bombe hochgehe. Sie würde dieses Haus bis auf seine Grundmauern zerstören, so viel steht fest.

»Austin«, tadelt mich mein Vater. »Dein Bruder hat recht. Du solltest langsam anfangen, an deine Zeit nach dem Studium zu denken. Wie es für dich weitergeht. Du musst dich endlich um deine berufliche Zukunft kümmern, anstatt auf unsere Kosten in den Tag hinein zu leben. So geht es nicht weiter, wir haben deine Faulheit lange genug toleriert.«

Zu meinem Glück wird sein alberner Vortrag unterbrochen, als Emmy in den Salon stürmt und auf den freien Platz neben Stella hüpft. Sofort klammert sie sich wieder an sie, als wären sie schon seit Ewigkeiten beste Freundinnen.

»Mama bringt gleich das Essen, Stella! Die Sterne sind nämlich nicht den ganzen Abend da, weißt du? Die schlafen, wenn es bewölkt ist.«

Mein Blick heftet sich an die beiden einzigen Menschen in diesem Raum, die mir ein gutes Gefühl geben. Doch als ich sehe, wie blass Stella in den letzten Minuten geworden ist, entsteht ein flaues Gefühl in meinem Magen. Sie sieht aus, als hätte sie einen fucking Geist gesehen. Liegt es an Jacobs Aufdringlichkeit? An seinen mehr als forschen Blicken? Dieser ekelhaften Aufmerksamkeit, die er ihr schenkt, seit wir uns gemeinsam an den Tisch gesetzt haben?

Ich beuge mich zu ihr hinüber. »Ist alles okay, Bambi?« Ihre kleine Hand umschließe ich fest mit meiner, spüre die Kälte ihrer Fingerspitzen an meinen. Irgendetwas stimmt hier gewaltig nicht, und ich stehe kurz davor, das Essen einfach abzubrechen und Stella nach Hause zu fahren. Es war von Anfang an keine gute Idee, sie diesem unnötigen Stress auszusetzen. Selbst ich fühle mich nach einem Abend bei meiner Familie immer komplett ausgelaugt, und mir macht soziale Interaktion im Normalfall nichts aus.

»Alles in Ordnung«, wispert sie, weicht meinem Blick aber kontinuierlich aus. Stattdessen brennt sie mit ihren rehbraunen Augen Löcher in die weiße Tischdecke. Fuck.

»Das Essen ist fertig!« Mit diesen Worten betritt meine Mutter an der Seite unseres mit einem Tablett bewaffneten Hausmädchens den Salon. Als ich meiner Mutter ins Gesicht sehe und den Kranz aus Falten um ihre Augen entdecke, wird mir bewusst, wie lange ich nicht mehr hier war. Das letzte Mal scheint eine Ewigkeit her zu sein. Die Frau, die jetzt auf die Tafel zutritt, wirkt wie eine Fremde auf mich. Fremde Kleidung, fremder Gesichtsausdruck, fremde Stimme.

Im Hintergrund höre ich Jacob und seine Verlobte tuscheln, meinen Vater mit seinen Zähnen knirschen und mein eigenes Herz poltern, während Mom in ihrem schwarzen, knitterfreien Kostüm auf uns zugeht.

Sobald sie mich erblickt, flackert ein Ausdruck purer Enttäuschung über ihr Gesicht, und ihre eisblauen Augen sprühen vor Missmut. Dabei bin ich doch hier, verdammt! Was will sie noch? Dass ich ihr um den Hals falle, nachdem sie sich monatelang lang geweigert hat, mich in der WG zu besuchen? Dankbarkeit, weil sie sich zwar dauernd nach meinem Studium, nie aber nach meinem Befinden erkundigt?

Wenn es nach mir ginge, hätte ich längst versucht, mit der Fotografie Geld zu verdienen, aber da war immer ihre Stimme in meinem Kopf, die mich davon abgehalten hat. Diese lästige Stimme, die mir eingeredet hat, dass das Fotografieren eine brotlose Kunst ohne Zukunft sei. Dass ich diese Familie lange genug enttäuscht habe und endlich meinen Platz im Leben finden muss.

»Schön, dass du da bist, Austin.« Ihre Worte klingen hohl, vollkommen leer. Da ist keinerlei Gefühlsregung in ihnen, kein Funken Ehrlichkeit. Mütterliche Zuneigung? Fehlanzeige.

»Und wie ich sehe, bist du wirklich in Begleitung gekommen.« Zum ersten Mal, seit sie den Salon betreten hat, sieht sie Stella an. Bambi verkrampft sich neben mir noch mehr, und dabei würde ich ihr gern sagen, dass meine Mutter neben Emmy noch die harmloseste Person an diesem Tisch ist.

»Mom, das ist Stella Jones. Stella, meine Mutter.« Ich deute fahrig auf die Frau, die nur biologisch gesehen meine Mutter ist. In sonstiger Hinsicht hat sie nämlich seit meiner Geburt auf ganzer Linie versagt. Ich kann nur beten, dass sie Emmy eine bessere Mutter ist, als sie mir je war.

»Guten Abend.« Stella hebt etwas unbeholfen ihre Hand, weil sie nicht weiß, wie sie sich richtig verhalten soll. Dabei kann man es dieser giftigen Familie ohnehin nicht recht machen.

»Woher kennt ihr zwei euch, Stella?«, will meine Mutter unterkühlt wissen und setzt sich an ihren Stammplatz an der kurzen Kante der Tafel. Direkt meinem Vater gegenüber, den sie dabei geflissentlich ignoriert. Zwischen den beiden herrscht seit dem Auffliegen seiner Affäre Eiszeit, trotzdem kamen sie nie auf die Idee, sich zu trennen. Zu viel Geld steht auf dem Spiel.

»Stella ist die Schwester meines Mitbewohners. Isaiah. Sagt euch das was?«

»Natürlich weiß ich, wer Isaiah ist.« Mom schnalzt mit der

Zunge und faltet ebenso wie mein Vater zuvor ihre Stoffserviette auseinander.

»Studierst du auch an der UMaine, Stella?«, klinkt sich nun Jacob sich in unser Gespräch ein, obwohl ich ihn gern mit einem Arschtritt zurück nach New York befördern würde. Ohne Rückfahrkarte, versteht sich.

»Nein, ich studiere nicht.« Man hört Stella an, dass ihr diese Tatsache unangenehm ist. Meine Eltern verurteilen Menschen, die keine große Karriere anstreben. Ich hingegen bewundere Stella dafür, dass sie sich komplett der Arbeit mit den Hunden verschrieben hat. Weil es das ist, was sie liebt. Was sie erfüllt. Für sie ist Geld bloß ein bedruckter Schein, ein Mittel zum Zweck, nichts von emotionalem Wert.

»Was machst du denn sonst mit deiner Zeit, Mädchen? Verplemperst du deine besten Jahre genauso wie mein Sohn?« Mein Vater lacht gönnerhaft. Ich hingegen würde ihm für diesen Spruch gern den Mittelfinger zeigen.

»Ich wohne eigentlich in Bar Harbor und arbeite dort in einem Hundeshelter.« Stellas Stimme zittert, und ich bin mir sicher, dass ihr unsicheres Verhalten meiner Mutter später in die Karten spielen wird.

Dieses Mädchen ist nichts für dich, Austin.

Sie ist zu schüchtern, zu ruhig, zu ungebildet für diese Familie.

Und ich würde hinterher setzen, dass sie nur eins ist: *zu* gut *für mich.*

»Wird man da denn wenigstens anständig bezahlt?« Natürlich ist es mein geldgeiler Bruder, der die Frage aller Fragen stellt. Als wäre Geld das Nonplusultra für ein erfülltes Leben. Meine Familie ist das beste Beispiel dafür, dass Geld kein Glücksgarant ist. Jeder an diesem Tisch schwimmt regelrecht in Kohle, doch in keinem Augenpaar sehe ich auch nur den Hauch von Zufriedenheit oder Erfüllung. Ich sehe nur Leere.

»Ehrlich gesagt, werde ich gar nicht für meine Arbeit bezahlt. Jedenfalls nicht im klassischen Sinn.« Stella räuspert sich und starrt weiterhin auf die weiße Tischdecke. Sie schlägt sich unglaublich gut dafür, dass sie gerade ins Kreuzverhör meiner Familie geraten ist. »Ich helfe im Shelter, kümmere mich um die Tiere und darf dafür kostenlos im Haus des Betreibers wohnen und essen.«

»Für das, was du gerade beschrieben hast, gibt es einen Begriff. Und der nennt sich Ausbeutung, Schönheit.« Da ist er wieder, dieser dämliche Kosename, den ich meinem Bruder gern von der Zunge schneiden würde.

Meine Mutter fährt gedankenversunken mit den manikürten Fingern über den Rand ihres Weinglases und lässt Stella dabei nicht aus den Augen. »Irgendwie kommt mir dein Gesicht so bekannt vor. Ich bin mir relativ sicher, wir sind uns schon einmal begegnet.«

»Ich glaube, Sie verwechseln mich, Mrs. Lakefield. Ich wohne schon seit Jahren nicht mehr in Blossom Lake und bin nur vorübergehend hier zu Besuch.«

»Im Krankenhaus!«, stößt Mom unvermittelt aus. »Im Krankenhaus«, setzt sie jetzt leiser, mit gerunzelter Stirn nach und sinkt gegen die Lehne ihres Stuhls.

»Sag mir, Austin, wie lange kennt ihr zwei euch schon?«, richtet sie das Wort nun an mich, während Stella auf ihrem Stuhl immer kleiner wird. Inzwischen ist ihr Gesicht kreidebleich und ihre Lippen zittern bei genauerem Hinsehen.

»Erst seit einigen Wochen. Wieso?«

»Weil ich mir sicher bin, dass dieses Mädchen im Krankenhaus gewesen ist. Damals, nach deinem Unfall.«

Moms Antwort ist so absurd, dass ich lediglich ein genervtes Schnaufen ausstoße. Welchen Trip fährt sie denn gerade? War in ihrem Wein vielleicht ein bisschen LSD?

»Bullshit.« Mehr sage ich nicht. »Ich kannte Stella damals noch gar nicht.«

»Jetzt, wo du es sagst, Mutter …« Jacob stellt sein Whiskeyglas mit Schwung auf dem Tisch ab und beugt sich leicht nach vorn. Da er Stella gegenübersitzt, kommt er ihr damit wieder zu nahe.

»Ich erinnere mich auch an ihr Gesicht. Sie kam in dieser Nacht aus seinem Zimmer.«

»Könnt ihr mit der Scheiße aufhören?«, knurre ich. »Ich habe keine Ahnung, wovon zum Teufel ihr sprecht, aber Stella war damals ganz sicher nicht im Krankenhaus.«

»Austin«, sagt meine Mutter gespielt lieblich. »Wenn ich es dir doch sage. Damals war sie noch jünger, aber sie hat sich kaum verändert. Ich dachte, dass sie eine Freundin von dir wäre, die sich nach dir erkundigen wollte.«

Langsam weicht auch mir vermutlich die Farbe aus dem Gesicht, weil ich nicht weiß, was meine Familie hier für ein krankes Spiel spielt. Warum erfinden sie so eine Scheißlügengeschichte? Weil sie Stella nicht mögen? Sie nicht gut und reich genug ist, um mit uns an diesem Tisch zu sitzen? Weil sie keine Nicolina Sue ist?

»Sag mal, Stella. Was hattest du im Krankenhaus zu suchen, wenn du meinen Sohn damals noch gar nicht kanntest?«

»Ich …« Stella schnappt nach Luft, und als ich sie ansehe, verknoten sich meine Organe. Eins nach dem anderen. Mein Herz verdrängt meine Lunge, weil es auf die dreifache Größe anschwillt.

Stella rutscht nervös auf ihrem Stuhl hin und her, ihre

Hände haben sich inzwischen in richtige Eisklumpen verwandelt.

»Erinnerst du dich auch daran, dass ihre Kleidung an diesem Abend komplett durchnässt war, Mutter?« Jacob gießt noch mehr Öl ins Feuer. Dieses Gespräch geht in eine Richtung, die mir die Kehle zuschnürt und meinen Magen heftig rumoren lässt.

Meine Mutter nickt, wirkt zum ersten Mal seit einer Ewigkeit nicht wie eine emotionslose Puppe. In ihren Augen schwimmen Tränen, die mich völlig aus dem Konzept bringen. Meine Mutter hat nie vor mir geweint, nicht einmal nach meinem Unfall oder als meine Karriere den Bach runterging. Auch nicht, als ihre Ehe beinahe zerbrochen wäre, weil mein Vater meinte, seine Assistentin auf dem Schreibtisch vögeln zu müssen. In den dreiundzwanzig Jahren meines Lebens war sie so gefühlvoll wie ein kalter Stein, aber gerade regt sich etwas in ihr. Zum allerersten Mal.

»Ich sollte … ich sollte gehen.« Stella entzieht mir ihre Hand und fährt von ihrem Stuhl hoch, aber ich werde sie jetzt nicht einfach so verschwinden lassen. Nicht, solange ich nicht weiß, was hier gerade für ein schräger Film läuft. Ich halte sie am Handgelenk zurück, woraufhin sie heftig zu schluchzen beginnt.

»Es war ein Fehler, dich zu begleiten, Austin.«

»Und wie es das war!«, faucht meine Mutter und springt ebenfalls von ihrem Platz auf.

»Bist du dir sicher, dass du dich nicht täuschst?«, klinkt sich mein Vater desinteressiert ein. »Das Mädel hat doch ein Allerweltsgesicht.«

»Ich bin mir sicher!« Mom stellt sich vor Stella und sieht von oben auf sie herab, als wäre sie lediglich eine lästige Küchenschabe in ihrem ach so noblen Haus.

»Ich habe dieses Mädchen in der Nacht deines Unfalls gesehen, Austin. Im Krankenhaus. Sie war in deinem Zimmer. Ob du mir glaubst oder nicht, ist mir ehrlich gesagt egal. Ich weiß, was ich gesehen habe!«

Umgehend lasse ich Stellas Handgelenk los, ignoriere die Leere, die in meiner Brust entsteht, und versuche die Worte meiner Mutter zu sortieren. Sie in ein Bild zu verwandeln, das einen Sinn ergibt. Bis eben ging ich noch fest davon aus, dass sie Stella bloß vergraulen will, aber ihre Tränen sprechen eine andere Sprache.

»Stella …« Ihr Name kommt wie ein sanfter Windhauch über meine Lippen. Ein Windhauch, der eine Scheißangst vor der Wahrheit hat. »Stella, sieh mich an.« Aber sie weigert sich, starrt apathisch auf den gefliesten Boden vor uns.

»Sag mir, dass das nicht wahr ist«, knurre ich und würde sie am liebsten vor versammelter Mannschaft anschreien, endlich den Blick zu heben. In den letzten Wochen haben ihre Augen nie gelogen. Aus diesem Grund muss sie mich ansehen, und zwar jetzt! Weil mich diese Ungewissheit langsam, aber sicher killt.

»Glaubst du, sie hatte etwas mit Austins Unfall am See zu tun?« Jacob tritt neben unsere Mutter, mit einem gehässigen Schmunzeln auf den Lippen. »Ich glaube ja nicht an Zufälle.«

Mein Bruder rammt mir einen Dolch mitten in die Brust, schön rein ins Herz, das gerade erst wieder angefangen hat, zu schlagen. Gemeinsam mit unserer Mutter bildet er eine menschliche Mauer, gegen die ich nie eine Chance hatte. Nun richtet sie sich gegen Stella. Ihre Schultern sacken nach unten, während sie unkontrolliert zu zittern beginnt.

»Ich kann es erklären«, wimmert sie.

Weil meine Geduld langsam am Ende ist, greife ich nach

ihrem Kinn und hebe ihren Kopf an, damit sie mir ins Gesicht sieht. Damit ich sehen kann, ob meine Mutter die Wahrheit gesagt hat oder nur für Streit zwischen uns sorgen will.

»Stimmt es?«, frage ich sie harsch. »Warst du da? In dieser Nacht?«

»Ja, ich … ich war da«, erwidert sie und wird immer wieder von einem Schluchzen unterbrochen. »Aber es ist nicht so, wie sie es darstellen.« Endlich hebt sie den Blick. In ihren bernsteinfarbenen Augen schimmern Tränen. Der Boden unter meinen Füßen reißt auf und verschluckt mich.

Stellas Augen glitzern vor Schuld, vor Scham, vor Traurigkeit. Ich glaube ihnen mehr als ihren Worten.

Unkontrolliert stolpere ich zurück, stoße mit dem Rücken gegen einen der Stühle und schiebe ihn so harsch zur Seite, dass er krachend umkippt. Emmy beginnt zu weinen, aber ich kann mich gerade auf nichts anderes als meine Flucht konzentrieren. Die Wände hier drin scheinen mit jedem Schritt, den ich mache, näher zu kommen.

»Austin, bitte. Lass es mich erklären.« Aber ich kann nicht. Kann nicht länger in diesem Haus sein, umgeben von Menschen, die mich lieben sollten und es doch nicht tun. Menschen, die ehrlich zu mir sein sollten und doch die ganze Zeit eine Lüge nach der anderen ausspucken. Und Stella gehört offensichtlich dazu.

Ich habe ihr von meinem Traum erzählt. Von meiner geplatzten Karriere, von meinen dunkelsten Tagen nach dem Unfall. Von meinen fehlenden Erinnerungen an jene Nacht. Mehr als einmal. Trotzdem hat sie mir verheimlicht, dass sie da war. Dass sie meine Geschichte längst kennt.

»Ich muss hier raus.«

»Austin, bitte hör mich an!« Stella weint. Doch auch wenn

es mir das Scheißherz bricht, verspüre ich dieses Mal nicht den Wunsch, ihre Tränen zu trocknen. Ich will sie nicht in den Arm nehmen und trösten, wie ich es sonst immer getan habe. Ich will nur eins: weg von hier.

KAPITEL 31

Stella

Das Blut rauscht in meinen Ohren und spült dieses unerträgliche Gefühl wie ein Tsunami durch meinen Körper, bis sie überall ist. Schuld, Schuld, Schuld. Ich atme hektisch, und mein Herz schlägt mir bis zum Hals. Ich will nur eins: Austin folgen. Ihn aufhalten. Ihm erklären, wieso ich ihm nicht sofort die Wahrheit gesagt habe, als wir uns in der WG wiederbegegnet sind.

Austins Mutter sieht mich immer noch schockiert an. Ehrlich gesagt erinnere ich mich nicht daran, ihr schon einmal über den Weg gelaufen zu sein, weil ich im Krankenhaus so durch den Wind war und mich nur verschwommen an die Stunden nach Austins Rettung erinnere.

Deshalb habe ich überhaupt erst vergessen, dass ich Jacob am See begegnet bin. Der trägt jetzt nur ein wissendes Lächeln auf den Lippen wie eine geladene Waffe, mit der er direkt auf meinen Kopf zielt.

Ich glaube ja nicht an Zufälle.

Das waren seine Worte, und je länger wir uns gegenüberstehen, desto überzeugter bin ich, dass er Schuld an dem Unfall seines kleinen Bruders trägt. Jetzt will er sie mir in die Schuhe schieben, weil ich ein leichtes Opfer für ihn bin.

Noch immer laufen mir heiße Tränen über das Gesicht. Ich zittere am ganzen Leib, als hätte ich eine Nacht in der eisigen Kälte dort draußen verbracht, und mache ebenfalls einen Schritt zurück. Weil ich keine Zeit verlieren darf! Keine einzige Sekunde.

Austin ist sicher längst gefahren, will mich nie wieder sehen. Aber ich muss wenigstens die Chance bekommen, ihm meine Version der Geschichte zu erzählen.

Schluchzend drehe ich mich um und renne los, durch die Salontür direkt in die kalte Eingangshalle, die vorhin noch von Emmys warmem Lachen erfüllt war. Noch bevor ich nach draußen verschwinden kann, schnellt ein Arm hervor und knallt die Tür direkt vor meiner Nase wieder zu.

»Wo willst du so schnell hin, Schönheit?« Jacobs Atem streift meinen Nacken, sein warmer Körper drückt sich von hinten gegen meinen. Mit geschlossenen Augen versuche ich, nicht in Panik zu geraten, aber alles an diesem Mann triggert meine Angst. Die Tonlage seiner Stimme, sein gepresster Atem, der Druck, den er mit seinem Körper auf meinen ausübt. Ich will nur noch hier weg, will mich in Luft auflösen, um der Situation zu entkommen. Ihm zu entkommen.

»Dreh dich um«, befiehlt er, und ich gehorche, auch wenn ich es nicht will. Meine Augen halte ich geschlossen, weil ich nicht sehen will, wie nah er mir ist. Es reicht, dass ich es spüren kann.

»Wir wissen beide, dass wir mächtig in der Klemme stecken, hm?« Eine zarte Berührung an meiner Wange, ein Flächenbrand auf meinem Körper. Jacob fährt mit seiner Hand über mein Gesicht und packt mein Kinn anschließend so grob, dass ich erschrocken nach Luft japse und panisch die Augen aufreiße. Er durchbohrt mich beinahe mit seinen tödlichen Blicken.

»Ich habe dich am Blossom Lake gesehen«, wispere ich.

»Wenn du meinem Bruder auch nur ein Sterbenswörtchen davon erzählst, mache ich dir das Leben zu Hölle, kleine Stella.« Er beugt sich über mich, führt seine Lippen an mein Ohr und treibt mich dadurch an den Rand einer Ohnmacht.

In meinem Kopf ist nur ein Wort.

Ein Name.

Austin. Austin. Austin.

Ich brauche seine Hand, die meine hält. Seine Stimme, die mich beruhigt. Ich brauche ihn. Aber er ist nicht hier, weil ich ihn belogen habe.

»Hast du das verstanden? Ein Wort zu Austin, und ich mache dich fertig. Du wärst gewiss nicht die erste Person, deren Leben ich ruiniere.«

So wie du das Leben deines Bruders ruiniert hast?

Diese Frage brennt auf meiner Zunge, aber ich halte sie zurück. Nur meinen Tränen lasse ich wieder freien Lauf, weil ich daran denken muss, wie enttäuscht Austin mich angesehen hat, als er die Wahrheit erfahren hat. Auch wenn es nur ein kleiner Bruchteil dieser Wahrheit war, denn er hat keine Ahnung, was wirklich passiert ist. Der einzige Mensch, der die ganze Wahrheit kennt, droht mir gerade damit, mein Leben zu zerstören. Als wäre es das nicht längst …

»Und jetzt verschwinde aus diesem Haus, du hattest hier ohnehin nichts verloren.« Jacob presst sich noch näher an mich, und ich halte den Atem an, bis er die Tür in meinem Rücken öffnet.

Völlig durcheinander stolpere ich aus dem Haus, über die Veranda, direkt Richtung Straße. Wie erwartet ist Austins Wagen längst fort. Und ich? Ich bin allein. *Wie in jener Nacht.* Nach wenigen Metern durchgefroren. *Wie in jener Nacht.* Und *wie in jener Nacht* habe ich nur ein Ziel: Austin finden. Und ihn um Verzeihung bitten.

***

Mir ist bitterkalt, während ich über den Flur des Krankenhauses renne. Meine Lunge sticht, als würde ein Messer in ihr stecken. Mit jedem Schritt geht die Klinge etwas tiefer. Richtet mehr Schaden an. Wird Spuren hinterlassen, die mich ein Leben lang begleiten werden.

Keine Ahnung, wie mein Plan aussieht. Als ich aus sicherer Entfernung gesehen habe, wie dieser Junge in den Krankenwagen verfrachtet wurde, konnte ich nicht einfach nach Hause und so tun, als sei nichts passiert. Er wäre beinahe vor meinen Augen ertrunken, vor meinen Augen gestorben. Ich muss wissen, ob es ihm gut geht Ob er diese Nacht überlebt.

Also bin ich direkt mit meinem Fahrrad hingefahren. Libby habe ich geschrieben, dass ich noch einen Abstecher zu einer Freundin mache. Sie wird mich später vermutlich mit skeptischen Fragen löchern, denn Libby weiß genauso gut wie ich, dass ich in der Schule keinerlei Freunde habe. Nicht mehr.

Meine Schuhe quietschen bei jedem Schritt, während ich durch die kahlen Flure des Blossom Lake Hospitals laufe. Ich muss ein schräges Erscheinungsbild abgeben, aber das ist mir egal. Nichts davon spielt eine Rolle, solange ich nicht weiß, ob dieser Junge es schafft.

Mir fällt ein tonnengroßer Stein vom Herzen, als ich sehe, dass Rufus heute den Nachtdienst auf der Station hat. Er war hier schon Krankenpfleger, als ich nach dem Brand selbst Patientin in diesem Krankenhaus war. Er summt zu der Country-Musik, die ganz leise im Hintergrund läuft, und macht eine elegante Drehung mit seinem Stuhl. Anschließend wühlt er sich weiter durch den Stapel an Krankenakten vor seiner Nase.

»Hi.«

»O Herr im Himmel!« Er lässt die Akten auf den Tisch fallen und fasst sich theatralisch ans Herz. »Willst du mich zu Tode erschrecken, oder was?« Mit zusammengekniffenen Augen sieht er zu mir auf, und sobald er mich erkennt, weiten sie sich wieder. Sie sind grünblau wie das Seewasser, das immer noch an meiner Haut und meiner Kleidung haftet.

»Stella? War in meiner Wasserflasche Wodka oder stehst du gerade wirklich vor mir?« Über seine schön geschwungenen Lippen huscht ein Grinsen. Wir haben uns schon damals gut verstanden. Rufus könnte vom Alter her mein Vater sein, aber ich habe ihn immer eher wie einen coolen Onkel gesehen. Er hat mir manchmal sogar Gute-Nacht-Geschichten vorgelesen, wenn ich vor Schmerzen mal wieder nicht einschlafen konnte.

»Ich bin es wirklich.«

»Schüttet es draußen schon wieder? Du bist ja ganz nass.« Er deutet auf meine Klamotten. Da es hier keine Fenster gibt, nicke ich. Unangenehme Fragen kann ich gerade nicht gebrauchen.

»Ich muss dich um einen Gefallen bitten«, falle ich mit der Tür ins Haus. Die Kapuze, die ich mir tief in die Stirn gezogen habe, lässt mich genauso verdächtig wirken wie die nasse Spur, die ich im ganzen Krankenhaus mit meinen Schuhen hinterlassen habe. Aber das spielt für mich keine

Rolle, solange ich nicht weiß, wie es dem Jungen mit dem Halbmondmuttermal auf der Wange geht.

»Was kann ich für dich tun, Kleines?«

»Ein Freund von mir wurde heute Abend hier eingeliefert. Kannst du mir sagen, wo ich ihn finde?« Ich versuche, mich möglichst normal zu verhalten, aber allein, dass ich um diese Uhrzeit völlig durchnässt hier aufkreuze, spricht Bände.

Rufus zieht die Brauen so eng zusammen, dass aus ihnen eine dunkle Linie wird. »Ich brauche schon ein bisschen mehr Futter, Stella. Wie ist sein Name?«

»Weiß ich nicht«, flüstere ich und merke selbst, wie dämlich meine Aussage klingt. »Also, wir sind noch nicht lange befreundet. Eigentlich haben wir uns erst kennengelernt.« Ich weiß, wie sich seine Lippen anfühlen. Weich wie Samt. *Ich weiß, wie durchtrainiert sein Körper ist.* Wie in Stein gemeißelt. *Und ich weiß, dass ich nie wieder froh sein werde, wenn er die Nacht nicht übersteht, weil ich nicht schnell genug gehandelt habe. Weil ich zu zögerlich war.*

»Du suchst also einen Freund, dessen Namen du nicht kennst?« Misstrauisch zuckt seine linke Augenbraue nach oben.

»Bitte, Rufus«, jammere ich und trommle nervös mit den Fingern auf die helle Tresenplatte zwischen uns. »Ich habe es eilig. Libby wartet zu Hause auf mich.«

»Hm.« Er kratzt sich unsicher im Nacken. »Weißt du denn wenigstens, wieso dein Freund eingeliefert wurde?«

»Er hatte heute Abend einen Unfall am Blossom Lake.« Ich beiße mir auf die Unterlippe, bevor mir noch zu viele Details herausrutschen. Zum Beispiel, dass ich ihn wiederbelebt habe. Dass er für wenige Sekunden bei Bewusstsein

war und mich aus seinen großen Augen angesehen hat, als wäre ich ein Engel, der ihm geschickt wurde.

Leider fühle ich mich nicht wie ein Geschenk des Himmels, schließlich habe ich ihn einfach dort liegen gelassen und mich feige versteckt, als ich endlich den Krankenwagen gehört habe.

»Du benimmst dich seltsam, Kleine. Sicher, dass du keine Hilfe brauchst?«

»Ich brauche bloß seine Zimmernummer.« Man sieht Rufus den inneren Kampf an. Er will mir die Info geben, weiß aber im selben Moment, dass er sie eigentlich nicht herausrücken darf. Fluchend bricht er seine Regeln für mich und klickt sich eifrig durch den PC, der sein weiches Gesicht blau beleuchtet. Ein kleines Lächeln der Dankbarkeit und Erleichterung stiehlt sich auf meine Lippen.

»Na, dann lass mich mal nachsehen.« Das Klicken seiner Maus dröhnt in meinen Ohren, so laut ist es. Oder ist es mein Herz, das sich so heftig gegen meine Rippen presst?

»Viele Einlieferungen hatten wir heute nicht, aber eine könnte passen«, murmelt Rufus. »Siebzehnjähriger Junge, schwere Kopfverletzung und Unterkühlung.«

»Das ist er«, hauche ich, noch immer leicht außer Atem, weil der Weg zum Krankenhaus anstrengend war. »Wo finde ich ihn?«

»Er kam gerade aus dem OP und liegt jetzt auf Zimmer 305.« Mein Herz schwillt an, als ich diese Zahl höre. Weil ich vor drei Jahren in demselben Zimmer lag. Weil ich in diesem Raum die traurigsten Wochen meines Lebens verbracht habe. Nun liegt dieser fremde Junge in demselben Bett wie ich. Dieses Krankenhaus hat unzählige Zimmer, aber er hat ausgerechnet meines bekommen.

»Danke, Rufus. Du bist der Beste!« Mit diesen Worten stürme ich Richtung Fahrstuhl. Ich muss in den dritten Stock, muss ihn sehen, muss mein Gewissen irgendwie beruhigen. Es reinwaschen, obwohl ich im Grunde nichts falsch gemacht habe.

»Stella, jetzt warte doch mal kurz!« Nur noch gedämpft höre ich die Stimme meines Lieblingspflegers, bis sie ganz verstummt. Mit jeder Etage, die der Aufzug nimmt, schlägt mein Herz schneller und schneller. Es stellt einen neuen Rekord auf, als die Türen aufgleiten und ich über den Flur husche, den ich immer noch in- und auswendig kenne.

Vor dem Zimmer mit der Nummer 305 halte ich kurz inne, weil das, was ich hier tue, vollkommen kopflos ist. Aber ich muss dem Jungen sagen, dass es mir leidtut. Mir tut es leid, nicht bei ihm geblieben zu sein. Er hat es nicht verdient, allein gelassen zu werden. Niemand hat das.

Mit einem prüfenden Blick in beide Richtungen stelle ich fest, dass ich allein auf dem Flur bin, und husche ins Zimmer. Augenblicklich entsteht ein Sturm an Erinnerungen in mir, weil dieses Zimmer für so lange Zeit mein Zuhause gewesen ist. Das erste Zuhause, das ich nach dem Brand und Paps' Tod hatte. Ich habe das Krankenhaus gehasst, aber als ich rauskam und wieder zurück in die Welt außerhalb dieser roten Backsteine musste, wollte ich nur noch zurück in meinen sicheren Kokon.

Hier drin war ich eine Patientin, um die man sich liebevoll gekümmert hat. Da draußen war ich von einem Tag auf den anderen nur noch der Freak mit den Narben und dem toten Vater. Die Erwachsenen unserer Stadt hatten Mitleid für mich übrig, während ich von den Kindern nur gehässige Kommentare bekommen habe. Ich wollte nichts von beidem, ich wollte einfach nur die Zeit zurückdrehen.

Mein Blick huscht durch das Zimmer und bleibt schließlich an ihm hängen.

Er liegt in demselben Bett, in dem ich jede Nacht unter Tränen wach wurde. Ein weißer Verband an seinem Kopf, dessen rechte Seite für die OP komplett rasiert wurde. Er schläft, und in dieser Sekunde strahlt er fast etwas Friedliches aus. Was vermutlich an den Schmerzmitteln liegt, die ihm verabreicht wurden. An manchen Tagen wünsche ich mir diese Schmerzmittel ebenfalls zurück. Weil sie alles etwas betäuben, alles etwas erträglicher, alles etwas weniger schwer machen.

Unsicher gehe ich auf sein Bett zu, ziehe den Besucherstuhl heran und lasse mich erschöpft darauf nieder. Meine Finger krallen sich in den immer noch klammen Stoff meiner Jeans, während ich die Gesichtszüge des Jungen gedanklich nachzeichne. Er hat ein schönes Gesicht. Ein Ich-wickle-jedes-Mädchen-um-den-Finger-Gesicht. Und ich habe dieses Gesicht mit meinen Händen berührt. Diese schön geschwungenen Lippen mit meinen.

»Hey«, flüstere ich mit erstickter Stimme. »Ich wollte … ehrlich gesagt weiß ich nicht, was ich mir hierbei gedacht habe.« Mir entflieht ein hektisches Lachen. Ich bin heilfroh, dass er schläft und nichts von meinem seltsamen Gebrabbel mitbekommt.

»Ich wollte mich bei dir entschuldigen. Dafür, dass ich nicht bei dir geblieben bin, bis der Krankenwagen kam. Ich hätte dich nicht allein lassen dürfen, und das tut mir leid.« Auch wenn es höchst unwahrscheinlich ist, hoffe ich inständig, dass ihn meine Worte irgendwie erreichen.

»Ich habe vor drei Jahren in demselben Zimmer gelegen wie du jetzt.« Gott, ich mache mich hier vollkommen zur Idiotin! Kein Wunder, dass ich in der Schule wie eine Außerirdische angestarrt werde. Ich bin seltsam. Anders. Ein bisschen sehr kaputt. Als der Junge vorhin für wenige Sekunden die Augen geöffnet hatte, hatte ich das Gefühl, dieselbe Zerbrochenheit auch in ihnen gesehen zu haben.

»Darf ich dir einen Rat geben? Stell dich gut mit Rufus. Er ist der beste Pfleger hier drin. Ach, was rede ich da? Er ist der beste Pfleger dieser Welt. Wenn du nett zu ihm bist und hin und wieder mit ihm über seinen pummeligen Kater sprichst, plündert er für dich vielleicht sogar seinen heiligen Süßigkeitenschrank. Aber die Info hast du nicht von mir.«

Ein Lächeln huscht über meine Lippen, während ich mit den Kordeln meiner Jacke spiele. Meine Finger brauchen eine Beschäftigung. Brauchen etwas, das sie davon abhält, die Hand dieses Jungen zu nehmen. Ich hasse Berührungen. Aber heute Nacht bin ich schon einmal über meinen Schatten gesprungen, bin schon einmal über mich hinausgewachsen. Wieso nicht ein weiteres Mal?

Also kratze ich meine letzten Mutkrümel zusammen und lege meine Hand zögernd auf seine. Er fühlt sich nicht mehr so kalt an wie vorhin noch. Meine Finger ruhen auf seinen, und diese winzige Berührung lässt meinen Körper verrücktspielen. Mein Herz legt einen Sprint hin, während mein Magen rebelliert, als hätte ich etwas Falsches gegessen.

»Ich hoffe wirklich, dass du wieder gesund wirst«, murmle ich und sehe ihm noch einmal ins Gesicht.

Als ich schließlich Schritte auf dem Flur höre, halte ich den Atem an. Panisch blicke ich zur Tür, weil sich die

Schuhe wie High Heels anhören. Scheiße, das ist sicher keine Krankenschwester oder Ärztin.

So schnell wie möglich springe ich vom Stuhl auf und lasse seine Hand los. Vielleicht war das hier die letzte Berührung für eine sehr lange Zeit. Ich präge sie mir ein, damit ich mich später daran erinnern kann, wie es war, die Hand eines Jungen zu halten. Es hat sich normal angefühlt und gleichzeitig unnormal schön.

Sobald ich dem Bett den Rücken zudrehe, wird die Tür des Zimmers geöffnet. Eine groß gewachsene Frau in schwarzem Trenchcoat erscheint vor mir. Ihre Augen finden die meinen und werden umgehend zu kleinen Schlitzen.

»Was machst du im Zimmer meines Sohnes?«, fragt sie harsch. Ihre Stimme ist kalt, distanziert, und ich bete innerlich für den Jungen, dass sie ihm gegenüber wärmer und liebevoller klingt.

»Ich wollte nur sehen, ob es ihm gut geht«, flüstere ich in einem Anflug von Panik und stürme an der Frau vorbei in den Flur. »Tut mir leid.« Sobald ich das Zimmer hinter mir gelassen habe, renne ich los. Ich renne und habe mit jedem Schritt Richtung Ausgang das Gefühl, den Jungen schon wieder im Stich gelassen zu haben. Denn obwohl wir Fremde sind, habe ich das Gefühl, ihn längst zu kennen.

KAPITEL 32

Stella

Knapp zwei Tage sind seit dem katastrophalen Abendessen bei Austins Familie vergangen. Zwei Tage, in denen ich emotional durch die Hölle gegangen bin, weil ich seitdem nichts mehr von ihm gehört habe. Weder war er in der WG noch wusste Isaiah, wo sein Mitbewohner abgeblieben ist.

Es ist, als hätte ihn der Erdboden einfach verschluckt und würde ihn seitdem vor mir versteckt halten. Ich komme beinahe um vor Sorge um ihn, weil ich schuld an seinem Untertauchen bin. Wäre ich von Anfang an ehrlich zu ihm gewesen, würden wir jetzt nicht an diesem Punkt stehen.

Das Einzige, was mich in den letzten vierzig Stunden einigermaßen ablenken konnte, war die Arbeit im Tierheim. Gerade bin ich dabei, die Zwinger der Hunde zu reinigen und die neuen Körbchen, die wir von den Spendengeldern des Festivals kaufen konnten, zu verteilen.

Im Hintergrund hört man die übliche Tierheimmusik, die mich wenigstens für wenige Minuten am Tag von meinen lauten Gedanken ablenken kann. Venla bringt mir regelmäßig eine frische Kanne mit selbst zusammengestelltem Wintertee nach draußen, der mich von innen wärmen soll. In wenigen

Tagen ist Weihnachten, und ich hatte mir eigentlich schon einen genauen Plan zurechtgelegt.

Ich wollte die Feiertage mit meinen Geschwistern und Austin im *Little Stories* verbringen. Mit weihnachtlicher Musik, dem besten Festessen der Stadt und den Menschen, die ich am meisten liebe.

Jetzt gerade steht alles auf der Kippe, denn ohne Austin wäre unsere neue Tischgesellschaft in dem kleinen Café nicht mehr vollständig.

Unter meiner Jacke komme ich mächtig ins Schwitzen, während ich Otis' Zwinger erst mit dem Besen reinige und anschließend das graue Körbchen in die Ecke stelle. Als Nächstes fülle ich seinen Wassernapf auf.

Zwischendurch ziehe ich immer wieder mein Handy aus der Tasche meiner Jacke, um nachzusehen, ob Austin endlich auf eine meiner tausend Nachrichten geantwortet hat. Doch leider Fehlanzeige. Kein Lebenszeichen.

Ich ziehe mir den rechten Handschuh mit den Zähnen aus, klemme ihn zwischen meine Lippen und schreibe ihm die nächste Nachricht.

> *Bitte sag mir wenigstens, wo du bist.*
> *Wir machen uns Sorgen um dich.*

Ich drücke auf Senden und spüre eine enorme Schwere in meiner Brust, als die beiden grauen Haken erscheinen. Die Nachricht ist bei ihm angekommen, aber ich weiß längst, dass er wieder nicht reagieren wird.

Inzwischen ist auch Gracie dazu übergegangen, ihn mit Nachrichten zu bombardieren, weil sie sich ebenfalls Sorgen um ihn macht. Ich habe Isaiah und Gracie noch in derselben

Nacht alles erzählt, habe ihnen anvertraut, welches Geheimnis ich so viele Jahre meines Lebens streng gehütet habe. Sie konnten zwar nicht verstehen, wieso ich ihnen nicht viel früher davon erzählt habe, aber sie haben mir keine Vorwürfe deswegen gemacht.

Plötzlich wird das Hundegebell im Innenhof lauter. Ich lasse alles stehen und liegen, schiebe das Handy in meine Tasche und ziehe meinen Handschuh wieder über. Sobald ich in den kalten Hof trete und sehe, dass die Hunde eine aufgeregte Traube am Tor gebildet haben, runzle ich die Stirn. Sekunden später wird es quietschend geöffnet.

»O mein Gott! Boss?« Ich lasse die Zwinger hinter mir und renne auf Frank zu. Er hat mir gestern am Telefon gesagt, dass er noch nicht weiß, ob er es vor den Feiertagen nach Blossom Lake schafft. Und hier steht er nun. In seinem karierten Hemd unter der abgewetzten Lederjacke und mit einer schwarzen Mütze auf dem kahlen Kopf, die nicht einmal über seine von der Kälte roten Ohren reicht. Er sieht wie immer irrwitzig aus. »Du bist wirklich hier.«

Frank lässt seinen Blick über den Hof des Tierheims schweifen, und sobald er mich sieht, zucken seine Mundwinkel leicht.

»*Wir* sind wirklich hier«, korrigiert er mich mit dem typisch mürrischen Unterton, der ihm in Fleisch und Blut übergegangen ist.

»Wir?« Wovon spricht er? Hat er in den Wochen meiner Abwesenheit eine multiple Persönlichkeit entwickelt?

Doch als ich ein mir allzu vertrautes Bellen höre, das ich unter Tausenden von Hunden wiedererkennen würde, fällt der Stress der letzten Tage wie loser Staub von mir ab.

»Hero?« Ich scanne die Traube aus Pfoten, wedelnden Ruten

und süßen Hundeschnuten ab, und tatsächlich. Irgendwo zwischen den ganzen Schützlingen entdecke ich ihn.

Hero.

Meinen Hachiko.

Umgehend falle ich auf die Knie. Sekunden später springt Hero in meine Arme, stützt seine Vorderpfoten auf meiner Brust ab und schleckt mir aufgeregt über das komplette Gesicht.

»Verdammt, ich hab dich so vermisst.« Schluchzend schlinge ich meine Arme um ihn, drücke ihn so fest es geht an mein schmerzendes Herz. Die Tränen kullern unkontrolliert über meine Wangen, und Hero schleckt jede einzelne davon einfach von meinem Gesicht. In diesem Augenblick wirkt er wie ein Welpe und nicht wie ein alter Rüde, der den größten Teil seines Lebens längst hinter sich hat.

»Du hast ihn mitgebracht?«, frage ich Frank mit feuchten Augen. Er streichelt im Vorbeigehen einige Fellnasen, und als er neben mir und Hero stehen bleibt, verspüre ich zum ersten Mal in seiner Gegenwart den Wunsch, ihn zu umarmen. Ihn an mich zu drücken, als Dank dafür, dass er offenbar meine Gedanken lesen konnte. Dass er meine Sehnsucht nach Hero gespürt hat, selbst auf so viele Meilen Entfernung.

»Der alte Hund is' einfach in meinen Truck gesprungen. Hatte keine Wahl, wenn du mich fragst.«

»Danke«, flüstere ich und drücke Hero einen Kuss zwischen die Honigtopfaugen. Anschließend rapple ich mich auf und bleibe etwas unbeholfen vor Frank stehen.

»Du bist wirklich hier.«

»Hab doch gesagt, dass ich es versuche.« Er weicht meinem Blick aus und sieht sich erneut in Venlas Tierheim um. »Hier gibt es einiges zu tun, hm?«

»Einiges ist noch untertrieben. Ich bin so froh, dass du da bist.«

»Na dann«, murmelt er. Und dieses Mal klingt dieses »Na dann« anders als sonst. Es klingt wie ein »Ich hab dich vermisst«.

Ich hab dich auch vermisst, Boss.

»Zeigst du mir alles?« Er zupft an seiner Mütze herum, als wüsste er nicht, was er sonst mit seinen schwieligen Händen anstellen sollte. Hero weicht mir nicht von der Seite, während ich Frank das gesamte Gelände und die größten Baustellen zeige, die mir in den letzten Wochen aufgefallen sind. Das kaputte Dach, die Löcher im Zaun. Und irgendwie – ich weiß nicht wie – scheint Frank auch das Loch in meinem Herzen zu entdecken, obwohl ich es so unbedingt vor ihm verstecken wollte.

»Du siehst traurig aus«, stellt er grummelnd fest. »Hat dir ein Knabe das Herz gebrochen, seit du hier bist?« Sekunden später breche ich endgültig in Tränen aus, vergrabe mich wie so oft in meinem Parka und schäme mich furchtbar dafür. Weil ich vor Frank definitiv keinen Nervenzusammenbruch erleiden wollte. Aber dein Herz gibt einen Scheiß auf schlechtes Timing. Es bricht, wenn es bricht. Man kann es nicht einfach auf später verschieben wie ein nerviges Meeting.

»Himmelherrgott.« Frank seufzt. Ehe ich weiß, wie mir geschieht, liege ich bereits in seinen Armen. Ich umklammere Frank so, wie ich Paps damals immer umarmt habe, wenn ich traurig war.

Mein Boss ist so starr dabei, dass es sich anfühlt, als würde ich ein Brett umarmen, aber es ist genau das, was ich jetzt brauche.

Schluchzend bette ich mein Gesicht an seiner Brust und

lasse alles raus. Den Kummer der letzten Tage. Irgendwie sogar den Kummer des letzten Jahrzehnts.

»Das wird schon wieder.« Seine Stimme klingt ungewohnt weich. Als er schließlich seine Arme unbeholfen um mich legt, schluchze ich noch lauter. Frank Woodford umarmt nie jemanden, so wie ich bis vor Kurzem niemanden umarmt habe. Scheint so, als würden wir gerade beide über uns hinauswachsen. Gemeinsam.

»Danke, Frank«, flüstere ich. Erst nachdem es bereits zu spät ist, fällt mir auf, dass ich ihn zum ersten Mal mit seinem Vornamen angesprochen habe.

KAPITEL 33

Stella

Austins Bett riecht nach einem Stück des Himmels. Zumindest für mich, weshalb ich mich die zweite Nacht in Folge in sein Zimmer geschlichen habe, um ihm auf diese Weise näher zu sein.

Seinen Duft zu inhalieren, in der Hoffnung, dass ich so der bitteren Realität für ein paar Stunden aus dem Weg gehen kann. Ich habe noch immer nichts von ihm gehört und weiß nicht, wo er sich gerade aufhält. Wie lange er sich noch vor mir verstecken will, weil er mir nicht mehr in die Augen sehen kann.

Verzweifelt schnappe ich mir sein Kopfkissen, ziehe es dichter an mich heran und vergrabe mein Gesicht in den weichen Fasern. Wie nah wir uns noch vor wenigen Nächten in diesem Bett waren, wie intim es zwischen uns war.

Hier habe ich meinen zweiten, dritten, vierten und fünften Kuss bekommen. Jeder einzelne einzigartig, jeder einzelne heiß wie ein Brandeisen. Austin hat meine Lippen mit seinen gebrandmarkt und als *sein* markiert. Jetzt will er mich sicher nie wieder küssen, mich nie wieder nicht-berühren wie in der Nacht des Winter Festivals. Das Schlimmste daran ist, dass ich es ihm nicht einmal verübeln kann, weil ich mich selbst in die Scheiße geritten habe.

Meine Tränen sickern in den mitternachtsblauen Stoff des Kopfkissenbezugs, während ich auf dem Bildschirm meiner Gedanken permanent Austins enttäuschten Gesichtsausdruck sehe. Eine Aufnahme, die sich nonstop wiederholt und scheinbar niemals enden will.

Ein zögerliches Klopfen an der Tür reißt mich aus dem Selbstmitleidsfilm, der gerade in meinem ganz persönlichen Kopfkino läuft. Ein Film mit Überlänge, denn er läuft schon seit über achtundvierzig Stunden, und ein Ende ist nicht in Sicht.

»Darf ich reinkommen?« Gracie steckt ihren Kopf ins Zimmer. Obwohl es im Raum dunkel ist, strahlt sie wie die Sonne. Inklusive buntem Regenbogen.

Ich nicke und rutsche ein Stück zur Seite, damit meine Schwester Platz hat. Sie klettert auf das Bett, schiebt die Hände unter ihre Wange und liegt mir jetzt gegenüber. Unsere Nasenspitzen so dicht beisammen, dass sie sich beinahe berühren.

»Hast du morgen früh nicht deine Prüfung?«, frage ich und wische mir die Wangen mit den Handrücken trocken. Dass sie jetzt hier ist, anstatt friedlich in ihrem Wohnheim zu schlafen, gefällt mir nicht.

»Habe ich, aber scheiß drauf. Mein Schwesterkeks hat Liebeskummerbauchweh, das geht immer vor.« Wieso findet Gracie eigentlich immer die richtigen Worte, selbst in Situationen, die sich absolut falsch anfühlen? Ohne Austin in seinem Bett zu liegen ist falscher als falsch.

»Hast du etwas von ihm gehört?« Leise klopft Hoffnung in mir an. Vielleicht hat Austin sich zumindest bei Gracie gemeldet. Mir ist es egal, wem von uns er schreibt. Hauptsache, wir wissen endlich, dass es ihm gut geht und er einfach ein paar Tage Abstand braucht.

»Leider nicht. Aber das wird schon wieder. Und weißt du auch, wieso?«

Sachte schüttle ich den Kopf, wobei eine weitere Träne über meine Wange kullert und im Kopfkissen landet.

»Weil Austin verrückt nach dir ist, Stella.« Gracie schenkt mir ein warmes Lächeln, eines, das jegliche Kälte aus meinen Knochen zieht und per Express zum Mond schickt. Das ist Gracies Königsdisziplin. Kälte-nehmen-und-Wärme-schenken. Ihr gelingt das so mühelos, dass man den Wechsel erst bemerkt, wenn das Zittern stoppt.

»Unsinn«, erwidere ich schniefend. »Wenn er verrückt nach mir wäre, würde er mit mir sprechen. Dann würde er mich anhören, selbst wenn ich es nicht verdient habe.«

»Unsinn ist, dass du es als Unsinn bezeichnest!« Gracie stupst mit ihrem Zeigefinger gegen meine Nase. »Glaub mir, ich habe ein Gespür für so was. Ist er verletzt? Scheiße, ja. Aber er wird sich melden, und dann wirst du ihm alles erklären können, okay? Ihr beide kriegt das hin, gib ihm einfach noch ein bisschen Zeit. Austin ist nicht gerade dafür bekannt, sonderlich gesund mit seinen Emotionen umzugehen.«

Bei der Familie kein Wunder, schießt es mir durch den Kopf. Es ist schon erstaunlich, dass er überhaupt Gefühle zeigen kann.

»Hat hier jemand einen Kakao mit Marshmallows bestellt?« Mit diesen zauberhaften Worten erscheint Isaiah im Türrahmen. In seiner linken Hand die Otter-Tasse inklusive einer so perfekten Sahnehaube, dass mir das Wasser im Mund zusammenläuft. Doch dann denke ich wieder daran, dass Austin mir nach meinem peinlichen Regenauftritt im Park ebenfalls einen Kakao in genau dieser Tasse gemacht hat und er jetzt nicht mehr da ist.

Ein Schluchzen entflieht mir, das ich am liebsten zurück in meinen Hals stopfen würde, damit Isaiah mir nicht vorhalten kann, dass er mich genau davor gewarnt hat. Davor, dass mein Herz brechen wird, und davor, wie krass die Schmerzen sein werden. Aber er macht mir keine Vorwürfe. Stattdessen ist er wie Gracie einfach nur für mich da.

»Scheiße, Stella. Ich wollte dich nur ein kleines bisschen aufmuntern. Tut mir leid.« Unser Bruder kommt ins Zimmer und stellt den Kakao auf dem Nachttisch ab. Etwas unbeholfen setzt er sich neben mich, wahrt dabei aber einen kleinen Abstand.

»Du hast nichts falsch gemacht«, versichere ich ihm und vergrabe das Gesicht erneut in Austins Kissen. »Ich bin das Problem.«

»Hey!« Isaiah rutscht etwas dichter an mich heran und legt über der Decke seine Hand auf mein Knie. »Du *bist* kein Problem, Stella. Du *hast* ein Problem, das ist etwas völlig anderes.«

Ich würde ihm gern glauben, aber gerade sehe ich das Meer vor lauter Liebeskummertränen nicht. Alles verschwimmt. Alles geht unter. Und in der Mitte bin ich, ohne Rettungsweste. Doch vielleicht habe ich dafür etwas anderes, etwas noch viel Besseres.

Ich habe Geschwister, die mich bedingungslos lieben, die mich zu jeder Tageszeit trösten und mir nachts um halb eins einen warmen Kakao mit Marshmallows machen, auch wenn ich gar nicht darum gebeten habe. Das ist mehr, als die meisten Menschen in ihrem Leben haben.

»Erinnert ihr euch an unsere *Looney-Tunes*-Sonntage?« Melancholie mit einem Hauch Nostalgie umfängt uns.

»Wie könnten wir die vergessen?« Gracies Augen funkeln wie die Sterne am heutigen Nachthimmel. »Wir haben jeden Sonntag zu dritt in Paps' Bett gelegen und diese Serie geschaut, während er uns seine legendären Blaubeer-Pancakes mit Ahornsirup gemacht hat.«

»Das ist eine meiner liebsten Erinnerungen.« Isaiah hat nun auch Tränen in den Augen. Er hat seit Jahren nicht mehr vor uns geweint, das letzte Mal war wenige Wochen nach dem Brand.

Er saß in meinem Zimmer im Krankenhaus, direkt an meinem Bett, und dachte, dass ich schlafe. Aber ich habe seine Tränen auf meiner Hand gespürt, sein Schluchzen tief in meinem Herzen. So tief, dass es sich in mein Unterbewusstsein gegraben hat. Jetzt ist sein Lächeln wärmer als Junisonnenstrahlen, die mich gemeinsam mit Gracies Anwesenheit in Wärme hüllen.

»Immer, wenn einer von uns eine schlechte Woche hatte, haben wir uns in Paps' Bett zusammengekuschelt, bis es demjenigen wieder besser ging. Ich glaube, ich brauche genau das jetzt.«

Erwartungsvoll sehe ich zwischen Gracie und Isaiah hin und her. Die beiden tauschen ebenfalls Blicke aus, weil meine Worte vor drei Monaten noch undenkbar gewesen wären. Aber wenn ich in den letzten Wochen etwas gelernt habe, dann das: Nur weil etwas undenkbar ist, ist es nicht gleich unmöglich. Du selbst bestimmst, wie hoch du deinen Horizont setzt. Wie tief du deine Beziehungen werden lässt. Wie weit du dich öffnest und wie sehr du dich selbst begrenzt.

»Du meinst …«, Isaiah schluckt, »… dass wir dich umarmen dürfen?«

Als Antwort rutsche ich in die Mitte des Bettes, sodass unser Bruder ebenfalls Platz hat. Er zögert, schiebt sich schließlich jedoch neben mich. Und dann legt er seinen Arm um mich, während Gracie dichter an mich heranrutscht und ihr Gesicht an meiner Schulter vergräbt.

Zu dritt liegen wir in Austins Bett, halten einander und rufen uns ein Stück Kindheit in Erinnerung. Es dauert nur wenige Atemzüge, bis ich zwischen den beiden wichtigsten Menschen in meinem Leben in einen oberflächlichen Schlaf drifte.

Und es braucht nur ein leises »Ping«, um mich wieder zu wecken. Ich reiße die Augen auf, taste nach meinem Handy in meiner Jeanstasche und ziehe es heraus. Gracie liegt links neben mir und schläft mit friedlicher Miene, Isaiah rechts mit leicht geöffnetem Mund. Keine Ahnung, wie spät es ist. Weil es in diesem Moment auch keine Rolle spielt.

Es gibt nämlich nur einen Menschen, von dem die Nachricht sein kann. Mein Herz galoppiert, während ich das Display entsperre. Und es fällt in die Tiefe, als ich sehe, dass Austin mir tatsächlich geschrieben hat.

Bist du wach?

Mit zitternden Fingern tippe ich meine Antwort, versuche mich so wenig wie möglich zu bewegen, um meine Geschwister nicht zu wecken.

Ja.

Der kürzeste Satz dieser Welt macht sich auf den Weg zu Austin, als ich auf »Senden« klicke. Innerhalb von Sekunden kommt bereits seine Antwort.

Triff mich am See. Wir müssen reden.

KAPITEL 34

Stella

Schon von Weitem entdecke ich Austin im Schein der Parklaternen auf der Blossom Bridge. Mit angespannten Schultern hat er seine Ellenbogen auf dem hölzernen Geländer abgestützt und sieht auf den zugefrorenen See hinaus, während ich nur ihn ansehen kann.

Wäre die Situation nicht absolut beschissen, würde ich jetzt gern mein Handy zücken und heimlich ein Bild von ihm machen, weil er so traurig und wunderschön zugleich aussieht. Austin ist wie der Blossom Lake, er ruft schöne und schmerzhafte Erinnerungen in mir hervor.

Der knirschende Schnee unter meinen Stiefeln verrät mich, denn sein Blick klebt Millisekunden später auf mir. Zögernd betrete ich die Brücke, gehe näher auf ihn zu, aber noch lange nicht so nah, wie ich ihm gern sein würde. Mehr als alles andere möchte ich ihn in den Arm nehmen und ihm sagen, wie leid es mir tut. Aber Austins Körperhaltung strahlt Distanz aus, verlangt nach Abstand. Er hat in den letzten Wochen meine Grenzen jedes Mal respektiert, und nun muss ich ihm denselben Respekt entgegenbringen.

»Hey«, sage ich leise und schiebe meine behandschuhten

Finger in die Taschen meiner Jacke, weil ich sonst nach seinen Händen greifen würde. »Wo warst du? Wir haben uns solche Sorgen um dich gemacht.«

»In *Susies Bed and Breakfast*«, lautet seine knappe Antwort. »Sie hat mir das letzte freie Zimmer gegeben.« Zum ersten Mal seit zwei Tagen höre ich seine Stimme wieder, diese Stimme, die ich so schmerzlich vermisst habe. Aber sie klingt anders als sonst. Gekränkt. Gebrochen.

Ich nicke betreten.

Austin sieht müde aus, so verdammt müde. Seine Haare sind ein einziges Chaos. Dunkle Ringe verwandeln seine eisblauen Augen in alles verschlingende Ozeane, in denen ich ertrinken will. Hauptsache, er spricht ein letztes Mal mit mir, bevor ich den kalten Meeresgrund erreiche.

Noch immer wahre ich die Distanz zwischen uns, auch wenn sie mir viel zu groß ist. Was für eine verdrehte Welt, in der *ich* diejenige bin, die die Nähe eines anderen Menschen sucht.

Ich habe heute Nachmittag zum ersten Mal Frank umarmt, vorhin mit Isaiah und Gracie in einem Bett gekuschelt, und jetzt kann ich mir nichts Schöneres vorstellen, als in Austins schützenden Armen zu liegen. Langsam glaube ich wirklich, dass mich jemand einer Gehirnwäsche unterzogen und die Ängste von meiner Herzfestplatte gelöscht hat.

»Wie geht es dir?«

»Wie soll es mir schon gehen?«, fragt Austin mit einem bitteren Lachen auf den Lippen, das seine komplette Wut gegen mich bündelt. »Kannst du dir das nicht denken?« Ich habe jeden Funken seiner Wut verdient.

»Es tut mir leid.« Vier kleine Worte, deren tiefere Bedeutung ich in dieser Sekunde zum ersten Mal verstehe. Weil sie nicht bloß eine Entschuldigung sind, sondern die Offenbarung meiner eigenen Verletzung. Weil ich damit ausdrücke, dass ich selbst leide. Unter meinen eigenen Entscheidungen, meinen eigenen Fehlern. Wenn man es auf diese Weise betrachtet, ist ein »Es tut mir leid« sogar ziemlich egoistisch.

»Ich hätte dir von Anfang an die Wahrheit sagen müssen, Austin. Das weiß ich. Und glaub mir, ich würde alles dafür tun, es rückgängig zu machen, wenn ich nur könnte. Ich wollte dich nie verletzen.«

»Schon klar, Stella.« Stella, nicht Bambi. Natürlich nicht Bambi. Vermutlich wird er mich nie wieder so nennen, weil das hier unser letztes Gespräch sein wird. Die Welt dreht sich auf einmal viel zu schnell für mich, während ich komplett erstarrt bin. Zeit wird relativ, wenn man so nah am Abgrund steht wie ich in dieser Sekunde.

Austin fährt sich mit der Hand über das Gesicht und schiebt sie anschließend in sein Haar.

»Ich habe dir erzählt, was ich hier verloren habe, Stella. Nicht bloß den Football oder meine beschissene Karriere. Ich habe nicht nur einen Teil meiner Erinnerungen verloren, ich habe einen Teil von mir selbst in diesem See verloren!« Scharf schneiden seine Worte durch die eiskalte Winterluft, hinterlassen eine Spur aus Wut und Angst und Verzweiflung zwischen uns. Vor wenigen Tagen war da noch Verliebtheit, Glück und Leichtigkeit. So schnell kann sich das Blatt wenden und die Sonne wieder hinter Wolke Sieben verschwinden.

»Ich weiß«, flüstere ich.

»Nein, Stella. Denn wenn du es gewusst hättest, hättest du mich nicht wochenlang wie einen Vollidioten im Dunkeln tappen lassen. Wir saßen genau hier.« Er deutet auf das Ufer links von uns. »Genau hier, als ich dir zum zweiten Mal von dem Unfall erzählt habe. Dabei wusstest du längst, was mir passiert ist.«

»Ja.« Ich will so gern so viel mehr sagen, ihm einen ganzen Roman voller »Es tut mir leid« und »Wie kann ich es wiedergutmachen« schreiben. Aber nichts davon kann ihm seine Erinnerungen an die Geschehnisse des Abends wiedergeben, geschweige denn seinen Traum von einer Zukunft als Footballstar. Dieser Teil von ihm ist hier ertrunken, während der Rest von ihm überlebt hat.

»Seit wann wusstest du, dass du mir schon einmal begegnet bist?«, bohrt er nach und kommt einen Schritt auf mich zu. Eigentlich müsste ich eingeschüchtert sein. Stattdessen entfacht Austin in mir den Wunsch, dass er noch einen Schritt auf mich zumacht. Noch einen und noch einen und noch einen. So viele Schritte, bis ich nicht mehr das Gefühl habe, ihn verloren zu haben wie Sand, der mir viel zu schnell durch die Finger rinnt.

»Ich wusste es schon an meinem ersten Abend in der WG.« Es fällt mir unglaublich schwer, ehrlich zu antworten, aber ich habe mir geschworen, nicht länger zu lügen. Das habe ich ohnehin viel zu lange getan.

»Und da hast du es nicht für nötig gehalten, den Mund aufzumachen?« Sein Lachen ist so kalt, dass die Eisschicht auf dem See augenblicklich dicker zu werden scheint, genau wie die auf meinem Herzen.

»Du hast mich doch erlebt, Austin. Ich konnte dir an meinem ersten Abend nicht mal richtig in die Augen schauen, weil du mich so aus dem Konzept gebracht hast. Außerdem … außerdem hast du dich nicht an mich erinnert.«

»Ich habe mich nicht an dich erinnert, weil *alle* Erinnerungen an diesen Abend weg sind, Stella. Da ist nichts, woran ich mich erinnern könnte. Warst du etwa beleidigt, weil ich dich nicht erkannt habe?« Er deutet mein Schweigen als ein Ja. »Das ist lächerlich.«

»Ich weiß, dass es lächerlich ist. Und ich kann dir noch hundertmal sagen, dass es mir leidtut und dass ich wünschte, ich könnte mein Verhalten rückgängig machen, aber es würde dir den Schmerz nicht nehmen.«

»Warum warst du im Krankenhaus, Stella?«, unterbricht er mich harsch. Da ist sie. Die Eine-Millionen-Dollar-Frage, die sowieso irgendwann gekommen wäre und deren Antwort ich ihm schuldig bin. Also gebe ich sie ihm, auch wenn es mir verdammt schwerfällt.

»Du willst wissen, wieso ich bei dir im Krankenhaus war?«, flüstere ich. »Weil ich diejenige war, die dich aus dem See gezogen hat, Austin.«

KAPITEL 35

Austin

»Was?« Ich fühle mich wie ein Vollidiot, weil ich es nicht schaffe, einen ganzen Satz zu formulieren. Aber das, was Stella gerade gesagt hat, ergibt einfach keinen Sinn für mich. Ich habe mit vielem gerechnet, vor allem mit vielen Ausreden, die ihre Lüge entschuldigen würden, aber nicht damit.

»Ich war diejenige, die dich an diesem Abend aus dem Wasser gezogen hat.« Tränen glitzern auf ihren Wangen, wie der Schnee im Licht der wenigen Laternen hier im Park. »Es war reiner Zufall, dass ich hier langgekommen bin und dich gesehen habe. Du bist regungslos im See getrieben.« Sie gräbt ihre Schneidezähne in die Unterlippe und senkt den Blick. Dabei kullert eine weitere Träne über ihre Wange und verliert sich in den Fasern ihres Schals.

Sechs Jahre lang wusste ich nicht, wie ich es aus dem Wasser geschafft habe. Ob aus eigener Kraft oder mithilfe eines fucking Schutzengels. Jetzt steht dieser braunhaarige Schutzengel direkt vor mir, mit so viel Schmerz in den Rehaugen, dass mein Herz einmal senkrecht aufreißt und der ganzen Welt seinen verletzlichen Kern zeigt.

»Ich habe sofort den Krankenwagen gerufen, doch als ich

die Sirenen gehört habe, bin ich abgehauen. Ich weiß nicht, wieso. Vielleicht hatte ich Angst davor, mit deinem Unfall in Verbindung gebracht zu werden, vielleicht war ich einfach so durch den Wind, dass ich nicht mit den Sanitätern sprechen konnte. Zu diesem Zeitpunkt hat mir ohnehin alles eine Heidenangst eingejagt. Als ich wieder klarer denken konnte, bin ich ins Krankenhaus, weil ich mit eigenen Augen sehen musste, ob es dir gut geht, Austin. Und um mich bei dir zu entschuldigen, weil ich so feige verschwunden bin. Deshalb war ich in dieser Nacht in deinem Zimmer. Deshalb hat deine Mutter mich dort erwischt und völlig falsche Schlüsse daraus gezogen.«

»Fuck, Stella«, knurre ich, weil mich ihre Wahrheit auf so vielen Ebenen killt. Es wäre einfacher gewesen, auf sie und die ganze Welt weiterhin wütend zu sein, wenn sie richtig Scheiße gebaut hätte. Aber zu hören, dass sie diejenige war, die mich gerettet hat? Wie soll ich damit umgehen?

Stella weicht meinem Blick aus und schaut stattdessen auf die Wipfel der dunklen Tannen, und fährt leise fort. »In diesem Moment war nicht mal mehr Platz für meine Ängste. Ich konnte entweder den Krankenwagen rufen und hoffen, dass die Sanitäter rechtzeitig eintreffen würden, oder ich konnte die Sache selbst in die Hand nehmen. Paps hatte sicher auch Angst, als er mich aus dem brennenden Haus getragen hat, aber sie hat ihn nicht davon abgehalten, mir das Leben zu retten. Daran musste ich denken.«

Mein angeknackstes Herz rutscht mir in die Hose. Die letzten achtundvierzig Stunden waren die wahr gewordene Hölle. Ich wollte in jeder einzelnen Minute des Tages Stella konfrontieren, aber ich konnte nicht einmal an ihr Gesicht *denken*, ohne wie ein verfluchtes Baby zu heulen.

»Ich weiß nicht, was ich sagen soll.« *Wow, Lakefield. Einhundert Punkte für dich und deine Kompetenz, tiefe Gespräche zu führen. Danke, Mom und Dad.*

»Du musst gar nichts sagen, Austin.« Stella umklammert das Geländer der Blossom Bridge mit einer Hand, als würde sie sonst umkippen.

»Ich bin diejenige, die zu lange geschwiegen hat. Die Vorstellung, dass du denken könntest, ich hätte etwas mit deinem Unfall zu tun, hat mich schier umgebracht. Ich würde niemals etwas tun, das dir schadet.«

Ich will Stella in den Arm nehmen und nie wieder loslassen. Meine Wut ist nicht verpufft, hat sich nicht einfach in Luft aufgelöst, aber sie ist leiser und erträglicher geworden. Jetzt ist da nur noch eine blasse Erinnerung.

»Seit dem Tod unseres Vaters habe ich mich selbst in eine Art Box gesperrt, weißt du?« Stella schließt gequält die Augen, und in dieser Sekunde erwacht wieder der Wunsch in mir, ihre Tränen zu trocknen und ihr Herz mit meinen Händen zu umschließen, damit ihr nie wieder jemand wehtun kann.

»In dieser Box gab es für mich immer nur Angst. Ich bin morgens mit Panik im Bauch aufgewacht und abends mit Panik im Bauch wieder eingeschlafen. Irgendwann habe ich mich einfach damit abgefunden, dass sie zu mir gehört, dass ich keinen Ausweg finde. Damit, dass ich wohl niemals normale Freundschaften werde führen können. Geschweige denn Beziehungen.« Sie ringt nach Luft, weil sie das Atmen vergessen hat. »Aber dann …«

»Was ist dann passiert, Stella? Was hat sich verändert?« Shit, meine Stimme zittert. Vielleicht weil ich nicht weiß, was ihre folgenden Worte mit mir anstellen könnten. Vielleicht auch aus Angst davor, dass sie genau diese Worte nicht ausspricht und ich mit meinen Gefühlen für sie allein bleibe. So wie ich mein ganzes Leben lang mit meinen Gefühlen allein war, weil meine Eltern emotional vollkommen abwesend waren. Ich habe nie gelernt, wie gesundes Fühlen geht, wenn es so etwas gibt.

»Ich habe dich getroffen«, sagt sie sanft und kommt einen zögerlichen Schritt auf mich zu. Dabei würde ich ihr gern sagen, dass sie nicht zögern soll.

»Du hast mich, ohne es zu wissen, herausgefordert. Zum ersten Mal, als ich für dich meine Angst überwunden und dich ans Ufer gezogen habe. Seit einigen Wochen tust du es wieder und wieder. Du hast mir geholfen, endlich aus dieser Box auszubrechen. Und als ich mich in dich verliebt habe, war die Angst schlagartig wieder da, zehnmal stärker als zuvor. Weil ich nicht wusste, wie du reagieren würdest, wenn du die Wahrheit erfährst. Wenn du erfährst, dass ich dich längst kannte, wenn auch nur dein schönes Gesicht und das noch schönere Halbmondmuttermal auf deiner Wange …«

»Warte«, unterbreche ich sie und trete dichter an sie heran. Anfangs ist sie dabei jedes Mal erstarrt, doch jetzt ist ihr Körper ganz weich, furchtlos. Ich bin so stolz auf ihre Entwicklung, dass ich es am liebsten in die ganze Welt schreien würde.

»Wiederhol das noch mal«, bitte ich sie heiser.

»Was? Das mit deinem Halbmondmuttermal?« Unsicher knabbert sie auf ihrer Lippe, während ich kopfschüttelnd noch näher komme.

»Du weißt genau, was.«

Ihre Wangen beginnen zu glühen, selbst hier in dem schwachen Licht der schummrigen Parklaternen.

»Sag mir noch einmal, dass du dich in mich verliebt hast.« Denn ich muss es hören. Noch mindestens fünfhundert Mal.

Ich will, dass sie mir einen verdammten Ich-habe-mich-in-dich-verliebt-Ohrwurm verpasst.

Stellas Schüchternheit umgibt sie wie ein Schutzschild. Eines, das sie schon so oft für mich niedergelegt hat und jetzt wieder ablegen soll. »Ich habe mich in dich verliebt, Austin Lakefield. Dank dir habe ich mich sogar wieder in meine Heimat verliebt, in diese Stadt, obwohl ich sie so lange so sehr gehasst und für mein Leid verantwortlich gemacht habe. Und weil ich … weil ich diese Gefühle für dich habe, muss ich dir noch etwas sagen. Weil ich keine Geheimnisse mehr vor dir haben will. Nie wieder.«

Auf einmal verändert sich der Ausdruck auf ihrem Gesicht. Umgehend entsteht wieder dieser Eisblock in meinem Magen, der mich mit seinem ganzen Gewicht zu Boden drücken will.

»Was, Stella? Was musst du mir sagen?«

»Dein Bruder«, flüstert sie atemlos.

»Was ist mit Jacob?« Er ist der allerletzte Mensch auf dieser Welt, an den ich in diesem Augenblick denken möchte. Das Essen bei meiner Familie hat mir wieder einmal gezeigt, dass er und ich nichts gemein haben. Blutsverwandtschaft hin oder her. Toxisch bleibt toxisch.

»Als ich ihm im Haus deiner Eltern begegnet bin und er mich begrüßt hat, da kam er mir so bekannt vor.«

Meine Hände ballen sich automatisch zu Fäusten, das passiert beinahe jedes Mal, wenn ich an meinen Bruder denke. Manchmal, wenn ich Stella, Gracie und Isaiah miteinander erlebe, bin ich eifersüchtig auf die Verbindung, die sie zueinander haben. Weil Jacob und ich diese Ebene niemals erreichen werden, dafür sind wir zu verschieden. Zu festgefahren in unserer Rivalität.

»Ich konnte mich erst an sein Gesicht erinnern, als er vor

mir stand. Daran, dass ich ihm schon einmal begegnet bin. Diesem kalten Blick in seinen Augen. Er war da, Austin.«

»Worauf willst du hinaus, Bambi?« Meine Worte sind kaum zu verstehen, weil meine Stimme jegliche Kraft verloren hat. Ich fühle mich wie ein Luftballon, der kurz vorm Platzen stand und jetzt traurig und verschrumpelt auf dieser schneebedeckten Brücke zu unseren Füßen liegt.

»Jacob war am Abend deines Unfalls hier. Am See. Da vorne ist er mir über den Weg gelaufen.« Stella zeigt auf eine Stelle hinter mir. »Ich weiß nicht, was das alles zu bedeuten hat. Ob er etwas mit deinem Unfall zu tun hatte oder ob das alles nur ein gigantischer Zufall war – aber er war hier. Und er weiß, dass ich ihn erkannt habe. Deshalb hat er mir nach deinem Verschwinden gedroht, mir das Leben zur Hölle zu machen, sollte ich irgendjemandem davon erzählen. Aber ich kann es nicht für mich behalten.«

»Dieser elende Bastard!« Ich könnte platzen vor Wut. Mein fucking Bruder war an diesem Abend bei mir? Ich vergrabe das Gesicht in den Händen, stehe kurz davor, erneut in Tränen auszubrechen, wie so oft in den letzten zwei Tagen.

»Glaubst du, dass er dir das angetan hat?«, fragt Stella vorsichtig, als hätte sie Angst, eine falsche Bewegung zu machen und damit diese fragile Blase, die uns umgibt, wieder zu zerstören.

»Ich weiß es nicht, aber ich muss es herausfinden.« Alles in mir will hier bei Stella bleiben, will sie in den Arm nehmen und nie wieder gehen lassen. Aber ich muss hier weg, muss nach Hause, solange Jacob noch in Blossom Lake ist und ich ihn mit alldem konfrontieren kann.

»Willst du, dass ich dich begleite?« Stellas Vorschlag beantworte ich mit einem Kopfschütteln, auch wenn es mir schwerfällt, mich jetzt wieder von ihr zu trennen. Die letzten Tage ohne sie haben sich wie Ewigkeiten angefühlt.

»Nein, das muss ich allein machen.« Innerhalb von Sekunden bin ich bei ihr, umrahme ihre Wangen mit meinen Händen und drücke ihr einen Kuss auf ihre vollen Lippen. Ich will ihr zeigen, dass zwischen uns alles okay ist. So okay, wie es in Anbetracht unserer Lage sein kann. Ja, sie hat mein Vertrauen missbraucht, indem sie mir die Wahrheit verschwiegen hat, aber sie ist auch der Grund, wieso ich überhaupt noch hier bin. Wäre sie nicht gewesen, hätte ich jene Nacht wohl nicht überlebt.

Stella erzittert unter meinem Kuss, krallt sich in den Kragen meines Mantels und lässt sich sanft gegen meine Brust fallen. Es ist verrückt, wie gut ihr Körper zu meinem passt. Wie zwei perfekte Puzzleteile.

»Warte zu Hause auf mich, Bambi.«

Schweren Herzens löse ich mich von ihr, streichle mit dem Daumen über ihren Wangenknochen. Dann drehe ich mich um und gehe, weil ich nicht länger warten kann. Ich muss endlich die ganze Wahrheit erfahren. Und zwar jetzt.

KAPITEL 36

Austin

Mein Herz befindet sich in einem Krieg. Auf der einen Seite kämpft das Glück, welches Stellas Worte in mir ausgelöst haben. Die Ich-habe-mich-in-dich-verliebt-Bombe, die sie einfach hat hochgehen lassen. Auf der anderen Seite des Schlachtfeldes steht die Wut auf meinen Bruder.

Mit voller Wucht schmettere ich meine Faust gegen die Eingangstür, nachdem ich bereits zum dritten Mal geklingelt habe. Es ist mitten in der Nacht. Während Blossom Lake wieder einmal von Kälte verschluckt wird, herrscht in mir der heftigste Schneesturm meines Lebens.

In der Eingangshalle geht endlich das Licht des beschissenen Kronleuchters an, und als die Tür geöffnet wird, trifft mein Blick sofort den meines Bruders. Ohne ein Wort schubse ich ihn zurück in den Eingangsbereich und knalle die Tür hinter mir fest zu. In mir ist so viel angestaute Aggression, dass ich dieses Haus kurz und klein schlagen könnte.

»Was zur Hölle stimmt mit dir nicht, Austin? Hast du mal auf die Uhr gesehen?«, knurrt Jacob und klopft sich die Brust über dem schwarzen Schlafshirt ab, als hätte meine Berührung Schmutz auf seinem edlen Körper hinterlassen. Genauso herablassend hat er mich in den letzten Jahren immer behandelt. Gerade bringt er damit das Fass endgültig zum Überlaufen.

»Was *mit mir* nicht stimmt?« Meine eigene Stimme erschreckt mich, weil sie so kalt, so herzlos klingt. Fuck, vielleicht hätte Stella mich doch begleiten sollen, damit sie mich davor bewahren kann, komplett durchzudrehen. Meine Sicherungen stehen bereits kurz vor dem Knall, und ich habe keine Ahnung, wie heftig das hier enden wird.

»Stella hat mir die ganze Geschichte erzählt, Jacob. *Das* stimmt nicht mit mir.«

»Und was soll das bitte sein?« Mein Bruder lehnt sich lässig mit der Schulter gegen das Treppengeländer und verschränkt die Arme provokant vor der Brust. Jacob ist vielleicht trainiert, aber käme es zu einem Kampf, hätte er keine Chance gegen mich. Eigentlich sollte er es wissen, aber er war schon immer ein Opfer seines eigenen Hochmutes.

»Ich weiß, dass du in der Nacht meines Unfalls am See warst«, presse ich mühsam hervor. Alles in mir fühlt sich mit einem Mal kraftlos an.

»Deine kleine Schlampe hat Wahnvorstellungen, Bruderherz. Wenn ich dir einen Rat geben darf: Halte dich von ihr fern.« Ein höhnisches Lachen folgt. Ich kann nicht einmal sagen, ob es von ihm oder von mir kommt, in meinen Ohren rauscht mein Blut so laut, dass ich das Gefühl habe, den Verstand zu verlieren. »Was willst du überhaupt mit einem Mädchen wie ihr? Sie ist nullachtfünfzehn, Austin. Reicht es nicht, dass du unsere Familie mit deiner Faulheit befleckst? Musst du dir dann auch noch eine wie sie aussuchen?«

»Eine was?«, belle ich. »Was für ›eine‹ ist Stella deiner Meinung nach, hm? Komm schon, Jacob, erleuchte mich!«

»Eine aus der Unterschicht. Ich habe in den letzten Tagen ein wenig über sie recherchiert. Daddy bei einem tragischen Brand verloren, danach wochenlang im Krankenhaus gewesen und schließlich bei einer Nachbarin untergekommen wie ein ausgestoßener Köter, den sonst keiner wollte, weil Mommy sich schon vor Jahren aus dem Staub gemacht hat.«

»Ich schwöre dir, Jacob, wenn du nicht gleich deine Fresse hältst ...«

»Dann was?« Er stößt sich vom Geländer ab und geht selbstsicher auf mich zu. Vermutlich soll mich sein Verhalten einschüchtern, aber das hat es noch nie. Und heute Nacht erst recht nicht.

»Babe?« Eine hochfrequentierte Stimme ertönt. Jacobs Verlobte steht in einem roten Kimono auf der Empore und blickt uns entgeistert an.

»Geh wieder ins Bett, Nicolina.«

»Was ist los?« Mitten in der Nacht wirkt seine Auserwählte erstaunlicherweise etwas weniger wie eine leblose Schaufensterpuppe.

»Ich sagte, du sollst zurück ins Bett gehen, verdammt! Das hier geht dich einen Scheiß an!« Die Härte in Jacobs Worten trifft sie wie eine Ohrfeige, man kann beinahe den Abdruck seiner Hand auf ihren hellen Wangen sehen. Genau wie die Tränen, die nun in ihren Augen glitzern und die ich selbst auf die Entfernung deutlich erkennen kann.

»Wenn du mich fragst, solltest du schnellstmöglich die Beine in die Hand nehmen und abhauen. Diese Familie verschluckt Menschen wie schwarze Löcher und spuckt sie anschließend ungekaut wieder aus«, rate ich der Verlobten meines Bruders, bevor diese schluchzend in seinem Schlafzimmer verschwindet.

Im nächsten Augenblick trifft mich Jacobs Faust mitten ins Gesicht. Ich taumle zurück, reiße dabei mehrere von Moms arschteuren Vasen von der Kommode und richte ein einziges Chaos aus Scherben an.

»Halt dich von meiner Verlobten fern, Austin!« Jacob baut sich über mir auf, beide Hände zu Fäusten geballt, die nur ein Ziel haben: mein Gesicht. »Reicht es dir nicht, dass du sonst alles bekommst? Jeden Scheißpenny, den diese Familie besitzt? Jeglichen Respekt, den du nicht einmal im Entferntesten verdient hast?«

»Wovon zum Teufel sprichst du?« Ich will mich gerade aufrappeln, als Jacob erneut zuschlägt. Dieses Mal bin ich darauf vorbereitet und drehe mich rechtzeitig zur Seite, sodass seine Faust nur ins Leere trifft. Das Letzte, was ich möchte, ist, auf sein bodenloses Niveau zu sinken. Auch wenn ich mir gerade echt nichts Schöneres vorstellen kann, als ihm ebenfalls einen gut gesetzten Kinnhaken zu verpassen. *Du bist besser als das, Austin. Also verhalte dich auch so!*

»Wovon ich spreche?«, spuckt Jacob seine Antwort wie schlechtes Essen aus. »Ich spreche davon, dass du immer alles bekommst. Weil der leibliche Sohn der Lakefields schon immer mehr wert war als der adoptierte Bastard!«

Innerhalb von Sekunden weicht jegliche Anspannung aus meinem Körper, entlädt sich wie ein Blitz direkt in den hellen Marmorboden unter uns. Stille legt sich über mich, die nur von Jacobs gepresstem Atem durchbrochen wird.

»Du … scheiße, was?« Unter meinen Schuhsohlen knirschen die Scherben der hässlichen Vasen. Fassungslos starre ich Jacob an, seine Nasenlöcher sind aufgebläht, seine blassen Wangen fleckig, sein blondes Haar völlig durcheinander.

»Du bist adoptiert?«, hake ich erstickt nach. Eigentlich

könnte mir diese Info meilenweit am Arsch vorbeigehen. Wenn ich genau darüber nachdenke, habe ich mich ohnehin oft gefragt, ob wir wirklich blutsverwandt sind. Wir haben nicht nur charakterlich keinerlei Gemeinsamkeiten, auch optisch trennen uns Welten.

»Du erinnerst dich wirklich an gar nichts, oder?« Jacob hat immer diese eine Ader auf der Stirn, die hervortritt, wenn er sich in Rage redet, und gerade explodiert sie beinahe.

»Woran? Ich weiß nichts von einer Scheißadoption.«

»Tja, was soll ich sagen? Ich erinnere mich. Ich erinnere mich an alles, was in diesem beschissenen Testament gestanden hat. Jede einzelne Zeile, in der festgehalten wurde, dass du und Emma einmal alles erbt, wenn unsere Eltern das Zeitliche segnen. Weil ich eben nur der adoptierte Dreck unter ihren Schuhen bin, während du schon immer ihr süßer, kleiner Goldjunge warst. Der Footballstar, die glorreiche Zukunft dieser Familie, das beschissene Wunderbaby.« Warum zum Teufel haben unsere Eltern nie ein Sterbenswörtchen darüber verloren?

»Jacob …« Die Stimme unserer Mutter ergießt sich wie ein Eimer Eiswasser über unseren Köpfen. Sie steht wie Nicolina vorhin auf dem Absatz der Treppe, am ganzen Leib bebend. So durch den Wind habe ich diese Frau in meinem dreiundzwanzigjährigen Leben noch nie gesehen.

»Es ist nicht so, wie du es darstellst.« Sie zieht den Gürtel ihres Bademantels enger, während ich das Gefühl habe, langsam meinen Körper zu verlassen. Irgendwie bin ich hier, aber irgendwie auch nicht. Viel eher fühlt es sich an, als wäre ich nur Zuschauer eines echt beschissenen Films. Dieses Drehbuch ist definitiv für die Mülltonne.

»Nicht?« Jacob funkelt unsere Mutter an. Zum ersten Mal

kriecht er vor ihr nicht zu Kreuze. »Dann stimmt es also nicht, dass im Falle eures Todes das gesamte Erbe an Austin und Emma geht? Dass ihr ursprünglich keine Kinder bekommen konntet und euch deshalb für eine Adoption entschieden habt, obwohl ihr lieber leibliche Kinder haben wolltet, um eure perfekten Gene weiterzugeben? Und als es dann Jahre später doch geklappt hat, war ich abgeschrieben, weil ja auf einmal Austin da war. Austin, der alles so viel besser konnte, ohne sich auch nur ein einziges Mal Mühe dafür geben zu müssen. Austin, der euch wie aus dem Gesicht geschnitten ist, während man mir ansieht, dass ich bloß von der Straße geholt wurde? Austin, immerzu nur Austin. Er war das Wunderwunschkind, ich nur die zweite Wahl. Das war ich immer.«

Fuck. Meine Augen brennen, genau wie meine Kehle. Im Grunde genommen brennt mein ganzer Scheißkörper, weil ich gerade zum ersten Mal das Gefühl habe, meinem wahren Bruder gegenüberzustehen, auch wenn er scheinbar gar nicht mein richtiger Bruder ist. Sein Schmerz frisst sich durch jede meiner Poren, dringt in die kleinsten Ritzen dieses Hauses ein, in dem wir gemeinsam aufgewachsen sind und gelernt haben, einander zu hassen.

»Mom, stimmt das?« Ich zittere am ganzen Leib, während ich diese Frage stelle. Sie steht immer noch dort oben, auf ihrem Thron, während wir zu ihr aufsehen, als wären wir ihre Untergebenen und nicht ihre erwachsenen Kinder.

»Es stimmt, was dein Bruder sagt. Jacob ist adoptiert. Aber das bedeutet nicht, dass wir ihn deshalb weniger lieben.«

»Als würdet ihr irgendetwas lieben, das nicht als Zahlungsmittel durchgeht«, erwidere ich spöttisch. »Wem machst du hier eigentlich was vor?«

Derweil versuche ich, endlich die komplette Filmrolle abzuspielen. Alles zu sehen. Jede Szene, die mich an diesen Punkt in meinem Leben geführt hat.

»Wann hast du von dem Testament erfahren?«, frage ich meinen Bruder und versuche den Verdacht, der in mir aufkommt, im Keim zu ersticken. Aber zur Hölle, er ist hartnäckig, so verdammt hartnäckig. Ein Blutegel ist ein Scheiß dagegen.

Jacob weicht meinem Blick aus, und allein dieses defensive Verhalten macht ihn so hochgradig verdächtig, dass ich kotzen könnte. Ja, vielleicht tut mir mein Bruder leid, weil ich gerade einen Blick in seine von Minderwertigkeitskomplexen gespickte Seele werfen konnte, aber das entschuldigt sein Verhalten in keiner Weise.

»Wann, Jacob?«

»Kannst du dir das nicht denken?«, erwidert er harsch und fährt sich mit der Hand über das fleckige Gesicht. Dabei sehe ich, dass auch er zittert. Jacob Lakefield zittert. Zum ersten Mal nicht aus Angst vor fallenden Aktienkursen, sondern aus purer Verzweiflung.

»Der Abend meines Unfalls.« Ich setze endlich die einzelnen Bausteine zusammen. »Du hast an diesem Abend von dem Testament erfahren, habe ich recht?« Jacobs Schweigen ist das lauteste Ja, das ich je gehört habe. »Und deshalb warst du am See. Weil du es herausgefunden hast und einfach abgehauen bist.«

»Ich bin dir irgendwann gefolgt, oder?«, zische ich. Langsam gehe ich auf meinen Bruder zu, während ich im Hintergrund unsere Mutter weinen höre. Aber ich konzentriere mich nur auf Jacob.

»Was soll ich sagen? Es war keine gute Idee, mir nachzugehen, Bruderherz.« Jacobs Blick ist traurig und wütend zugleich. Ich kann nicht sagen, welche Emotion in ihm überwiegt, weil sie mich beide maßlos überwältigen. Und überfordern.

»Du warst für meinen Unfall verantwortlich«, sage ich nun. Jetzt ist sie raus. Die Wahrheit, die ich schon vor Jahren gebraucht hätte, um endlich mit dieser Nacht abzuschließen. Um endlich weitermachen und nach vorn blicken zu können. Viel zu lange Zeit kreisten meine Gedanken um fehlende Erinnerungen und Ungereimtheiten. Jetzt sprechen die Augen meines Bruders ganze Bände, die ich nicht lesen will, weil ihr Inhalt zu schmerzhaft ist.

»Es war genau das – ein Unfall«, knurrt er heiser.

»Wovon spricht dein Bruder, Jacob?« Endlich verlässt unsere Königin-Mutter ihre Position und geht die Treppe hinunter, bis sie vor uns beiden steht.

»Ich spreche davon, dass Jacob derjenige ist, der mich im See zurückgelassen hat«, antworte ich stattdessen. »Warum? Wolltest du mich aus dem Weg räumen, damit ich kein Störfaktor mehr für dich bin? Wolltest du mich töten, damit du doch was vom Erbe abbekommst?« Die Erkenntnis trifft mich wie ein Schlag in die Magengrube, und genau in dieser Sekunde hat mein Herz den Krieg verloren.

»Jacob, stimmt das? Hast du deinem Bruder das angetan? Hast du seine Karriere …«

»Scheiß auf meine Karriere!«, fahre ich unsere Mutter an. »Es dreht sich nicht alles nur darum!« Ich sehe wieder meinen Bruder an. »Sag endlich die Wahrheit. Was hast du getan, nachdem ich dir zum See gefolgt bin?«

Jacob schnauft, sein Kiefer zuckt. »Ich wollte nicht mit dir sprechen, Austin, aber du hast einfach nicht lockergelassen und wolltest mir weismachen, dass du keine Ahnung hattest. Aber ich habe dir nicht geglaubt. Du bist schließlich genauso verlogen wie der Rest dieser heuchlerischen Familie!«

»Also hast du mich, anstatt mit mir zu reden, in den verdammten See gestoßen, in der Hoffnung, endlich meinen Platz einnehmen zu können?«

»So war es nicht«, knurrt er. »Wir haben uns gestritten. Heftig gestritten. Ich habe dir an den Kopf geworfen, dass du es niemals zu etwas bringen wirst, weil du gar nicht den Biss dafür hast. Du wurdest wütend, und dann kam eins zum anderen. Ich habe dich auf der Brücke zurückgestoßen, und dann…« Seine Stimme wird mit jedem Wort brüchiger und leiser. »… dann bist du ausgerutscht und hast dir den Kopf angeschlagen.«

»Das erklärt vielleicht meine Verletzung, aber es erklärt nicht, wie ich im Wasser gelandet bin!« Ich würde mir am liebsten die Ohren zuhalten, damit ich seine Antwort nicht hören muss, aber ich muss endlich erfahren, was sich zwischen uns abgespielt hat.

»Ich wollte nicht, dass du stirbst«, sagt er beinahe lautlos. »Glaub mir, das wollte ich nie. Aber ich wusste in dem Moment nicht, was ich tun sollte.«

»Ich wäre fast ertrunken!«, brülle ich und stolpere zurück. »Ich wäre ertrunken, wenn Stella mich nicht gerettet hätte! Ist dir das klar? Hast du auch nur eine Sekunde an die Konsequenzen gedacht? Dass du mich fast umgebracht hättest?«

»Stella hat dir das Leben gerettet?« Meine Mutter klingt genauso atemlos, wie ich mich fühle. »War sie deshalb bei dir im Krankenhaus?«

»Das ist alles, was dich interessiert?« In mir wächst ein Verdacht, den ich nicht einmal denken will. »Wieso reagierst du nicht auf das, was Jacob uns gerade gebeichtet hat?« Über ihr müdes Gesicht huscht ein Ausdruck von Schuld, und ich zähle eins und eins zusammen. »Lass mich raten: Du wusstest längst, was in dieser Nacht passiert ist, oder? Du wusstest, dass Jacob mich einfach im Stich gelassen hat. Und du hast nichts getan. Kein Wort gesagt. Hast mich all die Jahre im Unwissen gelassen, obwohl du wusstest, wie sehr mich diese Lücke in meinen Erinnerungen belastet.«

»Ich wollte euch beide nur beschützen«, flüstert sie, aber ich kaufe ihr diese gespielte Scheiße nicht ab. »Es tut mir leid, Austin. Das musst du mir glauben.«

»Bullshit. Würde es dir leidtun, hättest du nicht versucht, es Stella in die Schuhe zu schieben. Einem unschuldigen Mädchen, ohne das ich nicht mehr am Leben wäre. Ihr habt sie beim Abendessen wie eine Aussätzige behandelt, die nicht gut genug für euch ist. Für diese Familie, die im Kern vergiftet ist und niemals heilen wird. Ich spiele da nicht länger mit.«

»Was meinst du damit? Wirst du zur Polizei gehen?«, hakt Jacob nach, jetzt wieder arrogant wie immer. Ihm müsste eigentlich der Arsch auf Grundeis gehen, weil ich sein Geständnis und mit unserer Mutter eine Zeugin habe. Aber dafür ist er zu abgebrüht.

»Ich werde nicht zur Polizei gehen, aber ich werde einen Teufel tun und weiterhin bei dieser Shitshow mitmachen. Ich habe lange genug nach eurer Nase getanzt, habe meine eigenen Wünsche zurückgeschraubt, um euch zufriedenzustellen.«

»Austin …« Mom geht einen Schritt auf mich zu, aber ich kann ihre Nähe nicht ertragen. Ich kann meine Mutter lieben und sie gleichzeitig nie wieder sehen wollen, das wird mir gerade schmerzlich bewusst. Nur weil sie mich auf die Welt gebracht hat, muss sie kein Teil meiner Welt bleiben.

Es ist zu spät. Ich bin raus. Von mir aus können sie sich weiterhin vergiften, weiterhin allen die heile Welt vorgaukeln. Stella hat mir vor einiger Zeit einen Satz gesagt, den ich jetzt erst richtig kapiere. Sie hat mir gesagt, dass Kinder nicht dazu da sind, um die Erwartungen ihrer Eltern zu erfüllen.

Wieso habe ich mich von diesen Menschen so lange in einen goldenen Käfig sperren lassen? Ich will seit Jahren nur eins: fotografieren. Stattdessen quäle ich mich täglich mit einem Studium, das mich ankotzt und mir gleichgültiger kaum sein könnte.

»Ich werde das Studium abbrechen.« Sobald ich meinen Entschluss gefasst habe, habe ich das Gefühl, wieder frei atmen zu können. Die Steinmauern, die ich über die Jahre um mein Herz errichtet habe, bröckeln und gesellen sich zu den Scherben unserer Familie. »Und ihr werdet mich nur noch sehen, wenn ich Zeit mit Emma verbringen will.« Der Gedanke an meine kleine Schwester schmerzt am meisten. Weil ich sie nicht aus dieser toxischen Burg hier rausholen kann, so gern ich es auch täte. Am liebsten würde ich sie mir schnappen und von hier fortbringen.

»Lasst uns noch mal über alles in Ruhe reden. Gemeinsam mit eurem Vater.«

»Scheiß aufs Reden«, unterbreche ich ihren lächerlichen Versuch, mich umzustimmen und einen auf heile Familie zu machen. »Wir haben so lange über nichts geredet. Warum jetzt damit anfangen?«

Wie in Trance erreiche ich die Eingangstür, öffne sie, lasse die kalte Luft ins noch kältere Haus hinein. Dann gehe ich. Lasse meine Vergangenheit hinter mir und habe nur ein Ziel: meine Zukunft. Und diese wartet zu Hause mit ihren rehbraunen Augen auf mich.

KAPITEL 37

Stella

Ich springe auf, als ich den Schlüssel in der Wohnungstür höre. Seit einer Stunde sitze ich unruhig auf dem Sofa, weil ich mich im Bett nur hin und her gewälzt habe. Dass Austin ohne mich zu seiner Familie fahren wollte, habe ich natürlich respektiert, was allerdings nicht heißt, dass es mir leichtgefallen ist, ihn nicht zu begleiten.

Austin erscheint mit herunterhängenden Schultern im Wohnzimmer. Die Ringe unter seinen Augen wirken noch dunkler als vorhin auf der Brücke. In seinen Haaren haben sich Schneeflocken verfangen.

»Wieso bist du nicht im Bett, Bambi?« Er klingt erschöpft, so erschöpft, wie ich ihn noch nie gehört habe.

»Ich konnte ohne dich nicht einschlafen.« Meine Zehen graben sich in den weichen Teppich vor dem Sofa, bevor ich den Mut aufbringe, auf ihn zuzugehen. Ich schlinge meine Arme so fest wie nie zuvor um ihn, hoffe, ihn dadurch ein wenig trösten zu können.

»Wie ist es gelaufen?«

»Es war eine Vollkatastrophe«, erwidert er rau. »Du hattest recht, Stella. Jacob war an diesem Abend am See.«

Ich halte den Atem an, weil ich mir denken kann, wohin diese Geschichte führen wird. Schließlich kennen wir den Ausgang dieses Abends bereits.

»Er hat dir das angetan, oder?«

Austin nickt und schließt gequält die Augen. Dann erzählt er mir alles. Er erzählt mir von dem Testament, das Jacob an jenem Abend entdeckt hat, und an den Streit, den sie danach auf der Blossom Bridge hatten. Und ich umarme ihn nur noch fester.

»Es tut mir so leid, Austin. Diese Familie hat dich nicht verdient.«

»Das hat sie wirklich nicht. Und deshalb habe ich beschlossen, dass ich nicht länger ihre Marionette bin. Ich bin jetzt frei, Bambi. Kann jetzt endlich tun und lassen, was ich will.«

»Und was willst du?«

»Jetzt gerade? Da will ich dich in meinem Bett haben, dich festhalten und nie mehr loslassen. Darf ich?«

»Darfst du.« Mir entflieht ein leises Kichern, als er meine Hand in seine nimmt und mich in Richtung seines Zimmers zieht. Bevor er die Tür öffnen kann, halte ich ihn auf. »Warte, Austin. Es gibt da ein Problem«, flüstere ich.

Seine Augen verdunkeln sich.

»Von Problemen hatte ich heute Abend echt schon genug. Was ist los, Bambi?«

»Isaiah und Gracie liegen in deinem Bett und schlafen«, beichte ich ihm schmallippig.

Augenblicklich furcht sich seine Stirn. »Warum zum Teufel liegen deine Geschwister in meinem Bett?« *Weil sie die besten Tröster dieser Welt sind und auf mich aufgepasst haben, als du weg warst.*

»Ach, weißt du was? Scheiß drauf. Dann schlafen wir eben in deinem Zimmer.«

Sobald ich auf meinem Bett liege, zieht er sich Pulli und Jeans aus. Derweil knipse ich die Nachttischlampe an, weil ich ihn zu lange nicht gesehen habe und jetzt jede Sekunde nachholen will. Weil ich jeden Moment auf meiner Herzfestplatte abspeichern will.

Austin wirft seine Klamotten achtlos auf den Boden und dreht sich zu mir um. Seine Mundwinkel zucken, als er meinen Aufzug bemerkt.

»Ist das etwa mein Pulli?«

Ertappt senke ich den Blick. »Was soll ich sagen? Ich wollte dich eben ganz nah bei mir haben.« Ohne groß nachzudenken, greife ich unter den Saum seines grauen Uni-Pullis und ziehe ihn mir über den Kopf. Als Nächstes folgt meine Pyjamahose, sodass ich nur noch meine schlichte schwarze Unterwäsche trage.

Ich klopfe auf die leere Seite, rutsche noch ein Stück zurück, damit Austin genug Platz hat. Im Gegensatz zu seinem Bett ist meines nämlich deutlich kleiner. *Zum Glück.* Denn so müssen wir kuscheln. Und genau das will ich. Kuscheln, küssen, Kirschblüten-Wangen bekommen, weil er bei mir ist. Ich will gemeinsam mit ihm vergessen, wie schwer die letzten Tage waren.

»Du wolltest mich also nah bei dir haben«, murmelt er rau. »So nah?«

Ich schüttle den Kopf. »Näher.«

Austin rutscht noch dichter an mich heran, sodass nur noch ein dünnes Buch Platz zwischen uns finden würde. »So?«

Wieder ein Kopfschütteln meinerseits.

»Noch näher.«

Sekunden später legt er seine Wange zögernd auf meiner Brust ab. Automatisch wandern meine Finger in sein dichtes Haar, das von den Schneeflocken noch leicht feucht ist. Strähne für Strähne fahre ich mit den Fingern hindurch und liebe das Gefühl, ihm mit meinem Herzen so nah zu sein wie in diesem Augenblick.

»Frank ist in Blossom Lake«, flüstere ich. »Er will mir und dem Tierheim helfen. Und weißt du, was das Beste daran ist?«

Fragend sieht Austin zu mir auf, und dieses Bild ist so surreal für mich. Vor einem Vierteljahr wäre es für mich noch undenkbar gewesen, einem Mann jemals so nah zu sein, und jetzt ist mir all das noch nicht nah genug. Ich will mehr. Mehr Austin, mehr von uns, mehr nackte Haut an nackter Haut.

»Er hat Hero dabei.«

»Deinen Lieblingshund von den *Furry Angels*?«, hakt Austin mit einem müden Lächeln nach. Man merkt ihm an, wie viel Energie ihm die Konfrontation mit seinem Bruder abverlangt hat.

»Ja, genau. Und ich glaube … ich glaube, ich kann ihn nicht wieder gehen lassen, weißt du?«

»Wovon sprichst du, Bambi?« Austin streichelt derweil sanft über meinen Unterarm, achtet aber immer noch darauf, nicht meine vernarbte Haut zu streifen.

»Wenn ich hierbleibe, kann ich Hero nicht zurücklassen. Ich liebe diesen Hund mehr, als ich in Worte fassen kann.«

»Moment.« Er richtet sich leicht auf und blickt zu mir herunter. »Heißt das … du bleibst in Blossom Lake?« In seinen blauen Augen schwimmen Tränen, die mir das Herz aus der Brust reißen, es mit endloser Liebe füllen und dann vollgepackt mit Gefühlen wieder einsetzen.

»Ich habe darüber nachgedacht, ja. Immerhin hatte ich zwei

Tage lang sehr viel Zeit zum Grübeln. Allein die Vorstellung, dich, Isaiah und Gracie wieder zu verlassen, um zurück nach Bar Harbor zu gehen, bereitet mir regelrecht körperliche Schmerzen. Natürlich würde ich Frank und die *Furry Angels* vermissen, aber wir könnten sie ja vielleicht zusammen besuchen?«

»Ich gehe überall mit dir hin, Bambi.«

Ich antworte ihm mit einem Lächeln, das vor Dankbarkeit nur so explodiert. »Also findest du die Idee gut? Dass ich hierbleibe, meine ich?«

»Ehrlich gesagt, habe ich in den letzten Wochen verdrängt, dass du nur zu Besuch hier bist. Weil mich der Gedanke, dass du bald wieder weg sein würdest, gekillt hätte. Beantwortet das deine Frage?«

Nickend fahre ich mit dem Zeigefinger über seine Stirn, radiere seine Sorgenfalten fort. So liegen wir eine halbe Ewigkeit beieinander und sehen uns an. Noch immer fühlt es sich für mich unwirklich an, Austin so nah zu sein.

»Ich habe da noch eine Frage«, flüstere ich. »Was magst du am meisten an mir, Austin?« Das beschäftigt mich schon eine ganze Weile. »Ich frage dich nicht, weil ich glaube, dass ich nicht gut genug für dich bin oder so. Aber unsere Leben sind so grundverschieden. Bisher warst du sicher nur mit selbstbewussten Frauen wie Carrie zusammen.«

»Ich war nie mit Carrie zusammen, Bambi. Und ich weiß ganz genau, wen ich an meiner Seite haben will. Dich.« Austin atmet ruhig ein und aus. »Soll ich es dir zeigen? Was ich am meisten an dir mag?« Er sieht mir tief in die Augen. So tief, dass wir ineinander ertrinken, auf die schönste Weise überhaupt.

Ich nicke.

Austins Lächeln wird jetzt breiter, verschmitzter, jugendlicher. Und dann beugt er sich über meinen BH und küsst die weiche Haut meines Dekolletés.

»Das mag ich am meisten an dir.«

»Meine Brüste?«, frage ich mit hochgezogenen Brauen und einem Rumoren im Bauch, weil seine Antwort so anders ist als erwartet.

»Oh, Bambi. Du denkst zu schlecht von mir.« Mit dem Zeigefinger fährt er die Ränder meines schwarzen BHs nach. »Ich rede von deinem Herzen, Stella. Dein Herz ist es, das ich am meisten an dir liebe.« *Liebe*. Da ist dieses Wort mit den fünf Buchstaben, die zusammen etwas Magisches ergeben. Ein Vollkommenheitsgefühl, ein Einssein zweier Menschen. »Aber als kleine Ergänzung – deine Brüste liebe ich auch«, neckt er mich und beißt anschließend sanft in die Haut meines Busens.

»Hey!« Ich kneife ihm lachend in die Schulter, aber Austin lässt sich davon nicht beirren. Stattdessen haucht er als Entschuldigung einen weiteren Kuss über mein Herz. In diesem Moment wird mir klar, dass ich bereit bin, den nächsten Schritt zu gehen. Vielleicht ist der Zeitpunkt nicht optimal, vielleicht ist er sogar beschissen, weil Austin so müde aussieht und auch ich total fertig bin. Aber dieses Verlangen in mir ist stärker als mein Wunsch nach Schlaf.

»Ich will es tun, Austin«, flüstere ich und verschlucke mich beinahe an diesen Worten, weil sie sich so fremd auf meiner Zunge anfühlen. So lange Zeit habe ich gegen meine Bedürfnisse gehandelt, habe sie ja nicht einmal richtig erkannt. Sie jetzt so unverfroren anzusprechen ist ungewohnt, fühlt sich falsch an, obwohl ich weiß, dass alles daran richtig ist.

»Was meinst du?«

»Mit dir schlafen.« Wispernd kommt dieser Wunsch über meine bebenden Lippen, die sich so sehr nach einem Kuss von Austin sehnen.

»Stella …« Er legt sich neben mich, schließt gequält die Augen, doch als er sie öffnet, hat sich diese Qual in glühende Begierde verwandelt.

»Ich kann nicht mit dir schlafen, ohne dich zu berühren. *Richtig* zu berühren, meine ich. Überall.«

»Das weiß ich, ich war gut in Bio«, erwidere ich, um die Stimmung aufzulockern, bevor sie kippt. »Ich will von dir berührt werden, Austin. Richtig berührt werden. Überall. Weil ich … weil ich dir vertraue, weißt du?«

»Bist du dir sicher?« Sein Blick wird noch dunkler, seine Miene ernster. Aber diese Ernsthaftigkeit macht ihn unglaublich sexy, so wie alles an Austin Lakefield sexy ist. »Ich will dich nicht zu irgendetwas drängen. Glaub mir, ich kann warten, solange es eben dauert.«

»Aber ich will nicht mehr warten, Austin. Das habe ich mein ganzes Leben lang getan: gewartet. Darauf, dass unsere Mutter zu uns zurückkommt. Darauf, dass Paps' Tod nur ein Albtraum ist, aus dem ich aufwache. Darauf, dass meine Ängste von allein verschwinden, genau wie meine Narben.« Mein Brustkorb hebt und senkt sich so schnell wie nie zuvor. »Ich bin jetzt bereit, endlich etwas Neues zu wagen. Und ich will es mit dir tun.«

Entschlossen lasse ich meine Hand zwischen unseren Körpern entlangwandern, passiere seine stählernen Muskeln und entlocke ihm ein Keuchen, als ich sie in seine Shorts gleiten lasse.

»Scheiße, Bambi. Was machst du nur mit mir?«, stöhnt er heiser, als ich seine Länge mit der Faust umschließe. Ich liebe es, ihn auf diese Weise anzufassen. Ihm so nahe zu sein, wie ich noch nie jemandem war. Ganz langsam fahre ich seinen Schaft entlang, spüre, wie sein Bauch leicht zuckt und sein Atem ebenfalls schneller wird, weil das hier nicht nur für mich besonders ist. Denn auch wenn Austin im Gegensatz zu mir bereits Sex hatte, hatte er eben noch nie Sex *mit mir*. Wir erleben gemeinsam etwas völlig Neues miteinander, betreten unbekanntes Terrain.

»Bitte, Austin. Ich will wirklich mit dir schlafen. Also, falls du es auch möchtest.«

»Du hast echt keine Ahnung, wie verrückt du mich seit deinem ersten Tag hier machst, oder?« Austin lässt sich tiefer in die Kissen fallen, während ich seinen Penis schneller pumpe und mich auf ihn setze. Woher ich den Mut nehme, mich so offen vor ihm zu zeigen? Absolut keine Ahnung. Vermutlich war der Mut die ganze Zeit in mir, er war nur verschüttet, staubbedeckt.

Austin wird immer härter unter meinen Berührungen, während sein Blick nur meinem Gesicht gilt. Mit der linken Hand zeichne ich sein Sixpack nach, fahre hoch zu seiner Brust, über seine Schultern, bis ich seinen Bizeps erreiche. Und als ich seine Hand in meine nehme und auf meine Schulter lege, will mir das Herz aus der Brust springen. Er berührt meine Narben, weil ich es ihm erlaube.

Austin schluckt. Er weiß genau wie ich, wie bedeutend dieser Moment für mich ist. Für uns beide. Seine warmen Fingerspitzen gleiten über die vernarbte Haut, und auch wenn es einen kleinen Teil in mir gibt, der fliehen möchte, überwiegt der, der bleiben will. Hier bei ihm, mit ihm, für ewig und noch ein kleines bisschen länger.

»Danke, dass du mir vertraust«, entflieht es ihm mit rauer

Stimme. Während unsere Hände einander erkunden, werde ich immer weicher für ihn und mein Slip immer feuchter. Ich will nicht länger warten, kann nicht länger warten. Also krabble ich von Austins Schoß, reiße die Schublade meines Nachttischs auf und fische zittrig ein Kondom heraus.

»Du hast das hier geplant, hm?« Austin lächelt, als er mir das Kondom abnimmt.

»Vielleicht? Ich wollte einfach gut vorbereitet sein.« Auch wenn ich nicht glaube, dass man sich wirklich auf dieses Gefühl vorbereiten kann, das mit dem ersten Mal einhergeht. Dieses Aufgeregtsein, diese Nervosität. Dieses »Was, wenn ich etwas falsch mache?«. Doch ich vertraue ihm genug, um dieses Risiko einzugehen.

»Du bist dir wirklich sicher, dass du es willst? Ich kann dich auch anders streicheln.« Austin ist jetzt nackt über mir. Seine Shorts liegen inzwischen irgendwo neben dem Bett.

»Ich bin mir sicher.« Da die Skepsis in seinem Blick nicht ganz verschwinden will, lege ich meine Hand auf seine gerötete Wange. »Glaub mir bitte, okay?«

Mit angespanntem Kiefer nickt er, und ehe ich realisieren kann, dass es wirklich passieren wird, dass wir wirklich passieren werden, hakt Austin seine Finger unter meinen Slip und streift ihn mir ganz langsam ab. Mit jedem Zentimeter, den er passiert, wird mein Herz größer und größer. Genau wie meine Lust auf ihn.

Austin berührt mich so sachte, dass ich keine Angst verspüre. Nicht einmal dann, als er meine Schenkel streichelt.

»Öffne sie mehr für mich«, raunt er. Ich gehorche. Schiebe meine Beine etwas weiter auseinander und kann nicht glauben, was hier gerade passiert. Dass ich so kurz davorstehe, zum ersten Mal mit einem Mann zu schlafen.

»Du bist zauberhaft, weißt du das?«, keucht Austin und sieht mir noch immer ins Gesicht. Es beruhigt mich, dass er mir in die Augen sieht, anstatt zwischen meine Beine. Er gibt mir in keiner Sekunde das Gefühl, nur ein Objekt für ihn zu sein, das er nach dieser Nacht einfach fallenlassen wird. Ich bin mehr für ihn, so wie er mehr für mich ist.

»Du auch«, flüstere ich.

»Du mehr«, widerspricht er mir. Himmel, wir sind so süß, dass ich einen Zuckerschock erleide. Austin streichelt noch einmal über meine Schenkel, dieses Mal verdächtig nah an meiner Mitte. »Fuck, du bist so weich«, murmelt er und beugt sich über mich, um sein Gesicht in meinen Haaren zu vergraben. »Ich glaube nicht, dass ich das jemals so sehr wollte wie mit dir.«

Als Antwort schlinge ich die Arme um seinen Nacken, schiebe eine Hand in sein Haar und lasse die andere über seine Wirbelsäule tanzen. Austin hatte viel Sex, das weiß ich, weil Isaiah es mir gesagt hat. Aber ich glaube, dass Austin noch nie *so* Sex hatte. So wie mit mir.

Seine Härte, über die er inzwischen das Kondom gezogen hat, pulsiert an meinem Bein. Sekunden später schiebt er eine Hand zwischen unsere Körper und stößt einen leisen Fluch aus, als er spürt, wie nass ich bin.

Seine Finger teilen meine Schamlippen, fahren vorsichtig durch sie hindurch. Austin berührt mich mit dem perfekten Druck, auf die beste Weise, die ich mir vorstellen kann. Und dann dringt er mit einem Finger in mich ein, während ich ein Wimmern ausstoße.

»Tut das weh?«, will er wissen und küsst die empfindliche Stelle unter meinem Ohr. Ob seine Lippen spüren, wie sehr mein Puls rast?

»Nein. Es tut nicht weh. Ich will … mehr.« Als hätte er auf meine erneute Erlaubnis gewartet, beginnt er ganz langsam, seinen Finger vor und zurückzuschieben. Immer wieder dringt er in mich ein, treibt meine Lust damit auf ein ganz neues, mir unbekanntes Level. Ich biege den Rücken durch, will ihm noch näher sein.

Ich verliere das Gefühl für Raum und Zeit, während Austin mich mit seinen Fingern auf mein erstes Mal vorbereitet. Verliere mich in ihm auf die bestmögliche Weise.

»Bist du bereit?« Seine Hand streicht durch mein Haar, und als er mit seinen Lippen meinen Kiefer entlangfährt, nicke ich stöhnend.

Und dann … passiert es einfach.

Austin rutscht ein Stück höher, bedeckt meinen bebenden Körper mit seinem und schiebt sich in mich. Langsam, so langsam, dass ich genug Zeit habe, mich an den stechenden Schmerz zwischen meinen Beinen zu gewöhnen. Denn verdammt, es tut weh. Aber es tut auf gute Weise weh. Es ist ein schöner Schmerz, einer, den ich immer wieder in Kauf nehmen würde.

»Himmel«, murmelt Austin an meinem Hals, als er gänzlich in mir ist. Einen Augenblick lang bewegt sich niemand von uns. Nur unsere Herzen donnern und poltern und tanzen in unseren Körpern, weil sie mehr hiervon wollen. »Geht es?«

»Ich mag es«, wispere ich. »Das Gefühl, dich in mir zu haben. Ich mag es sogar sehr.« Ich will, dass Austin weiß, wie sehr ich das hier möchte. Dass es schöner ist, als ich mir je hätte vorstellen können.

»Und ich liebe das Gefühl, in dir zu sein, Bambi. So sehr, dass ich sicher nicht lange durchhalten werde.« Ganz langsam beginnt er, sich in mir zu bewegen. Ich jage meine Nägel in seinen Rücken, ziehe Spuren über seine Haut, so wie er bleibende Spuren auf meiner Seele hinterlassen hat.

Wir schlafen miteinander. Langsam, ruhig, schmerzhaft wundervoll. Wir hetzen uns nicht, passen uns den Schneeflocken an, die heute genauso langsam vom Himmel fallen.

Austins linke Hand packt meine Hüfte, fährt andächtig über meine Rundungen, während er die rechte mit meiner verschränkt. Seine Stirn gegen meine gelehnt nimmt er mich. Er stöhnt meinen Namen wieder und wieder, während ich seinen Namen innerlich schreie.

Sein nackter Körper verbindet sich mit meinem, seine warme Haut deckt meine zu. Ich weiß, dass ich höchstwahrscheinlich nicht kommen werde, weil der Dehnungsschmerz zu stark ist, aber das ist nicht wichtig für mich.

Allmählich werden Austins Stöße etwas tiefer, etwas schneller, aber sie sind immer noch langsam genug, dass ich mich an alles hier gewöhnen kann. Es fühlt sich einfach unglaublich richtig an. Wie die Tatsache, dass die Erde um die Sonne kreist und der Mond Ebbe und Flut beherrscht. Das sind Austin und ich.

Sein Stöhnen wird tiefer, animalischer. Seine Lippen streicheln meine Stirn, fahren anschließend über meine Nase und verharren auf ihrer Spitze.

»Weißt du, was die Ärzte als Erstes zu mir sagten, nachdem ich wieder bei Bewusstsein war?«, fragt er mich stockend. Sein Atem ist warm, sexgeschwängert und verbindet sich mit meinem, als unsere Lippen übereinander schweben. Wieder gleitet er tief in mich, drückt mich fest in die Matratze und hält mich allein mit seinem Blick fest.

»Die Ärzte haben gesagt, dass ich einen Schutzengel hatte. Dass ich ein Wunder erlebt habe.« Keuchend verbinden wir uns miteinander, küssen uns allein mit unserem Atem, ohne dass unsere Lippen sich berühren.

»Du warst mein Wunder, Stella Jones. Und scheiße, ich habe mich auch in dich verliebt.«

KAPITEL 38

Stella

»Es ist Zeit für eure Geschenke!« Ich klatsche vorfreudig in die Hände, ziehe anschließend meinen Rucksack auf den Schoß und öffne ihn. Zu meinen Füßen liegt Hero, der sich zu einer Schnecke zusammengerollt hat und ein Schläfchen hält. Hunde sind hier eigentlich nicht erlaubt, aber für mich und Hero hat Morah eine Ausnahme gemacht.

»Moment mal, das war nicht der Deal! Wir haben unsere gar nicht dabei, Schwesterkeks«, protestiert Gracie. »Die gibt es doch erst morgen früh!«

»Niemand verteilt an Christmas Eve seine Geschenke«, pflichtet Isaiah ihr bei und nippt an seinem heißen Punsch, der seinen Duft nach Nelken und Zimt im gesamten Café verströmt.

Das *Little Stories* hat sich in einen wahr gewordenen Weihnachtstraum verwandelt, und ich war schon seit Paps" Tod nicht mehr in solch einer festlichen Stimmung. Weil ich weiß, dass Paps und Libby uns hier ganz nah sind. Sie sind in den Weihnachtsliedern, die aus der Musikbox schallen, und ihr Lachen ist in jeder Diele und jedem Balken gespeichert. Von ihrer Präsenz in unseren Herzen ganz zu schweigen.

»Ich kann nicht länger warten, also gönnt mir doch das Vergnügen!« Flüchtig werfe ich Austin neben mir einen Blick zu. Er ist der Einzige am Tisch, der schon weiß, dass ich auf unbestimmte Zeit in Blossom Lake bleiben werde. Sein Lächeln funkelt wie das Gold der Weihnachtsdekoration auf den Tischen, bei der Morah sich mal wieder selbst übertroffen hat.

»Ihr werdet die Geschenke lieben.«

»Woher weißt du, was sie uns schenken will?« Isaiah lehnt sich auf der Sitzbank zurück und sieht seinen Freund stirnrunzelnd an.

»Hast du vergessen, dass die beiden sich seit Tagen ein Bett teilen?« Gracie stupst Isaiah mit dem Ellenbogen an, woraufhin dieser gequält die Augen schließt. »Natürlich kennt er die Geschenke.«

»Musstest du mich jetzt daran erinnern?«, jammert Isaiah. Als er jedoch die Augen wieder öffnet, ist da nichts als Wärme in seinen Iriden. Insgeheim weiß ich, dass er Austin und mir alles Glück der Welt wünscht, auch wenn die Vorstellung von uns als Paar für ihn immer noch befremdlich ist.

»Komm schon, Alter. Irgendwann wirst du dich schon an den Gedanken gewöhnen«, wirft Austin lachend ein und zieht unter dem Tisch mit dem Daumen Kreise über meinen Oberschenkel. Ich liebe diese heimlichen Berührungen, die er mir immer wieder schenkt. Man könnte fast sagen, dass ich süchtig nach ihnen geworden bin. Austin weiß das und sorgt immer wieder für Nachschub.

»Da bin ich mir nicht so sicher«, erwidert Isaiah lachend und bestellt bei Morah noch einen Punsch. Sie trägt die tannengrüne Weihnachtselfen-Schürze mit so viel Stolz, dass sie direkt zwanzig Jahre jünger aussieht.

»Kommt sofort, ihr süßen Schnuckelhasen!« So schnell, wie

sie an unserem Tisch war, ist sie schon wieder in der Küche verschwunden.

»Also, seid ihr bereit für die Geschenke?«

»Immer her damit!« Gracie schlürft übertrieben laut an ihrem Strohhalm, während ich zuerst das Geschenk für Isaiah hervorhole. Zum einen habe ich für ihn eine neue Tasche für seinen Pager auf Etsy gefunden, die ich unglaublich schön fand, und zum anderen eine *I-love-you-like-no-Otter*-Tasse, die an Kitsch kaum zu überbieten ist. Genau deshalb war sie perfekt und musste in meinem Warenkorb landen.

»Noch eine Otter-Tasse?«, fragt er lachend, aber ich sehe seinem Gesicht an, dass er sich in Wahrheit sehr darüber freut.

»Das ist eine kleine Vorab-Entschuldigung.«

»Entschuldigung wofür?« Verwirrt zieht er eine Augenbraue hoch.

»Dafür, dass ich in Zukunft wohl etwas öfter deine alte Otter-Tasse benutzen werden. Deshalb bekommst du ja auch eine neue.« Mein Wink mit dem Zaunpfahl entlockt Austin ein Räuspern. Der Druck, mit dem er mein Bein berührt, wird stärker. Isaiah hingegen scheint noch nicht verstanden zu haben, was ich ihm durch die Blume mitteilen wollte.

»Und für dich, Gracie …« Ich reiche ihr das schuhkartongroße Geschenk und sehe meiner kleinen Schwester lächelnd dabei zu, wie sie das hübsche Papier wild aufreißt. Zum Vorschein kommen die Pastell-Farben, die sie sich schon seit Wochen wünscht.

»O Gott, wie cool!« Ihre Augen funkeln wie Mitternachtssterne.

»Vielleicht kannst du damit ja das erste Bild für mein neues Zimmer malen?«, frage ich sie zögernd, weil mir langsam der Arsch auf Grundeis geht. Ich weiß, dass sich meine Geschwister freuen werden, wenn ich ihnen sage, dass ich in Blossom Lake bleibe. Aber das ändert nichts daran, dass ich verdammt nervös bin und die Verkündigung am liebsten schon hinter mich gebracht hätte.

»Hä? Welches neue Zimmer denn?« Gracie legt die Farben auf dem Tisch ab und sieht fragend zu mir auf. »Hat Frank dich etwa umquartiert?«

Ich antworte lediglich mit einem Kopfschütteln, gepaart mit einem verhaltenen Grinsen. Gracie lehnt sich zu Isaiah und flüstert ihm etwas ins Ohr, während sie mich nicht aus den Augen lässt.

»Irgendwas ist heute komisch, oder?«

»Maximal komisch«, antwortet Isaiah und verengt die Augen ebenfalls. »Was läuft hier, Stella?«

»Ich habe noch ein Geschenk für euch. Aber es ist nichts Materielles.«

»Nun spann uns doch nicht so auf die Folter!« Gracie springt im selben Moment auf, in dem ich meine Antwort ausformuliert habe.

»Ich werde hierbleiben. In Blossom Lake.«

»O holy guacamoly, ist das dein Ernst?« Innerhalb von Sekunden laufen Gracie Bäche aus Freudentränen über ihr zartes Gesicht. Und ehe ich mich in Sicherheit bringen kann, liege ich bereits in ihren Armen. Dass sie dabei beinahe alle Tassen umstößt, spielt keine Rolle. Weil ich hierbleiben werde. Bei meiner Familie. Bei den Menschen, die ich auf ewig lieben werde und die mich genau so lieben, wie ich bin. Das haben sie immer. Es hat nur ein wenig gedauert, bis ich das verstanden und akzeptiert habe.

Sobald mich Gracie loslässt, trifft mein Blick den meines Bruders. In seinen Augen stehen ebenfalls Tränen, und das

Lächeln auf seinen Lippen rührt mich mehr als jede Umarmung.

»Endlich ist es kein Geheimnis mehr«, stößt Austin erleichtert aus. »Ich bin echt nicht für Geheimniskrämerei gemacht.«

»Du wusstest es? Wie lange schon?« Gracie tritt ihm unter dem Tisch gegen das Schienbein.

»Seit ein paar Tagen?« Austin geht vorsichtshalber in Deckung, bevor Gracie noch auf die Idee kommt, die glitzernde Tischdeko nach ihm zu werfen.

»Du mieser Kerl!«

Gracies Ausruf weckt Hero aus seinem Schlaf. Sekunden später schiebt er seine Schnauze unter dem Tisch auf meinen Schoß und verlangt nach Aufmerksamkeit.

»Ich hoffe übrigens, dass die WG keine hundefreie Zone ist?« Ich richte das Wort an Isaiah. »Ich meine nur, weil … also, ich habe beschlossen, Hero zu adoptieren. Ich kann ihn nicht zurück nach Bar Harbor gehen lassen.«

Frank sollte heute Abend ebenfalls mit uns im *Little Stories* sein, aber er hat brummend abgelehnt, um sich stattdessen bei Venla um das kaputte Dach zu kümmern. Weil ich den Einsiedlerkrebs nicht überfordern wollte, habe ich seine Entscheidung ohne Wenn und Aber akzeptiert.

»Du ziehst es wirklich durch, Schwesterkeks? Das volle Programm mit allem Pipapo?«

»Das volle Programm«, erwidere ich nickend.

»Was ist mit den *Furry Angels*? Weiß Frank schon Bescheid?« Isaiah leert seinen Punsch, behält die Tasse jedoch in der Hand.

»Ich habe vorhin mit ihm gesprochen. Er war zwar traurig – glaube ich –, aber er versteht es. Außerdem werde ich ihn so oft es geht besuchen, und er wird ebenfalls regelmäßig herkommen, um im Tierheim nach dem Rechten zu sehen.«

»Wir freuen uns wie verrückt, Schwesterkeks«, quiekt Gracie und zerrt dabei an Isaiahs Pullover.

»Tun wir wirklich«, flüstert mir Austin ins Ohr.

Bis jetzt hat er sich etwas zurückgenommen, weil er mir und meinen Geschwistern diesen fundamental wichtigen Moment lassen wollte. Wenn es nach ihm gegangen wäre, wäre er zu Hause geblieben, aber ich habe darauf bestanden, dass er mitkommt. Weil er jetzt dazugehört, und zwar ganz. Wir sind die Fantastischen Vier in der kunterbunten Blossom-Lake-Edition.

»Ich habe auch ein Geschenk dabei«, murmelt er dicht an meinem Hals.

»Für mich?« Meine Mundwinkel zucken, als ich ihn ansehe. Seine blauen Augen sind wärmer denn je, wie ein wunderschöner Ozean im Hochsommerlicht.

Ohne dass Austin es von mir verlangt, schließe ich die Augen, damit die Überraschung noch besser wird. Einen Atemzug später spüre ich etwas Hölzernes an meinen Fingern.

»Du kannst die Augen wieder aufmachen.«

Als ich das ovale Küchenbrett in meinen Händen sehe, das Austin semiprofessionell mit einer roten Schleife umwickelt hat, pruste ich lauthals los.

»Ein Schneidebrett? Du hast mir ernsthaft ein Schneidebrett geschenkt?«

»Das ist dein Einweihungsgeschenk, Mitbewohnerin.« Austin rutscht noch dichter an mich heran und führt seine Lippen erneut an mein Ohr. »Ich weiß, dass du die Arbeitsplatte in der Küche seit unserem ersten Aufeinandertreffen wie den Staatsfeind Nummer eins meidest, Bambi.«

Umgehend schießt mir die Röte ins Gesicht, weil weder

Isaiah noch Gracie die Details unserer ersten Begegnung kennen. Doch Austin ist noch nicht fertig mit mir, denn er treibt dieses Spiel noch weiter auf die Spitze. »Der einzige nackte Arsch, den diese Arbeitsplatte je wieder zu Gesicht bekommt, wird deiner sein.«

Ich verschlucke mich an seinen anzüglichen Worten und grabe die Zähne in die Unterlippe. Mein Herz beginnt zu poltern, wie jedes Mal, wenn Austin mir so nahe ist. In den letzten Tagen haben wir jede Nacht Arm in Arm miteinander verbracht, und auch wenn wir seit meinem ersten Mal nicht mehr miteinander geschlafen haben, waren die Nächte unglaublich intim. Weil er meinen Körper erkundet hat, als wäre er der Heilige Gral, und ich meine Finger nicht von seinem lassen konnte.

»Hey, ihr Turteltäubchen«, unterbricht Isaiah uns lachend. »Hier spielt die Musik.«

Als wir uns räuspernd voneinander lösen, glühe ich am ganzen Leib. Gerade, als ich mich bei Austin für sein einfallsreiches Geschenk bedanken will, ertönt die kleine Glocke über der Tür des *Little Stories*, die neue Kundschaft ankündigt. Sobald ich sehe, welche Gruppe lachend das Café betritt, sinkt meine Laune umgehend in den Keller.

»Fuck, sind diese Wichser überall?«, knurrt Austin und taxiert seine ehemaligen Freunde abschätzend. Simon, Lucas und Carrie schlendern durch das kleine Café, als gehöre ihnen die ganze Welt. Zu meinem Glück suchen sie sich einen freien Platz am anderen Ende des Raumes, aber wenn ich ehrlich bin, würde ich am liebsten auf der Stelle nach Hause gehen.

»Diese stinkenden Miesmuscheln sollten echt Hausverbot bekommen«, grummelt Gracie, und auch Isaiah durchbohrt die Gruppe mit Todesblicken. War die Stimmung am Tisch eben noch ausgelassen und fröhlich, herrscht nun allgemeine Anspannung.

Ich hasse es. Ich hasse, dass diese Leute immer noch eine so heftige Wirkung auf mich haben. Dass sie nur einen zauberhaften Ort wie diesen Laden betreten müssen, um einen unbeschwerten Abend zu ruinieren. Damit muss Schluss sein. Endgültig.

»Ich bin kurz davor, einfach rüberzugehen und sie eigenhändig rauszuwerfen.« Austin hat die drei seit ihrem Auftauchen nicht aus den Augen gelassen, und ich weiß, dass er seine Worte gerne in die Tat umsetzen würde.

»Zettelt bitte keine Schlägerei hier an, Jungs. Erstens sind sie es nicht wert und zweitens ist das *Little Stories* für schöne Geschichten gedacht.« Gracie versucht, die Wogen zu glätten, bevor die Situation eskalieren kann.

»Ich werde da jetzt hingehen.« Der Satz hat meinen Mund so automatisch verlassen, dass ich gar nicht genauer über seine Bedeutung nachdenken kann.

»Du wirst was?« Austin sieht mich überrumpelt an, und ich spüre auch die Blicke meiner Geschwister auf mir. Ehe ich mich selbst davon abhalten kann, bin ich bereits aufgestanden. Meine Hände sind schweißnass, weil mir allein der Gedanke an eine Konfrontation mit diesen Leuten Herzrasen bereitet, aber ich muss das jetzt tun. Wenn ich in Blossom Lake bleibe, kann ich mein Leben nicht länger von meiner Vergangenheit bestimmen lassen. Ich will frei sein, so frei, wie ich mich an Austins Seite fühle.

»Bambi, was machst du?«, höre ich ihn hinter mir herrufen, aber seine Stimme klingt weit, weit entfernt. Ich schalte auf Autopilot, straffe meine Schultern und fühle mich fast wie ein

Boxer vor seinem nächsten Kampf. Dem wichtigsten Kampf seines Lebens.

Als ich mich ihrem Tisch nähere und das überhebliche Lachen meiner ehemaligen Klassenkameraden höre, will ich mich instinktiv in meinen Schutzpanzer zurückziehen, weil es so am einfachsten wäre. Stattdessen recke ich leicht das Kinn und gebe zum ersten Mal nicht dem Drang nach, mich vor diesen Leuten zu verstecken. Sie sollen mich sehen, so wie ich bin. Und wenn sie mich nicht akzeptieren können, sollen sie sich eben vom Acker machen.

»Hey.« Meine Stimme zittert, während mein Körper einem Erdbeben an Gefühlen ausgesetzt ist. Drei Augenpaare ruhen auf mir, jedes einzelne will mich in die Knie zwingen.

»Scheiße, Jones. Du hast uns zu Tode erschreckt.« Simon lehnt sich lässig auf dem Stuhl zurück und sieht herausfordernd zu mir auf. »Was führt dich uns? Hast du dich verlaufen?« Sein sarkastisches Lachen befeuert meine Angst.

»Ich habe nichts vergessen, wisst ihr?« Alles andere um mich herum wird in diesem Augenblick unwichtig. Es interessiert mich nicht, dass ich mitten im *Little Stories* stehe und die anderen Gäste beim Essen störe. Das hier ist der wichtigste Schritt, den ich je gehen musste.

»Keine einzige Schikane, keinen einzigen dummen Spruch, den ihr euch für mich ausgedacht habt. Nichts davon habe ich vergessen.«

»Jetzt komm mal runter, Stella«, wirft Lucas ein. »Das waren doch alles bloß kindische Streiche.«

»Kindische Streiche?«, entflieht es mir heiser, mit einer Portion Spott in jeder Silbe. »Jeden einzelnen Tag habt ihr mich schikaniert. Ich wollte nicht mehr aufstehen, nicht mehr das Haus verlassen. Als hätte ich nicht schon genug gelitten, habt ihr nach mir getreten, als ich bereits am Boden lag. Vielleicht dachtet ihr, dass euch dieses Verhalten cool macht, aber letzten Ende war es einfach nur armselig. Das erkenne ich jetzt.«

Simons Mund klappt zu. Zum ersten Mal, seit ich ihn kenne, habe ich das Gefühl, dass es ihm die Sprache verschlagen hat. Carrie macht sich auf ihrem Stuhl ganz klein. Sie hat mir nie etwas getan, deshalb richtet sich meine Wut nicht wirklich gegen sie. Auch wenn ich immer noch einen kleinen Stich in der Herzregion spüre, wenn ich daran denke, dass sie mit Austin Sex hatte.

»Stella …«

»Ich bin noch nicht fertig«, falle ich Lucas ins Wort. »Ich lasse das nicht mehr mit mir machen, nur, weil ihr mit euch selbst unzufrieden seid. Ihr denkt, ihr müsstet mir das Leben nach all den Jahren immer noch schwer machen? Dass es witzig ist, mir bescheuerte Spitznamen zu geben, die unter der Gürtellinie sind? Okay, von mir aus. Aber diese Scheiße kann mir nichts mehr anhaben.« Es ist so befreiend, sich alles von der Seele zu reden, dass ich vor Erleichterung auf der Stelle losheulen könnte.

»Ich hatte immer Angst davor, hierher zurückzzukehren, dass ich dafür sogar in Kauf genommen habe, mein eigenes Leben zu verpassen. Weil ich wusste, dass ich euch hier begegnen würde.«

»Dürfen wir auch etwas zu unserer Verteidigung sagen?«, murmelt Simon, der inzwischen kreidebleich geworden ist.

»Ehrlich gesagt interessiert es mich nicht, was ihr dazu zu sagen habt. Weil es hierbei nicht um euch geht, sondern um mich. Das, was ihr getan habt, ist in keiner Weise zu entschuldigen. Aber ich will endlich mit der Vergangenheit abschließen. Das ist der einzige Grund, wieso ich euch vielleicht eines Tages verzeihen werde. Ich hoffe, dass ihr endlich erwachsen werdet.«

Mein Körper, der eben noch hart wie Zement war, ist jetzt ganz weich. Die Last der letzten Jahre habe ich mit meinen Worten einfach losgelassen.

Ohne auf eine Antwort zu warten, kehre ich meinen ehemaligen Mitschülern den Rücken zu. Ich will meine Zeit nicht länger mit den Gedanken an Menschen vergeuden, die mir nicht guttun. Die mir Steine in den Weg legen, statt mir dabei zu helfen, diesen Weg freizuräumen.

Austin, Isaiah und Gracie sehen mich mit weit aufgerissenen Augen an. Je näher ich komme, desto mehr Stolz spiegelt sich auf ihren Gesichtern wider.

»OMG!«, haucht Gracie. »Ist das da gerade wirklich passiert oder träume ich nur?«

»Ist es«, antworte ich und fühle mich beflügelt. Ehe ich's mich versehe, ist Isaiah aufgestanden, hat mich in seine Arme gezogen und einmal wild im Kreis gewirbelt. »Das hier ist das beste Geschenk, das du uns machen konntest, Stella«, flüstert er mir ins Ohr, und ich drücke ihm daraufhin einen Schmatzer auf die Wange.

Sekunden später sitze ich auf Austins Schoß, spüre seinen warmen Körper und fühle mich so frei und angekommen wie nie zuvor. Ich drehe mich zu ihm um, sodass wir einander ansehen können. Austins Aufmerksamkeit gilt dabei meinem Mund.

»Dein Lächeln ist pure Magie, Bambi.« Es liegt so viel Liebe und Stolz in seinen Worten, dass ich merke, wie mein Herz wieder auftaut. Wie jegliches Eis einfach schmilzt, als wäre es nie da gewesen.

»Du darfst es fotografieren, wenn du willst.«

»Dein Lächeln?«, hakt Austin verwirrt nach. Ich zupfe an den dunklen Strähnen, die ihm so sexy in die Stirn fallen. »Ja. Mein Lächeln und mich. Das ist mein Geschenk an dich, Austin. Du darfst mich fotografieren. Wenn du es noch willst, natürlich.«

Seine Lippen sind schneller auf meinen als der Flügelschlag eines Schmetterlings. Der Kuss ist zart, gleichzeitig einnehmend und absolut umwerfend. »Fuck, Bambi. Nichts lieber als das.«

KAPITEL 39

Austin

Vier Monate später

Bar Harbor / Furry Angels

Mit jedem »Klick« meiner Spiegelreflexkamera und jedem Foto, das ich von meiner Freundin schieße, verknalle ich mich etwas mehr in sie.

»Ist es okay so?« Stella friemelt nervös an ihrem sommergelben Oberteil. So viel Farbe hat sie noch nie getragen, seit ich sie kenne. »Soll ich etwas anders machen? Anders gucken? Mich anders hinstellen? Ich weiß nicht, wie das geht.«

»Luft holen, Bambi«, weise ich sie lachend an, blicke erneut durch den Sucher meiner Kamera und ändere den ISO-Wert. »Du machst das großartig.«

Das unsichere Lächeln, das über ihr gerötetes Gesicht huscht wie eine scheue Maus, liefert mir das perfekte Motiv. Also drücke ich den Auslöser und habe ihr Lächeln Sekunden später im Kasten. Zufrieden scrolle ich durch die vorherigen Fotos. Man sieht Stella an, dass sie sich noch nicht zu einhundert Prozent wohl vor der Kamera fühlt, aber dafür schlägt sie sich unglaublich gut.

Wir sind seit zwei Tagen bei Frank in Bar Harbor. Zum einen, weil Stella Sehnsucht nach ihrem alten Boss hatte, und zum anderen, um endlich ihre restlichen Sachen aus ihrem Zimmer zu räumen und mit nach Blossom Lake zu nehmen.

Es war Stellas Idee, ihr Weihnachtsgeschenk an mich heute Abend einzulösen und sich von mir fotografieren zu lassen. Sie hat sich ein zuckersüßes gelbes Oberteil mit Sonnenblumenprint angezogen, das Gracie ihr geschenkt hat. Dazu trägt sie eine Jeans, die dank der Spielstunden mit den Hunden komplett verdreckt ist. In ihren Haaren ein paar Gänseblümchen, die aussehen, als hätten sie genau dort ihr Forever-Home gefunden.

»Bist du dir sicher? Gucke ich auf den Fotos nicht, als hätte ich einen Stock verschluckt?«

»Ich weiß nicht. Ist da ein Stock in deinem Knackarsch?« Anzüglich wackle ich mit den Brauen, während sie mir als Antwort die Zunge herausstreckt. Wieder drücke ich ab, halte Erinnerungen fest, und irgendwie auch ein Gefühl. Das Gefühl, welches mich seit inzwischen vier Monaten jeden Tag begleitet, wenn Stella neben mir aufwacht: innere Ruhe.

Im Hintergrund ertönt hin und wieder das Bellen eines Hundes. Stella hat sich vor einem gigantischen Ahornbaum positioniert, und ihre helle Haut ergibt den perfekten Kontrast zu seiner dunklen Rinde.

Bevor ich das nächste Foto machen kann, platzt Hero auf einmal ins Bild. Er hat uns natürlich zu den *Furry Angels* begleitet, weil Stella seit Monaten keinen Schritt ohne ihn geht. Die beiden sind nicht nur ein Herz und eine Seele, die beiden sind ein Leben. Voller Stolz führt sie ihn jeden Tag durch Blossom Lake, sodass inzwischen die ganze Stadt weiß, wer Hero ist und welche Leckerchen er am liebsten hat.

»Hey, mein Held«, sagt Stella kichernd und geht vor dem grauen Mischling auf die Knie, um ihm die Ohren zu kraulen. Sie spitzt sanft ihre Lippen und drückt der Fellnase einen Kuss zwischen die Augen. Ohne zu überlegen, blicke ich wieder durch den Sucher und drücke ab.

»Fuck, Bambi. Das ist das beste Bild, das ich je geschossen habe!« Ich weiß auch ganz genau, wieso. Weil Stella jedes Mal auftaut, wenn die Hunde in ihrer Nähe sind. Weil sie in Heros Anwesenheit zu einhundert Prozent sie selbst sein kann, ohne jeden Zweifel, ob sie gut genug ist. Der Hintergrund ist verwaschen, das Bokeh setzt Stella und Hero perfekt in Szene.

»Kannst du das noch mal machen?«, bitte ich sie.

»Was meinst du?«

»Hero küssen.«

Dann lande ich den nächsten Shot. Wow, ich glaube, ich habe eine neue Lieblingskategorie gefunden. Scheiß auf Landschaften und Streetart, Stella in Kombination mit ihrem Seelenhund? Das ist fast schon verboten gut.

Hero beginnt, ihr wild über das Gesicht zu schlecken, woraufhin Stella ein so aufgewecktes und leichtes Lachen über die Kirschmundlippen kommt, dass ich hinter der Kamera wie ein Vollidiot grinse. Dann drücke ich ab. Wieder und wieder und wieder. Mir wird klar, dass ich genau das ein Leben lang tun könnte.

Ich bin mir sicher, dass ich noch nie ehrlichere und schönere Fotos gemacht habe, aber ich werde einen Teufel tun und das meiner neuen Chefin unter die Nase reiben.

Lady Whistledown ist verdammt streng, und hätte ich gewusst, wie streng, hätte ich es mir dreimal überlegt, sie Anfang des Jahres um einen Job zu bitten.

Sie leitet den *Blossom Daily*, und ich brauche dringend

etwas Berufserfahrung. Also habe ich vor sechs Wochen angefangen, für unsere städtische Zeitung die Bilder zu schießen.

Die Sonne wandert immer tiefer, verschwindet beinahe hinter Franks Landhaus. Doch auch wenn das Licht der goldenen Stunde gleich verschwunden sein wird, kann ich nicht aufhören, Stella und Hero zu fotografieren.

Als ich zum nächsten Schuss ansetze, fällt mir auf, dass Stellas Ärmel heruntergerutscht ist. Auch wenn sie mittlerweile keine Probleme mehr damit hat, mir ihre Narben zu zeigen, weiß ich nicht, ob sie möchte, dass ich sie auch fotografiere.

»Bambi?« Ich nehme die Kamera herunter und sehe sie mit einem liebevollen Lächeln an. »Dein Oberteil.«

Ertappt sieht sie an sich hinab, doch die erschrockene Reaktion, die ich erwartet habe, bleibt aus. Stattdessen lässt sie ihre Schulter einfach frei und sieht wieder zu mir auf. »Ist schon okay.« Hat sie eine Ahnung, was dieses simple »Ist schon okay« bedeutet? Welche Fortschritte sie in den letzten Monaten gemacht hat?

Ich platze beinahe vor Stolz auf diese Frau. Aus Liebe zu ihr. Scheiße, ich bin zu einem verdammten Softie geworden, und ich will absolut nichts daran ändern.

»Ich liebe dich wie verrückt, weißt du das?«, sage ich und suche sie erneut mit der Linse meiner Kamera. Dann schieße ich das erste Foto meiner Freundin, auf dem man klar und deutlich die Narben ihrer Vergangenheit sehen kann. Sie sah noch nie schöner aus, noch nie so geerdet und glücklich.

»Ich glaube, das weiß ich.« Ihr Kichern ist Musik in meinen Ohren, verdammt perfekte Musik. Irgendwann hat Hero keine Lust mehr auf unser Shooting und tapst gemächlich ins Haus. Stella klopft sich den Dreck von der Jeans und kommt auf mich zu. Sie schlingt ihre Arme um meinen Hals, vergräbt ihre Wange an meiner Brust und strahlt eine so enorme Ruhe aus, dass sich diese Umarmung wie eine Meditation im Freien anfühlt.

»Wollen wir auf mein Zimmer gehen und die letzten Sachen einpacken?«, fragt sie nuschelnd in mein Shirt. Ich weiß, dass es ihr schwerfällt, ihre Zelte morgen früh abzubrechen, um endgültig nach Blossom Lake zu ziehen. Aus diesem Grund hat sie auch so lange gezögert, wieder herzukommen, um ihre Sachen zu holen. Da Frank uns regelmäßig besucht und nach dem Rechten in Venlas Tierheim sieht, ist er zum Glück nicht aus der Welt.

»Klar, lass uns reingehen.«

Die Treppe des Landhauses knarzt, als wir in die obere Etage gehen. In jedem Winkel riecht es, wie zu erwarten war, nach Franks legendärem Erbseneintopf, den es bereits seit zwei Tagen zum Essen gegeben hat. Und auch wenn er echt lecker schmeckt, kann ich in den nächsten drei Monaten keine verfluchte Erbse mehr sehen. Es gleicht einem Wunder, dass Stella in ihrer Zeit hier nicht zu Fiona aus *Shrek* mutiert ist. In ihrem alten Zimmer herrscht das reinste Chaos. Stellas Klamotten liegen überall verteilt, weil sie beim Einräumen direkt einige Kleidungsstücke aussortieren wollte.

Das letzte Licht des Tages fällt durch das Schiebefenster in den Raum hinein, und bevor Stella mit der Arbeit beginnen kann, bin ich bereits hinter ihr. Ich küsse ihren Nacken, entlocke ihr ein wohliges Seufzen und dirigiere sie langsam zum Bett hinüber.

»Was hast du vor, Austin? Wir müssen packen.«

»Gleich«, flüstere ich dicht an ihrer Haut. »Ich wollte noch Danke sagen.« Sanft drehe ich Stella zu mir um und hebe sie hoch, um sie anschließend auf dem Bett abzulegen. Dann bin ich bereits über ihr. Mein Knie zwischen ihren Beinen, gefährlich nahe an ihrer Mitte.

»Danke wofür?«, haucht sie und sieht aus ihren Kulleraugen zu mir auf. Habe ich schon erwähnt, dass ich echt in ihre Augen verschossen bin? Sie sind so groß, so braun, so einzigartig. Ich habe Menschen nie tief in die Augen gesehen, bis ich *sie* kennengelernt habe. Stella Jones hat mir eine neue Welt eröffnet, ganz ohne es zu wissen.

»Dafür, dass ich dich fotografieren durfte.« Ich drücke ihr einen Kuss auf die Stirn, fahre mit meinen Lippen über ihre Stupsnase und verharre schließlich über ihren leicht geöffneten Lippen. Das Bett knarzt bei jeder kleinen Bewegung, als wäre seine Zeit als Möbelstück längst abgelaufen. Sex fällt damit also flach, wenn wir nicht wollen, dass Frank uns hört.

»Ich habe es dir doch versprochen.« Zufrieden lächelnd sieht Stella zu mir auf. Die Gänseblümchen verteilen sich gemeinsam mit ihrem Haar wie ein Frühlingsfächer auf der hellen Bettwäsche. Wieder würde ich am liebsten meine Kamera zücken und ein Bild schießen. Sie zaubert unwissentlich die schönsten Motive, einfach indem sie sie ist.

Meine Finger tanzen über ihre heiße Wange, zu ihrem Kiefer, den ich bestimmend anhebe. Dann küsse ich sie. Seit wir zum ersten Mal miteinander geschlafen haben, sind unsere Küsse anders geworden. Stürmischer, wilder, leidenschaftlicher.

Inzwischen ist Stella nur noch manchmal ein Reh, denn hin und wieder blitzt die Wildkatze in ihr auf. Ihre Zunge tanzt mit meiner, und je mehr Druck mein Knie auf ihrer Mitte ausübt, desto weicher wird sie für mich. Stöhnend schlingt sie die Arme um meinen Nacken, zieht mich noch fester und dichter an sich heran.

Gerade, als ich mich aufrichten will, um mir das T-Shirt über den Kopf zu ziehen, vibriert Stellas Handy.

»Geh einfach nicht ran.« Meine Lippen fahren über ihren Hals, passieren ihr Schulterblatt und küssen sich Richtung BH vor.

»Was, wenn es etwas Wichtiges ist?« Ich spüre Stellas Kampf. Sie will den Anruf ignorieren, aber Stella ist eben Stella. Sie braucht hin und wieder die Kontrolle. Seufzend dreht sie sich zum Nachttisch, um ihr Handy von der Kommode zu fischen. Als sie mir das Display hinhält, verdrehe ich die Augen.

»Dein Bruder hat echt ein mieses Timing«, brumme ich, lasse aber nicht von ihrer samtweichen Haut ab. Während sie das Gespräch annimmt, küsse ich sie unbeirrt weiter. Ich bin längst hart, und gerade ist mir das Knarzen des Holzbettes scheißegal. Soll Frank uns doch hören. Vielleicht wäre das die süße Rache für die Erbsen-Überdosis.

»Hey, Bruderherz«, begrüßt sie Isaiah, der sich inzwischen an unsere Beziehung gewöhnt hat. Meiner Meinung nach hat er sich damit ohnehin ziemlich viel Zeit gelassen.

Ich fahre neckend mit den Zähnen über Stellas Dekolleté, während ich mit der Hand ihre Taille nachzeichne. Gänsehaut überzieht ihren schmalen Körper wie dünner Stoff.

»Was?« Innerhalb von Sekunden erstarrt sie unter mir. Umgehend lasse ich von ihr ab, presse meine Hände in die Matratze, um sie anzusehen. Noch nie habe ich einen Menschen so schnell kreidebleich werden sehen wie sie in diesem Augenblick.

»O Gott«, schluchzt sie. Eine Träne löst sich aus ihren Wimpern und kullert langsam über ihre Wange. Alles in mir ist jetzt ebenfalls in Alarmbereitschaft, weil mir ihre Reaktion eine Scheißangst einjagt.

Ich setze mich auf, schlucke den Kloß in meinem Hals herunter. Zumindest versuche ich es, denn er bleibt hartnäckig an Ort und Stelle, rührt sich keinen Millimeter.

»Wir fahren sofort los.«

Stella fällt das Handy aus der Hand, sobald sie aufgelegt hat. Noch bevor sie mir sagen kann, was passiert ist, weiß ich bereits, dass etwas Schreckliches geschehen sein muss.

KAPITEL 40

Stella

Gracie hatte einen Unfall, Stella.

Isaiahs Worte sind wie eine gesprungene Schallplatte. In Dauerschleife hinterlassen sie Chaos und eine furchtbare Angst.

Sie liegt im Blossom Lake Hospital.

Dem Krankenhaus, in dem Paps gestorben ist. Dem Krankenhaus, in dem ich zur Halbwaise wurde. Oder besser gesagt zur Vollwaise, denn ich weiß nicht mehr, wie es ist, eine Mutter zu haben.

Könnt ihr herkommen?, hat Isaiah gefragt.

Jetzt parkt Austin den Shelby auf dem Parkplatz des Krankenhauses, nachdem wir Hero in der WG abgesetzt haben. All das habe ich nur wie durch einen dichten Nebel wahrgenommen. Weil die Angst um Gracie so erschütternd ist, dass meine Sinne versagen. Ich fühle alles und gleichzeitig irgendwie nichts.

Die zweieinhalb Stunden Fahrt nach Blossom Lake waren zu lang und doch nicht lang genug. Weil ich nicht hier sein will und es doch keinen Ort gibt, an dem ich sonst sein möchte, als bei meinen Geschwistern.

»Wollen wir reingehen?« Austin greift nach meiner Hand, umschließt meine zitternden Finger fest mit seinen. »Oder brauchst du noch einen Moment?«

»Ich will zu Gracie«, erwidere ich schluchzend. Auf keinen Fall darf ich neben Paps auch noch meine kleine Schwester verlieren. Das würde ich nicht überleben. Eine Welt ohne Gracie ist keine Welt, in der ich sein möchte. Eine Leinwand ohne ihre Farben: unvorstellbar.

Dass Austin meine Hand losgelassen hat, bemerke ich erst, als er die Beifahrertür öffnet und mir aus dem Wagen hilft. Er stützt mich auf dem Weg ins beleuchtete Krankenhaus, und ohne ihn wäre ich vermutlich längst auf der gepflasterten Einfahrt, an deren Rändern bereits die ersten Blumen sprießen, zusammengebrochen.

Der Frühling war schon immer Gracies Lieblingsjahreszeit. Sie liebt seine Farben, das Erwachen der Blumen, seinen Ausdruck puren Lebens. Gracie liebt den Frühling nicht nur, sie *ist* der Frühling.

Im Krankenhaus herrscht nahezu gespenstische Stille. Man hört lediglich unsere Schritte auf dem kahlen Linoleumboden. Mit jedem Schritt zieht sich mein Herzmuskel etwas fester zusammen, mit jedem weiteren geht mein Atem flacher.

Mir ist längst schwindelig, aber ich halte nicht an. Weil alles, was ich gerade neben Austin brauche, meine beiden Geschwister sind.

Isaiah wartet im Krankenhausflur auf uns. Er steht da gegen die Wand gelehnt, den Kopf im Nacken und die Augen geschlossen. Unser Bruder trägt noch immer seine Uniform von der Feuerwehr, ein verzweifelter Ausdruck auf seinem Gesicht.

»Isaiah!« Ich lasse Austin los und stürme auf ihn zu. Auf meinen persönlichen Helden, seit Paps nicht mehr da ist.

Schluchzend werfe ich mich in seine Arme, umklammere ihn wie nie zuvor in meinem Leben. Meine Tränen sickern in seine Uniform, während er in mein Haar weint.

Isaiah hat sein Kinn auf meinem Scheitel abgestützt und hält mich wie seinen kostbarsten Besitz. So, wie er auch Gracie immer gehalten hat.

Gracie, Gracie, Gracie.

Hier mit meinem Bruder auf dem Flur des Krankenhauses zu stehen und gemeinsam um unsere liebenswerte Schwester zu bangen, ist der absolute Albtraum. Die Zeit scheint stillzustehen.

»Was ist passiert? Wie geht es ihr?« Bitte sag mir, dass es ihr gut geht. Dass sie das hier übersteht. Denn nur dann würden auch wir diese Nacht überstehen.

Isaiah löst sich widerwillig von mir, derweil hält Austin sich im Hintergrund, gibt mir aber allein durch seine Anwesenheit Halt. Mein Bruder fährt sich mit beiden Händen über das Gesicht und sieht dabei aus, als hätte er seit Tagen nicht geschlafen.

»Vor vier Stunden wurde ich zu einem Einsatz gerufen. Es hieß, ein Auto hätte sich überschlagen, und da sah ich, dass es Gracies war …«

»Aber wieso?«, wispere ich. »Es muss doch einen Auslöser gegeben haben. War ein anderer Wagen involviert? Oder ein Tier?«

»Nein, da war nichts, Stella. Laut den Ärzten hatte Gracie Alkohol im Blut.«

Hysterisch lachend stolpere ich ein paar Schritte zurück. »Was? Nein!« Mein Brustkorb ist hart wie Beton. »Gracie wäre niemals so leichtsinnig und würde betrunken in ihr Auto steigen, Isaiah!«

»Das weiß ich.« Er starrt Löcher in den Boden. »Aber sie hatte Alkohol im Blut, und es gab keine Fremdeinwirkung von außen, die zu dem Unfall geführt haben könnte. Meine Kollegen haben die Unfallstelle gesichert, Stella.«

»Das ergibt keinen Sinn!«, sage ich fassungslos. »Das passt nicht zu unserer Schwester. Sie mag Alkohol nicht mal besonders!« Tränen strömen nun unaufhaltsam über mein Gesicht. »Was ist jetzt mit ihr?«

»Sie hat mehrere geprellte Rippen, und die Ärzte müssen noch weitere Tests machen, um eine Hirnblutung auszuschließen.«

Mir entweicht mit einem Schlag jegliche Luft aus den Lungenflügeln. Ein starkes Zittern überkommt mich, die Wände kommen mit jedem Luftholen näher und näher, der Boden unter meinen Füßen wankt, als stünden wir auf einem Schiff. Einem Schiff, das jeden Augenblick untergeht. Und wir sind die ausgelieferten Passagiere, die nichts dagegen tun können.

»Kann ich zu ihr? Ich muss sie sehen!«

»Das geht leider nicht. Ich durfte auch noch nicht zu ihr rein«, sagt Isaiah mit erstickter Stimme. Er ist immer der Stärkere von uns gewesen, der, der alles im Griff hatte, wenn ich den Halt längst verloren habe. Gerade verliert auch er den Halt. Ich kann mir gar nicht vorstellen, wie schlimm es gewesen sein muss, als Erster an der Unfallstelle zu sein und Gracies roten Ford vorzufinden. Er muss heute Abend durch die Hölle gegangen sein.

Warum nur ist sie betrunken in ihr verdammtes Auto gestiegen? Warum hat sie überhaupt so viel getrunken? Irgendetwas muss passiert sein, und dass ich nicht hier war, macht mich schier wahnsinnig. Habe ich etwaige Warnzeichen übersehen? Ging es Gracie vielleicht schon länger nicht gut, und ich war einfach zu sehr mit mir beschäftigt? Mit Austin, meinem neuen Leben in Blossom Lake.

»Mr. Jones?« Eine kurvige Schwester steht plötzlich vor uns, aber ich kann sie nicht ansehen. Starre nur auf die kleinen dunklen Flecken auf dem hellen Linoleum.

»Ja?«

»Sie müssten noch ein Dokument für Ihre Schwester ausfüllen. Würden Sie kurz mit mir zum Empfang kommen?«

»Kann ich … dich allein lassen?«, fragt Isaiah mich und tätschelt meine Schulter. Im nächsten Moment ist Austin neben mir. Er stützt mich, sorgt dafür, dass ich mich nicht ganz so beschissen fühle.

»Sie ist nicht allein, Mann.« Seine Stimme umgibt mich wie ein Schutzfilm, der mich von der bitteren Realität da draußen abschirmt. »Geh ruhig, Isaiah. Ich bleibe bei ihr.«

Dankbar schürzt Isaiah die Lippen, bevor er der Schwester zum Empfang folgt. Sofort beginne ich unkontrolliert zu schluchzen, woraufhin Austin seine Arme von hinten um mich schlingt.

»Ich bin für dich da, Stella, das weißt du.«

Bilder von Gracie geistern durch meinen Kopf, sind einfach überall. Und auf jedem dieser Bilder sehe ich sie verwundet, sehe ich sie voller Schmerzen, während ich nicht da war.

»Was, wenn sie es nicht schafft? Ich kann das nicht, Austin. Ich kann das nicht noch einmal durchstehen, kann nicht noch jemanden verlieren, den ich liebe. Gracie ist mein Ein und Alles.«

»Sie wird es schaffen.« Warum klingt er so überzeugt? Und die viel wichtigere Frage: Warum will ich ihm einfach blind vertrauen und ihm glauben, obwohl ich sonst nicht so naiv bin?

»Komm, wir setzen uns.« Austin führt mich in den Wartebereich. Währenddessen klammere ich mich wie eine Ertrinkende an seinen Arm. Das Wasser steht mir bereits bis zum Hals, und es ist so anstrengend, den Kopf länger oben zu halten. Aber ich darf nicht untergehen, weil Gracie mich braucht. Sie braucht uns. Isaiah, Austin und mich. Wir sind ihre Familie.

Austin setzt sich auf einen der Stühle vor der verglasten Wand, die zum Innenhof des Krankenhauses zeigt. Dann zieht er mich auf seinen Schoß und hält mich wie ein Baby an sich gedrückt.

»Sie wird es schaffen, weil Gracie stark wie eine Löwin ist. Das weißt du doch, oder?«

»Ich weiß«, antworte ich unter Tränen. »Ich weiß, dass sie stark ist. Und deshalb darf sie nicht gehen.« Isaiahs Anruf hat eine neue Kerbe auf meiner Seele hinterlassen. Sie ist so tief, dass mein ganzes Leben in sie hineinpasst. *Unser Leben.*

Austin streichelt mir behutsam über das Haar, wiegt mich leicht von links nach rechts und erschafft damit die fragile Illusion von Sicherheit und Frieden, obwohl nichts sicher und nichts friedlich an dieser Nacht ist.

Meine Finger graben sich in seine Jacke, und ich lege mein Ohr an sein Herz. Höre, wie schnell und stark es schlägt. Das hier ist nicht nur für mich schwer, sondern für uns alle. Ich weiß nicht, wie lange wir so umschlungen auf diesem Stuhl sitzen, aber es fühlt sich wie eine Ewigkeit an. Der Knoten in meinem Bauch wird immer fester, so fest, dass ich mich am liebsten auf der Stelle übergeben möchte.

Er wird erst lockerer, als ich Austins Stimme höre. Sein dunkles Timbre, das mich mehr als einmal beruhigt hat.

»Here comes the sun …«, singt Austin leise. Er singt tatsächlich für mich. Den Song, den Paps und ich immer dem Regen vorgesungen haben.

Vor ein paar Wochen habe ich ihm von unserer Tradition erzählt, als die Welt um uns herum vom Regen verschluckt wurde. Langsam hebe ich den Kopf und sehe ihm in die Augen. Sie stehen genau wie meine unter Wasser. Blaue Kristalle, schwimmend im traurigen Ozean.

»Aber der Himmel weint heute gar nicht«, flüstere ich. Unsere Blicke finden sich, verschmelzen miteinander. Austins Daumen fährt federleicht über meine Wange.

»Der Himmel da draußen vielleicht nicht.« Er atmet rasselnd aus. »Aber deiner schon.« Seine Worte sind Balsam für den Riss in meinem Herzen. Die Tränen kullern weiterhin über mein Gesicht, aber sie werden von Austins Hand aufgefangen. Er lehnt seine Stirn gegen meine und schließt die Augen, genau wie ich. Die Dunkelheit hat etwas Tröstendes an sich. Sie verschluckt dieses Krankenhaus, diese Nacht, die Sorgen um Gracie.

Austin und ich verharren in dieser Position. Unsere Nasenspitzen berühren sich leicht. Dann singt er weiter. Er singt, um meine Tränen zu trocknen, und in dieser Sekunde weiß ich, dass ich ihn nie wieder gehen lassen will. Dass er der Richtige für mich ist.

Seine Stimme wird leiser, seine Worte dafür umso eindringlicher. »Alles wird gut, Stella.«

Und ich? Ich bete zu Paps, dass Austin recht behält.

EPILOG

Gracie

Wenige Stunden zuvor

Wenn ich kurz davor bin, meinen Verstand zu verlieren, hilft mir meist nur eins: Ich zähle. Manchmal sind es die kleinen Chilischoten auf den Kartons meines Lieblingsrestaurants, wenn ich mit meinen Geschwistern zum wöchentlichen Pizzaessen in der WG verabredet bin. Manchmal sind es die parkenden Autos auf dem Gelände meiner Uni, während ich mich zu einer Vorlesung quäle, die absolut nichts mit meiner Leidenschaft für Kunst zu tun hat. Und manchmal, an Abenden wie diesem, sind es meine eigenen Schritte. Also zähle ich sie, während ich durch das viel zu volle Haus meiner Freundin laufe. Während ich die Flucht ergreife, weil es meine einzige Option ist, bevor ich endgültig durchdrehe.

Eins. Er ist wieder zurück in unserer Stadt. In denselben Straßen, die wir als kleine Knirpse lachend zusammen erobert haben, als würde die Welt nur uns beiden gehören. *Zwei.* Er hat mich angesehen, und für einen kleinen Augenblick stand die Zeit einfach still. *Drei.* In seinen grauen Augen loderte so viel Enttäuschung und Wut, dass ich die Farben seiner Gefühle nicht richtig erkennen konnte. *Vier.* Früher war Fynn Larsson wie eine gigantische Leinwand voller bunter Emotionen für mich. *Fünf.* Es ist zu viel. Zu viel von allem. Zu viele Erinnerungen an eine Zeit, in der ich ihm etwas bedeutet habe. Und er mir. Gott, er hat mir *alles* bedeutet. Bis ich es kaputtgemacht habe.

Auf der Treppe ins Erdgeschoss remple ich ein paar meiner Kommilitonen an. Einige fragen mich, ob alles okay ist und wieso ich wie von der Tarantel gestochen nach unten renne.

Weil ich weg muss.

Weg, weg, weg.

Weg von ihm, weg von uns, und irgendwie auch weg von mir selbst.

Sobald ich an der frischen Luft bin, ziehe ich mein Handy aus der Tasche meines Latzkleides, tippe vor Nervosität dreimal den falschen Code ein und schniefe, während ich endlich die korrekte Zahlenkombination eingebe.

Der Tag, an dem mein Leben seine strahlenden Farben verloren hat und alles mit einem matten Filter überzogen wurde. Ihn heute wiederzusehen, hat meine Farben mit Wucht zu mir zurückgebracht.

Ich sollte meinen Bruder anrufen, das weiß ich. Isaiah hat mir angeboten, mich von der Party abzuholen, wenn ich ihn brauche. Und verdammt, gerade brauche ich meinen großen Bruder dringender denn je. Mein Finger schwebt bereits über seinem Foto in meinen Kontakten. Auf dem Bild trägt er seine Feuerwehruniform und zieht eine seltsame Grimasse, die mich normalerweise zum Lachen bringt. Aber heute ist nichts normal.

Weil Fynn zurück in der Stadt ist.

Weil er mich hasst.

Und ich es verdient habe.

Meine Finger zittern wie Espenlaub, während ich mein Auto

am Straßenrand ansteuere. Doch anstatt Isaiah anzurufen und ihn zu bitten, mich abzuholen, stopfe ich das Handy zurück in meine Tasche. Weil mein Bruder Fragen stellen würde, die ich ihm nicht ehrlich beantworten könnte. Weil er wissen wollen würde, wieso ich geweint habe, und ich ihm dann von Fynn erzählen müsste. Von dem Gespräch, das wir geführt und doch irgendwie nicht geführt haben. Da war Schweigen und Reden und Stille und Lärm, und alles verschwamm zu einem Brei aus dunklen Farben, die mich jetzt bei jedem Schritt zu meinem Auto begleiten.

Im Hintergrund höre ich jemanden meinen Namen rufen. Nicht jemanden. *Ihn.* Panisch drehe ich mich um, und als ich Fynn entdecke, der mir mit schnellen Schritten folgt, renne ich los. Ich muss hier weg, und zwar sofort! Bevor ich ihm meine traurige Seele vor die Füße lege und ihm alles von mir zeige. All die Scherben. All die Verzweiflung. All die Reue, die gerade brodelnd in mir aufsteigt.

»Gracie, warte!«

»Es tut mir leid, Fynn! Aber ich kann das jetzt nicht!«, rufe ich noch und reiße die Tür meiner Red Lady auf. Mein Ford hat seine besten Jahre längst hinter sich, aber er muss mich jetzt von hier fortbringen. Ich weiß, dass ich auf keinen Fall einsteigen und losfahren sollte. Weil ich einige Cocktails getrunken habe und nicht mehr klar denken kann, seit ich weiß, dass *er* zurück ist.

Mein gesunder Menschenverstand schreit mich an, mir einfach ein Uber zu rufen, aber wenn ich nicht sofort von hier verschwinde, wird mein Herz brechen. Und ich werde ihm dabei zusehen müssen. In Slow Motion. Damit es auch richtig schön wehtut.

Ich ziehe die Tür hinter mir mit einem Ruck zu, taste zitternd nach dem Gurt und versuche mich anzuschnallen. Verfehle die Öffnung wieder und wieder und wieder. Als der Gurt nach einer Ewigkeit endlich einrastet, starte ich den Motor, wische mir mit den Handrücken über die Wangen und umklammere anschließend das Lenkrad so fest es geht.

Wieder höre ich Fynn meinen Namen rufen.

Früher habe ich ihn geliebt, meinen Namen auf seinen Lippen.

Jetzt tut er einfach nur weh wie ein Punch in den Magen.

Ich drehe das Radio so laut es geht, bis Taylor Swifts *Anti-Hero* kratzig aus den kaputten Boxen meines Fords dröhnt und Fynns Stimme in ihrer untergeht. Dann lege ich den ersten Gang ein und presche mit quietschenden Reifen los.

Tränen nehmen mir die Sicht, die ich eilig versuche wegzublinzeln. Ohne Erfolg. Weil man diesen Schmerz nicht einfach wegblinzeln, manche Narben nicht heilen kann. Fynn Larsson ist die größte Narbe von allen. Und heute Nacht ist sie der Länge nach aufgerissen. Er ist mein Anti-Hero.

»Es tut mir so leid«, murmele ich, während ich einen Blick in den Rückspiegel werfe, in dessen linker Ecke ein gelber Sticker in Sonnenblumenform klebt. Isaiah hat ihn mir vor ein paar Monaten geschenkt, nachdem er ihn zufällig auf dem Wochenmarkt entdeckt hat.

Sunshine mixed with a little hurricane.

Das bin ich.

Ein Hurrikan, der sich als Sonne tarnt und dabei alles zerstört.

Neben dem kleinen Sticker taucht plötzlich Fynn im Rückspiegel auf. Er steht auf der Straße, sieht mir besorgt hinterher. Und ich drücke aufs Gas, weil er kleiner werden muss. Der Schmerz, Fynn, die Erinnerungen. So klein, dass sie wieder in diese kleine Ecke meines Herzens passen, die ich so lange Zeit erfolgreich ignoriert habe. Zurück unter den Teppich, auf dem ich jahrelang barfuß gegangen bin, ohne an den Schmutz darunter zu denken.

Ich fahre durch die Nacht, mit nur einem funktionierenden Scheinwerfer und viel zu traurigen Gedanken und viel zu wenig Sonnenschein in mir. Hin und wieder wische ich mir über die Wangen, auch wenn es keinen Sinn hat. Und auf einmal … geht alles sehr schnell. Ich weiß nicht, wie es passiert. Ich weiß nur, dass es passiert.

Dass meine Welt plötzlich kopfsteht. Nicht nur, weil ich nach zehn Jahren meinen besten Freund wiedergesehen habe, sondern weil sich mein Wagen überschlägt. Blutrote Metallsplitter wirbeln durch die Luft, während ein stechender Schmerz durch meinen Brustkorb fährt. Ich ringe um Atem, versuche, mein Gesicht mit den Armen zu schützen.

Alles geht so schnell und gleichzeitig viel zu langsam. Mein Wagen kommt kurz vor einem Baum zum Stehen. Dicht gewebte Schwärze hüllt mich ein, umgibt mich wie eine mütterliche Umarmung, die ich in meinem Leben nie wirklich spüren durfte. Und während ich langsam das Bewusstsein verliere und tiefer in eine Ohnmacht sinke, kann ich nur daran denken, dass es verdammt niederschmetternd ist, wenn pseudoglückliche Herzen wie meines letztlich brechen.

Danksagung

Wie einige von euch vielleicht wissen, habe ich in den letzten Jahren unheimlich viele Bücher geschrieben. Unheimlich viele Geschichten und Danksagungen, aber auf diese hier habe ich mich besonders gefreut. Weil in der Geschichte rund um Stella, Austin, Gracie und Isaiah mein ganzes Herzblut steckt. Ich wollte schon immer eine Small-Town-Romance schreiben, und ich fühle mich in Blossom Lake so zu Hause, wie ich mich nur selten im realen Leben gefühlt habe.

An erster Stelle möchte ich dem Heyne Verlag und meiner wunderbaren Lektorin Frederike danken. Danke, dass ihr das Potenzial dieser Reihe gesehen und mich seit der ersten Sekunde supportet habt. Diese Reise wird ganz großartig, das spüre ich schon jetzt.

Ein riesiger Dank geht außerdem an meine Zauber-Agentin Ebru, die meine Geschichte innerhalb kürzester Zeit auf Herz und Nieren geprüft hat, um sie anschließend in noch kürzerer Zeit zu vermitteln. Wir rocken die Buchwelt zusammen!

Ein weiterer Dank geht an die liebe Michelle, die diesem Buch mit ihrer wunderbaren Arbeit den perfekten Feinschliff gegeben hat. Es war eine tolle Zusammenarbeit, und ich freue mich schon auf Band 2!

Selina – du hast mir ein Weihnachtswunder geschenkt, und das hier ist das Ergebnis dieses Wunders. Denn ohne dich würde es *No Matter What* jetzt gar nicht geben. Danke für deinen unermüdlichen Support, dein Sein, dein Strahlen.

Nina – danke, dass du seit Jahren an meiner Seite bist und mich in keiner Sekunde im Stich gelassen hast. Ich bin immer für dich da, das verspreche ich dir!

Resa – danke für deine Liebe zu meinen Büchern, dein offenes Ohr und dafür, dass du mich immer zum Lachen bringen kannst, selbst wenn die Zweifel mal wieder besonders hart zuschlagen.

Christelle, Tina, Paddy – ihr seid mehr als nur Freunde für mich, ihr seid ein Teil meiner Familie. B – du bist mein Austin. Mein Anker. Mein Seelenmensch. Danke, dass es euch gibt und ihr mein Leben so viel bunter macht! Big Five for life.

Zu guter Letzt danke ich natürlich dir! Dafür, dass du diesem Buch eine Chance und einen Platz in deinem Bücherregal gegeben hast. Ich hoffe, Blossom Lake kann auch dir ein Zuhause sein.

(Achtung Spoiler)

Dieses Buch enthält potenziell triggernde Inhalte zu folgenden Themen: Mobbing, Tod von Familienmitgliedern, Trauerbewältigung.

Alice Kellen

Die emotionalste New-Adult-Dilogie des Jahres! Der TikTok-Hype aus Spanien endlich auf Deutsch.

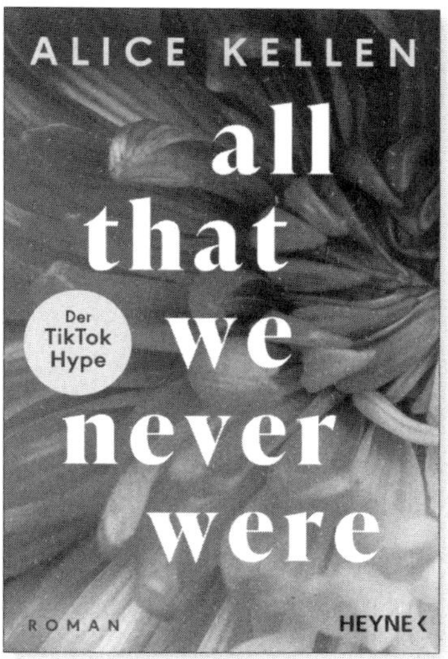

978-3-453-42950-5

978-3-453-42951-2

Leseproben unter **www.heyne.de**

HEYNE